Regine Kölpin
Der Nordseehof. Als wir den Himmel erobern konnten

PIPER

Zu diesem Buch

»Und meine Mutter war auch eine starke Frau. So sind wir nämlich, wir Frauen vom Nordseehof.«
Über Feemkes Gesicht glitt ein Strahlen. »Bin ich auch eine Frau vom Nordseehof?«
»Wenn du magst, immer«, sagte Johanna versonnen.

Im dritten Band ihrer Saga um den ostfriesischen Nordseehof bringt Regine Kölpin ihre opulente Emanzipationsgeschichte um drei Frauen aus drei Generationen zu einem fesselnden Abschluss.

Regine Kölpin lebt seit ihrer Kindheit in Friesland an der Nordsee. Sie hat zahlreiche Romane und Kurztexte publiziert und ist auch als Herausgeberin tätig. Mit ihrem Mann lebt sie in einem kleinen idyllischen Dorf. Dort konzipieren sie gemeinsam Musik-und Bühnenprojekte und genießen ihr Großfamiliendasein mit fünf erwachsenen Kindern und mehreren Enkeln.

Regine Kölpin

Der Nordsee Hof

Als wir den Himmel erobern konnten

Roman

PIPER

Mehr über unsere Autorinnen, Autoren und Bücher:
www.piper.de

Wenn Ihnen dieser Roman gefallen hat, schreiben Sie unter Nennung des Titels »Der Nordseehof. Als wir den Himmel erobern konnten« an *empfehlungen@piper.de*, und wir empfehlen Ihnen gerne vergleichbare Bücher.

Von Regine Kölpin liegen im Piper Verlag vor:
Der Nordseehof:
Band 1: Der Nordseehof. Als wir träumen durften
Band 2: Der Nordseehof. Als wir der Freiheit nahe waren
Band 3: Der Nordseehof. Als wir den Himmel erobern konnten

Das Haus am Deich:
Band 1: Das Haus am Deich – Fremde Ufer
Band 2: Das Haus am Deich – Unruhige Wasser
Band 3: Das Haus am Deich – Sicherer Hafen

Die Töchter der Kornmühle

Originalausgabe
ISBN 978-3-492-31600-2
1. Auflage März 2021
4. Auflage Mai 2023
© Piper Verlag GmbH, München 2021
Redaktion: Gisela Klemt, Lüra – Klemt & Mues GbR
Umschlaggestaltung und -abbildung:
Johannes Wiebel | punchdesign,
unter Verwendung von shutterstock.com
Satz: Uhl + Massopust, Aalen
Gesetzt aus der Stempel Garamond
Druck und Bindung: CPI books GmbH, Leck
Printed in the EU

*Zwei Dinge sollten Kinder
von ihren Eltern bekommen:
Wurzeln und Flügel.*

unbekannte Quelle

Personenverzeichnis

Familie Eilers
Johanna Eilers – Tochter
Keno Eilers – Sohn †
Foline Eilers – Mutter †
Marten Eilers – Vater †

Familie Deeken
Eike Deeken – Erbe vom Nordseehof †
Thilo Deeken – Eikes Vater †
Lientje Deeken – Eikes Mutter †
Reent Deeken – Eikes Bruder †
Uwe Deeken – Sohn von Eike und Johanna
Adda Deeken – Tochter von Eike und Johanna
Sanne Müller – Freundin von Uwe
Paul Ehlers – Sohn von Reent und Manu Ehlers
Feemke Deeken – Addas Tochter
Piet Renken – Freund von Adda

Familie Menzel
Rolf Menzel – Sohn
Mine Menzel – Mutter †

Karl-Gerd Menzel – Vater †
Dagmar Menzel, geb. König – Ex-Frau von
Rolf Menzel

Familie de Vries
Ingo de Vries – Cousin von Johanna
Theda de Vries – Cousine von Johanna
Deike de Vries – Thedas Tochter
Hauke de Vries – Thedas Sohn
Melinda de Vries – Tochter von Deike

Weitere:
Manu Ehlers – Dagmars Freundin
Dirk Westerholt – Mann von Adda
Hermann Selig – neuer Freund von Theda, Sohn der
im 1. Band aus Schlesien vertriebenen Magda Selig
Hauke Theilen – Mitarbeiter auf dem Nordseehof
Micha Theilen – Sohn von Hauke
Sina Waldmann – Bekannte von Adda
Peter Bass – Bekannter von Adda
Hendrik Frisch – Bekannter von Adda
Irmi Brede – Freundin von Paul
Bauer Brede – Vater von Irmi
Andreas Walz (Andi) – Freund von Feemke
Mirko – Mitschüler von Feemke
Frau Dorndorf – Putzfrau von Dirk
Frau Müller – Sekretärin Schule
Frau Drabant – Lehrerin von Feemke
Maja, Matze, Jan, Imke – Kolleginnen und
Kollegen von Adda
Tjade – Mitarbeiter von Irmi

1981–1982

Kapitel 1

Die Rosen sehen traurig aus, dachte Johanna, und das lag nicht nur daran, dass der Herbst das Land schon voll im Griff hatte und sie mit verzweifelter und letzter Kraft blühten. Der ganze Rosengarten wirkte vernachlässigt und brauchte dringend eine ordnende Hand, damit die Stöcke wieder in voller Pracht erstrahlen konnten. Sie sollte sich bald mal darum kümmern – nur wann?

»Oma!« Die Stimme ihrer Enkelin Feemke riss sie aus ihren Gedanken. »Ich hab dich schon überall gesucht!« Blonde Locken umtanzten das kleine erhitzte Gesicht.

»Ihr seid schon da?«, fragte Johanna erfreut und lief auf die Kleine zu, um sie in den Arm zu nehmen.

»Mama ist ganz schnell gefahren, weil sie ja gleich wieder los muss, um morgen zu demolieren!«, plapperte die Fünfjährige.

Johanna unterdrückte ein Kichern. Ihre Tochter Adda brachte Feemke vorbei, weil sie morgen nach Bonn zu der großen Friedensdemonstration fahren und die Kleine natürlich nicht mitnehmen wollte.

»Moin, Mama!«, sagte Adda, die nun ebenfalls in den Garten trat und auf ihre Mutter zueilte. Wie immer wirkte sie ein bisschen hektisch, das hatte sie sich angewöhnt, seit sie in der Großstadt lebte. Johanna wollte sie in den Arm nehmen, zuckte dann aber zurück, weil Adda das nicht mochte. Sie küsste ihre Mutter nur kurz auf die Wange und schaute sich nach Feemke um.

Johanna war bemüht, ihre Verletzung über die spröde Begrüßung ihrer Tochter nicht zu zeigen. Ihre Verbindung war schon immer problematisch gewesen, aber nachdem Adda erfahren hatte, dass nicht Johannas verstorbener Mann Eike, sondern ihre große Liebe Rolf Addas Vater war, hatte es einen tiefen Riss zwischen ihnen beiden gegeben.

»Möchtest du einen Tee? Du siehst müde aus«, fragte Johanna in der Hoffnung, dass Adda wenigstens ein bisschen Zeit mitgebracht hatte. Aber ihre Tochter schüttelte den Kopf. »Nein, mach dir bitte keine Mühe. Ich würde gern sofort wieder los.« Adda schaute Johanna an. Sie schien ihre Enttäuschung wohl doch zu bemerken. »Es tut mir leid, ich weiß, dass du es besser fändest, wenn ich ein bisschen bleiben würde, aber ich muss für morgen noch ein paar Sachen packen, und außerdem will ich zeitig ins Bett«, sagte sie entschuldigend.

»Ist schon gut. Für Feemke hast du alles dabei?«

Ihre Tochter nickte. »Die Tasche steht schon in der Küche auf der Bank.« Adda warf einen Blick zum Rosengarten. »Der hat echt auch schon bessere Tage gesehen! Ich würde ihn plattmachen.« Sie musterte ihre Mutter. »Okay, falsche Ansage. Du hängst daran, warum auch immer.«

»Ich mag diesen Teil des Gartens sehr«, bestätigte Johanna.

Adda zuckte mit den Schultern. »Musst du ja wissen. Dann hol dir einen Gärtner, es ist bestimmt mächtig viel Arbeit, ihn wieder in Ordnung zu bringen.«

Sie rief Feemke, die in den hinteren Bereich des Gartens gerannt war. Dort stand sie an der Graft und stocherte mit einem Stock im Wasser herum. »Süße, ich will los!«

Ihre Tochter drehte sich um, hüpfte auf sie zu, schlang die Arme um Addas Hals und küsste sie. »Ich wein auch nicht, weil ich nämlich gern auf dem Nordseehof bin. Du kannst ruhig fahren, Mami.«

»Ich weiß.« Adda gab Feemke einen liebevollen Klaps und lächelte, als sie schon wieder zum Wasser zurücklief und dabei merkwürdige Hopser machte.

»Sie ist ein bisschen *zu* gern hier«, sagte sie zu Johanna, die die beiden beobachtet hatte.

»Sei froh, so sind solche Übergaben problemlos. Du holst die Lütte am Sonntag wieder ab?«

Adda nickte. »Ich denke, ohne Dirk. Er wird wohl mal wieder mit anderen Dingen beschäftigt sein. Wie immer.«

Um Addas Mund legte sich kurz ein trauriger Zug, doch sie ließ ihn nicht lange zu und verzog das Gesicht sofort wieder zu einem Lächeln.

Johanna ahnte, dass die Ehe ihrer Tochter noch weiter Schlagseite bekommen hatte und das Kentern inzwischen absehbar war. Feemke erzählte oft, wie sehr der Haussegen in Bremen schief hing.

»Gut, ich muss dann los.« Adda schabte mit der Schuhspitze über den Boden. Es schien ihr unangenehm zu sein, ihr Kind immer nur auf dem Nordseehof abzuliefern und ihrer Mutter nicht das geben zu können, was sie sich so sehr wünschte. Vergebung.

»Ist alles gut, wir kommen schon klar, Feemke und ich«, baute Johanna ihr eine Brücke. Sie wollte es Adda so leicht wie möglich machen, Liebe konnte man schließlich nicht erzwingen.

Adda nickte ihr zum Abschied zu und wandte sich ab.

Im Garteneingang kam ihr Rolf Menzel entgegen. Ihr leiblicher Vater, den Adda aber nicht als solchen anerkannte. Sie kam immer noch nicht darüber hinweg, dass Johanna ihren Mann Eike, den Adda bis vor ein paar Jahren für ihren Vater gehalten hatte, vor so vielen Jahren mit Rolf betrogen hatte.

Und prompt traf ihn nun Addas vernichtender Blick. Sie würde ihm diesen Verrat wohl nie verzeihen. Immerhin begrüßte sie ihn knapp, bevor sie zum Hof eilte und kurz darauf mit lautem Geknatter davonfuhr.

Rolf sah ihr mit einem traurigen Blick nach, wandte sich dann aber Johanna zu, deren Haut noch immer kribbelte, wenn sie ihn sah.

»Hallo, Hanna.« So begrüßte er sie seit vielen Jahren, mit der Abkürzung ihres Namens – nur er durfte sie so nennen. Und mit dem Blick, der nur ihm gehörte, und einem Lächeln, das ehrlicher nicht sein konnte. Das Lächeln des Mannes, den sie seit ihrer Jugend liebte.

Er nahm sie in den Arm. Wie immer eine Spur zu lange und eine Spur zu fest. Wie immer fühlte es sich gut an. Und wie immer genoss Johanna jede Sekunde seiner Berührung.

Dann schob Rolf sie fort. Das lockige, schwarze Haar kräuselte sich an seinem Kopf, und er zeigte ihr erneut sein typisches Lächeln, das das Blau seiner Augen förmlich explodieren ließ. Dabei wurde Johanna mal wieder deutlich, wie sehr Adda ihm glich.

Rolf fuhr sich mit einer flüchtigen Handbewegung durchs Haar und strich eine Strähne zurück, die ihm in die Stirn gefallen war. Gleich würde er sich sacht über die Oberlippe lecken. Johanna kannte jede seiner Bewegungen, seine gesamte Mimik.

Rolf tat genau das, und dann schweifte sein Blick zu Feemke, die sich inzwischen mit einem Entenpaar unterhielt. Ihre helle Stimme klang bis zu ihnen herüber.

»Wenn ich groß bin, dann werde ich euch sagen, wo ihr schwimmen dürft, weil mir dann die Schäferei gehört.« Sie kicherte. »Und ich fahr ganz bestimmt nicht zu einer Demolation. Da sind mir zu viele Leute.«

Rolf grinste. »Sie hat immerhin Zukunftspläne, unsere Enkeltochter.«

Johanna drückte flüchtig seine Hand. Sie wusste, dass Rolf sehr darunter litt, nicht als wirklicher Opa für Feemke zu gelten. Adda wollte das nicht.

»Das hat sie, aber ich denke, es wird sich in ihrem jungen Leben noch so viel ändern. Immerhin wächst sie in Bremen auf. Aber was soll's? Das ist alles noch Zukunftsmusik.«

»Fee?«, rief Rolf. Er nannte sie stets bei ihrem Spitznamen, und sie liebte es.

»Rolf!« Feemke ließ das Stöckchen fallen und stürzte auf ihn zu.

Er nahm sie hoch und drehte seine Enkelin ein paarmal im Kreis. »So fangen wir den Feenstaub ein«, sagte er lachend, als er sie wieder absetzte. »Weißt du, wo ich herkomme, in Schlesien, da gibt es große Wälder, und wenn ich früher abends dort war, schwirrten so viele kleine Feen herum, dass ich völlig geblendet wurde.«

»Und die hatten alle Feenstaub?«

Rolf nickte. »Aber sicher. Wir sind immer hindurchgelaufen, denn wenn man eine Menge davon erhält, hat man Glück im Leben.«

Feemke musterte ihn verständig. »Du hast viel abgekriegt, denn du hast Oma. Und sie dich. Dann muss es hier in der Marsch auch Feen geben.«

Johanna und Rolf warfen sich einen liebevollen Blick zu. Ja, sie hatten sich, wenn auch nicht als Mann und Frau. Johanna konnte und wollte das nicht zulassen, denn sie hatte ihrem verstorbenen Mann Eike gegenüber noch immer ein furchtbar schlechtes Gewissen und befürchtete zudem, das inzwischen einigermaßen belastbare Verhältnis zu Adda wieder vollends zu zerstören, wenn sie und Rolf offiziell ein Paar wurden.

»Ich hab Krintstuut gebacken«, sagte Rolf jetzt und beugte sich zu Feemke hinunter. »Er liegt schon in der Küche. Den magst du doch so gern. Wie alle Feenkinder.«

Die Kleine schob ihre Hand vertrauensvoll in die von Rolf.

»Au fein, dann los!«

»Geht schon mal rein«, schlug Johanna vor, »und brüht den Tee auf. Ich muss noch schnell in den Hühnerstall.«

Gemeinsam verließen sie den Garten. Während Feemke und Rolf auf das Wohnhaus zusteuerten, überquerte Johanna den Hof und schaute zum Himmel.

Die noch gestern dicken Regenwolken hatte der kräftige Oktoberwind fast vollständig vertrieben, und der Himmel wurde lediglich von ein paar zerrupften Wattebäuschchen geschmückt, die wie wilde, kleine Schäfchen über das Blau tobten. Johanna liebte das Spiel der Wolken, das Unstete und Unerwartete, das ihr aber zugleich Sicherheit vermittelte, weil die Natur eine Konstante in ihrem Leben war und ihr Halt gab.

Johanna betrat den Auslauf, scheuchte die Hühner in den Stall und mischte das Futter zusammen. Sie mochte diese Arbeit, weil sie ihr ruhig und vertraut von der Hand ging. Genau wie die mit den Schafen. Dafür lebte sie, dafür hatte sie so viel in Kauf genommen. Johanna richtete sich auf und stützte ihr Kreuz, das ihr so manches Mal vom Bücken wehtat.

Aus der Ferne hörte sie Feemke kichern. Sie sollte sich beeilen, damit sie noch in Ruhe Tee trinken konnten. Gegen Abend wollte sie mit ihrem Mitarbeiter Hauke zum Deich fahren und schauen, ob es den Tieren gut ging. Bestimmt fieberte Feemke schon darauf hin, mit in den Bulli zu steigen und ihre Freunde zu besuchen.

Johanna schaute sich prüfend um, ob alles in Ordnung war, dann trat sie hinaus und verschloss die Stalltür. Nicht mehr lange, und sie würden die Schafe von den Wiesen und vom Deich reinholen, und es war vorbei mit der Ruhe auf dem Hof.

Klare, würzige Herbstluft schlug Johanna entgegen. Feucht geschwängert, mit einem letzten Hauch vom Sommer, und doch hing schon der Duft des Vergehenden darin. Johanna liebte den Herbst, weil er ebenso bunt war wie der Frühling. Nur waren die Farben satter, wärmer und nicht mehr so mutig wie zu Beginn des Jahres, wenn sich die Natur gegen die Umklammerung des Winters wehrte und mit allem aufbot, was sie hatte. Der Herbst war ruhiger, ein bisschen reifer, so als wüsste er, dass jegliches Aufbegehren gegen den Verfall sinnlos wäre.

Sie genoss diesen kurzen Moment, stieg dann die Treppe zum Haupthaus hoch und ließ ihren Blick noch einmal über den Hof schweifen. Sie mochte den Anblick über das Gehöft, der sich hier von der Treppe aus bot. Rechts von ihr befand sich das Kontor, dahinter schloss sich die Scheune an. Links waren die Stallungen der Schafe, die Remise und die inzwischen leer stehenden Pferdeställe, in denen alle möglichen Gerätschaften untergebracht waren. Sie würde sich im nächsten Jahr von ein paar Dingen trennen müssen, wenn sie nicht wollte, dass diese Räumlichkeiten vermüllten.

Nun aber schnell rein in die Küche, dachte sie. Dort wartete der leckere Krintstuut. Er war sicher noch warm und würde dick mit Butter bestrichen köstlich sein. Johanna lief das Wasser im Mund zusammen, als sie sich vorstellte, wie sie auf die erste Rosine biss.

Zwei Tage mit Rolf und Feemke lagen vor ihr.

Ihre Enkelin hatte recht, auch sie hatte trotz allem eine gehörige Portion von diesem Zauberglücksstaub abbekommen.

*

Adda fuhr erschrocken hoch. Sie schaute auf die Uhr und sprang auf. Nein, sie hatte glücklicherweise nicht verschlafen, aber gleich würde ihr Wecker klingeln, also konnte sie auch schon aufstehen. Adda freute sich auf die große Friedensdemo gegen den NATO-Doppelbeschluss. Aktion Sühnezeichen und die Aktionsgemeinschaft Dienst für Frieden sowie viele weitere Bündnisse hatten zu der Demonstration aufgerufen, und natürlich führte für sie als Anhängerin der Friedensbewegung kein Weg daran vorbei, mitzumachen. Weil sie nicht allein fahren wollte, hatte Adda mit anderen Aktivisten eine Fahrgemeinschaft gebildet. Um sieben Uhr war Abfahrt am Bremer Hauptbahnhof.

»Dann beeil dich mal«, sagte Adda zu sich und setzte sich auf die Bettkante, wo sie sich kurz reckte, um richtig wach zu werden. Mann, war sie müde, obwohl sie als Krankenschwester das frühe Aufstehen doch gewohnt war. Trotzdem fiel es ihr oft schwer, denn es war anstrengend, Kind und Vollzeitjob unter einen Hut zu bekommen. Dazu noch ihre politischen Aktivitäten. Ein bisschen Ruhe und ein wirklich freies Wochenende wären wirklich mal gut gewesen. Aber es ging eben nicht. Adda stand auf, gähnte und fuhr sich mit den Händen durchs Haar.

Da hörte sie es in der Küche rumoren.

Dirk war auch an diesem Samstag wie immer schon um Punkt fünf aufgestanden. Dazu brauchte er nicht einmal einen Wecker, das bekam er auch so hin. Er hatte einen gleichmäßigen und unverrückbaren Tagesablauf. Nach dem Aufstehen stellte er die Kaffeemaschine an und ging ins Bad. Anschließend trank er zwei Tassen Kaffee mit etwas Milch, las den Politikteil der Zeitung und ließ sich dabei in der Regel von nichts stören. Diese frühe Morgenstunde war ihm heilig, und er reagierte stets unwirsch, wenn er sie nicht so verbringen konnte, wie er es sich angewöhnt hatte, seit er Teilhaber in der Anwaltskanzlei Evenburg&Partner war.

Bevor Adda sich anzog, schlurfte sie in die Küche. Dirk hatte sich hinter seiner Zeitung verschanzt und senkte sie auch nicht, als Adda hereinkam.

»Morgen«, begrüßte sie ihn betont freundlich.

»Morgen«, murmelte er.

Schweigen. Ihr Mann hatte mal wieder keine Lust, sich mit ihr zu unterhalten.

Adda zuckte mit den Schultern und trollte sich. Dann eben nicht. Vielleicht war er ja gesprächiger, wenn sie nicht im Schlabber-T-Shirt vor ihm stand. »Ich mag es nicht, wenn du dich so nachlässig kleidest«, hatte er erst letzte Woche zu ihr gesagt. Adda verdrehte noch immer die Augen, wenn sie an diese blöde Bemerkung dachte.

Hatte Dirk früher in einer absoluten Chaos-WG gelebt, wo, bis auf in seinem Zimmer, Sauberkeit und Ordnung Fremdwörter gewesen waren, so lebte er jetzt als Anwalt exakt das Gegenteil. Unordnung war ihm ein Graus. Seine Klamotten kamen nicht von der Stange oder aus einem Secondhandladen, sondern hatten Embleme von Armani und anderen teuren Firmen. In seinem Schrank herrschte geradezu militärischer Drill, so genau war jedes Shirt Kante auf Kante gefaltet. Adda durfte die Wäsche allenfalls aufs Bett, nicht aber in den Schrank legen. Seine Macken wurden wirklich immer schlimmer. Sie bekam eine leise Ahnung davon, wie er früher bei seinen Eltern gelebt haben mochte.

Adda ging ins Bad und putzte ihre Zähne. Als sie auch noch geduscht hatte, fühlte sie sich merklich wohler. Sie verbarg ihre feuchten Haare unter einem Handtuch, ging zurück ins Schlafzimmer und öffnete den Schrank. Sie war unschlüssig, was sie zur Demo tragen wollte. Am besten Zwiebellook. Schließlich konnte sie nicht sagen, wie warm es in Bonn sein würde.

Schließlich zupfte sie eine Flickenjeans, ein T-Shirt und

einen Kapuzenpulli heraus und verteilte alles auf dem Bett. Die dicke Strickjacke wollte sie noch einpacken, falls es doch kühl wurde.

»Adda?«, hörte sie. Er spricht also doch mit mir, dachte sie gehässig.

»Ja?« Sie streckte den Kopf aus der Schlafzimmertür.

»Willst du noch frühstücken? Sonst räume ich jetzt alles weg.«

»Natürlich will ich was essen«, antwortete sie.

»Dann beeil dich. Ich möchte, dass es hier sauber ist, wenn ich gehe, und nicht wieder überall Krümel herumliegen!«

Adda stöhnte innerlich auf. Niemals hatten sie Spießer sein wollen, und nun?

Mein Mann ist zu einem Mr Perfektus mutiert, seit er in dieser blöden Kanzlei arbeitet, dachte sie. Und die Klienten sind zum Mittelpunkt seines Lebens geworden. Da blieb für sie und Feemke nicht mehr viel Platz.

Zu Beginn ihrer Beziehung hatten sie Träume gehabt, an die große Liebe geglaubt und sehr gut harmoniert. Mit einem warmen Gefühl erinnerte sich Adda an ihre erste Zeit. Damals, als er noch Feuer und Flamme gewesen war, wenn sie die Welt retten wollten. Flugblätter hatten sie konzipiert, an vielen Aktionen teilgenommen. Auch als Adda dann auf dem Nordseehof dieses schreckliche Erlebnis gehabt und sie zudem die Wahrheit über ihren leiblichen Vater erfahren hatte, war Dirk zur Stelle gewesen. Er hatte sich der Verantwortung gestellt, als sie nach dem zweiten Jahrhundertorkan, bei dem sie von Wassermassen umgeben in einem kleinen Haus im Kehdinger Land festsaßen, plötzlich schwanger geworden war, und

Adda wusste auch, dass sie ohne ihn ihre Ausbildung zur Krankenschwester nie hätte vollenden können.

»Was ist denn nun?«, riss Dirk sie aus ihren Gedanken.

»Ich komm gleich!«, rief sie. »Muss noch packen!«

Sie überlegte, was noch dringend in den Rucksack gehörte, doch Dirks Stimme gewann an Schärfe. »Beeil dich bitte, ich möchte gleich los.«

Dass Dirk auch am Wochenende ständig in die Kanzlei fuhr, war ein häufiger Streitpunkt zwischen ihnen. Früher waren sie ein Dream-Team gewesen, von allen beneidet, weil bei den meisten keine Beziehung länger als ein halbes Jahr dauerte. Dirk war immer für sie da gewesen. Hatte Verständnis für alles gehabt, und sie hätte sich damals in ihren kühnsten Albträumen nicht ausmalen können, dass sich der Zustand einmal änderte.

Er war zu Beginn ein begeisterter Vater gewesen und hatte sein Studium ganz der Betreuung von Feemke untergeordnet. Und jetzt?

Was war in den letzten sechs Jahren nur aus ihnen geworden? Alles war anders, und ihr Glück schimmerte nur noch ab und zu und selten wie ein Nordlicht auf.

Seit zwei Jahren arbeitete Dirk in dieser Kanzlei. Rasch hatten seine Kollegen erkannt, wie zuverlässig und umsichtig er agierte, und schon nach einem halben Jahr war er Teilhaber geworden. Adda hatte sich so für ihn gefreut und noch immer das laute Ploppen des Sektkorkens im Ohr, als sie auf ihn angestoßen hatten. Und doch war es der Anfang vom Ende gewesen.

Dirks Haar war schon lange gestutzt, er trug Krawatte und Anzug. Schließlich vertrat er äußerst solvente Kunden. Wirtschaftsbonzen, gegen die er früher gekämpft hatte. Auf Demos ging ihr Mann schon lange nicht mehr, das passte nicht mit seinen neuen Zielen überein. Für Adda aber war das politische Engagement Lebenselixier. Sie war der Überzeugung, dass es die Pflicht eines jeden war, aufzubegehren.

Weil Dirk inzwischen ununterbrochen arbeitete, fehlte ihm die Zeit, sich um seine kleine Tochter zu kümmern, und den Haushalt überließ er meist auch Adda allein – wenn er nicht gerade rummotzte, dass sie die Bude nicht sauber genug hielt, und ihr hinterherputzte. Dirk drängte schon lange, eine Reinigungskraft einzustellen, aber Adda konnte sich überhaupt nicht vorstellen, dass ständig eine fremde Person in ihren Sachen herumkramte.

Sie seufzte. Wann war ihre Liebe unter dem Berg Bügel-wäsche, den fruchtlosen Diskussionen und den Organisa-tionszetteln begraben worden? Sie wusste es nicht.

Ihre Gefühle zueinander waren schleichend, fast unbe-merkt gestorben. Wie eine Schnecke, die über den Weg kroch und der man keine Beachtung schenkte. Und doch kam sie voran und hatte plötzlich alles Grün vertilgt.

Sie und Dirk hatten nicht genug aufeinander achtge-geben und nicht rechtzeitig bemerkt, dass es schon lange kein Dream-Team mehr gab und sie das Ruder hätten herumreißen müssen.

Jetzt hockten sie in ihrer Wohnung in Bremen und achteten nur noch darauf, den anderen möglichst wenig zu verletzen. Leider gelang es ihnen immer weniger. Die Pfeile flogen inzwischen recht treffsicher, und oft verfehl-ten sie das anvisierte Ziel nicht.

Feemke spürte natürlich, wie uneins sich ihre Eltern waren. Sie wurde immer stiller und in sich gekehrter. Die

Erzieherin im Kinderladen hatte Adda schon des Öfteren darauf angesprochen. »Sie spielt am liebsten mit sich allein und weint oft grundlos. Das wird in der Schule im nächsten Jahr schwierig, Frau Westerholt. Feemke fehlt es an Selbstbewusstsein.« Sie schob es im Nachsatz auf Addas Berufstätigkeit und den Schichtdienst. Dass Dirk Vollzeit in der Kanzlei arbeitete und sich sogar an den Wochenenden Arbeit mit nach Hause brachte oder im Büro war, hinterfragte sie nicht.

Alle reden zwar von Emanzipation, aber das gilt immer nur, solange keine Kinder da sind. Kaum ist das der Fall, erwarten alle, dass Mutti wieder die Schürze umbindet, dachte Adda. Auch die Erzieherin war kinderlos, und so hatte sie es leicht, an Adda herumzumäkeln. Doch jetzt war nicht die Zeit, sich darüber zu grämen. Heute war die Demo! Heute hatte Adda frei, und sie wollte es genießen.

»Die Kaffeemaschine stell ich schon aus und mach alles sauber!«, rief Dirk.

»In Ordnung, ich trinke Tee!«, rief Adda zurück und hörte, wie Dirk den Wasserhahn anstellte.

Addas dunkle Locken waren zwar noch nass, aber sie würden im Laufe der nächsten Stunden von allein trocknen. Deshalb fasste sie ihre Mähne mit einem Haargummi zu einem Pferdeschwanz zusammen und schlang ein schmales Tuch um den Kopf.

Sie stieß die Tür zur Küche erneut auf. Dirk räumte gerade seinen Teller in die Spülmaschine, die Arbeitsplatte glänzte feucht. Er wies auf das Toastbrot auf ihrem Teller. Er hatte sogar etwas Butter darauf geschmiert.

»Ich habe noch immer zwei gesunde Hände«, sagte

Adda, denn sie wusste, dass es keine liebevolle Geste gewesen war.

»Du hast so getrödelt«, verteidigte er sich.

»Wohl kaum, ich muss ja auch pünktlich los.« Adda schnaubte. »Übrigens danke der Nachfrage, Dirk. Ja, ich habe gut geschlafen und fühle mich fit genug für die Fahrt nach Bonn und für die Demo.« Adda nahm einen Becher und setzte sich an den Tisch. Dort griff sie nach der Kaffeekanne, die noch auf dem Bastuntersetzer stand.

»Ist leer, du wolltest doch Tee«, sagte Dirk.

»Schon gut.« Adda stellte den Wasserkocher an und nahm den Teebeutel entgegen, den Dirk ihr hinhielt.

Er setzte sich wieder an den Tisch und griff erneut nach der Zeitung, die so akkurat zusammengefaltet war, dass sie aussah, als hätte sie noch keiner gelesen. Dirk schlug sie aber nicht auf, und es schien Adda, als müsste er sich an etwas festhalten.

»Wenn du da heute unbedingt hinwillst, bitte. Du weißt, dass ich dich nicht davon abhalte. Aber *ich* muss Geld verdienen. Auch am Wochenende.«

Er klang merkwürdig. Zu lässig. Zu betont geschäftstüchtig. Und er sah sie nicht an. Das alles machte Adda stutzig. Sie hatte Dirk eigentlich gebeten, an diesem Wochenende auf Feemke achtzugeben, doch wie immer war ihm seine Arbeit wichtiger.

»Dirk«, begann Adda ebenso betont ruhig, »ich habe Feemke gestern nach der Arbeit extra zu meiner Mutter gebracht, damit ich dieses Wochenende nach Bonn fahren kann. Es wäre aber deine Aufgabe gewesen, dich um sie zu kümmern. Deine Kollegen haben auch Familie und sind nicht ununterbrochen in der Kanzlei.«

Dirk reagierte zwar nicht, aber seine Hände umklammerten das Papier der Zeitung ein bisschen zu fest.

Mit ihm stimmte etwas nicht!

»Du hättest den Tag heute mit Feemke verbringen können. Aber nein, auch am Samstag muss der Herr Anwalt arbeiten. Ein Hoch auf die Kanzlei Evenburg&Partner.«

Dirk hatte jetzt kleine Schweißperlen auf der Stirn. »Hätte ich gern gemacht, aber es gibt berufliche Termine, die sich nicht aufschieben lassen. Wenn du Nachtwache hast, gehst du schließlich auch hin, und Feemke muss betreut werden. Auch am Wochenende. Dein Schichtdienst ist also in Ordnung, arbeite ich, bin ich ein Macho. Habe verstanden.«

Adda fühlte sich in die Ecke gedrängt. Wie immer, wenn sie mit Dirk diskutierte. Er war so viel wortgewandter als sie. Ihr Versuch, sich zu wehren, war daher eher ein hilfloses Unterfangen. »Du bist aber gar nicht mehr für uns da...«

Dirk lächelte süffisant. »Du fährst heute zur Demo und hast unsere Tochter zu deiner Mutter gebracht. Warum bist du denn am Wochenende nicht zu Hause, wenn du mal frei und keinen Dienst hast? Am Nachmittag komme ich immerhin zurück und hätte mich um Feemke kümmern können. Oder was mit euch beiden unternehmen.« Dirk legte die Zeitung auf den Tisch. »Adda, hör bitte mit den Vorwürfen auf. Das bringt uns nicht weiter. Ich gehe meinen Weg, und du tust das, was du für richtig hältst. Wo bitte liegt das Problem? Feemke kommt schon klar, sie kennt es ja nicht anders.«

Adda wurde bei seinen Worten richtig sauer. »Warum interessierst du dich nie mehr für mich und für das, was mich begeistert?«, fragte sie. »Kein einziges Mal tust du das.«

»Gegenfrage: Was ist mit dir? Nein, alles, was mit der Kanzlei zusammenhängt, findest du spießig und langweilig. Dabei verdiene ich damit das Geld, von dem wir in dieser tollen Wohnung leben können. Sieh dich doch um, was wir alles haben!« Er machte eine ausladende Handbewegung.

Ja, sie hatten es schön. Ihre Wohnung lag in einem exklusiven Jugendstilhaus im Bremer Bezirk Schwachhausen. Sie zog sich über eine Wohnfläche von hundert Quadratmetern, und sie besaßen sogar eine Terrasse, über die sie in einen kleinen, sonnigen Garten gelangten.

»Was willst du eigentlich, Adda Westerholt? Etwa zurück auf den Nordseehof und Schafe scheren?« Er grinste.

»Du bist so gemein! Ich will Zeit! Mit dir und Feemke! Was nützt das ganze Geld, wenn du gar nicht mehr weißt, wer wir sind!«

Dirk rollte die Zeitung zusammen. »Du bist kindisch«, sagte er, stand auf und ging zum Flurspiegel, wo er seine Krawatte so lange zurechtrückte, bis sie exakt in der Mitte saß. Danach griff er zu seinem Sakko, das auf einem Bügel an der Flurgarderobe hing, und legte es sorgfältig in die Armbeuge.

Adda blieb sitzen und schaute ihrem Mann zu. Ihr gingen diese peniblen Kleinigkeiten unglaublich auf die Nerven. Sie presste allerdings die Lippen zusammen, damit keine Bösartigkeiten darüberglitten, denn sie wollte keinen weiteren Streit. Sie war des Ganzen müde und fühlte sich maßlos überfordert.

Dirk atmete einmal schwer ein und schaute zu ihr herüber. »Hätte denn Deike keine Zeit gehabt? Dann wäre Feemke am Abend zu Hause gewesen.« Er klang versöhnlicher, und Adda versuchte ein Lächeln. So war es immer. Erst griffen sie sich gegenseitig an, dann trafen sie sich in der Mitte, und es schien, als wäre nichts passiert. Adda kam es vor, als würden sie einfach ein Laken über ihren Problemen ausbreiten, und lag es erst dort, taten sie alles, um es nicht zu beschmutzen.

»Warum konnte Deike denn nicht aufpassen?«, hakte Dirk nach.

»Die muss heute zur Aerobic, ihre komische Popper-Frisur stylen oder sonst was.« Auch das klang härter als beabsichtigt, aber ihre Freundschaft wurde derzeit ebenfalls auf eine harte Probe gestellt. Ihre Großcousine Deike war die Tochter von Addas Tante Theda, die zusammen mit Ingo auf dem Eilershof lebte. Sie war einmal ihre beste Freundin gewesen, und sie hatten viel zusammen unternommen und gemein gehabt, doch nun hatte sie sich endgültig der Mode verschrieben. Deike trug neuerdings karierte Karottenhosen und Poloshirts von Benetton und Burlington. Ihre blonden Haare hatte sie zu dieser merkwürdigen Frisur schneiden lassen, bei der eine Strähne die gesamte Gesichtshälfte verdeckte. Deike hatte sich vollends von der Politik abgewandt, sie debattierte nur noch über die aktuellen Modefarben, wobei sie am liebsten Senftöne trug, die ihr Gesicht aber fahl wirken ließen.

Adda seufzte laut. War nur sie noch die Alte? Oder eher die, die stehen geblieben war und sich nicht weiterentwickelt hatte?

Dirk wirkte unschlüssig, ob er gehen sollte oder nicht.

Er legte das Sakko auf die Kommode und kam noch einmal in die Küche zurück. Mit einer unsicher wirkenden Geste legte er seine Hände auf Addas Schultern und sah sie an. Nicht liebevoll, nicht so, wie ein Mann seine Frau ansehen sollte. Es war eher ein schulmeisterlicher Blick, der aber freundlich wirken sollte. So, wie er vermutlich schaute, wenn er einem Klienten etwas erklärte oder einen Zeugen zurechtwies.

»Hör mir mal bitte zu, Adda. Ich finde es kindisch, wenn du mit deinen sechsundzwanzig Jahren noch immer wie eine Studentin auf Demos herumspazierst und dafür sogar dein Kind nach Ostfriesland zu deiner Mutter bringst. Wir haben als junge Familie doch ganz andere Probleme.«

»Ja, Geld verdienen und Nest bauen…«

»Zum Beispiel. Adda, es geht so nicht weiter. Ich komme bei dir manchmal nicht mehr mit.« Er schluckte und wurde ein bisschen rot, aber wie immer hatte er sich schnell wieder in der Gewalt. »Lass uns in Ruhe reden, wenn du zurück bist. Weißt du schon, wie spät es wird?«

Adda wischte seine Hände von ihren Schultern. »Ich kann nicht sagen, wie lange wir für den Rückweg brauchen. Aber ja, ich komme in der Nacht zurück.«

Dirk sah auf die Uhr. »Denk bitte mal darüber nach, ob du dich immer richtig verhältst mit deiner ewigen Art, gegen alles und jeden zu sein.«

»Ich muss nun mal laut werden, wenn mir etwas gegen den Strich geht. Im übertragenen Sinne, meine ich. Ich muss mich wehren! Das weißt du doch!«

»Ach, Adda«, erwiderte Dirk kopfschüttelnd. »Werde erwachsen und mach deine Umwelt nicht ständig für alles verantwortlich, was bei dir gerade schiefläuft. Das hast du dir in den letzten Jahren so richtig angewöhnt. Ich glaube, du schiebst die Demos nur vor, weil du vor lauter Ohnmacht glaubst, alles bekämpfen zu müssen. Das ist für mich auf Dauer sehr schwierig«, fügte er leise hinzu und senkte den Blick.

Adda fand seine Worte unverschämt, aber bevor sie ihm widersprechen konnte, redete Dirk schon in normalem Tonfall weiter. »Du kannst nur bei dir selbst anfangen, die Welt zu verändern! Vielleicht solltest du in deinem Leben mal aufräumen und dich mit einigen Menschen aussöhnen, anstatt dich immer nur aufzulehnen. Du kommst mir ein bisschen vor wie Don Quichotte bei seinem Kampf gegen die Windmühlen.« Er hauchte ihr einen Kuss auf die Wange, aber es wirkte wieder nicht besonders liebevoll. Eher beiläufig, weil man den Ehepartner eben küsste, wenn man ging. »Ich muss jetzt wirklich los. Und du auch!« Dirk hatte den Türgriff schon in der Hand.

Adda saß wie erstarrt da. Seine Worte hatten sie tief getroffen. Was, wenn er recht hatte?

Waren ihre flammenden Reden nur eine Flucht davor, sich mit den vielen Baustellen in ihrem Leben auseinanderzusetzen? Ging es ihr in Wirklichkeit darum, den Schmerz, der ihr zugefügt worden war, zu kanalisieren?

Nein, sie wollte darüber jetzt nicht nachdenken. Trotzig brach es aus ihr heraus: »Morgen früh brauche ich den Wagen, um Feemke abzuholen. Sieh zu, dass er dann dasteht.«

»Dann reden wir morgen Abend, wenn Feemke schläft. Ich will das nicht mehr so, und zwischen Tür und Angel halte ich ein Gespräch für sinnlos.« Dirk kam erneut zurück in die Küche, stand unschlüssig vor Adda. Plötzlich riss er sie an sich, drückte sie und rannte dann aus der Wohnung. Täuschte sie sich, oder hatte er feuchte Augen?

Adda starrte noch eine ganze Weile auf die geschlossene Tür. Seine Worte, seine Geste hatten ein furchtbares Rumoren in ihrer Seele ausgelöst. Ihr war plötzlich übel, das Herz raste, und ihr Bauch krampfte sich zusammen. Dirk hatte recht. Sie liefen auf ein unglaubliches Ehedesaster zu. Nein, sie steckten mittendrin, und wenn sie nicht aufpassten, würden sie den Ausgang aus diesem Labyrinth nicht finden.

Es dauerte eine Weile, ehe Adda sich beruhigt hatte. Um ihr Herzklopfen einzudämmen, holte sie mechanisch zwei weitere Toastbrote hervor, belegte sie mit Käse und wickelte sie in Pergamentpapier ein. Im Kühlschrank fand Adda noch zwei Caprisonnen. Das musste für heute reichen. Notfalls gab es bei der Demo bestimmt eine Bratwurst zu kaufen. Dann räumte sie den Teller und den Becher in die Spülmaschine und wischte den Tisch ab. Nun sah die Küche wieder manierlich aus, und Dirk würde nicht meckern können.

Adda ging ins Schlafzimmer, nahm die beigefarbene Strickjacke aus dem Schrank, griff nach dem bunt bestickten Rucksack, in dem sie ihr Portemonnaie und ihre Papiere aufbewahrte, und sah sich prüfend um.

»Häusliche Spießerordnung neben Demo«, sagte sie leise zu sich. »Was passt hier nicht?«

Adda verließ die Wohnung, schlug die Tür hinter sich zu, trat auf die Straße und sah auf ihre Armbanduhr. Wenn sie sich sputete, konnte sie eine Straßenbahn eher fahren. Sie sprintete los, denn im Augenblick tat es gut, möglichst viel Abstand zwischen sich und ihre Wohnung zu bekommen.

Adda hatte Glück und erreichte die Straßenbahn gerade noch. In letzter Sekunde sprang sie durch die geöffnete Tür. Um diese Zeit war noch nicht viel los, und sie setzte sich schwer atmend auf eine Sitzbank.

Die Fahrt dauerte nicht lange. Schon bald hatte die Bahn den Hauptbahnhof erreicht und hielt mit einem Ruck an.

Adda eilte auf den Bahnhofsvorplatz zu. Sie musste daran denken, wie verloren sie sich in Bremen gefühlt hatte, als sie vor vielen Jahren zusammen mit ihrer Freundin Deike aus dem Bahnhofsgebäude getreten war. Zum ersten Mal hatte sie damals ihr Dorf Neusiel und die Schäferei verlassen – und war gleich in eine so große Stadt wie Bremen gezogen. Der Unterschied zum dörflichen Leben war so gewaltig gewesen, dass sie auch nach Afrika hätte reisen können, um ein ähnlich fremdes Umfeld zu haben. Doch sie hatte fortgemusst aus der Enge des ländlichen Lebens und sich derart schnell in der Großstadt eingewöhnt, dass es sie selbst verwundert hatte.

Jedes Mal, wenn Adda sich in der Innenstadt Bremens aufhielt, war sie erstaunt, wie sehr hier das Leben pulsierte. Sogar so früh an einem Samstagmorgen rollte der Verkehr. Irgendwo hupte ein Auto, und wie als Antwort darauf klingelte eine der Straßenbahnen. Es roch nach Diesel und dem Gemisch der Zweitakter, denn es waren auch viele Mofas unterwegs. Adda liebte die Geräusche und fühlte sich wie von dem Lied der Stadt getragen.

Sie konnte bis heute keine Schafe mehr sehen und den Namen Nordseehof, dem alles untergeordnet war, nicht mehr hören. Nichts zog sie dorthin zurück.

Sie steuerte das Überseemuseum an, zu dem etliche Stufen hinaufführten. Sie hatte sich mit der Fahrgemeinschaft auf dem Vorplatz verabredet.

Die drei Mitfahrer standen schon da und rauchten. Sie wirkten arg übernächtigt. Adda hoffte, dass ihr Fahrer Peter Bass trotzdem eine gute Nacht gehabt hatte.

»Hi, da kommt Adda ja«, sagte er lächelnd. Ihm gehörte der orangefarbige VW Käfer, in dem er sie nach Bonn kutschieren wollte. Er war derart mit Aufklebern übersät, dass man die Farbe nur noch schwerlich erkennen konnte. Slogans wie *Atomkraft – Nein danke* und *AKW-Nee* wechselten sich ab mit *Stell dir vor, es ist Krieg und keiner geht hin* und anderen Motiven wie dem Konterfei von Che Guevara und der weißen Friedenstaube auf blauem Hintergrund.

»So sieht man den Rost nicht«, hatte Peter Adda mal erklärt. »Allerdings imponiert das dem TÜV leider gar nicht. Bin schon einmal durchgefallen, aber nun wird es klappen. Hab ein bisschen nachgespachtelt.«

Neben Peter standen Sina Waldmann und Hendrik Frisch. Sie schliefen zusammen, hatten aber keine »spießige Beziehungskiste«, wie sie es ausdrückten. Das hatte Adda bei einer der letzten Feten zu spüren bekommen, als Hendrik unbedingt mit ihr ins Bett wollte, weil Sina mit einem anderen Typen beschäftigt war. »Kommt nur darauf an, dass man sich geistig treu ist«, erklärten sie wieder und wieder. Fast so, als müssten sie sich selbst davon überzeugen. Adda konnte mit dieser Haltung nichts anfangen, da war sie wohl doch zu sehr von den konservativen Vorstellungen auf dem Land geprägt. Und von dem, was ihr wegen des Betrugs durch ihre Mutter widerfahren war. Wenn sie mit jemandem liiert war, dann ganz – oder sie ließ es.

»Hallo, Anwaltsgattin«, frotzelte Hendrik. Er trug wie immer seine Flickenjeans und dazu ein kariertes Hemd. Das aschblonde Haar hatte er zu einem lockeren Zopf zusammengebunden. Dass Adda ihm einen Korb gegeben hatte, konnte er ihr offenbar nicht verzeihen, denn er griff sie bei jedem ihrer Treffen an und bohrte in der Wunde, die ihr wehtat. Sie, die ältere Adda, die jenseits der Demos und Aktionen in ihrem spießigen Leben verhaftet war.

Hendrik sog an der Zigarette. »Hätte nicht gedacht, dass du wirklich kommst und in einem VW Käfer nach Bonn reisen möchtest. Das Gefährt parkt hinter dem Museum im Verborgenen. Ist schließlich kein Audi-Anwaltsschlitten.« Er machte eine ausladende Handbewegung.

Adda biss sich auf die Unterlippe, um das Gesagte nicht zu kommentieren. Sie mochte es nicht, wenn man sie als Anwaltsgattin bezeichnete, und schon gar nicht, wenn man sie dezent darauf hinwies, dass ein VW Käfer eigentlich unter ihrem Niveau war. Adda fand Dirks Wagen selbst zu protzig. Niemals hätte sie vorgeschlagen, damit auf eine Demo zu fahren, auch wenn es ein viel bequemeres Fahrzeug war. Doch bei ihren Aktionen ging es ja unterschwellig nicht nur um den Frieden, sondern auch darum, sich nicht gemein zu machen mit den Kapitalisten und der Rüstungsindustrie.

Dirk hätte sie damals ausgelacht, wenn sie ihm erzählt hätte, dass sie einmal genau dieses Problem haben würden. Er, der Anwalt, der sich heute mit Klienten aus der Wirtschaft schmückte und mit seinen Honoraren ihre feudale Wohnung finanzierte.

Ihr Mann versteckte sich hinter der Argumentation, als Vater dafür verantwortlich zu sein, dass sein Kind in einem gewissen Wohlstand aufwachsen konnte. Adda fand jedoch nach wie vor, dass Geld im Leben eine sekundäre Rolle spielen sollte und man sich nicht alles leisten können musste. Hauptsache, es herrschte Frieden und ein gutes Miteinander. Sie straffte die Schultern. Jetzt nicht schon wieder über ihren Mann nachdenken. Das konnte sie heute Nacht tun, wenn sie zurück war. Der Tag heute gehörte erst einmal ihr.

»Let's go!«, sagte Peter. »Damit wir Coretta King oder den Böll nicht verpassen!«

Adda wischte alle finsteren Gedanken weg und beschloss, sich auf den Tag in Bonn zu freuen.

Sie umrundeten das Museumsgebäude, bis sie bei Peters Auto angelangt waren. Adda setzte sich mit Sina auf die Rückbank, während Hendrik vorn neben Peter Platz nahm. Der steckte eine Kassette ins Autoradio, und sofort wurden sie von den Klängen von Pink Floyd überspült. Adda mochte die Band, und von der Platte *The Wall* liebte sie den Song *Run Like Hell* am meisten. Vielleicht, weil sie sich im Augenblick ähnlich fühlte.

Adda schloss die Augen und versuchte ein bisschen zu schlafen, damit sie nicht nachdenken musste. Deshalb bekam sie nur am Rande mit, dass Sina sich während der Fahrt übergab und sie an der Raststätte Dammer Berge kurz anhalten mussten, damit sie sich säubern konnte.

KAPITEL 2

Paul Ehlers liebte den Samstagmorgen, weil er das ganze Wochenende vor sich hatte. Er stellte die Kaffeemaschine an und sah auf die Uhr. Es war gerade zehn, und er konnte in Ruhe frühstücken. Paul lebte seit zwei Jahren in einer Oberwohnung in Horsten in der Kirchstraße und betrieb als Hobby eine kleine Motorradwerkstatt. Seinen Porsche hatte er gegen einen Kleinwagen getauscht und fuhr seit einiger Zeit zudem eine Harley Electra Glide. Es war ein wunderbares Modell. Ganz in Beige gehalten, mächtige Schutzbleche, dazu schwarze Ledersitze. Seine Maschine hatte sogar ein Windshield. Ein absolutes Traummodell, um das ihn viele beneideten. Vor allem die jungen Frauen mochten Männer mit dicken Maschinen, und noch mehr, wenn diese ordentlich knatterten. Es gab Tricks genug, wie er das ein bisschen forcieren konnte. Meist blieb es allerdings bei der Bewunderung, denn Paul war nicht sehr geschickt, wenn es ums Flirten ging. Meist sagte er das Falsche, oder ihm passierte ein schreckliches Missgeschick, wenn er sich mit einer Frau traf. Entweder warf er sein eigenes Glas um oder schlimmer noch: Er verschüttete den Inhalt über der Hose der Frau.

Allerdings gab es eine, die er gern näher kennengelernt hätte, und das war Irmi Brede, die am Deich in Petersgroden am Jadebusen lebte. Aber er wagte nicht, sie anzusprechen, aus Angst, wieder zu versagen. Sie war eine Bauerntochter und hatte so viele Sommersprossen, dass Paul am liebsten jede einzelne gezählt hätte, nur um ihr nah zu sein. Er war fasziniert von ihren feuerroten, schulterlangen Haaren, die sich an keiner einzigen Stelle kräuselten. Für ihn war sie die schönste Frau, die ihm seit Langem begegnet war, und er dachte oft an sie.

Paul hoffte, dass seine Zeit kommen würde. Denn er war sich sicher, dass Irmi ihn, wenn sie sich trafen, länger ansah als nötig, und war das nicht ein gutes Zeichen? Er würde abwarten, ausharren, und wenn er sich sicher war, wollte er sie fragen, ob sie Lust hätte, mit ihm Motorrad zu fahren. Gut, das war keine besonders originelle Idee, aber die meisten Frauen fanden Motorräder aufregend. Die Harley war also sein einziger Trumpf.

Seit Paul vor sechs Jahren in der Versicherung Fuß gefasst hatte und sich deshalb viele Dinge leisten konnte, hatte er das Gefühl, in seinem Leben angekommen zu sein. Längst musste er nicht mehr seiner Mutter auf der Tasche liegen, und auch das war erleichternd, denn Manu hatte gesundheitliche Probleme und konnte nicht mehr in Vollzeit arbeiten.

Leider hatten sie sich aber noch mehr auseinandergelebt. Seine Mutter verstand einfach nicht, warum Paul sich in Ostfriesland niedergelassen hatte und nicht mehr im Pott leben wollte. »Das ist da doch die pure Provinz!«, sagte sie ein ums andere Mal in abfälligem Tonfall. Sie hatte zwar recht, aber Paul kam mit dem ruhigen und besonnenen Menschenschlag an der Küste besser zurecht als mit dem im Ruhrgebiet. Außerdem lebten Johanna und Rolf hier, und bei ihnen fühlte er sich wohl.

Nachdem der Kaffee durchgelaufen war, nahm Paul die Kanne von der Heizplatte und schenkte sich eine Tasse ein. Ihm ging es verdammt gut in dieser Wohnung. In diesem Dorf mit den überschaubaren Strukturen und mit freundlichen Menschen, die ihm aber nie zu nah kamen.

Dank seines Einkommens kam Paul sich sogar ein bisschen reich vor. In seiner Küche gab es eine Spülmaschine, die Fronten waren hellbraun und mit hellem Kiefernfurnier abgesetzt. Die Fliesen schmückten braune Ornamente. Sein Bad war nagelneu und grün gefliest. Auch Waschbecken, WC und Dusche hatten dieselbe Farbe. Sein Bett nebst Kleiderschrank standen in einem kleinen Schlafzimmer, sein Wohnzimmer hatte eine Dachschräge, was dem Raum aber Gemütlichkeit verlieh. Überall dominierten moderne, dunkle Möbel. Alles hatte er sich neu kaufen können, und es gefiel ihm bis zum letzten Bilderrahmen.

Paul seufzte. Alles könnte so wunderbar sein...

Aber dann hatte Rolfs Ex-Frau Dagmar, die seit ihrer Trennung eigentlich bei seiner Mutter lebte, gestern Abend bei ihm vor der Tür gestanden und sich in den Kopf gesetzt hierzubleiben. Sie kannten sich schon seit seiner Kindheit, weil sie die beste Freundin seiner Mutter war. Und früher – da war er oft zu ihr und Rolf geflüchtet. Deshalb brachte er es jetzt nicht übers Herz, sie in eine Pension oder in ein Hotel zu schicken. Zumal Dagmar hatte durchklingen lassen, dass sie momentan arbeitslos und deshalb finanziell recht klamm war. Irgendwie hatte es Streit zwischen ihr und seiner Mutter gegeben.

»Manu braucht mehr Ruhe. Und ich brauche ein bisschen Abstand zum Pott. Außerdem muss ich mit Rolf reden«, hatte Dagmar ihre Ausführungen geschlossen. Paul ahnte, dass sie plötzlich auf die Idee gekommen war, ihren Mann zurückzuerobern.

Paul hoffte eigentlich, dass sie es sich anders überlegte und wieder verschwand, denn sie mochte Ostfriesland ebenso wenig wie Manu. Darin waren sie sich immer einig gewesen. Dagmar war anstrengend, launisch, und man wusste bei ihr nie genau, woran man war. Auch ihr spontaner Entschluss, jetzt nach Ostfriesland zu kommen, passte dazu.

Gerade betrat sie die Küche. Ihre Augen glänzten ein bisschen zu arg, und Paul beschlich das ungute Gefühl, sie könnte wieder getrunken haben. Schon früher hatte Dagmar dem Alkohol zu viel und zu gern zugesprochen. Paul befürchtete, auch das konnte ein Grund für das Zerwürfnis mit seiner Mutter sein.

Dagmars Gesicht erhellte sich, als sie sah, dass die Kanne mit dem Kaffee schon auf dem Tisch stand. »Es duftet nach einem guten Morgen!« Sie nahm sich eine Tasse aus dem Schrank. Dabei bewegte sie sich in Pauls Wohnung mit einer Selbstverständlichkeit, die ihn abstieß. »So einen Koffeinkick kann ich brauchen. Heute fahre ich zu meinem Menzelchen.«

Sie sagt immer noch Menzelchen anstelle von Rolf, dachte Paul. Er sah Dagmar mit festem Blick an. »Lass es bitte! Deinem Ex-Mann« – er betonte das Ex besonders – »geht es gut in seinem kleinen Landarbeiterhaus. Ihr seid beide über die Trennung hinweg, warum also willst du alte Wunden aufreißen und ihn besuchen? Ihr habt euch Jahre nicht gesehen. Wozu soll das gut sein, Dagmar?«

»Wozu das gut sein soll?«, wiederholte Dagmar lapidar. »Ich will ihn zurück, ganz einfach.«

Paul schlug verärgert mit der Hand auf die Tischplatte. Hatte er es doch gewusst! »Wie – du willst ihn zurück? Das geht nicht!«

»Klar geht das.« Dagmar setzte sich und schlug graziös die Beine übereinander. Sie war mit ihren fünfzig Jahren noch immer eine attraktive Frau, die sich gut in Pose setzen konnte. Ihr dunkles, kurz geschnittenes Haar war nur von wenigen grauen Strähnen durchzogen, und im Gegensatz zu vielen anderen Frauen ihres Alters hatte sie kaum Bauch oder andere Speckröllchen. Sie schenkte sich Kaffee ein und sagte: »Diese Johanna will ihn schließlich nicht, und ich brauche wieder einen Mann, jetzt, wo Manu und ich nicht mehr in unserer Frauen-WG wohnen können. So ohne Gesellschaft gefällt es mir aber nicht. Und die Kerle, die ich zwischendurch kriegen konnte, kommen an mein Menzelchen nicht heran. Ich vermisse ihn. Wie sehr, das glaubst du gar nicht.« Dagmar nahm mit gespitzten Lippen einen Schluck Kaffee, verzog das Gesicht und gab etwas Zucker und Milch dazu. »Da steht ja der Löffel drin! Machst du ihn immer so stark?«

Paul ignorierte die Frage, Dagmar musste seinen Kaffee ja nicht trinken und konnte in ein Hotel oder eine Pension gehen.

»Du könntest dich auch um Manu kümmern, statt abzuhauen, weil sie dich nicht mehr bemuttern kann«, sagte Paul.

»Das will ich aber nicht. Ich bin keine Krankenschwester, und deine Mutter und ich sind übereingekommen, dass es so besser ist. Wir wollen uns eigentlich nicht streiten, aber jetzt, wo sie nicht mehr richtig arbeiten kann, ist sie ein wenig unleidlich geworden.« Dagmar rührte den Kaffee, der von der Milch eine hellbraune Farbe angenommen hatte. »Wenn du etwas öfter in Oberhausen gewesen wärst, wüsstest du das.«

Der Seitenhieb saß, denn Paul hatte durchaus ein schlechtes Gewissen, weil er so selten zu seiner Mutter fuhr. Nur fand er die beiden Frauen auf Dauer sehr anstrengend. Früher, da war Dagmar so etwas wie eine Vertraute für ihn, den verlorenen Paul, gewesen. Aber das war lange her. Manchmal fand er es erschreckend, wie sehr sich nicht nur die Welt, sondern auch die Menschen ringsum verändert hatten.

Er trank ebenfalls einen Schluck, war aber unsicher, was er zu Dagmar sagen sollte.

Sie war offenbar jetzt mit dem Kaffee zufrieden und trank die Tasse rasch leer. »Ich fahre gleich nach dem Minifrühstück zu Menzelchen«, sagte sie. »Ich glaube, er wird sich freuen, schließlich ist er genauso allein wie ich – wo Johanna ihn hinhält.«

»Woher weißt du das eigentlich alles?«, fragte Paul.

»Tja …«, begann Dagmar lang gezogen, »ab und zu telefonieren wir. So als alte Liebende.«

Paul runzelte bei den Worten kritisch die Stirn. Er war sich sicher, dass Rolf über diesen Besuch keineswegs begeistert sein würde. Auch wenn er nicht mit Johanna zusammen war, so liebte er sie doch, und umgekehrt verhielt es sich ebenso. Das war unübersehbar. Warum sollte er sich also wieder mit Dagmar einlassen, zumal ihre Ehe ein einziges Auf und Ab gewesen war und sie sich am Ende nicht mehr viel zu sagen hatten, ja Dagmar ihn sogar ziemlich attackiert hatte? So ähnlich hatte es ihm Rolf einmal mit wenigen Sätzen erklärt. Ansonsten sprach er nie über seine Zeit mit Dagmar, weder im Guten noch im Schlechten. Rolf war ein feiner Kerl, meist gut gelaunt, und doch wirkte er auf Paul oft still und in sich gekehrt, vor allem, wenn er sich unbeobachtet glaubte. In diesen Momenten verblassten seine sonst so strahlenden Augen, als hätte jemand das Licht ausgeknipst. Paul ahnte, dass diese innere Trauer mit Johanna zusammenhing, denn war Rolf in ihrer Nähe, änderte sich alles schlagartig, und er wirkte wie ein glücklicher Mann. Sollte er Dagmar das sagen? Sie warnen und ihr deutlich machen, dass ihr Plan zum Scheitern verurteilt war?

Er sah sie an.

Dagmar saß zufrieden am Tisch und schien restlos davon überzeugt, das Richtige zu tun. Paul fühlte sich mit jeder Sekunde stärker berufen, sie an dem Besuch zu hindern. Schließlich konnte er nicht mehr an sich halten und hieb erneut mit der Handfläche so heftig auf den Tisch, dass die Tassen klirrten. »Dagmar, noch einmal! Bitte fahr nicht! Du hast getrunken, das ist kein guter Start für ein Gespräch. Warte lieber noch, oder lass den Besuch ganz sein.«

Dagmar lachte nur affektiert. »Das bisschen Sekt am Morgen macht mich höchstens putzmunter, Paul. Ich weiß, was ich tue. Und wie ich das weiß!«

Doch er gab nicht auf. »Fahr zurück nach Oberhausen, und lass Rolf seinen Frieden. Das mit euch wird nichts mehr, glaub mir! Ich weiß nicht, was zwischen dir und meiner Mutter vorgefallen ist, aber bring lieber das in Ordnung. Da ist dein Leben.«

Seine Argumente waren schwach, das wusste er selbst. Er kannte Dagmar und war sich sicher, dass sie so kaum zu überzeugen war.

Sie lächelte tatsächlich nur und strich sich durchs Haar. »Ich möchte mit Manu nichts mehr zu tun haben, bitte nimm das zur Kenntnis. Wir haben uns gestritten. Deshalb gehe ich nicht zu ihr zurück.«

Paul sprang abrupt auf, setzte sich aber sofort wieder. »Du tust gerade so, als hättest du mit meiner Mutter in einer Ehe gelebt!« Er sprach das aus, wovor er sich die ganze Zeit gefürchtet hatte, nämlich, dass seine Mutter und Dagmar nicht nur Freundinnen in einer WG waren.

Aber Dagmar lachte laut auf. »Herzchen! Ich bin doch nicht lesbisch! Ich mag Männer, und am liebsten mein Menzelchen. Ich mochte aber auch deinen Vater. Sehr sogar. Das war ein echter Kerl!« Sie griff zu ihrer pompösen, weißen Handtasche, die am Korpus mit Silbernieten bestückt war, und angelte eine Zigarette heraus. »Deine Mutter und ich hatten wirklich nur noch Streit.« Sie ergriff das Feuerzeug, zündete die Zigarette an und nahm einen tiefen Zug. »Versuch also nicht, mich von meinem Vorhaben abzubringen. Ich will Menzelchen zurück, koste es, was es wolle. Mit ihm hat es in meinem beschissenen Leben noch am besten funktioniert. Ich glaube, ich brauche ihn.«

Paul war sprachlos. In seinem Kopf überschlugen sich die Gedanken. Diese Selbstverständlichkeit, mit der Dagmar Dinge verdrehte oder verurteilte oder sich nehmen wollte, überforderte ihn. Er konnte ihr vor Schreck nicht einmal sagen, dass in seiner Wohnung Rauchverbot herrschte.

Dagmar sah auf die Uhr. »Es wird Zeit. Heute ist Samstag, da hat Menzelchen frei, und ich werde ihn antreffen.« Sie schien davon überzeugt zu sein, dass Rolf sie mit offenen Armen empfangen würde.

Paul startete einen letzten Versuch. »Es kann aber sein, dass er heute auf dem Nordseehof hilft. Die Ställe dort müssen auf Vordermann gebracht werden, ehe die Schafe aufgestallt werden.«

Offenbar schreckte Dagmar jedoch in ihrer momentanen Verfassung vor nichts zurück. »Dann fahre ich eben dorthin. Was kümmert mich Johanna Deeken, diese Bäuerin?« Sie drückte ihre nur angerauchte Zigarette auf der Untertasse aus. Sie tat es lange, ein bisschen zu heftig und mit zu einem Strich zusammengepressten Lippen.

Dagmar ist längst nicht so entspannt, wie sie tut, dachte Paul. »Ich mag es übrigens nicht, wenn hier drinnen gequalmt wird. Mach das zukünftig bitte draußen«, sagte er dann doch.

Dagmars Gesicht verfinsterte sich. »Was bist denn du für ein Heini geworden? Die Nähe zur Nordsee scheint dein Gehirn mit Schlick zu verstopfen.« Sie stand auf. »Mann, seid ihr alle komisch. Deine Mutter, du ... Ich hoffe, wenigstens Menzelchen ist noch der Alte!«

»Ist er nicht«, gab Paul zurück. »Was tust du, wenn Rolf dich nicht will?« Er erinnerte sich, dass Dagmar sehr unflätig reagieren konnte, wenn ihr etwas gegen den Strich ging. Vor allem, wenn sie nicht ganz nüchtern war.

Sie stand mittlerweile in der Tür zum Flur und drehte

sich mit einer lasziven Haltung zu Paul um, als würde sie trainieren, wie sie gleich bei Rolf auftreten wollte. »Das kann nicht sein, deshalb mache ich mir darüber keine Gedanken«, entgegnete sie in einem weichen Tonfall, mit dem sie wohl die Schauspielerin Hannelore Elsner nachmachte. Paul wusste noch, dass sie die Filme mit ihr mochte. »Ich habe von Menzelchen *immer* das bekommen, was ich wollte. Ich weiß, wie man mit ihm umgehen muss. Also versuche bitte nicht, mich von meinem Besuch abzubringen. Es wird dir nicht gelingen.« Selbstzufrieden verschwand Dagmar aus der Tür. Sie schien tatsächlich zu glauben, was sie sagte.

*

Johanna war früh aufgestanden und saß jetzt am Bett ihrer schlafenden Enkeltochter. Sie genoss die ruhigen Atemzüge des Kindes. Feemke roch so gut. Ein bisschen süßlich, ein bisschen nach dem Wind, der gestern draußen mit ihrem blonden Haar gespielt hatte.

Johanna seufzte. Ihre Enkelin war ihr ganzes Glück, und sie wirkte im Schlaf so unschuldig … Wenn es Johanna möglich gewesen wäre, hätte sie sich jetzt in eine gute Fee verwandelt und über ihre Enkelin einen Schutz verhängt. Sie hätte ihr alles Gute der Welt gewünscht und dass sie nie in ein solches Gefühlschaos gestürzt werden würde, wie sie es selbst hatte erleben müssen. Und Adda noch viel mehr. Feemke sollte diese Last nicht tragen müssen, sondern frei sein. Glücklich und unbeschwert.

Doch es war unrealistisch, zu denken, ein Leben könne ausschließlich geradlinig verlaufen. Feemke musste ihren eigenen Weg gehen und sich behaupten, wo es nötig war. Das ging gewiss nicht ohne Blessuren. Schon jetzt bahnte sich an, dass die erste Verletzung wohl nicht lange auf sich warten ließ. Johanna brauchte sich nur Adda und Dirk anzusehen. Diese Ehe würde nicht mehr lange gut gehen, wenn sich nichts Grundlegendes änderte. Adda sprach zwar nicht darüber, aber Johanna hatte Augen im Kopf und konnte sich so manche Dinge zusammenreimen. Feemkes heile Familienwelt schien massiv in Gefahr zu sein.

»Aber *ich* kann dir *hier* ein Zuhause geben«, flüsterte Johanna. »Ich kann immer für dich da sein. Dir mein Herz öffnen und dich trösten, wenn du mich brauchst.« Sie strich ihrer Enkelin sacht übers Haar, und die Kleine gab ein leises Seufzen von sich.

Feemke hing sehr an ihr und wich Johanna fast nicht von der Seite. Und sie liebte Schafe. Stundenlang konnte Johanna mit ihr auf den Deichwiesen spazieren gehen und Geschichten über den Nordseehof und die vergangenen Zeiten erzählen. Natürlich ein bisschen geschönt, ein bisschen farbiger, als es gewesen war. Feemke saugte alles in sich auf, als wäre sie ein Schwamm, dem das Wasser fehlte. Die alten Familiengeschichten gaben ihr den Halt, der ihr im Alltag offenbar fehlte.

Johanna war immer mehr davon überzeugt, dass es besser wäre, Feemke auf dem Nordseehof aufwachsen zu lassen. Von der merkwürdigen antiautoritären Erziehung in diesem Kinderladen, wo die Kleine noch ein Jahr lang bis zu ihrer Einschulung betreut wurde, hielt sie gar nichts. Und sie fand es auch nicht gut, dass ihre Enkelin so viele Stunden am Tag nicht zu Hause war. Aber sie würde den

Teufel tun und Adda darauf ansprechen. Gerade jetzt nicht, wo sie sich ein bisschen angenähert hatten.

Feemke schlug die Augen auf und sah ihre Oma mit einem leichten Lächeln an. »Morgen«, flüsterte sie, blieb aber ganz still liegen, so als müsse sie erst realisieren, dass ein neuer Tag begonnen hatte.

Sie sieht aus wie ein Engel, dachte Johanna. Feemkes Augen hatten dasselbe Blau wie die von Rolf und Adda und stachen aus dem kleinen Gesicht hervor. Die breiteren Lippen hatte sie ebenfalls von ihrer Mutter geerbt, aber die Nase glich eindeutig der von Dirk. Auch ihr goldblondes Haar war das des Vaters.

Die Kleine setzte sich auf und schlang ihre Arme um Johannas Hals. »Gehen wir gleich zu den Schafen?«

»Ja, mien Deern, das machen wir«, sagte Johanna. »Aber erst gibt es Frühstück mit Kakao. Und weißt du, wer heute noch kommt?«

Feemke sah ihre Oma mit großen Augen fragend an.

»Micha.«

Feemke nickte verständig. Sie mochte Michael, der mit seinem rotblonden, vom Kopf abstehenden Haar und den versprengten Sommersprossen immer ein wenig verloren wirkte. In Feemke hatte er jedoch die beste Freundin gefunden.

»Es ist traurig, dass Michas Mama ein Engel ist«, sagte Feemke. »Ohne Mama ist es traurig. Auch wenn er einen tollen Papa hat. Hauke ist nett. Ich bin immer ganz lieb zu Micha, weil ich ja eigentlich auch oft keine Mama hab.«

Johanna zuckte zurück. »O doch, Feemke. Du hast eine ganz liebe Mama. Warum sagst du das?«

Feemke nickte eifrig. »Mama ist lieb, aber sie ist meistens weg, und Jasna aus dem Kinderladen sagt, ich habe keine richtige Mama.«

Johanna biss sich auf die Lippen. Sie musste dringend mit ihrer Tochter reden, da die Kindergärtnerin offenbar gegen die Mutter intrigierte und das Kind aufhetzte. Das war nicht gut für Feemkes ohnehin labile Verfassung.

Johanna seufzte. Auch wenn sie es selbst nicht gut fand, dass ihre Enkelin in einem Kinderladen und nicht von Verwandten betreut wurde, missfiel ihr das Verhalten der Erzieherin.

Sie strich Feemke übers Haar. »Das musst du nicht glauben, mien Deern. Du *hast* eine Mama! Aber sie geht eben arbeiten, so wie dein Papa auch. Ich musste auch immer auf dem Hof sein.«

»Dann warst du auch keine echte Mutter?«

Johanna versetzte es einen Stich. »Doch, ich bin eine echte Mama. Von Onkel Uwe und von deiner Mama. Und meine Mutter war auch eine starke Mama. So sind wir nämlich, wir Frauen vom Nordseehof.«

Über Feemkes Gesicht glitt ein Strahlen. »Bin ich auch eine Frau vom Nordseehof?«

»Wenn du magst, immer«, sagte Johanna versonnen. »Wenn du magst, immer.«

*

Adda wachte auf, weil jemand aufs Autodach klopfte. Sie hatte tatsächlich die ganze Fahrt verschlafen. Sie rieb sich die Augen, kletterte aus dem Käfer und reckte sich. Sie war in Bonn!

»Na, du Schlafmütze«, begrüßte Peter sie. Er drehte sich gerade eine Kippe. »Da sind wir, um die Welt zu retten.«

»Schön wär's«, entgegnete Adda. Ihr knurrte der Magen, deshalb beugte sie sich ins Auto zur Rückbank, griff nach dem Rucksack und suchte nach ihren beiden belegten Broten, die sie in Pergamentpapier eingewickelt hatte, und biss herzhaft ab.

»Ziemlich viel los«, sagte sie kauend und sah sich suchend nach den anderen um.

Peter hatte ihren Blick bemerkt. »Die sind zum Klo.« Er wies mit dem Kopf zu den Toilettenhäuschen, um die sich eine Menge Leute scharten. »Mann, ist das geil, dass wir es auf die Reihe bekommen haben, hier zu sein«, sagte er.

»Das ist echt… bombastisch!« Adda konnte ihm nur voll und ganz beipflichten.

Peter hatte die Zigarette fertig gedreht und nahm das Feuerzeug aus seiner Tasche. »Du siehst allerdings reichlich verpennt aus. So ein Kind schlaucht ganz schön, oder? Ich mein nur, weil du die ganze Fahrt über so fertig warst.«

Adda war erstaunt, dass Peter sich darüber Gedanken machte. Sie mochte es allerdings nicht, mit der Clique über ihre Familie zu reden. Sie war durch ihr Kind eine Exotin, aber sie zog es vor, so viel Normalität wie möglich vorzutäuschen. Keinen ging zum Beispiel der Stress mit Dirk etwas an. Dass sie die Betreuung von Feemke oft überforderte, wollte sie ebenfalls nicht zum Thema machen. Deshalb antwortete sie vage: »Ja, Kind, Haus und Arbeit, das ist anstrengend. Ich kann nicht einfach Pause machen, bloß weil ich müde bin. Feemke braucht viel Aufmerksamkeit…« Adda unterbrach sich selbst. »Aber es passt schon.«

Peter war ohnehin abgelenkt, weil von Weitem Gesang zu ihnen herüberschallte. »We shall overcome«, sangen die Leute.

Addas Herz schlug heftig. Es klang so friedlich, so verheißungsvoll. Sie waren viele. Tausende! Vielleicht Zehn- oder gar Hunderttausende. Das musste doch etwas bewirken können!

Peter lachte plötzlich laut auf und deutete auf Sina, die in einem fragwürdigen Outfit aus einem der Toilettenhäuschen kam.

»Jetzt läuft sie wie ein gelber Gummischlauch herum und hat verdammt miese Laune.« Peter bekam sich vor Lachen gar nicht mehr ein. »Ihre Hose war nach der Panne an der Raststätte nicht mehr sauber zu kriegen. Sie kann das lange Autofahren wohl nicht ab, und der Geruch von Erbrochenem ist echt die Pest.« Er verzog angewidert das Gesicht. »Ich habe die Hose in den Abfalleimer geworfen und ihr eine meiner Regenhosen gegeben, die ich auf dem Bau anhabe.« Peter jobbte neben dem Studium in einer Tiefbaufirma und versenkte Rohre. »Aber das hast du ja verschlafen – oder dich tot gestellt.« Er lachte wieder auf. »Echt der neueste Schrei, mein Höschen.«

Adda verstand, dass Sina von diesem gelben, unförmigen Kleidungsstück aus Polyester nicht angetan war, aber vermutlich hatte sie keine andere Wahl gehabt. Insgeheim war Adda froh, dass sie nicht neben dem sauren Geruch von Erbrochenem hatte ausharren müssen. Sie griff nun ihrerseits nach der Packung Tabak, denn ihr Brot hatte sie inzwischen aufgegessen.

Sina kam mit bitterbösem Blick auf den Käfer zuge-schlendert. Es knisterte bei jedem Schritt, weil die äußere gelbe Plastikschicht zwischen den Beinen aneinanderrieb. »Ja, lach nur«, blaffte sie Adda an. »Das Ding lässt einen voll schwitzen. Wie Gummi auf Haut, nur wenig Baum-wollschicht dazwischen. Echt der Hit. Ganz abgesehen davon, dass es total scheiße aussieht.«

»Ich lach doch gar nicht«, nuschelte Adda. Mit der Fil-terkappe zwischen den Zähnen war es anders nicht mög-lich. Sie rollte den Tabak ins Papier und baute den Filter ein.

Peter gab ihr Feuer. Adda nahm einen kräftigen Zug.

Das »We shall overcome« wurde lauter. »Cool hier«, sagte sie, nachdem sie den Qualm ausgepustet hatte.

»Machen wir das Beste draus.« Sina hatte offenbar be-schlossen, ihre schlechte Stimmung zu vergessen. Gerade liefen ein paar Polizisten an ihnen vorbei. In den Knopflö-chern der Uniformen trugen sie kleine Blümchen. »Hier wird es wohl friedlicher abgehen als in Brokdorf«, sagte Sina.

»Ist ja auch eine Friedensdemo«, meinte Peter grin-send. »Und Ehekrieg kann es nicht geben, Addas Kerl ist schließlich zu Hause geblieben.«

Adda runzelte die Stirn, und Peter verstummte. Inzwi-schen war auch Hendrik von der Toilette zurück. Er hatte die letzten Sätze gehört und mischte sich sofort ein. »Addas Typ ist voll krass drauf mit seinen Anzügen und so. Ich an deiner Stelle würde mich scheiden lassen, dann hast du deine Selbstbestimmung zurück.«

Adda ging in Abwehrhaltung. Obwohl sie diese Dis-kussion lieber vermieden hätte, platzte es aus ihr heraus:

»Er ist Feemkes Vater! Und wir haben viel zusammen geschafft. Ohne ihn wäre ich bestimmt keine Krankenschwester, er hat mich dabei sehr unterstützt.«

Peter winkte ab. »Na und? Die Kleine geht in den Kinderladen, du kannst den ganzen Tag machen, was du willst. Wozu brauchst du seine Unterstützung? Das ist doch nicht emanzipiert, wenn du das nicht allein geschissen kriegst.«

Adda sog kräftig an der Zigarette. Sie hasste diese pseudocoolen Debatten. Peter, Sina und Hendrik hatten doch gar keine Ahnung, was es bedeutete, ein Kind zu haben und allem gerecht zu werden! Bei der Arbeit forderte man von ihr den vollen Einsatz, egal, ob Feemke sie die Nacht hatte schlafen lassen oder nicht. Die Friedensgruppe erwartete Einsatz, und dann gab es eben noch die kleine Feemke, die sie manchmal hin und her schob, damit Zeit blieb für ihre Arbeit in der Klinik. Oder für Dirk, wenn er ausnahmsweise mal da war. Und, und, und. Obwohl es Adda das Herz brach.

Solche Gefühle kannten die drei nicht. Adda überkam plötzlich eine unbändige Sehnsucht nach ihrer Tochter. Sie zog ein weiteres Mal kräftig an der Kippe. Sie musste sich mehr Zeit für die Lütte nehmen. Doch eigentlich wollte sie die Fortbildung machen und… Adda warf die angerauchte Zigarette auf den Boden, trat sie mit einem kräftigen Fußtritt aus und kickte sie in den Rinnstein. »So einfach ist das mit Kind nicht«, antwortete sie lapidar und wechselte dann schnell das Thema. »Wollen wir los?«

Peter legte seinen Arm um Addas schmale Schultern und schnippte seine Kippe ebenfalls weg. Er roch angenehm. Adda mochte die Mischung aus Tabak und Waschmittel.

Und der Spur nach Frucht, vermutlich benutzte Peter ein Apfelshampoo.

Plötzlich gab er Adda einen Kuss auf die Wange, und der Druck auf ihrer Schulter verstärkte sich. »Ich kenn dich ja kaum, aber dass du mit deiner Dreierkombi nicht glücklich bist, sieht ein Blinder mit Krückstock.«

Adda wand sich aus der Umarmung. »Geht schon.« Sie marschierte los und ging davon aus, dass die anderen ihr folgten. Sie wollte diesen Tag genießen! So etwas war einzigartig, und vermutlich würde sie so schnell an keiner großen Demo mehr teilnehmen können.

Es war ein sonniger Oktobermorgen, und Tausende von Menschen aller Altersklassen bewegten sich durch Bonns Straßen in Richtung Hofgarten. Etliche hielten Transparente hoch. *Weg mit dem NATO-Doppelbeschluss*, war zu lesen. Oder *Frieden schaffen ohne Waffen*. Dazwischen hoben und senkten sich Transparente mit Sonnen oder weißen Friedenstauben und Regenbögen.

Plötzlich spürte Adda andere Hände in ihren, und sie fand sich in einer Menschenkette wieder. Sie fühlte eine Gemeinsamkeit und Übereinstimmung, die sie glücklich machte. Die Herzen von so vielen fremden Menschen schlugen in einem Takt! Adda bewegte sich in einem Rhythmus, der sie mit einer unglaublichen Selbstverständlichkeit vorwärtsbrachte.

Sie schloss die Augen. Sang mit den anderen. Hier war sie zu Hause, hier schlug ihr Herz. Sie war der Freiheit verdammt nah. Konnte den Himmel kurzzeitig erobern. Aber sie würde verlieren, wenn sie alles weiter so auskostete wie bisher.

In diesem Moment wurde Adda klar, dass das Leben

eine Entscheidung von ihr forderte. Sie begriff in diesem gemeinsamen Schwingen, in dieser Leichtigkeit, dass es die absolute Freiheit nicht geben konnte. Es war eine Utopie, ein Sehnen, das in letzter Konsequenz bedeutete, andere Menschen ins Unglück zu stürzen.

Und wie glücklich würde ich sein, wenn ich plötzlich allein auf der Welt wäre?, dachte sie.

Adda öffnete die Augen weit und saugte das Blau des Himmels in sich auf. Sie würde zukünftig Abstriche machen. Mit Dirk sprechen. Sich mehr Zeit für Feemke nehmen. Kompromisse finden.

Aber heute, heute wollte sie frei sein. Sie löste sich aus der Menschenkette, breitete die Arme aus und tanzte der kurzen Freiheit entgegen, bis sie am Hofgarten angekommen waren.

KAPITEL 3

Feemke huschte begeistert durch die Ställe und spielte. Sie konnte sich stundenlang dort beschäftigen, fand hier eine Feder, da eine Schraube oder half Johanna bei den kleineren Reparaturen. Da zurzeit keine Schafe in den Ställen waren, durften sie dabei nach Herzenslust Radau machen. Bis zum Aufstallen hielt Johanna neben einer kleinen Herde nur ein paar Milchschafe und die Böcke am Haus auf den Weiden, die anderen Tiere verbrachten die Zeit in den Marschwiesen oder am Deich.

Feemke setzte sich jetzt auf einen der Heuballen, als die Tür aufgestoßen wurde und Hauke mit seinem Sohn Michael in den Stall kam. Micha war genauso alt wie Feemke. Sie schnellte herum und begrüßte ihn und seinen Vater freudig. Der Junge wurde bis über beide Ohren rot. Aber dass er ebenfalls glücklich war, seine kleine Freundin wiederzusehen, war deutlich.

»Kann Micha hierbleiben?«, fragte Hauke an Johanna gewandt. »Ich hole ihn in zwei Stunden wieder ab. Ich wollte zum Deich, nach den Tieren sehen, aber er hat gehört, dass Feemke da ist. Meine Hilfe hat am Wochenende frei und …«

Johanna nickte freundlich. »Ist gut, Hauke. Micha kann auch länger bleiben. Ich weiß ja, wie gern die beiden miteinander spielen.«

Hauke bedankte sich und eilte aus dem Stall zu dem Bulli der Schäferei, mit dem er zum Deich fahren wollte.

Feemke und Micha standen voreinander. »Wollen wir im Heu Verstecken spielen?«, fragte der Junge.

Feemke nickte, und schon verschwanden die beiden in der Scheune. Johanna hörte die Kinder nur noch übermütig kichern.

Johanna mochte den kleinen Micha, und wenn er mit ihrer Enkelin zusammen war, bemerkte sie die beiden kaum, weil sie so tief in ihr Spiel vertieft waren. Oder sie »arbeiteten« in der Schäferei mit. Gleich wollte Johanna mit ihnen die Eier aus dem Hühnerstall holen. Das liebte Feemke. Sie hatte dafür einen eigenen Korb von Johanna geschenkt bekommen. Für Micha hatte sie kürzlich auch einen besorgt, doch eigentlich war es unnötig gewesen, denn Micha und Feemke würden sich niemals wegen eines kleinen Körbchens streiten, sondern wie immer alles teilen.

Johanna verließ den Stall. Kurz darauf rannten auch die Kinder über den Hof und dann zur Hausweide, wo die Böcke grasten.

Johanna hielt kurz inne, als sie sah, wie die Kinder sich aufs Gatter setzten und die Schafe beobachteten. Sie hielten einander an der Hand – wie eine Einheit, die durch nichts zu erschüttern war.

Für den Moment durchfuhr Johanna so etwas wie unbeschreibliches Glück. In ihrem Leben war weiß Gott vieles schiefgelaufen, aber wenn sie dieses Bild sah, war ihr klar, dass alles seinen Sinn gehabt hatte. Es gab Feemke!

Sie war so in ihre Gedanken vertieft, dass sie zusammenzuckte, als ihr Cousin Ingo mit seinem Trecker auf den Hof geknattert kam. Er machte den Motor aus und sprang von dem Gefährt. Es war ein nagelneuer Deutz-Fahr 110, den er erst letzte Woche gekauft hatte. Sein sattes Grün glänzte in der Herbstsonne, und ein bisschen beneidete Johanna ihren Cousin darum. Es war Ingos ganzer Stolz, immer die neusten, qualitativ hochwertigsten Geräte und Fahrzeuge zu haben. Der Eilershof, der einst Johannas Eltern gehört hatte und von ihrem Cousin übernommen worden war, florierte unter seiner Führung und Modernisierung.

»Moin. Du wirkst so ernst«, begrüßte Johanna ihn, denn es zeigte sich kein Lächeln auf seinem Gesicht, was ungewöhnlich war. Ingo hatte nur selten schlechte Laune.

»Moin, Johanna«, antwortete er. »Ja, ich muss dir was sagen. Hast du kurz Zeit?« Dann fiel sein Blick auf Feemke und Micha, die nach wie vor Hand in Hand auf dem Gatter saßen. »Wie schön, die Lütte ist bei dir. Und Micha auch.«

»Ja, es ist immer wieder wunderbar, wie fein sie miteinander spielen.«

»Pass auf, eines Tages heiraten sie!«

Johanna gab sich entrüstet. »Sie könnten Geschwister sein, so harmonisch, wie sie miteinander umgehen.«

Ingo lachte kurz auf. »Das muss zwischen Geschwistern aber nicht immer so sein, wie du weißt. So dicke sind Adda und ihr Bruder Uwe ja nicht, seit er nach Hannover gegangen ist und sich immer rarer macht.«

Johanna seufzte. Ihr Sohn Uwe war dort Tierarzt und so beschäftigt, dass er nur dann zum Nordseehof kam, wenn es unbedingt sein musste.

»Ich denke eher, es sind zwei Seelen, die sich gefunden haben«, meinte Ingo nun. »Hoffen wir, dass es noch lange so bleibt. Micha kann Stabilität gut brauchen.«

»Feemke auch«, fügte Johanna hinzu. »Wollen wir uns in die Küche setzen, wenn du etwas loswerden willst?«

Ingo nickte. »Ja bitte.« Er trug eindeutig etwas auf dem Herzen. »Scherz beiseite. Machst du uns einen Tee? Da klönt es sich besser.«

Johanna wies Feemke und Micha an, den Hof auf keinen Fall zu verlassen, und ging mit Ingo ins Haus.

Die Küche war warm und gemütlich. Zwar schien die Sonne mit einer Intensität, als kämpfte sie ein letztes Mal gegen den Herbst, aber ohne Heizung wurde es vor allem gegen Abend schnell kühl.

Johanna ließ den alten Feuerofen deswegen gar nicht erst ausgehen. Trotz aller Modernität, die auf dem Nordseehof inzwischen dank ihrer Investitionen herrschte, hatte sie sich von dem alten Bollerherd nicht trennen können. Er fügte sich gut in die moderne Küche ein und verbreitete allein durch den Holzgeruch eine unglaubliche Behaglichkeit.

Johanna stellte den Tauchsieder in einen Topf und achtete darauf, ihn vor dem Kochen des Wassers herauszunehmen, denn der Tee schmeckte sonst nicht.

Ingo holte die kleinen Tassen aus dem Schrank und stellte Sahne und Kluntje dazu. Nachdem Johanna den Tee aufgegossen und drei Minuten hatte ziehen lassen, stellte sie die Kanne aufs Stövchen und setzte sich zu Ingo an den Tisch. Sie legte jedem ein Kluntjes in die Tasse und schenkte Tee ein. Die Sahne, das Wulkje, nahm jeder selbst.

Dann sah Johanna ihren Cousin erwartungsvoll an. »Nun aber raus mit der Sprache! Was brennt dir unter den Nägeln?«

Ingo presste die Lippen aufeinander. Dann atmete er einmal schwer ein und aus, bevor er sagte: »Ich fürchte, ich habe verdammt schlechte Nachrichten für dich. Ich war eben in Neusiel, weil ich im Lädchen Brot kaufen wollte. Rate mal, wem ich da in die Arme gelaufen bin.«

»Kann niemand sein, den du schätzt.« Johanna musterte ihn. »Deinem Gesicht nach ist es sogar jemand, den du absolut nicht leiden kannst.« Sie stockte, denn es gab nur sehr wenige Menschen, mit denen Ingo nicht auskam. »Nein, sag, dass es nicht wahr ist!« Sie ahnte plötzlich, von wem ihr Cousin sprach. »Du hast Manfred Oetjen gesehen!«

Diesen Mann hatte sie vor vielen Jahren vom Hof geworfen. Weil er Adda Gewalt angetan hatte – ein Umstand, den Johanna ihm nie verzeihen würde. Aber es war nicht nur das. Manfred Oetjen war ein Blender, der sich Johannas Vertrauen erschlichen und sie dann bestohlen hatte, womit der Nordseehof in eine ernste finanzielle Schieflage gekommen war, die die Schäferei fast ruiniert hatte.

Manfred aber war kein Mann, der eine Niederlage akzeptierte. Seine damals angekündigte Rückkehr hing seither wie ein Damoklesschwert über ihnen. Johanna erinnerte sich mit Schaudern an seine Flüche und seine Drohung, sich an ihnen rächen zu wollen. Seinen hasserfüllten Blick! Oft begegnete er Johanna in ihren Albträumen. Er verfolgte sie dort, lauerte ihr auf oder vergriff sich ein weiteres Mal an ihrer Tochter.

Johanna umklammerte die Tischkante so fest, dass ihre Knöchel weiß hervorstachen.

Ingo nickte. »So sieht das leider aus. Ich habe gehört, er arbeitet jetzt bei Diekmann-Müller in der Schweinemästerei.«

Der Hof von Familie Diekmann-Müller befand sich in der Nähe von Etzel. Es lagen zwar ein paar Kilometer zwischen dem Nordseehof und Manfreds neuer Arbeitsstelle, aber Johanna beschlich sofort ein ungutes Gefühl. Er hatte sich bewusst einen Arbeitsplatz in der Nähe gesucht, und er würde die Schäferei fortan umschleichen wie ein Kojote. Seine Kreise würden enger und enger werden – ehe er zubiss und sie alle vernichtete oder zumindest schwer verletzte.

Johanna war so froh gewesen, all die Jahre nichts mehr von ihm gehört zu haben! Doch jetzt war er tatsächlich wieder da.

Sie räusperte sich. »Hat Manfred etwas zu dir gesagt?«

Ingo wusste sofort, was genau Johanna mit ihrer Frage meinte. »Nur wenig. Er hat mich begrüßt und dabei hinterlistig angegrinst wie immer. Ich will dir keine Angst machen, aber er hat seine Schmach bestimmt nicht vergessen. Er ist hier, um dir zu schaden, da bin ich ganz sicher.«

»Ich mir auch.« Johanna schluckte. Ihr wurde abwechselnd heiß und kalt. Kaum erlaubte sie sich eine Spur von Glück, schlug das Schicksal wieder zu, dachte sie voller Bitterkeit. Brutal und rücksichtslos. Es hörte wohl nie auf.

*

Paul sah Dagmar mit gemischten Gefühlen hinterher. Er war kurz versucht, Rolf anzurufen und ihn vorzuwarnen, aber dann sagte er sich, dass es ihn im Grunde nichts anging. Rolf würde schon mit Dagmar fertigwerden, und wenn sie ihn erneut umgarnte und ihn tatsächlich für sich gewinnen konnte, dann würde er das mit seinem Anruf auch nicht verhindern können.

Paul räumte die Küche auf und überlegte, wie er den heutigen Samstag verbringen wollte. Er war an den Wochenenden meist mit der Harley unterwegs, gern fuhr er in die Diskothek nach Marx. Dort gefiel ihm die Musik besser als im Timer in Zetel oder im Old Inn in Aurich, wenngleich ihm da ab und zu der Komiker Otto über den Weg lief.

In Marx konnte Paul der Lautstärke entweichen, wenn es ihm zu viel wurde, denn dort gab es in einem Nebenraum einen Billardtisch. Aber nach einer anstrengenden Arbeitswoche fand er es auch klasse, einfach nur abzutanzen.

Er liebte den Song von City *Am Fenster*, der in Marx oft gespielt wurde. Es war ein Ohrwurm, und wenn er ihn hörte, bekam er gleich Lust, die Arme zu Flügeln auszubreiten und durch die Welt zu fliegen.

»Flieg ich durch die Welt«, sang er nun leise vor sich hin, und schon stand sein Abendprogramm fest. Er würde nach Marx fahren.

Aber auch tagsüber wollte er nicht die ganze Zeit in der Wohnung sitzen. Das Wetter war gut, er konnte mit der Harley eine Tour zum Deich Richtung Petersgroden machen. Vielleicht stieß er sogar auf Irmi. Aber er konnte nur auf den Zufall bauen, denn er hatte einfach keine Idee, wie er es anstellen sollte, die Bauerntochter wiederzusehen. Er war ihr nur einmal auf der Landjugendfete begegnet, und sie hatten kurz miteinander gesprochen. In Marx hatte er sie noch nie gesehen, und er wusste nicht, was sie tat, außer auf dem Hof zu arbeiten. Es wurde wirklich Zeit, dass er sie endlich besser kennenlernte und mehr Dinge von ihr erfuhr.

Einfach so auf dem Hof aufzutauchen kam für ihn aber nicht infrage. Paul hätte gar nicht gewusst, was er sagen sollte. Über die schwarz-bunten Milchkühe reden? Über den Grasschnitt? Alles keine Themen, mit denen man eine Frau gewinnen konnte.

Trotzdem war es einen Versuch wert, mal ganz zufällig dort vorbeizufahren. Und wenn sie draußen war und ihm zuwinkte, konnte er anhalten und sie fragen, ob sie ihn später nach Marx begleiten würde. Pauls Herz klopfte schneller bei dem Gedanken. Es wäre traumhaft, wenn er Irmi dazu überreden könnte. In der Diskothek war es leichter, sich nahezukommen.

Die Küche war derweil blitzblank geputzt, und Paul wollte sich auf den Weg machen. Er hatte keine Lust, auf Dagmars Rückkehr zu warten. Auf ihre grottenschlechte Laune, weil Rolf sie rausgeworfen hatte, konnte er getrost verzichten.

Paul ging in den Flur und griff nach seiner Lederjacke. Bevor er losfuhr, musste er noch den Ölstand prüfen – beim letzten Mal war es ihm so vorgekommen, als wäre da etwas nicht in Ordnung.

Paul erschrak, als es klingelte, und er überlegte kurz, ob er einfach so tun sollte, als wäre er nicht zu Hause, denn er wollte auf keinen Fall auf seine Motorradtour verzichten. Außerdem hatte er absolut keine Ahnung, wer ihn besuchen kommen sollte. Dagmar hatte einen Schlüssel, und sonst erwartete er niemanden. Unschlüssig verharrte er eine Weile, doch dann klingelte es ein zweites und sogar ein drittes Mal.

Die Neugier siegte. Paul öffnete die Wohnungstür, lief durch das kleine Treppenhaus nach unten und schloss die Haustür auf.

»Guten Tag«, sagte er gleich zur Begrüßung, doch als er erkannte, wer da vor ihm stand, zuckte er erschrocken zurück. »Manfred?«, entfuhr es ihm. »Was tust du hier?« Am liebsten hätte er ihm die Tür vor der Nase zugeknallt. Manfred war der letzte Mensch, den er jetzt sehen wollte. Doch der benahm sich völlig anders als erwartet, denn er lächelte verbindlich, und das besänftigte Paul etwas. Der ehemalige Mitarbeiter vom Nordseehof war also nicht gekommen, um sich mit ihm zu streiten.

»Kann ich reinkommen, oder ist es gerade schlecht?« Noch immer dieses Lächeln. Paul musterte ihn.

Manfred war natürlich älter geworden, aber er sah mit seinen siebenunddreißig Jahren noch immer gut aus. Das blonde Haar – hinten länger als vorn – umschmeichelte die teddybraunen Augen, die Koteletten von damals hatte er abgeschnitten.

Ein Vokuhila-Schnitt, resümierte Paul und stellte fest, dass Oetjen einen silbernen Ring im Ohr hatte. Er trug Jeans und einen Sweater, die Haut war tief gebräunt. Manfred wirkte keineswegs so, als ob ihm sein Rauswurf vom Nordseehof geschadet hätte.

Bestimmt hat er längst seinen Frieden damit gemacht, dachte Paul und trat einen Schritt beiseite, um Manfred reinzulassen. Warum sollte er sonst so freundlich zu ihm sein?

»Danke, ich dachte schon, du staunst weiter Bauklötze. Schön, dass du kurz Zeit für mich hast.«

»Ich wollte eigentlich mit dem Motorrad los, aber zehn Minuten habe ich. Geh schon mal hoch.«

Mittlerweile war Paul neugierig, was Manfred von ihm wollte. Er folgte ihm die Treppen hinauf in seine Wohnung.

Manfred stand bereits im Flur und sah sich um. Er hob den Daumen. »Wow, da hat es der Deeken-Spross tatsächlich zu was gebracht. Einfach, aber geschmackvoll. Wer hätte das gedacht? Ist das alles legal erworben, oder bist du noch immer ein KK, ein Kleinkrimineller?«

Paul schluckte und lotste Manfred in die Küche zum Tisch. Er wollte sich ihm gegenüber cool geben, doch seine Stimme versagte. Die letzte Bemerkung hatte ihn völlig aus dem Konzept gebracht, und er merkte, dass er sich noch immer vor Manfred fürchtete. Der setzte sich auf einen der vier mit orangefarbenem Samt bezogenen Küchenstühle. Auch hier ließ er seinen Blick schweifen. »Und? Was nun? KK?«

»Nein, ich arbeite«, brachte Paul knapp hervor. »Bei einer Versicherung in Wilhelmshaven.«

Manfred pfiff anerkennend durch die Zähne.

»Ich darf doch, oder?«, fragte er, stand schon wieder auf und steuerte auf das kleine Wohnzimmer zu. »Wirklich beeindruckend«, fuhr er fort, nachdem er sich auf das zweisitzige braune Cordsofa geflegelt hatte und die Polsterung mit einer klopfenden Handbewegung prüfte. Von dort bestaunte er die Fototapete an der gegenüberliegenden Wand, die ein tiefblaues Meer mit einem Palmenstrand zeigte. »Du arbeitest also. Respekt!«

Paul fühlte sich geschmeichelt. Er hatte es geschafft, Manfred Oetjen zu beeindrucken. Dieser Gedanke wäre in seinen kühnsten Träumen nicht vorgekommen.

»Doch, wirklich, Paul. Du kannst stolz auf dich sein. Und nun erzähl mal, was in Ostfriesland so alles passiert ist, seit ich weg bin. Setz dich doch!«

Paul nahm auf dem Sessel Platz, der sich genau gegenüber der Couch befand, und ihm wurde erst jetzt bewusst, dass Manfred sich wie der Gastgeber aufspielte, obwohl es doch Pauls Wohnung war. Es gab Dinge, die änderten sich nie, und dazu gehörte, dass Manfred den Ton angab. Er musste auf der Hut sein.

Paul wusste weder, was er tun, noch, was er antworten sollte und holte stattdessen erst einmal für beide ein Glas Wasser, bevor er sich setzte. »Die Gebietsreform hast du ja noch mitbekommen, oder?«, begann er. »Dass Neusiel nun zu Friesland gehört und nicht mehr ostfriesisch ist. Der Nordseehof bleibt aber weiter in Ostfriesland. Na ja, die Deichweiden lagen ja schon immer in Friesland.«

»Friesland – Ostfriesland … Alles langweilig und alter Tobak. So lange bin ich auch noch nicht weg von der Schäferei!«

Paul nahm einen Schluck Wasser. Die Gebietsreform wäre ein neutrales Thema gewesen, und sie war auch noch längst nicht bei allen abgehakt. Die Kirche in Neusiel gehörte beispielsweise noch immer der ostfriesischen Landeskirche an. Viele Neusieler wehrten sich zudem, dass sie von jetzt an Teil der Gemeinde Sande sein sollten, was Paul wiederum verstand, da Sande, im Gegensatz zum beschaulichen Neusiel, eher trist und schmucklos war. Eine einfache Durchgangsstraße mit wenigen Geschäften, einer Kirche und zwei Bahnhöfen – der kleine in Sanderbusch in Krankenhausnähe, der größere etwas außerhalb, wobei groß eine Übertreibung war. Dazu gab es ein paar Wohnsiedlungen. Aber das alles interessierte Manfred ohnehin nicht. Er hatte das Glas Wasser bereits ausgetrunken und lächelte breit.

»Ich sehe, viel getan hat sich wohl nicht, sonst müsstest du nicht mit den alten Kamellen anfangen.« Er schnalzte mit der Zunge. »Und – haben dir die Deekens endlich deinen Anteil ausbezahlt, oder bist du noch immer ein Bittsteller?« Er stand auf und schaute aus dem Fenster, von wo aus man einen Blick auf die Kirchstraße hatte. »Der Bude und der Harley da unten vor dem Haus nach, scheint es dir gut zu gehen. Dann ist es ja nicht schlimm, dass *ich* damals mit der Kohle von Johanna durchgebrannt und dir zuvorgekommen bin. Ich konnte das Geld gut brauchen, aber ewig hat es auch nicht gereicht.« Er setzte sich wieder.

»Hör auf, so zu reden!«, fuhr Paul ihn an. Seine Stimme klang nun fester, weil er sich gefangen hatte. »Johanna ist mir nichts schuldig. Und das weißt du auch.« Ihm wurde abwechselnd heiß und kalt, denn er wollte nicht an diese finstere Zeit in seinem Leben erinnert werden. Es war schlimm genug, dass er damals Johanna hatte bestehlen wollen. Zum Glück war ihm Manfred zuvorgekommen und hatte ihn auf diese Weise davor bewahrt, ein hinterhältiger Dieb zu sein.

»Nun sag bitte, warum du hier bist. Ich möchte jetzt los.«

Manfred sah Paul warmherzig an. »Entschuldige, wenn dich meine Worte aufgebracht haben, das wollte ich nicht.«

Paul nickte. »Schon gut. Ich werde eben nicht gern an die Zeit erinnert.«

»Kann ich gut verstehen, lassen wir das Thema.« Manfred zog eine Schachtel Marlboro aus der Hosentasche und zündete sich eine Zigarette an. »Ich suche in diesen kalten Tagen einen Freund, und da uns eine Menge miteinander verbindet, dachte ich an dich. Wir ticken gleich, wir beide, *best friends*, oder nicht?«

Paul biss sich auf die Lippe. Als Freund hatte er Manfred nie gesehen.

»Du sagst gar nichts«, bemerkte der, noch immer ganz entspannt. Er sah seinen Rauchkringeln nach, aber Paul wagte es wie schon bei Dagmar nicht, ihn darauf hinzuweisen, dass es eigentlich eine Nichtraucherwohnung war. Stattdessen stand er auf und holte eine Untertasse, auf die Manfred aschen konnte.

»Danke«, sagte er. Die Spitze der Zigarette fiel auf den kleinen Teller und zerbröselte. »Ich sehe doch, wie es hinter deiner Stirn arbeitet. Du fragst dich unentwegt, woher ich weiß, dass du Johanna das Geld stehlen wolltest, oder?«

»Du hast mich vermutlich gesehen«, erwiderte Paul. Sein Mund war staubtrocken.

»So ist es. Auch wenn du geglaubt hast, du hättest dich gut versteckt, haben deine Schuhspitzen hinter dem Vorhang vorgelugt.« Manfred lachte kurz auf. »Wie im Film. Echt cool.« Er nahm einen weiteren Zug von der Zigarette. »Ich hatte zuvor beobachtet, dass du reingegangen bist.«

»Gut, dann wusstest du das eben all die Jahre«, sagte Paul. »Aber warum bist du jetzt bei mir? Was hat dein Besuch mit dem Verschwinden des Geldes zu tun?« Er nahm einen Schluck Wasser, damit ihm die Stimme nicht vollends wegblieb. Er krächzte schon jetzt wie eine Krähe. »Willst du Johanna das Geld nun doch zurückgeben?«

Manfred hatte die Zigarette aufgeraucht und zerdrückte den Stummel mit einer betont langsamen Bewegung. »Hätte ich gern getan, das kannst du mir glauben. Aber ich war immer ziemlich klamm. Das Geld ist futsch.«

»Und warum sollten wir dann Freunde sein?«, hakte Paul nach. Er war weiterhin auf der Hut. Einerseits war Manfred ein Windhund und Dieb, andererseits beherrschte er es wunderbar, allen den freundlichen und umgänglichen Mann vorzuspielen. Sonst wären Johanna und Adda damals nie auf ihn hereingefallen.

Und nun saßen sie beide hier. Zwei Männer, die Johanna um ihr Vermögen hatten bringen wollen. Was einem von ihnen gelungen war. Manfred Oetjen ging also davon aus, dass Paul so niederträchtig war wie er, und sah ihn damit als Komplizen an. So viel hatte Paul inzwischen verstanden.

Aber er irrte! Paul hatte damals reinen Tisch gemacht und anschließend sein Leben geändert. Nie wieder hatte er sich etwas zuschulden kommen lassen. Er war kein Kleinkrimineller. Er war Paul Ehlers, der vor fünf Jahren einen neuen Anlauf genommen hatte und seitdem die Spur hielt.

»Johanna weiß, was ich damals vorhatte.«

»Ich stand daneben, als das rauskam.«

»Es ist alles aus der Welt geräumt, und sie hat mir verziehen«, sagte Paul. »Es ist alles in Ordnung.«

»Holla die Waldfee, sie hat dir gnädigst vergeben?« Manfred lachte amüsiert auf. »Das ist wohl das Mindeste, wo du doch als Reents Sohn, wenn auch unehelich, irgendwie Anspruch auf einen Teil des schäbigen Gehöfts gehabt hättest. Meiner Ansicht nach.« Er spitzte die Lippen. »Bist du denn so richtig einer von den Guten geworden?« Es klang provokativ.

Manfred malte mit dem Zigarettenstummel in der Asche Kreise. »Ich habe die Erfahrung gemacht, dass sich Menschen nur oberflächlich ändern, weißt du? Die Wahrheit lautet: einmal Dieb, immer Dieb. Einmal Betrüger, immer Betrüger. Man kann kurz raus aus seiner Haut, aber wenn die Versuchung lockt, dann bricht man wieder ein.«

Paul wollte widersprechen. Dass es bei ihm anders war und er ganz bestimmt keine krummen Dinger mehr machte. Aber Manfred hob die Hand. Seine Stimme klang weich und schmeichelnd. Trotz der harten Worte fühlte Paul sich keineswegs bedroht. Er hätte Manfred eigentlich abstoßend finden müssen, aber auch das war nicht der Fall. Im Gegenteil: Paul ertappte sich dabei, dass er ihn nicht unsympathisch fand und er gerade mehr und mehr seinem Charme erlag. Er glaubte ihm, weil er keine Gegenargumente hatte – und doch ahnte er, dass er hypnotisiert und wehrlos war wie ein Kaninchen, das einer Schlange in die Augen sah.

»Ach, Paul«, sprach Manfred weiter. »Wir sind nun mal Freunde. So richtig feine Freunde, geeint durch eine Tat, die mir ein bisschen die Segel richtig in den Wind gestellt und mir einen Schub nach vorn gegeben hat.« Er fixierte Paul. »Wollen wir uns nicht gemeinsam holen, was uns zusteht? Ich sollte damals Geschäftsführer werden. Stattdessen haben sie mich rausgeworfen.« Manfred seufzte.

»Ich mach keine krummen Sachen mehr, und ich will mir nichts holen. Mir steht schließlich nichts zu. Das habe ich längst kapiert«, wehrte Paul ab.

Manfred lenkte überraschend schnell ein. Sein Lächeln war jetzt überaus herzlich. »Hab ich mir schon gedacht. War auch nur ein Test.« Er zwinkerte ihm zu. »Finde ich großartig, dass du so… reif geworden bist. Schwamm über die alten Sachen.«

Paul atmete erleichtert aus. »Mann, hast du mich erschreckt. Thema durch?«

Manfred nickte. »Thema durch.« Er erhob sich. »Ich will dich auch nicht länger aufhalten. Aber eins noch: Ich habe im Flur Damenschuhe gesehen. Bist du verheiratet?«

Nun musste Paul doch lachen. »Nein, die gehören Dagmar.«

»Dagmar?« Manfred setzte sich wieder.

Paul erzählte ihm, wer Dagmar war, berichtete, dass sie mal mit Rolf verheiratet gewesen war und was er sonst so wusste. Ab und zu hakte Manfred nach, und sie gerieten für eine Weile ins Plaudern.

»Du arbeitest doch auch, oder?«, vergewisserte Paul sich schließlich.

»Natürlich. Ich hatte bis letzte Woche in Etzel eine Stelle, aber seit ein paar Tagen bin ich in Petersgroden.«

Nun wurde Paul unruhig. »Wo da genau?«

»Bei Bauer Brede, große Milchlandwirtschaft.«

»Wie, du arbeitest bei Bauer Brede?«

»Ja, warum?« Manfred sah ihn prüfend an. »Ist das schlimm? Kennst du ihn?«

»Flüchtig.«

»Sag schon, warum dich das so aufregt! Da stimmt doch was nicht.« Manfred stieß ihn locker an. »Raus mit der Sprache!«

Paul knetete aufgeregt die Finger. Manfred arbeitete also ausgerechnet auf Irmis Hof! Das war seine Chance, endlich einen Weg zu ihr zu finden.

»Ich will Irmi kennenlernen, die hast du doch bestimmt schon gesehen!«, sagte er hastig. »Ich mag sie und weiß nicht, wie ich das anstellen soll.« Die Worte purzelten nur so aus ihm heraus. »Und wenn du jetzt dort arbeitest, dann kann ich ja mal vorbeikommen und …«

Manfred unterbrach ihn. »Ich will dir da gern behilflich sein«, schlug er vor. »Wir zwei gefallenen Seelen sollten uns doch helfen, wieder aufzustehen, oder?«

Paul überhörte die gefallenen Seelen. Er ignorierte das merkwürdige Bauchgrimmen. Er tat Manfreds Vergangenheit mit der Ausrede ab, dass jeder Mensch eine zweite Chance verdient hatte. »Auf unsere Freundschaft«, sagte er stattdessen.

Manfred stand ein zweites Mal auf. »Auf unsere Freundschaft!« Dann schüttelte er den Kopf. »Du wolltest längst los, und ich halte dich von der Motorradtour ab. Wir sehen uns, und wegen Irmi lasse ich mir was einfallen, okay?« Manfred hatte es plötzlich eilig wegzukommen. Er verließ die Wohnung. Das Klacken der Tür hallte unangenehm in seinen Ohren nach.

Paul blieb unsicher auf seinem Sessel zurück. Vorsichtig strich er über den Cordbezug. Er versuchte, das merkwürdige Gefühl in seinem Bauch richtig einzuordnen, denn obwohl er sich eben in Manfreds Nähe noch so wohlgefühlt hatte, empfand er nun eine gewisse Leere. Er kam sich vor wie in einem Vakuum, in das nach und nach Luft gelassen wurde.

Der Geruch von Manfreds Rasierwasser hing noch in der Luft. Eindeutig Irish Moos und eine Spur zu viel davon. Und dann die Erinnerungen an das Gespräch… Manfred hatte ihm sämtliche Geheimnisse entlockt. Über Dagmar und Rolf. Über seine Schwärmerei zu Irmi. Und jetzt fühlte sich das mit einem Mal schal an. So, als hätte er zu viel gesagt. Das Falsche. Zum falschen Mann. Was, wenn Manfred doch alles genauso gemeint hatte und es keineswegs ein Spaß gewesen war?

Einmal Verbrecher, immer Verbrecher. War das so?

Paul schlug die Hände vors Gesicht. Er atmete tief ein und aus. Nein, er würde heute keine Motorradtour machen. Nicht an Irmis Hof vorbeifahren. Nicht nach Marx.

Er wusste, woher dieses Bauchgrimmen rührte. Er hatte Angst.

KAPITEL 4

Rolf harkte gerade die Auffahrt, als ein grüner Ford Fiesta den schmalen Landwirtschaftsweg entlangbrauste und mit knirschenden Reifen an der Hecke gegenüber von seinem Haus zum Stehen kam. Er stützte sich auf den Stiel der Harke und schaute, wer das wohl war. Rolf bekam selten Besuch, die einzigen Menschen, die sich ab und zu hierher verirrten, waren der Postbote, Johanna, Theda oder Ingo und natürlich Paul. Fremde kamen nie vorbei.

Die Tür des Fords öffnete sich, und Rolf war äußerst verwundert, als Dagmar ausstieg. Sie hatten sich seit der Trennung vor fünf Jahren zuletzt bei Gericht zum Scheidungstermin gesehen und danach nur selten telefoniert. In den letzten zwei Jahren hatte er aber nichts mehr von seiner Ex-Frau gehört. Rolf vermisste Dagmar kein bisschen, obwohl sie auch gute Zeiten gehabt hatten.

Er stellte die Harke an der Hauswand ab, während sich Dagmar mit grazilen Schritten näherte. Sie war wie schon damals elegant gekleidet, stark geschminkt und rank und schlank. Immer noch sah sie wunderschön aus. Auf der Straße hätte sich Rolf womöglich nach ihr umgedreht. Aber als sie ihm nun überraschenderweise einfach so um den Hals fiel und ihn abküsste, merkte er, dass ihr Atem alkoholgeschwängert war. Das Problem hatte sich offenbar verschärft, schon zu Zeiten ihrer Ehe hatte sie gern dem Goldwasser und dem Sekt zugesprochen.

Rolf schob Dagmar vorsichtig weg, denn wenn sie getrunken hatte, war es erfahrungsgemäß besser, sie nicht zu reizen.

»Erst einmal: Moin, Dagmar. Das ist ja eine Überraschung!« Rolf versuchte es mit einem lockeren Tonfall, auf den sie aber nicht einging. Ihre Augen verengten sich sofort. »Sprichst du jetzt schon wie ein Ostfriese? Moin, pah! Guten Tag, heißt das.«

Das fing ja gut an. »Komm doch erst einmal rein. Wir haben uns lange nicht gesehen.« Rolf machte einen Schritt beiseite und wies auf das Haus.

»Kann ich den Wagen da stehen lassen? Ich habe ihn nicht abgeschlossen«, sagte Dagmar.

»Hier klaut keiner«, sagte Rolf. »Wir sind in Ostfriesland, da schließen wir nicht einmal die Türen ab.«

»Gutgläubiges Volk«, entwich es Dagmar, während sie die winzige Kate betrat. In dem Häuschen war alles klein und niedrig, sodass man sich beim Eintreten unwillkürlich duckte. Durch den engen, schmalen Flur ging es nach links in die Küche, die der größte Raum war. Rolf hatte sie nicht verändert, und so haftete ihr noch immer der Charme der Fünfzigerjahre an. Den alten Holzherd von Johannas verstorbener Mutter Foline nutzte er weiterhin zum Kochen und Backen, das alte Eichenbüfett tat ebenso seinen Zweck.

Dagmar rümpfte allerdings sofort ihre kleine Nase. »Na, da haben wir in Oberhausen aber komfortabler gelebt. Hast du denn wenigstens einen Fernseher?«

»Natürlich. In der Stube. Aber setzen wir uns doch.«

Rolf deutete auf den kleinen, wackeligen Holztisch mit zwei Stühlen. Dagmar schaute mit fast angewidertem Blick zum Handtuchhalter, an dem ein weißes Tuch mit blauer Stickerei hing.

Trautes Heim Glück allein, stand darauf geschrieben, und die Buchstaben waren mit feinen Ornamenten aus Gräsern umrahmt.

»Hübsch spießig«, kommentierte sie und zeigte dann auf die Nirostaspüle, auf der sich das Geschirr vom Vorabend stapelte. »Hier ist wohl die Zeit stehen geblieben.« Dagmar musterte Rolf, der schon seine Stallklamotten trug, denn er hatte Hanna versprochen, auf dem Hof zu helfen. Danach wollten sie mit Micha und Feemke nach Hooksiel an den Strand fahren, denn die Kleine liebte nicht nur die Schäferei, sondern auch das Meer. Eigentlich war es schade, dass dieses Landkind in der Stadt aufwachsen musste.

Dagmar setzte sich auf die vordere Stuhlkante. »Besonders erfreut, mich zu sehen, bist du offenbar nicht, Menzelchen«, sagte sie und kramte in ihrer Handtasche. Schließlich zog sie eine Zigarettenschachtel heraus, aber Rolf winkte ab. »Bitte nicht, dann riecht es hier in dem kleinen Haus sehr unangenehm.«

Dagmar steckte die Schachtel kommentarlos zurück, aber das kurze Aufblitzen ihrer Augen zeigte Rolf, dass sie sehr verärgert war.

Er steckte die Hände in die Hosentaschen und lehnte sich mit dem Rücken gegen das Küchenbüfett. »Wir haben uns seit Jahren nicht gesehen, und du überfällst mich ohne Ankündigung mit deinem Besuch. Ist etwas passiert?«, fragte er dann. Am liebsten hätte er Dagmar gleich wieder fortgeschickt, ihr Auftauchen kam ihm wirklich ungelegen, denn er freute sich auf den Tag mit Feemke und Johanna.

Dagmar fixierte ihn. »Es ist nichts passiert. Ich wollte dich einfach sehen.«

»Warum?«

»Nur so, Menzelchen. Immerhin waren wir lange miteinander verheiratet, da kann es doch schon mal sein, dass man sich dafür interessiert, wie es dem anderen geht.«

Dagmars Tonfall missfiel Rolf immer mehr. »Wir sind geschieden«, gab er vorsichtig zurück. »Von einem Wiedersehen war nie die Rede. Ich habe jetzt ein anderes Leben.«

»Das sehe ich!« Dagmar lachte kurz auf. »Als Bauer in einer heruntergekommenen Kate in der Marsch. Verdienst du nicht anständig?«

»Doch, mehr als genug. Aber ich mag es so.«

Dagmar sah Rolf in die Augen. »Du magst es, weil du hier in ihrer Nähe ausharrst, Menzelchen«, sagte sie. Trotz ihres alkoholisierten Zustands kamen ihre Worte gestochen scharf. »Du sitzt hier und wartest auf ein Signal dieser Frau. Auf ein Signal, das nie kommen wird.«

Bingo, Dagmar hatte es erfasst, aber das hätte Rolf nie vor ihr zugegeben. Denn obwohl Johanna ihn nicht als Mann an ihrer Seite akzeptierte, war er hier glücklich. Er liebte die Weite der Marsch und das Meer inzwischen so sehr, dass er nirgendwo anders leben wollte. Es war einfach wunderbar, jeden Tag in Hannas Nähe zu sein und sich mit ihr zu unterhalten und auszutauschen. Auch wenn er gern mehr von ihr gehabt hätte, gab Rolf sich doch mit dem wenigen zufrieden, was sie ihm zu geben bereit war. Immerhin hatte sie ihm einst ihre Liebe geschenkt und dafür viel in Kauf genommen. Diese Liebe hallte auch all die Jahre noch nach. Das war mehr, als andere in ihrem Leben bekommen hatten.

Dagmar sah ihn herausfordernd an, als er seinen Gedanken nachhing. Rolf fühlte sich bemüßigt, ihr zu antworten. Zuvor setzte er sich aber auch an den Tisch, so redete es sich besser. »Ich bin hier in Ostfriesland, weil ich die Gegend mag. Das Ruhige. Das Gelassene. Bitte akzeptiere das. Ich werde hier nie mehr weggehen.«

»Ach komm!« Dagmars Stimme klang schmeichelnd. »Du ohne Frau! Das geht doch gar nicht. Wir beiden hatten immer viel Spaß zusammen. Den kannst du wieder haben, Menzelchen.« Sie sah ihn mit schmachtendem Blick an. »Ich geb dir alles, was du brauchst. Das weißt du! Wir sind doch ein wunderbar altes Ehepaar, oder nicht?«

Rolf fühlte sich von der Situation maßlos überfordert. Schon als Dagmar ihn so stürmisch begrüßt hatte, hätte ihm klar sein müssen, worauf ihr Besuch hinauslief. Trotzdem verwunderte es ihn – nach der langen Zeit und deren schäbigem Ende, als sie ihn nur noch beschimpft hatte.

Rolf blähte die Wangen und war unschlüssig, was er auf ihr Angebot erwidern wollte. Nichts lag ihm ferner, als sie zu verletzen, aber für ihn gab es kein Zurück. Deshalb formte er die folgenden Sätze mit Bedacht.

»Dagmar, wir sind schon lange geschieden und kein altes Ehepaar mehr.« Er wies zu der Wasserflasche, die auf dem Tisch stand. »Möchtest du was trinken?«

Dagmar nickte.

Rolf griff vom Stuhl aus in den hinter ihm stehenden Schrank und angelte zwei Gläser heraus. Er goss das Wasser langsam ein, denn er wollte Zeit gewinnen. Dann rang er sich durch, Dagmar zu fragen: »Wie kommt es, dass du hier bist und glaubst, wir könnten wieder zusammenkommen?« Er bemühte sich um einen weichen und liebevollen Tonfall. Dagmars Hände hielten das Glas umklammert, und er sah, dass sie zitterten und diesen Halt brauchten.

»Ich bin allein, Menzelchen. Mit Manu, das ging nicht mehr.«

»Aber warum nicht? Seit Jahren seid ihr unzertrennlich«, entgegnete Rolf. »So richtig verstehe ich das nicht.«

»Sie hat einen Kerl«, druckste Dagmar herum und klang ein wenig bockig. »Und sie meint, ich soll weniger trinken. Mich hingegen nerven ihre Macken, mit denen ich nicht mehr umgehen kann und will. Also eigentlich alles.«

Rolf musste gegen seinen Willen grinsen. Das war Dagmar, wie er sie kannte. Kaum ging ihr etwas gegen den Strich, reagierte sie wie ein trotziges Kind.

»Ich will auch wieder einen Mann«, sagte sie. »Dich. Damals war Manu der Ansicht, ich soll dir den Laufpass geben, und deshalb ist sie schuld an unserem Dilemma. Und nun macht sie mit diesem Bolle rum.« Dagmar stieß kräftig die Luft aus, und wieder erreichte Rolf die abstoßende Fahne. Dagmar musste sich für diesen Besuch ordentlich Mut angetrunken haben. Und dann war sie mit dem Auto unterwegs. Sie brauchte wohl tatsächlich jemanden, der auf sie achtgab. Aber er, Rolf, wollte das nicht sein. Er liebte sie nicht mehr, vermutlich hatte er das nie wirklich getan. Eine tiefe Zuneigung war es gewesen, das ja, aber nicht vergleichbar mit dem, was er für Hanna empfand.

»Dagmar, unsere Ehe war am Ende.« Rolf sah sie beinahe mitleidig an. »Wir waren uns einig, dass es vorbei war, und das hat doch mit Manu nichts zu tun. Gib ihr bitte keine Schuld. Das wäre ungerecht.«

»Ich kann dich eben nicht vergessen. Und schlecht war es mit uns beiden schließlich nicht! Oder willst du das etwa behaupten?« Ihre Stimme wurde angriffslustiger, deshalb musste Rolf aufpassen, was er sagte, damit sie nicht explodierte. Dagmar, die Unberechenbare, vor allem, wenn Alkohol im Spiel war.

»Erzähl doch mal, wie es dir seit unserem letzten Telefonat ergangen ist! Es ist schon so lange her, dass wir miteinander gesprochen haben.« Rolf entschied sich für ein Ablenkungsmanöver. Nicht dass Dagmar sich jetzt in Erinnerungen an ihre guten Zeiten verlor. Positive Erinnerungen, die alles ganz anders darstellten, als es wirklich gewesen war. Mitnichten würden in ihren Aufzählungen Dinge vorkommen wie ihr dauerhaftes Alkoholproblem. Wie oft hatte sie ihr Goldwasser vor ihm versteckt und geglaubt, er würde nicht bemerken, wie viel sie getrunken hatte! Auch die anderen Männer, zu denen sie sich aus Rache, weil er Hanna liebte, geflüchtet hatte, wären kein Thema. Denn dann hätte sie ihr Tun rechtfertigen müssen, um zu begründen, warum es lohnend wäre, ihre Beziehung wieder aufzunehmen.

Anschließend würden die Vorwürfe kommen. Dass er Johanna ein Kind gemacht hatte, als sie, Dagmar und er, schon zusammen waren. Obwohl sie selbst zu dem Zeitpunkt eine Affäre mit Johannas Schwager gehabt hatte.

Nein, ihre Trennung war unausweichlich gewesen und schließlich in mehreren Wellen erfolgt, sie hatten sie regelrecht ausgelebt. On. Off. On. Off. Bis zu dem Bruch, der für Rolf dann endgültig gewesen war. Für Dagmars nächtliche Anrufe und den nachfolgenden Psychoterror aber gab es keine Entschuldigung, und es war besser, das nicht zu thematisieren.

Rolf schaute sie auffordernd an. »Nun sag schon: Was hast du seit unserem letzten Gespräch so gemacht?«

Dagmar schwieg sich aus. Das Gespräch nahm für sie offensichtlich eine Wendung, die ihr nicht behagte.

»Wo wohnst du denn im Augenblick?«, hakte Rolf nach, weil keine Antwort kam.

»Bei Paul«, gab sie knapp zurück.

Oje, fuhr es Rolf durch den Kopf. Der arme Kerl. Vermutlich hatte sich Dagmar ohne Vorankündigung bei ihm einquartiert. Das würde zu ihr passen.

Sie schwiegen vor sich hin, nippten ab und zu am Wasserglas und wussten offenbar beide nicht so recht, wie ihr Gespräch weitergehen sollte.

Am liebsten hätte Rolf die Standuhr im Flur angehalten, denn sie tickte viel zu laut, und außerdem nervte es ihn, dass sie nun schon die elfte Stunde schlug. Er wollte längst bei Hanna sein. Als der letzte Ton verklungen war, sagte Dagmar mit einer gewissen Genugtuung in der Stimme: »Paul hat gesagt, sie hat dich nicht genommen. All die Jahre lässt sie dich zappeln.«

Sie, das war Hanna. Offenbar hasste Dagmar sie so sehr, dass sie ihren Namen nicht einmal aussprechen mochte. Auch vorhin hatte sie nur »von dieser Frau« gesprochen.

Rolf atmete einmal schwer ein. Das Gespräch lief in die falsche Richtung. Wie sehr hatte er Dagmar damit verletzt, dass er Hanna stets mehr geliebt hatte als sie! Und er würde es weiter tun, weil sich seine Gefühle für seine große Liebe eher noch vertieft hatten.

»Dagmar, ich weiß nicht, ob du das verstehst«, begann er dann. »Hanna und ich, wir sind keine Familie, wenn du das meinst. Adda hängt noch immer sehr an Eike, und wir fanden beide, dass es besser ist, das Verhältnis zwischen Hanna und ihr nicht noch mehr zu belasten. Es ist für unsere Tochter so schon schwer genug, mit dieser Tatsache zu leben.«

»Die Tatsache, dass die eigene Mutter eine Hure ist?«, gab Dagmar spitz zurück.

Rolf bemühte sich, ruhig zu bleiben und Dagmar nicht noch mehr zu reizen, obwohl er ihr für ihre Wortwahl am liebsten an die Gurgel gegangen wäre. Er hasste es, wenn Dagmar so abfällig und gemein wurde.

»Sie ist keine …«, begann er, brach dann aber ab. »Wir haben uns geliebt. Von Beginn an.«

»Und für eure ach so schöne Liebe habt ihr sehr viele Menschen ins Unglück gestürzt!« Dagmars Stimme brach. Sie schluchzte auf und schlug die Hände vors Gesicht.

Rolf war mit ihren plötzlichen Stimmungsschwankungen überfordert und fragte sich, wie er damit all die Jahre hatte leben können. Er griff über den Tisch und umfasste ihre Hände. Sie waren eiskalt und zitterten heftig. »Dagmar, bitte! Es ist doch so lange vorbei mit uns!«

Sie hob den tränenverschleierten Blick. »Nein, es ist nicht vorbei. Für mich war es das nie. Menzelchen, ich liebe dich doch!«

Rolf saß ihr hilflos gegenüber und wusste nicht, was er sagen sollte.

Es dauerte, bis Dagmar sich beruhigt hatte. »Dann

bleibst du also dabei, dass es aus ist?«, fragte sie schließlich leise.

Rolf sah ihr in die Augen. Er wollte mit einem klaren Ja antworten, doch er konnte es nicht, als sie ihn so flehentlich ansah. Ihr Blick ging ihm durch und durch.

»Dagmar, sieh mal ...« Weiter kam er nicht, denn sie stand auf, umrundete den kleinen Tisch und setzte sich auf seinen Schoß. Hilflos ließ Rolf es zu.

Dagmar vergrub ihr Gesicht an seinem Hals und hielt ihn fest umschlungen. Er spürte ihre Lippen an seiner Haut und hätte sie am liebsten weggestoßen. Aber er tat es nicht und machte sich stattdessen steif, um sie nicht noch mehr zu ermuntern.

Dagmar schien seine Abwehrhaltung allerdings nicht zu bemerken. »Ich liebe dich, Menzelchen!«, stieß sie immer wieder hervor. »Immer und ewig werde ich dich lieben.«

Rolf ließ es zu – was hätte er auch tun sollen? Widerspruch war zwecklos. Wenn Dagmar in diesem Zustand war, konnte man mit ihr kein vernünftiges Wort sprechen, ohne dass die Situation eskalierte. Er strich ihr vorsichtig über den Kopf und wartete darauf, dass sie sich beruhigte. Dann konnte er versuchen, sie aus seiner Kate hinauszukomplimentieren.

So saßen sie eine Weile da, und Dagmar beruhigte sich wie erwartet. Wie Rolf das aus früheren Zeiten kannte! Er wollte Dagmar gerade von seinem Schoß schieben und sie bitten zu gehen, als die Tür klackte. Erschrocken fuhr sein Kopf herum.

Es war Johanna, die im Türrahmen stand und die Situation mit einem Blick erfasste. Sie wurde so blass, dass sie sich am Türrahmen festhalten musste, und wirkte wie ein waidwundes Tier. Doch Johanna Deeken wäre nicht sie selbst gewesen, wenn sie nicht auch in einer solchen Situation Haltung bewahren würde.

Sie straffte den Rücken, reckte das Kinn, und ihr Blick wurde von einer Sekunde zur nächsten so eiskalt, dass Rolf fröstelte.

»Moin, Rolf. Guten Tag… Dagmar, nehme ich an.«

Rolf stieß seine Ex-Frau hastig von seinem Schoß. »Dagmar hat Kummer«, sagte er in dem Versuch, die Situation zu erklären, doch die sah ihre Chance gekommen.

»Ja, ich habe Kummer, weil ich Rolf noch immer liebe. Wie Sie wissen, waren wir lange verheiratet und sehr glücklich. Nun – wir sind beide frei, und deshalb werden wir es wohl auch noch einmal zusammen gestemmt bekommen.« Sie küsste Rolf, der den Kopf allerdings sofort zur Seite drehte.

»Dann wünsche ich viel Glück«, sagte Johanna. »Alte Liebe rostet nicht. So sagt man doch, nicht wahr?«

Sie wirkte merkwürdig gefasst, aber Rolf wusste, wie es wirklich in ihr aussah, denn ihre Stimme vibrierte und klang nicht so fest wie sonst. Hanna war tief getroffen von dem, was sie hatte sehen müssen, und er wusste nicht, wie er ihr das plausibel erklären sollte. Jeglicher Versuch würde wie eine faule Ausrede klingen.

»Hanna«, sagte er matt, aber sie winkte ab und wirkte sehr distanziert.

»Ich will nicht lange stören. Allerdings bin ich nicht ohne Grund gekommen. Was ich sagen will: Manfred Oetjen ist wieder da. Wir sollten auf der Hut sein.«

Dann verschwand sie und zog die Tür nachdrücklich hinter sich zu.

KAPITEL 5

Adda war müde, als sie am nächsten Morgen zu Dirk in die Küche kam. Der Tag gestern war einzigartig, ja beeindruckend gewesen und hatte sie schnell allen Kummer vergessen lassen. Sie hatte laut gesungen, getanzt und sich auf der Welle der Euphorie und Gemeinsamkeit treiben lassen. Bis zum Schluss war es ihr gelungen, die Probleme mit Dirk und Feemke zu verdrängen.

Doch als sie sich jetzt zu ihrem Mann an den Tisch setzte, war alles wieder da. Er brauchte gar nichts zu sagen. Adda erkannte schon an seinem Gesichtsausdruck, dass hier gar nichts entspannt war.

Es war erst halb acht, doch weil Adda ihn nicht verärgern wollte, hatte sie sich aufgerafft und war kurz nach ihm aufgestanden, obwohl sie erst spät ins Bett gekommen war.

Die Rückfahrt hatte sich als sehr anstrengend erwiesen. Sie waren erst am frühen Abend losgefahren, weil sie die Stimmung im Hofgarten noch genießen wollten. Dann hatte es gedauert, ehe sie sich durch den Stadtverkehr und schließlich über die Autobahnen im Ruhrgebiet gequält hatten. Und weil Peter müde war, aber keinen anderen seinen Käfer fahren lassen wollte, war es nötig gewesen, eine längere Pause einzulegen. Dabei hatten sie an der Raststätte Münstertal eine Currywurst mit Pommes gegessen, und Peter hatte danach für eine kurze Zeit die Augen geschlossen.

Kurz vor Oldenburg mussten sie doch noch einmal tanken. Der Benzinpreis war allerdings wieder exorbitant angestiegen, und so hatten sie alle etwas Geld nachzahlen müssen, weil sie mit dem abgesprochenen Betrag nicht hingekommen wären.

Peters »Scheißölindustrie« tönte noch immer in Addas Ohren.

Als sie gegen eins nach Hause gekommen war, hatte Dirk bereits geschlafen.

Adda war ohnehin so aufgekratzt gewesen, dass sie sich noch für eine Weile ins Wohnzimmer gesetzt und bei einer Cola mit Chips den Tag hatte Revue passieren lassen. Unterm Strich war sie zu dem Ergebnis gekommen, dass es bis auf den Ärger wegen des teuren Benzins uneingeschränkt wunderbar gewesen war. Noch in der Nacht hatte die *Tagesschau* von dreihunderttausend Teilnehmern gesprochen. Das war doch was! An so vielen Menschen konnte die Politik nicht vorbeisehen und musste doch reagieren! Na ja, und dann war an Schlaf noch eine Zeit lang nicht zu denken gewesen.

»Na, doch schon wach?«, fragte Dirk sie nun. Er hatte Brötchen im Ofen aufgebacken, und sie verbreiteten ihren aromatisch süßlichen Duft. Dirk sah munter aus, hatte Hemd und Jeans an, sein Haar war vom Duschen noch leicht feucht, wirkte allerdings frisiert. Es war immer wieder faszinierend, wie er es schaffte, stets ausgeruht und top gepflegt zu wirken. Fast so, als habe man ihm das mit in die Wiege gelegt.

»Danke fürs Frühstückmachen.« Adda wartete, ob Dirk sie nach der Demo fragte. Ein bisschen Interesse bekundete. Aber er schwieg. Leider gab es heute keine Zeitung, hinter der er sich verschanzen konnte, dann wäre sein Desinteresse nicht ganz so deutlich gewesen.

Adda nahm sich zunächst einen Kaffee und beschmierte dann die obere Hälfte eines Brötchens fingerdick mit Butter. Es war noch so warm, dass die Butter schnell zerlief und an ihren Fingern hinabrann.

»Musst du immer übertreiben und alles so dick draufschmieren?«, maßregelte Dirk sie sofort, als Adda das Fett abschleckte. Sie legte das Brötchen zurück auf den Teller, und er reichte ihr eine Serviette.

»Tut mir leid, ich mag das eben«, sagte Adda. Warum entschuldigte sie sich denn schon wieder? Er aß doch auch Schinken, obwohl sie das abstieß, weil sie ihn zu salzig fand. Warum mussten sie überhaupt solche Nebensächlichkeiten diskutieren? Adda war schon jetzt genervt und konnte es kaum erwarten, endlich aufzubrechen, um Feemke abzuholen. Das hätte sie sich auch nie träumen lassen, dass sie eine Fahrt zum Nordseehof mal herbeisehnte.

»Was meinen Tag gestern angeht, können wir es kurz machen: Es war super«, sagte sie patzig.

»Das freut mich, Adda, wirklich«, antwortete Dirk, aber es klang zu beiläufig und nicht ehrlich. Er knetete ein Stück Teig zwischen Daumen und Zeigefinger, das er aus seiner Brötchenhälfte gepult hatte. »Lass uns jetzt nicht streiten«, sagte er. »Wir müssen aber reden. Das hatten wir eigentlich für heute Abend verabredet, aber vielleicht sollten wir es schon jetzt tun?« Dirk wirkte plötzlich fahrig und ein bisschen nervös. Er legte die geknetete Teigkugel zurück auf den Teller und sah Adda fast verzweifelt an.

Sie wurde aus seinem Verhalten nicht schlau. Erst hieß es am Abend, jetzt wollte er sofort etwas besprechen.

»Ich muss gleich los zum Nordseehof. Feemke holen...«

»Hast du es wirklich eilig?«, hakte er nach. »Sie fühlt sich bei deiner Mutter sauwohl, da kommt es doch auf eine Stunde nicht an. Oder willst du vor mir und unserer Aussprache davonlaufen?«

Adda fühlte sich ertappt. »Ich vermisse die Lütte«, quetschte sie hervor, aber Dirk hatte recht. Sie fürchtete sich vor dem, was ihr Mann zu sagen hatte, denn gestern Morgen hatte er mit seinen Worten ziemlich genau zusammengefasst, was sie belastete. Und Adda mochte es nicht, wenn andere sie analysierten. Trotzdem war es richtig, was Dirk vorschlug: Sie mussten endlich miteinander reden. »Gut, dann leg los!«, gab sie nach. »Wer weiß, ob es heute Abend ginge, falls Feemke nicht schlafen will.« Adda hegte den winzigen Funken der Hoffnung, dass es nach dieser Unterhaltung mit ihrer Beziehung wieder ein wenig aufwärtsging.

»Ich muss dir nämlich was sagen.« Dirk griff wieder zu dem Teigkrümel, legte ihn aber doch sofort zurück. Sein Gesicht war ernst. So wirkte ihr Mann immer dann, wenn er sie reglementieren wollte.

»Was hab ich denn jetzt wieder falsch gemacht? Darum geht es doch, oder? Die kleine Adda mit den vielen, vielen Fehlern. Ihr muss der große Anwalt Dirk natürlich erklären, wie es zu laufen hat.« Adda nagte an ihrer Unterlippe. Warum war sie so aggressiv? Dirk hatte ihr doch noch gar keinen Vorwurf gemacht! Trotzdem fühlte sie sich schon wieder derart in die Ecke gedrängt, dass sie lieber vorab zubiss, bevor er es tun konnte.

Seine Augen blitzten ebenfalls angriffslustig, doch er beherrschte seine Wut offenbar besser als sie, denn er seufzte nur einmal schwer und fixierte sie dann beharrlich. Adda hielt dem Blick stand. Sie würde nicht klein beigeben!

Sogar jetzt ist er der beherrschte Anwalt, dachte sie, und schon bei dem Gedanken hätte sie am liebsten geweint. Warum zum Teufel gelang es ihr nicht mehr, Zugang zu Dirk zu finden? Sie hatten sich doch einmal sehr geliebt. Es war so traurig.

»Adda, lass bitte die Aggression!« Dirk riss sie mit seinem geschäftlichen Tonfall aus ihren Gedanken. »Mir geht es wirklich schon lange sehr schlecht, weil ich merke, dass wir ständig gegeneinander arbeiten.« Er wirkte, als stünde er in einem Gerichtsprozess und wäre dabei, gleich sein Plädoyer zu halten. Fragte sich nur, für wen.

»Du verstehst mich eben nicht mehr«, sagte Adda, noch immer aufgebracht. »Alles, was ich tue, findest du blöd, und es interessiert dich nicht die Bohne. Du hast mich kein einziges Mal gefragt, wie es gestern auf der Demo war. Und *das* war wichtig für mich!«

»Aber darum geht es doch gar nicht!«, widersprach Dirk. »Noch einmal: Es. Geht. Nicht. Um. Deine. Demo!«

»Doch!«, beharrte Adda. »Genau darum geht es. Weil es mein Ding ist. Ich bin politisch interessiert, so wie du früher auch. Aber es ist für dich inzwischen Kinderkacke.

Es juckt dich nicht, worüber ich mir Gedanken oder Sorgen mache, weil du nur noch deinen Blickwinkel zulässt, der aber lediglich so weit geöffnet wird, wie er mit deiner Arbeit in der Kanzlei konform geht. Das nervt, Dirk! Bei mir kommt an, dass du mich kein bisschen mehr ernst nimmst.« Adda zögerte kurz, ob sie weitersprechen sollte, und entschied sich dann dafür. Dirk wollte die Aussprache, dann bekam er sie auch. Es musste endlich mal alles auf den Tisch. »Wir sind einsam und still nebeneinander geworden, weil wir auf völlig verschiedenen Planeten wandeln. Einer auf dem Mond und einer noch immer auf der Erde.«

Dirk nahm die fertig belegte Brötchenhälfte, biss nachdenklich davon ab und kaute bedächtig. »So siehst du das also. Du bist die fortschrittliche Adda, die den Mond erkundet, und ich der Langweiler auf der Erde, der nichts anderes braucht als die Regelmäßigkeit von Tag und Nacht, Ebbe und Flut und drei Mahlzeiten am Morgen, Mittag und Abend.«

Adda schluckte, denn Dirk hatte es mal wieder auf den Punkt gebracht. Das konnte er, und das machte ihn in seinem Job sicher so erfolgreich.

»Und nun?«, fragte er. »Jetzt wissen wir, dass wir momentan auf sehr verschiedenen Wegen unterwegs sind. Genau das ist auch mein Eindruck. Und deshalb...« Ihr Mann brach ab und nippte an der Tasse.

Adda musterte ihn. Er wollte etwas loswerden, was ihm offenbar unsagbar schwerfiel. Sie trank ebenfalls einen Schluck Kaffee, um den Kloß im Hals wegzuspülen. Eigentlich wollte sie gar nicht hören, was Dirk zu sagen hatte, denn sie erahnte die dunkle Wolke, die auf sie zuschwebte.

Dirk hatte das Brötchen aufgegessen und wischte seine Finger an der Serviette ab. »Was sollen wir deiner Ansicht nach tun, damit wir die Situation ändern?« Er fragte es betont lässig, was in Adda die Alarmglocken noch mehr schrillen ließ.

»Das liegt doch auf der Hand«, schoss es sofort aus ihr heraus, und sie war froh, dass ihr Mann sie nicht unterbrach, sondern ausreden ließ. »Wir haben oft darüber gesprochen. Ein bisschen mehr Aufmerksamkeit für die Interessen des anderen und ein bisschen mehr Zeit miteinander zu verbringen wäre ein Anfang – komm doch zum Beispiel gleich mit zum Nordseehof, Feemke abholen.« Sie fand, das war ein wunderbarer Vorschlag. Endlich mal wieder eine richtige Familie sein. Sich über das glückliche Kind freuen, das ihnen entgegenspringen würde. Einen Strohhalm im Haar, schmutzige Hände und ein freudiges Lachen im Gesicht. Danach konnten sie vielleicht in Wilhelmshaven zusammen ein Eis oder eine Portion Pommes essen gehen.

Dirks Hände zitterten leicht, als er wieder zur Kaffeetasse griff, und Adda hatte plötzlich das Gefühl, dass zwischen ihnen noch viel mehr nicht stimmte. Es war nicht nur das mangelnde Interesse an den Aktivitäten des Partners. Der Graben war tiefer, als sie es sich bislang eingestanden hatten.

Das bestätigte sich, als Dirk sagte: »Ich würde dich wirklich gern begleiten, Adda …« Er zuckte bedauernd mit den Schultern. »Aber auch heute muss ich in die Kanzlei. Wir haben gerade einen schweren Fall, weißt du?«

Adda spürte, dass er log. Ausflüchte suchte. »Es ist Sonntag. *Du* hast dieses Gespräch begonnen und wolltest von mir einen Vorschlag, was wir ändern können. Nun hab ich einen gemacht, und du kneifst mit einer fadenscheinigen Ausrede. Dann können wir es auch lassen.«

Dirk presste die Lippen aufeinander. Er rang sichtlich mit sich, aber er schwieg.

In Adda machte sich plötzlich unsägliche Traurigkeit breit. Noch hatte es keiner von ihnen ausgesprochen. Noch mochte keiner den letzten Schritt gehen, aber sie standen vor diesem elendigen Abgrund, der vermutlich das Ende ihrer Ehe bedeutete.

Adda gab sich einen Ruck. »Was wolltest du mir denn in Wahrheit sagen? Es geht dir doch gar nicht darum, wie wir unsere Beziehung zueinander verbessern können. Sei wenigstens ehrlich!«

Adda hoffte, dass Dirk jetzt dementierte. Sagte, dass es nicht so war – aber er schwieg. Viel zu lange. Nur sein schwerer Atem floss über den Tisch und schien die Luft der Küche zu vergiften.

»Ja, das stimmt. Ich wollte noch etwas anderes mit dir besprechen«, druckste Dirk schließlich herum. Sein Zeigefinger klopfte rhythmisch auf die Tischplatte. Dann schien ein Ruck durch seinen Körper zu gehen, so als hätte er sich eben umentschieden. »Aber das kann warten. Du hast recht, wir müssen viele Dinge besser machen und verändern. Wegzulaufen ist keine Lösung.«

Warum spricht er jetzt vom Weglaufen?, dachte Adda. Weil ich Feemke abholen muss? Oder meinte er auch jetzt etwas ganz anderes?

Sie sah Dirk an, tauchte in seine warmen Augen ab. Dieser eine Blick genügte – und sie wusste, dass sie ihn tatsächlich noch liebte. Trotz all der Differenzen und

Querelen. Hätte sie ihn und ihr Lebensmodell sonst gestern so vehement gegen Peter und Hendrik verteidigt? Sie wollte nicht abstürzen. Nicht allein und auch nicht mit ihm. Sie konnten die Klippe doch einfach verlassen und sich in die sicheren Weidegründe zurückziehen.

Adda griff über den Tisch hinweg nach Dirks Hand. Die Bewegung war etwas ungestüm, und seine Kaffeetasse schwappte über. Er maßregelte sie dieses Mal nicht.

»Ich möchte wirklich gern mehr Zeit mit dir verbringen, und der Vorschlag, dass du mit zum Nordseehof kommst, war ernst gemeint«, flüsterte Adda. »Ich vermisse die Zweisamkeit. Wir kommen uns bestimmt wieder näher. Wir sind nicht nur einsam zu zweit, wir sind uns auch fremd geworden.«

Dirk knetete mit der freien Hand die Serviette und löste sich langsam aus Addas Umklammerung. »Du vermisst mich also wirklich?« Seine Stimme wankte.

»Ja«, war alles, was Adda sagen konnte.

Auf Dirks Stirn glänzte Schweiß. Warum zum Teufel sagte er nichts? Zum Beispiel, dass er sich auch nach ihr sehnte und sich all das genauso sehnlich wünschte wie sie.

Er öffnete zwar kurz den Mund, und es sah aus, als läge ihm genau das auf der Zunge, aber dann kam doch kein Wort über seine Lippen.

Nach einer unendlich langen Zeit des Schweigens stand Dirk auf und stellte sich hinter Adda. Er umschlang sie und grub seinen Mund in ihren Scheitel. Adda überraschte die plötzliche Nähe. Warum verhielt sich Dirk so merkwürdig? Erst völlig unterkühlt und nun diese Zärtlichkeit. Wusste er, der große Anwalt, vielleicht selbst gar nicht, was er wollte?

»Du hast recht, Adda«, sagte er endlich. »Du hast so was von recht. Dieses mangelnde Interesse aneinander, dieses Fremdsein ist der Grund, warum wir uns dauernd bekriegen. So geht es nicht weiter, wir müssen es ändern.«

»Dann komm mit!« Adda betonte die drei Worte nachdrücklich.

Dirk ließ sie vorsichtig los. Er strich ihr noch einmal über die Schulter, doch diese Geste fühlte sich plötzlich falsch an, obwohl er genau das sagte, was Adda hören wollte. »Ich werde mir zukünftig mehr Zeit nehmen, versprochen.« Er machte abrupt einen Schritt rückwärts und kratzte sich am Kopf. Das tat er immer, wenn ihm etwas unangenehm war. Dann rang er nach Worten, ehe er fortfuhr: »Leider geht es heute wirklich nicht. Ich muss dringend etwas erledigen. Aber ich ändere das. Alles.«

Er trat merklich aufgewühlt in den Flur und riss die Jacke förmlich vom Haken. »Wenn du mit Feemke zurück bist, bin ich auch wieder da, und dann nehmen wir uns viel Zeit füreinander!« Er stürzte aus der Wohnungstür und ließ sie krachend hinter sich ins Schloss fallen.

Adda sah ihm konsterniert nach. Sie schenkte sich noch eine Tasse Kaffee ein und gab etwas Milch hinzu. Dann rührte sie so lange um, bis sie das Geräusch des klackenden Löffels erschreckte. Sie legte ihn auf die Untertasse, und dann wusste sie, was nicht stimmte.

Es waren nicht nur die fehlgeleiteten Gefühle.

Nein, ihr gemeinsames Leben war deshalb völlig aus dem Takt geraten, weil es jemanden gab, der verhinderte, dass sie einander nahekamen. Es war nicht Dirks Unzufriedenheit, weil Adda eine selbstständige Frau mit eigenen Vorstellungen war. Die Teilnahme an den Demos und ihr politisches Engagement waren auch nicht das Problem. Und ihre Schwierigkeiten mit der Vergangenheit spielten Dirk nur in die Karten.

Dass er sie ständig maßregelte, waren nur schwache Versuche der Rechtfertigung für das, was *er* tat. Dirk brauchte einen Grund dafür, und da kamen ihm Addas Unvollkommenheit, ihre Schwierigkeiten mit sich selbst gerade recht.

Natürlich stimmte es, dass sie unter ihre Vergangenheit einen Schlussstrich ziehen und sich endlich mit ihrer Familie versöhnen sollte. Und es war richtig, dass sie deshalb manchmal schwierig war. Nur hatte er das von Beginn an gewusst.

Es war unfair, dies nun als Waffe gegen sie einzusetzen und es zu nutzen, um sich reinzuwaschen.

Adda stand auf und stellte sich ans Fenster. Draußen war es ruhig. An einem Sonntagmorgen war selbst hier in Bremen in der Nebenstraße kein Verkehr. Um sie herum lebten viele Familien oder Pärchen. Sie schliefen an einem Sonntag länger, frühstückten dann zusammen und unternahmen etwas. Hatten Gemeinsamkeiten.

Aber wie viele sind sich treu?, dachte Adda. Und wie viele haben nur eine Fassade vor ihre Probleme gebaut, und niemand schlägt einen Brocken heraus, um dahinterzuschauen?

Dirk war schon lange aus ihrem und Feemkes Leben verschwunden.

Adda sah plötzlich so klar, als hätte sie bei Regen den Scheibenwischer des Autos angestellt. Sie zweifelte keine Sekunde daran, dass sie mit ihrem Verdacht richtiglag.

War es eine Mitarbeiterin aus der Kanzlei, die ihm den Kopf verdrehte? Eine Klientin? Es war auch egal.

Es erklärte Dirks ständige Abwesenheit. Seine häufigen Telefonate, die er oft abrupt beendete, wenn sie in den Raum kam. Sein verklärter Blick, wenn er sich unbeobachtet glaubte. Sein Ausweichen, wenn es darum ging, mit ihr zu schlafen. Und sein Drängen nach einem Gespräch. Er hatte ihr etwas völlig anderes sagen wollen – und sie blöde Gans hatte ernsthaft geglaubt, er wollte sich mit ihr aussöhnen.

Nun plagte ihn nach Addas Worten vermutlich das schlechte Gewissen, und er war losgelaufen, um mit seiner Freundin, wer auch immer es war, Schluss zu machen. So tun, als hätte es diese Frau nie in ihrem Leben gegeben.

Addas Kinn begann zu zittern. Dann kullerten dicke Tränen über ihre Wangen. Nein, sie würde nicht in seinen Sachen stöbern, ob sie einen Beweis fand, den sie ihm später triumphierend unter die Nase halten konnte. Vermutlich hatte er ohnehin keine Spuren hinterlassen. Dirk war sorgfältig und machte bei so etwas bestimmt keinen Fehler. Es war auch egal, wen ihr Mann neben ihr beglückte: Sie konnte dem nichts entgegensetzen, weil es die Adda und den Dirk als glückliches Paar von damals nicht mehr gab. Er war nicht nur unten auf der Erde geblieben, er hatte sich dort auch seinen eigenen, hoch eingezäunten Garten geschaffen, den sie schon lange nicht mehr betreten durfte.

Für sie war diese Ehe damit beendet, denn einen weiteren Verrat konnte sie in ihrem Leben weder ertragen noch kompensieren.

Adda ließ den Frühstückstisch, wie er war, unterdrückte ein Schluchzen und wollte nur noch weg. Fort aus dieser Spießerwohnung, die doch nur eine Farce von Glück war. Derart aufgewühlt konnte sie aber unmöglich zum Nordseehof zu ihrem Kind fahren. Sie musste sich erst den Kopf freipusten lassen und nachdenken.

Adda zog sich an, nahm die nächste Straßenbahn zur Schlachte und ging am Weserufer spazieren. Sah den Schiffen zu, die mit einem leisen Brummen übers glatte Wasser zogen. Beobachtete die Möwen, die über die Weser segelten, und sog den frischen Duft des Morgens in sich ein, der eigentlich etwas Unschuldiges und Freundliches hatte – und nur bei ihnen zu Hause gerade mit Dreck beworfen worden war.

*

Dirk hatte es eilig fortzukommen. Ganz gewiss ahnte Adda inzwischen, dass er eine andere Frau hatte. Aber wollte er Adda und Feemke wirklich verlassen? Sie hatten doch auch gute Zeiten gehabt.

Nachdenklich bestieg er den Audi und fuhr los. Raus aus Bremen, Richtung Schwanewede. Dort lebte Miri und hatte in einem Seitentrakt des Hauses ihr Atelier eingerichtet. Ihre Kunstwerke wurden in renommierten Bremer Galerien ausgestellt.

Im Prinzip konnte Dirk mit Kunst gar nicht so viel anfangen, aber Miri nahm es gelassen, und sie sprachen kaum darüber. Sie hatte andere Qualitäten, auch wenn das ein etwas machohafter Gedanke war. Zudem bewegte sie sich elegant und gekonnt in den Kreisen, in denen Dirk momentan verkehrte, und lehnte sie nicht rigoros ab, so wie Adda es tat.

Dirk fuhr viel zu schnell, weil er so aufgewühlt war. Er hasste sich dafür, dass er Adda nicht die Wahrheit sagen konnte. Er hasste sich dafür, dass es ihn zu Miri zog und er seine Frau dennoch liebte. Auf seine Art.

Ein Blitzautomat warf ihm sein rotes Licht entgegen. Mist, das würde nun auch noch teuer werden! Was für ein beschissener Tag.

Ich trenne mich heute von Miri und versuche es noch einmal mit Adda. Sie ist meine Frau, wir haben ein Kind. Es muss doch noch einen Weg geben, dachte er.

Wäre da nur nicht dieses Sehnen… Dieser Drang, gleich in Miris Armen zu versinken und die Welt um ihn herum zu vergessen.

Kurz darauf war er bei Miris Haus angekommen, ein weißer Walmdachbungalow mit blauen Pfannen und einem Vordach, das von dicken Säulen gehalten wurde.

Er klingelte. Miri öffnete ihm sofort die Tür. Sie war wie immer, wenn sie nicht gerade im Atelier stand, perfekt gekleidet, trug einen dunkelblauen Hosenanzug und eine weiße Bluse. Ihr blondes, kurzes Haar war akkurat gestylt, so wie er es mochte.

»Wie schön, dass du da bist.« Sie küsste ihn, und er ließ es geschehen. Ja, er genoss es. Ihren Duft, ihre weichen Lippen, ihre Art, ihm mit jeder Bewegung zu zeigen, wie sehr sie ihn begehrte. Hier gab es keine Grundsatzdiskussionen, keine Debatten über den angeblichen Unrechtsstaat. Bei Miri fand er Zuflucht. Hier bekam er den Kopf frei von seinem anstrengenden Beruf.

Obwohl er die Nähe zu ihr genoss, plagte ihn doch sofort wieder das schlechte Gewissen. Er war schließlich gekommen, um sich von Miri zu trennen.

Dirk schob sie sacht weg. »Ich muss mit dir sprechen.«

Miri ging voraus ins Wohnzimmer, das wie auch der Rest der Wohnung äußerst spartanisch eingerichtet war. An den Fensterfronten hingen keine Gardinen, und man hatte freien Blick in den aufwendig gestalteten Garten, den sie von einem Landschaftsarchitekten hatte anlegen lassen und von ihm auch pflegen ließ.

Den Raum dominierte eines ihrer großformatigen Bilder, das Dirk nie verstanden hatte. Er empfand es nur als bunte Strichelei, aber es hieß Emotion. Auf der weißen Kommode standen ein paar Skulpturen.

Sie setzten sich auf das schwarze Ledersofa. Auf dem Glastisch hatte Miri eine Karaffe mit Wasser und zwei elegant geschwungene Gläser stehen.

Sie schenkte ihnen ein und fragte: »Was willst du mir denn sagen?« Ihre Hand tastete nach Dirks Knie, und wieder gab es ihm einen Stromstoß.

»Ich und Adda haben heute Morgen geredet«, sagte er.

»Gut! Hast du ihr endlich von uns erzählt?« Ihre Hand wanderte höher.

Dirk wollte sie am liebsten wegschieben, aber er vermochte es nicht. Er schluckte, bevor er mit trockenem Mund erwiderte: »Nein. Es ging nicht. Wir … wir wollen es noch einmal versuchen. Sie liebt mich noch, und dann ist da ja auch Feemke. Ich meine, wir haben so viel zusammen geschafft, und das kann ich schließlich nicht einfach wegwerfen und …«

»Scht.« Miris Lippen suchten seinen Mund, ihre Hand hatte das Ziel erreicht, und Dirk fluchte innerlich über die nicht zu übersehende Reaktion.

»Warum glaube ich dir kein Wort, Herr Westerholt?«, flüsterte Miri zwischen ihren Küssen, die immer fordernder wurden. »Du und ich, *wir* gehören zusammen. Und das weißt du. Du willst keine Demos, du willst diese ewigen Probleme nicht mehr. Was du willst, ist das hier!« Sie drängte sich an ihn, und Dirks Widerstand schmolz so rasch zusammen wie zu heiß gewordenes Wachs.

Wollte er das? Sein Verstand schrie zuerst Nein, aber sein Körper gab nach, und am Ende wusste er, dass es zu Adda kein Zurück mehr gab. Er lebte längst in einer anderen Welt.

KAPITEL 6

Johanna befand sich im Hühnerstall und mistete zusammen mit Feemke und Michael aus. Die beiden Kinder waren mit Feuereifer dabei, suchten aber zwischendurch auch nach Eiern. Es war ein Wettstreit zwischen den beiden entstanden, wer mehr fand. Feemke hatte eben ein weiteres gefunden und legte ihren Fund stolz in ihr Körbchen. »Davon mache ich Mama heute Abend Rührei«, erklärte sie. »Das kann ich schon fast allein, wenn sie mir hilft, den Herd anzumachen und sie zu braten. Also, ich kann die Eier aufschlagen und vermixen.«

Johanna strich der Kleinen übers Haar. Sie mochte es, wenn Feemke so eifrig und gut gelaunt war.

»Vorhin war jemand auf dem Hof, den ich nicht kenne«, sagte Feemke plötzlich.

»Wer denn?«, fragte Johanna alarmiert. Seit sie wusste, dass Manfred Oetjen zurück war, war sie merklich ängstlicher geworden.

»Ich sag doch, dass ich den Mann nicht kenne. Außerdem ist er geschlichen und – er hatte eine Kapuze auf!«

»Feemke spinnt.« Micha lachte. »Das sagt sie nur, weil wir uns Gruselgeschichten erzählt haben und da ein böser

Mann vorkam, der in den Häusern herumgeschlichen ist! War meine Idee«, ergänzte er stolz.

»Ich spinn gar nicht. Da war einer!« Feemke zog einen Schmollmund, und Johanna beschloss, dem Ganzen doch keine größere Bedeutung beizumessen. Wahrscheinlich wollte sich ihre Enkeltochter nur ein bisschen wichtigmachen.

»Du hast den eben nicht gesehen!« Feemke stampfte mit dem Fuß auf.

»Und warum nicht? Ich war doch bei dir! Fast die ganze Zeit.« Micha sah sie herausfordernd an, aber bevor Feemke antworten konnte, hörten sie eine aufgeregte Stimme.

»Johanna, komm schnell!« Das war eindeutig ihr Cousin Ingo.

»Warum schreit Onkel Ingo so?«, fragte Feemke.

Johanna zuckte mit den Schultern, stellte die Forke an die Wand und ging zur Tür. »Ich geh mal gucken. Sucht ihr beiden einfach weiter, ob ihr noch mehr Eier finden könnt, bis ich zurück bin. Und keinen Streit wegen des Kapuzenmanns«, mahnte Johanna noch. Sie beeilte sich, aus dem Stall zu kommen, denn Ingos Rufe klangen wirklich dringlich.

Als Johanna vor die Tür trat und in das Gesicht ihres Cousins sah, fühlte sie sich in ihrer Ahnung bestätigt. »Was ist geschehen?«

»Ich habe eben einen Anruf von Bauer Brede aus Petersgroden erhalten«, stieß Ingo hervor. »Die Schafe… deine ganze Herde läuft außerhalb der Umfriedung, und sie sind auf dem Weg zur Bundesstraße! Paul und Rolf habe ich schon angerufen und losgeschickt. Bauer Brede will auch helfen. Die Tiere sind völlig verschreckt, warum auch immer. Wenn sie die B 69 erreichen und ein oder mehrere Autos in die Herde fahren … eine Katastrophe!«

Johanna versuchte, ihre Gedanken zu ordnen. Sie musste, so schnell es ging, dorthin kommen. Dazu war es notwendig, auch Micha und Feemke mitzunehmen, sie konnten schließlich nicht allein bleiben. Sie pfiff nach ihrer Mary. Die Bordercollie-Hündin war sehr erfahren und würde sie wunderbar unterstützen.

Warum nur hatte Bauer Brede bei Ingo und nicht bei ihr angerufen? Johanna fand das zwar merkwürdig, aber das musste sie später klären. Sie schob den Gedanken weg, jetzt galt es, die Herde einzufangen. »Ich komme gleich mit Mary nach«, versprach sie.

Ingo rannte schon in Richtung seines Autos zurück.

»Ich hole rasch Micha und Feemke aus dem Hühnerstall. Würdest du bitte versuchen, Hauke zu erreichen?«, rief sie ihm hinterher. »Er hat zwar frei, aber vielleicht kann er auch helfen. Ich weiß nicht, wie viel Leute wir brauchen, um alles in den Griff zu bekommen. Du sicher auch nicht?«

»Nein, leider nicht. Ich rufe bei Hauke an und komme dann auch nach«, antwortete Ingo. Er drehte um, stürzte in den Flur zum Telefon, und Johanna lief zurück in den Hühnerstall. Mit wenigen Worten erklärte sie den Kindern, was passiert war.

»Und alle Schafe sind draußen?«, fragte Feemke mit großen Augen. »Dann können sie ja überfahren werden.«

»Genau«, bestätigte Johanna und schob die beiden Kinder vor sich her zum VW-Bulli. »Und nicht nur den Schafen kann etwas passieren: Stellt euch vor, es passiert ein Unfall, und jemand stirbt dabei.« Sofort schlug sie sich mit der Hand auf den Mund. So etwas sollte sie vor den Kindern doch nicht sagen, sie verängstigte sie ja! Aber ihre Enkelin ging ganz locker damit um. Manchmal wirkte sie schon sehr reif für ihr Alter.

»Das wäre ganz schlimm«, sagte Feemke. »Nachher hat wieder ein Kind keine Mama mehr. So wie Micha.« Sie nahm tröstend seine Hand.

Der Junge schluckte kurz und kletterte dann wortlos in den Wagen. Mary saß schon erwartungsvoll bereit und setzte sich den Kindern zu Füßen.

»Du machst das schon, Mary.« Feemke streichelte der Hündin über den Kopf. »Oma hat gesagt, dass du ganz viel bei Aika gelernt hast, bevor sie gestorben ist.«

Johanna lächelte, als sie die zuversichtlichen Worte hörte. Sie warf noch schnell die Schäferstäbe in den Fußraum und startete den Motor. Die Hündin war tatsächlich ihre große Hoffnung. Sie war gut ausgebildet, hatte sich damals von Aika eine Menge abgeschaut und war inzwischen sehr erfahren. Außerdem kannten die Schafe sie.

Dennoch schlug Johannas Herz heftig, denn sie befürchtete das Schlimmste. Was, wenn die Tiere bereits auf der Bundesstraße angelangt waren? Was, wenn wirklich eines oder mehrere Schafe – oder schlimmer noch, Menschen – zu Schaden kamen?

Und dann gleich die nächsten Gedanken: Wie konnte die Herde überhaupt von der Weide entkommen? Hauke hatte doch gestern noch alle Zäune und Gatter geprüft. Er war zuverlässig und hätte nichts übersehen. Denn wenn die gesamte Herde oder ein Großteil davon außerhalb der Umfriedung herumlief, musste entweder ein größerer

Zaunteil defekt sein, oder jemand hatte das Gatter geöffnet.

Johanna gab noch mehr Gas. Sie raste durch die Marsch, überquerte die durch symbolische Pfeiler gekennzeichnete Grenze von Ostfriesland nach Friesland und fuhr in Richtung B 69. Dort bog sie erst rechts, dann links ab und sah schon von Weitem die Herde auf sich zurasen. Die Tiere bewegten sich auf und nieder wie eine weiße, wogende Menge. Verdammt, es war nicht mehr weit, und die Tiere würden an der Bundesstraße ankommen! Sie musste sie stoppen. Irgendwie. Johanna überquerte den Bahnübergang und parkte den Wagen quer über die Straße. Auf diese Weise schnitt sie den Schafen den Weg ab. Viele Möglichkeiten blieben den Tieren nun nicht mehr. Rechts und links der schmalen Straße gab es nur Schlote, die jetzt im Herbst unterschiedlich hoch mit Wasser gefüllt waren, dahinter lagen eingefriedete Weiden.

Johanna drehte sich zu Feemke und Micha um. »Ihr bleibt im Wagen und schaut euch das Spektakel von drinnen an!«, befahl sie. »Wenn ich auch nur einen von euch draußen erwische! Es ist sehr gefährlich, die Schafe könnten euch einfach überrennen. Ich weiß nicht, was sie jetzt tun. Stehen bleiben oder umdrehen… Keine Ahnung. Wir können nur hoffen.«

»Ist gut, Oma«, sagte Feemke. Sie hatte die Daumen in die Handballen gepresst und drückte sie, so fest sie konnte. Johanna wurde wieder von einer unglaublichen Welle der Liebe für ihre Enkelin geflutet.

Gleich darauf hatte sie Mary und einen Schäferstab aus dem Wagen geholt. Sie hoffte, dass die Anwesenheit der Hündin die Herde beruhigen würde.

»Auf!«, befahl sie und pfiff in einer besonderen Melodie. Ihre Hündin konnte die verschiedenen Nuancen deuten, denn jeder Pfiff war ein anderer Befehl. Mary witterte kurz und erkannte das Problem in Windeseile. Dann rannte sie der Herde entgegen. Mary stellte sich dem Leitschaf, ein ganzes Stück bevor die Herde sie erreichte, in den Weg. Sie fixierte sie mit geübtem Blick und bellte. Das Tier verlangsamte den Lauf sofort. Mary näherte sich noch ein wenig mehr und begann laut Johannas Anweisungen mit der antrainierten Hütetätigkeit. Das Schaf verfiel in Schritttempo, die Herde tat es ihm gleich.

Doch dann brummte es, das Geräusch wurde lauter, und kurz darauf zischten drei Militärflugzeuge mit lautem Kreischen über sie hinweg. Es war so unangenehm, dass Johanna sich kurz die Ohren zuhalten musste. Auch Mary war zeitweilig irritiert und dadurch abgelenkt.

Die Schafe aber wurden völlig panisch. Sie drehten um, rasten zurück, versuchten, auf die Weiden auszuweichen. Zwei der Tiere rutschten ab und hatten Mühe, nicht ins Wasser zu fallen. Um Johanna herum war nur noch Lärm. Das Blöken der Schafe, Marys Bellen und Rufe.

Johanna wusste gar nicht, was sie als Erstes tun sollte, und verfluchte die Flugzeuge. Sie hätten es fast geschafft gehabt – und dann ein solches Desaster.

Über die Weide kam nun auch Bauer Brede angelaufen. Ihm folgte seine Tochter Irmi, die Johanna bei den Landwirtschaftstreffen als ruhige und besonnene junge Frau kennengelernt hatte.

»Wir versuchen, das Feld von hinten aufzuzäumen!«, rief ihr Vater. »Wir schneiden ihnen den Weg ab!«

»Ist gut!« Johanna pfiff nach Mary. Sie folgten der

Herde, in der Hoffnung, dass der Hund sie umrunden konnte, doch die Schafe waren zu schnell und uneinholbar. Wenigstens rannten sie nicht mehr in Richtung Hauptstraße.

Ein weiterer Bauer hatte wohl Wind davon bekommen, dass die Herde frei herumlief, und versuchte, ihnen mit seinem Trecker den Weg abzuschneiden. Das verwirrte die Tiere jedoch noch mehr, sie machten erneut kehrt und rasten wieder auf Johanna zu. Wieder stolperten ein paar Tiere, und eines kugelte doch in den Schlot. Zum Glück war das Wasser an der Stelle nicht tief, sodass es zwar einsackte, aber nicht Gefahr lief zu ertrinken.

Derweil waren auch Paul und Rolf angekommen und hatten das Auto hinter dem Bulli geparkt. Sie entdeckten das Schaf im Schlamm.

»Sollen wir es rausholen?«, fragte Paul.

»Erst die Herde – das Schaf kann jetzt nichts anrichten, und in Gefahr ist es auch nicht«, sagte Rolf. Er warf einen fragenden Blick zu Johanna, wollte bestätigt haben, dass sie mit der Entscheidung einverstanden war, doch sie wandte den Kopf ab. Nein, sie konnte ihm jetzt nicht in die Augen sehen. Nicht, nachdem er und Dagmar …

Johanna pfiff nach Mary, und sie konzentrierten sich wieder darauf, die Herde zu stoppen. Dieses Mal gelang es ihnen, das Tempo der Schafe zu verlangsamen.

Souverän und sicher schaffte Mary es nun, die Schafe zusammenzuhalten. Sie flankierte die Herde, umrundete sie und sorgte dafür, dass kein weiteres Tier aus der Reihe fiel. Johanna unterstützte die Hündin mit den anderen Helfern, und sie führten mithilfe der Stäbe die versprengten Tiere zurück.

»Nur noch fünfzig Meter weiter, und die Katastrophe wäre nicht mehr aufzuhalten gewesen. Gut gemacht, Mary!« Rolf strich der Hündin über den Kopf. »Nun müssen wir aber rasch das Schaf aus dem Schlot zerren.«

»Ich halte solange die Herde in Schach«, sagte Johanna, ängstlich darauf bedacht, dass die Tiere nicht wieder ausbrachen. Was würde sie froh sein, wenn die Schafe erst wieder am Deich waren!

Paul schien noch eifriger bei der Sache, als Bauer Brede und Irmi wieder bei ihnen auftauchten.

»Was für ein Durcheinander!«, rief Bauer Brede. »Da sind wir wohl ganz umsonst gerannt.«

Irmis Kopf war ebenfalls hochrot. »Hauptsache, es ist keinem was passiert.«

Ihr Blick blieb an Paul hängen, und sie musterte ihn mit einem verlegenen Lächeln. Er wies zu dem verzweifelt blökenden Schaf. »Hilfst du mit?«

Irmi nickte, und auch ihr Vater kletterte in den Schlot. Da alle hohe Stiefel trugen, bekamen sie wenigstens keine nassen Füße.

Mit vereinten Kräften versuchten sie, das verängstigte Tier aus dem Schlamm zu befreien. Es war aussichtslos, denn der Abhang war glitschig und das Schaf der Wolle wegen schwer.

»Ich glaub, wir schaffen es nicht«, keuchte Bauer Brede und schaute verzweifelt zu den anderen Männern. Allen lief der Schweiß über die Stirn. Das Schaf blökte immer verzweifelter, die Furcht war ihm im Gesicht abzulesen. Es rollte mit den Augen und hatte den Kopf in den Nacken gepresst.

»Ich kann den Trecker holen. Wir könnten versuchen,

es mit einem Stück Leinen zu umwickeln. Das Seil binden wir dann an die Schaufel und heben das Tier wie mit einem Kran hoch.« Bauer Brede kratzte sich am Kopf.

Rolf schaute skeptisch. »Ich weiß nicht, ob es mit dem Trecker funktionieren würde, er müsste ganz schön dicht an die aufgeweichte Böschung heranfahren. Nicht dass er auch noch in den Schlot rutscht.«

»Oder wir probieren es mit Sägespänen«, schlug Paul vor. »Es ist ja nur die glitschige Berme, die verhindert, dass es hochkommt. Das ist für das Schaf vermutlich weniger stressig als so ein Flug durch die Luft.«

Bauer Brede klopfte ihm auf die Schulter, und Irmi strahlte ihn bewundernd an.

»Ich hole ein paar Säcke, hab noch welche in der Scheune, weil ich sie als Streu bei den Pferden verwende.«

»Ich komme mit!«, sagte Paul, und sie stürmten los.

Johanna bewachte noch immer mit Mary die Herde und war froh, dass sich die Schafe inzwischen beruhigt hatten und sich wieder leiten ließen.

Irmi stand neben Rolf, wo sie zusammen mit ihm beruhigend auf das Schaf einredete. Nach kurzer Zeit verstummte das Tier und wurde tatsächlich ruhiger.

Johanna warf nur hin und wieder verstohlene Blicke zu Rolf, doch der konzentrierte sich ganz auf das Schaf. Ihr war das ganz recht, denn sie wollte sich nicht mit ihm unterhalten. Verdammt, das gestern hatte sehr wehgetan. Und doch war es sein gutes Recht. Sie hatte ihm gesagt, dass sie nicht mit ihm zusammen sein wollte. Und vielleicht liebte er Dagmar ja sogar noch.

Johanna atmete einmal tief durch. Jetzt nicht weiter darüber nachdenken, ihre letzte Nacht war schlimm genug gewesen. Sie musterte die Tiere, die noch immer ein wenig irritiert wirkten.

Endlich hörten sie einen Wagen, und kurz darauf kamen Bauer Brede und Paul zurück. Sie öffneten den Kofferraum des Passats, wuchteten einen Sack heraus und verteilten den Inhalt auf der Böschung. Dann begaben auch sie sich wieder in den Graben.

Mit vereinten Kräften gelang es den Männern, die Vorderläufe des Schafs auf die Böschung zu bekommen. Da der Kleiboden nun von den Sägespänen bedeckt war, fanden sie Halt. Das Tier schaffte es tatsächlich, sich mit Unterstützung der Männer aus der Misere zu befreien. Mit einem lauten »Mäh« und einem kräftigen Schütteln bewegte sich das Schaf schließlich auf die Herde zu.

»Geschafft!« Alle klatschten begeistert und kletterten ebenfalls zurück auf die Straße. Nur Irmi stand noch im Schlot.

»Ich stecke fest«, sagte sie lachend. »Da brauch ich wohl Hilfe.« Herausfordernd sah sie Paul an, der ihr sofort die Hand reichte und sie hinaufzog. Als sie auf der Straße neben ihm stand, schauten sie sich lange an.

Johanna schmunzelte und dachte sich ihren Teil.

»Nun müssen wir die Tiere nur noch zum Deich bringen!«, sagte sie erleichtert. Ihre Knie zitterten plötzlich, und ihr wurde etwas schwindelig.

»Ich hab gleich bei dir angerufen, als ich gesehen habe, was passiert ist, Johanna. Aber dein Telefon war tot«, erzählte Bauer Brede nun. »Da habe ich Ingo Bescheid gegeben.«

»Mein Telefon war tot?«, hakte Johanna nach. »Aber wieso...?«

Plötzlich war da diese böse Ahnung. Jemand hatte womöglich Interesse daran, dass man sie nicht schnell genug erreichte. Nicht jemand… Manfred. Was, wenn Feemke sich den Kapuzenmann doch nicht eingebildet hatte und jemand auf dem Hof gewesen war?

»Nun komm schon«, sagte Bauer Brede. »Das muss später geklärt werden.«

Johanna nickte. In dem Fall würde Ingo auch Hauke nicht erreicht haben, was erklärte, dass er noch nicht hier war, weil er wahrscheinlich zu ihm nach Hause gefahren war, um ihn abzuholen.

Wie zur Bestätigung quietschten in dem Moment hinter ihr Reifen, und Ingo sprang aus dem Wagen. »Dein Telefon«, begann er, aber Johanna winkte ab. »Schon gehört. Dank Mary haben wir die Herde im Griff. Nun muss sie nur noch zurück zum Deich.«

»Dabei helfe ich. Nicht dass noch wieder jemand ausbüxt. Hauke hab ich zu Hause nicht erwischt.«

»Kein Problem. Wir schaffen es jetzt auch allein. Pass auf, kannst du den Bulli nehmen und langsam mit den Kindern hinterherkommen? Dann fahren wir später alle zusammen zurück und holen dein Auto hier ab.« Johanna drückte Ingo den Schlüssel in die Hand, folgte ihm aber, denn sie wollte den Kindern bestätigen, dass alles in Ordnung war. Paul und Irmi gaben derweil mit Mary auf die Herde acht.

Ingo öffnete die Tür des Bullis. »Bin ich froh«, meinte Micha erleichtert. Feemkes Augen leuchteten. »Wenn ich groß bin, werde ich auch Schäferfrau«, sagte sie. »Ich will das können, was Oma macht. Ich habe eine tolle und so mutige Omi!«

Johanna war gerührt. Sie erklärte den beiden kurz, wie sie weiter vorgehen wollten, und schloss mit den Worten: »Wir sehen uns am Deich!« Dann warf sie einen Blick zu Irmi und Paul und bemerkte, dass Irmi dem jungen Mann noch einmal zulächelte, ehe sie ihrem Vater zurück zum Hof folgte. Paul sah ihr verträumt nach.

Trau dich, mien Jung, dachte Johanna. Trau dich einfach. Dann aber waren die Schafe wieder wichtiger.

Es war weiterhin ein mühsames Unterfangen, denn die nervösen Tiere versuchten ständig auszubrechen, und Mary hatte viel zu tun. So dauerte es, bis sie den Deich erreicht hatten und die Schafe auf der Weide waren.

»Nun müssen wir schauen, wo sie ausgerissen sind«, sagte Ingo, als er das Gatter mit Nachdruck verschlossen hatte. »Entweder hat sie jemand aus dem Tor gelassen, oder aber es gibt ein Loch im Zaun. Das sollten wir schnellstens aufspüren und flicken.«

Johanna nickte. »Flickzeug ist hinten im Stauraum. Da liegen immer eine Rolle Draht und Krampen.«

Ingo öffnete die hintere Klappe und nahm das Material heraus. Er legte es am Gatter ab. »Erst gucken wir mal, in welcher Richtung wir den Kram brauchen, dann müssen wir es nicht unnötig weit schleppen. Ich laufe links runter, Rolf nimmt die rechte Seite.«

»Ich gehe mit Rolf«, erklärte Feemke und schob ihre kleine Hand in seine. Micha folgte Ingo, während Paul und Johanna mit Mary vom Gatter aus die Herde im Auge behielten.

»Ich möchte wirklich wissen, warum sie so in Panik waren. Normalerweise bringt sie so schnell nichts aus der Ruhe«, sinnierte Johanna.

»Ein Hund?«, fragte Paul. Es kam oft vor, dass jemand seinen Hund nicht angeleint auf dem Deich laufen ließ. Manchmal jagten sie dann die Schafe. Besonders schlimm war es, wenn die Lämmer noch klein waren und womöglich ihre Mutter aus den Augen verloren. Im äußersten Fall fanden sie sich nicht wieder, und dann verhungerten die Kleinen, während die Mütter quälende Schmerzen aushalten mussten, weil sich die Milch staute.

»Kann sein«, sagte Johanna. »Aber Frage Nummer zwei bleibt: Wo sind sie raus, und wer hat dafür gesorgt, dass sie es konnten?«

Sie liefen ein bisschen auf dem Deich hin und her und schauten, ob nicht irgendwo ein verletztes Schaf lag – falls doch ein wildernder Hund schuld an dem Dilemma gewesen war. Doch alles war ruhig, die Herde graste nunmehr friedlich. Ab und zu ertönte ein Blöken.

Zurzeit war Ebbe, das Wasser im Jadebusen hatte sich weit zurückgezogen und gab den Blick aufs Watt frei. Möwen kreischten ihr Lied, der Wind zerrte an Johannas Haar. Sie hatten eben eine Katastrophe abgewendet. Für den Moment konnte sie aufatmen. Doch Johanna ahnte, dass die Zeit der Ruhe und des Friedens vorbei war. Zu viel war schon wieder passiert. Feemke hatte mehrfach angedeutet, dass ihre Eltern oft stritten. Manfred Oetjen war zurück, und Rolf kuschelte mit Dagmar. Keine rosigen Zustände, aber sie hatte bereits Schlimmeres gemeistert.

Johanna seufzte. Sie waren wieder am Gatter angelangt und hielten Ausschau nach den anderen.

Als hätte Paul ihre Gedanken von eben erraten, sagte er: »Du weißt, dass Dagmar da ist?« Die Frage war ihm sichtlich unangenehm, aber Johanna war dankbar, dass er es von allein ansprach.

»O ja, das weiß ich. Rolf hat sich wohl mehr als deutlich darüber gefreut«, antwortete sie.

Paul schaute Johanna fragend an, aber sie verspürte keine Lust, das jetzt zu vertiefen. Was sollte sie auch sagen? Dass Dagmar Rolf vor ihren Augen geküsst hatte? Nein, das brachte Johanna nicht über die Lippen.

»Wohnt sie bei dir?«

Paul nickte.

Johanna war froh, dass Ingo ein Stück entfernt die Hand hob und laut rief: »Ich habe die Stelle!«

»Ich geh schon mal hin«, sagte sie zu Paul, erleichtert, dem Gespräch über Dagmar zu entkommen.

Johanna lief den Deich hinunter auf den Weg und kam nach etwa zweihundert Metern bei Ingo an. Er hatte die Brauen zusammengezogen und deutete auf ein riesiges Loch, wo der Maschendraht zwischen zwei Pfeilern komplett fehlte.

»Das hat jemand absichtlich getan. Es ist zerschnitten. Das Loch ist riesig.«

Johanna besah sich die Stelle ebenfalls. »Du hast recht. Und dann hat jemand die Schafe regelrecht von der Weide getrieben, was wiederum erklärt, warum sie so in Panik waren.«

»Merkwürdig«, bestätigte Ingo und besah sich die Schnittstellen genauer. »Wer macht so einen Schiet?«

Ratlos betrachteten sie den Schaden. Er würde zwar schnell behoben sein, aber das löste ihr grundsätzliches Problem nicht. Was war, wenn das Gleiche noch einmal passierte und sie nicht schnell genug vor Ort waren?

Inzwischen waren Rolf, Feemke und Paul ebenfalls eingetroffen und hatten die Drahtrolle und das Werkzeug mitgebracht. Mary umrundete alle fröhlich kläffend.

»Das sieht aber übel aus«, sagte Rolf sofort, als er den Schaden betrachtete. Feemke hatte ihre Hand vertrauensvoll in seine geschoben.

»Manfred ist wieder da«, sagte Ingo. »Vielleicht hat er ...«

Paul biss sich auf die Lippen. Johanna sah ihn fragend an. »Weißt du was davon?«

»Er war bei mir. Aber er wirkte nicht so, als würde er dir etwas Böses wollen«, wehrte Paul ab. »Ehrlich gesagt war er sehr freundlich.«

»Er ist ein Blender«, entgegnete Johanna. »Ich traue ihm viel Schlimmes zu. Pass lieber auf. Was er sagt, geht nicht immer konform mit dem, was er tut.«

Ingo nickte. »Er ist und bleibt ein mieser Typ. Ich kann mir gut vorstellen, dass das hier auf seinem Mist gewachsen ist.«

»Mag sein«, erwiderte Johanna. »Nur würde er so plump vorgehen? Andererseits ...« Sie verstummte und schaute auf Feemke hinab.

Ingo musterte sie. »Dich bedrückt doch was. Hast du einen Verdacht?«

Johanna zuckte mit den Schultern. »Feemke hat von einem Fremden mit Kapuze auf dem Hof erzählt.«

»Ja, das war ganz gruselig«, bestätigte die Kleine.

»Wenn wirklich jemand da war, könnte es doch sein, dass die defekte Telefonleitung gar kein Zufall war? Sondern gewollt, damit ich nicht so schnell zur Herde komme.«

Ingo runzelte die Stirn. »Hm ... das würde passen. Die

Schnur war aus der Buchse gezogen. Ich dachte, es wäre ein Versehen, aber wenn es jemand mit Absicht gemacht hat…«

»Noch einmal: Wäre er so unvorsichtig? Er wird sich doch denken, dass wir eins und eins zusammenzählen.«

»Kann ihm ja egal sein«, wandte Ingo ein. »Wir können es ihm schließlich nicht beweisen.«

Johanna nickte, denn er hatte recht.

»Außerdem hat er sich beim letzten Mal auch erwischen lassen. Überlegt mal, damals hat er einfach Benzin über dein Heu kippen wollen«, gab Rolf zu bedenken.

Ingo straffte die Schultern. »Ist auch egal, ich repariere das jetzt, dann ist erst einmal die Kuh vom Eis. Wir können das Problem momentan ohnehin nicht lösen. Hauptsache, die Schafe bleiben auf der Weide.«

Ingo begann mit der Instandsetzung, und Paul half ihm dabei. Feemke und Michael tollten derweil mit Mary über den Deich. Nur Johanna und Rolf hatten nichts zu tun. Verlegen sah sie zu Boden. Sie wusste nicht, was sie zu ihm sagen sollte. Es war das erste Mal, dass sie ihm gegenüber sprachlos war. Sonst war da immer dieses Gefühl gewesen, sich ohne Worte zu verstehen. Doch jetzt klaffte eine Lücke zwischen ihnen, und es war, als habe man die Brücke darüber zum Einsturz gebracht. Rolf spürte Johannas Unbehagen wohl, denn er umfasste ihren Unterarm und zog sie ein Stück weg. Sie folgte ihm widerwillig, aber sie wehrte sich auch nicht. Es war nur fair, ihm wenigstens zuzuhören. Dann wusste sie zumindest, woran sie war.

Als sie sich ein Stück von Ingo und Paul entfernt hatten, drehte Rolf Johanna sacht zu sich um und sah sie mit seinen tiefblauen Augen an. »Hanna«, begann er, »das war nicht so ...«

Johanna erkannte den Schmerz in seinem Blick, aber sie wollte nicht zulassen, dass es sie berührte. Sie hatte gesehen, was es zu sehen gab. »Lass gut sein, Rolf. Ich habe gerade völlig andere Probleme«, erwiderte sie. »Ich bin heute knapp einer Katastrophe entronnen.«

Rolf ging darauf nicht ein, sondern sprach gleich an, was wie ein unüberwindbares Hindernis zwischen ihnen stand. »Hanna, ich will Dagmar nicht. Es ist lange, lange vorbei«, versuchte er einen zweiten Anlauf.

»Das sah ein bisschen anders aus. Aber du musst mir nichts erklären und bist mir keine Rechenschaft schuldig. Wir sind schließlich kein Paar.«

»Hanna ...« Rolf brach ab, und Johanna schenkte ihm ein vorsichtiges Lächeln. »Vielleicht ist es gut so.«

»Das kannst du nicht meinen«, erwiderte Rolf verzweifelt. »Bitte, lass dir erklären ...«

Doch Johanna hatte sich schon abgewandt. »Ich helfe Ingo und Paul!«, rief sie. Sie legte die wenigen Meter im Laufschritt zurück und stand kurze Zeit später neben dem schon fast fertig reparierten Zaun.

Johanna stupste Paul an. »Du kannst mit Rolf zurückfahren. Danke für deine Hilfe! Deine Idee mit den Sägespänen war super. Damit hast du Irmi sichtlich beeindruckt.«

Paul lief feuerrot an. »Gern geschehen.«

»Und nun los!« Johanna nahm ihm Hammer und Krampen aus der Hand und übernahm seinen Part beim Flicken. Rolf verabschiedete sich knapp. Er war blass, und seine Augen lagen in tiefen Höhlen.

»Ist was mit euch?«, fragte Ingo besorgt, als die beiden fort waren.

»Nein. Nichts von Belang«, antwortete Johanna. »Und nun lass uns hier fertig werden. Die Arbeit in der Schäferei duldet keinen weiteren Aufschub.«

Ingo sah Johanna zwar zweifelnd an, fragte aber nicht weiter nach.

KAPITEL 7

Adda hatte sich längst auf den Weg zum Nordseehof machen wollen, aber sie war noch immer so durcheinander, dass der Streifzug am Weserufer nicht ausgereicht hatte, um zur Ruhe zu kommen. Kurzerhand dehnte sie ihren Spaziergang an der Schlachte noch auf Schnoor aus und irrte zunächst ziellos durch die engen Gässchen des Bremer Viertels. Der Schnoor gehörte für sie zu den schönsten Orten in der Stadt. Es war die Mischung aus Alt und Beschaulich, dieses Heimelige, wenn man an den windschiefen Fachwerkhäuschen mit den kleinen Läden und Cafés vorbeilief und in Gedanken das altertümliche Leben vor Augen hatte. Manchmal erwartete Adda sogar, dass sich über ihr ein Fenster öffnete und jemand den Nachttopf ausleerte. Doch heute fehlte ihr diese Vorstellungskraft. Wie ein Zombie lief sie hin und her, wich den anderen Menschen aus und wusste nicht so recht etwas mit sich anzufangen.

Ich brauche einen Kaffee, dachte sie. Dann kann ich bestimmt wieder klarer denken.

Adda steuerte ein kleines Café an, vor dem draußen noch Tische und Stühle standen. Mit Jacke war es warm genug, unter der Markise zu sitzen. Um nichts in der Welt hätte Adda reingehen wollen, auch wenn es im Café selbst verführerisch nach frisch gerösteten Bohnen und Gebäck duftete. Sie setzte sich direkt neben die Eingangstür und konnte auch so an der reizvollen Melange teilhaben. Eine recht junge Bedienung mit weiß gestärkter Rüschenschürze zu einem schwarzen Rock nahm die Bestellung auf und brachte gleich darauf das Gewünschte.

Adda wickelte das Zuckerstück aus und gab es in den Kaffee. Sie nahm einen Schluck und spürte, wie ihre Lebensgeister zurückkehrten. Der Kaffee war gut. Etwas herb, ein bisschen nussig und nicht lange bitter im Abgang. Adda trank mit geschlossenen Augen erneut und ließ das heiße Gebräu langsam durch ihre Kehle rinnen.

Nachdem sie die Tasse geleert hatte, nahm sie auch die anderen Menschen und Geräusche wieder wahr. Durch die Gassen schoben sich Ströme von Besuchern, Kinder riefen nach ihren Müttern, die sich mit den Buggys einen Weg bahnten. Ein paar ältere Herrschaften schwangen ihre Regenschirme mit Bremen-Aufdruck, verharrten vor den Schaufenstern und bestaunten die Auslagen.

Adda beneidete die Leute um ihre Unbeschwertheit, um die Möglichkeit, sich über Kleinigkeiten zu freuen. Sie hingegen saß vor einer geleerten Tasse Kaffee und versuchte, irgendwie über den Scherbenhaufen ihrer Ehe zu klettern, ohne sich die Füße allzu sehr zu zerschneiden. Bei den Gedanken musste Adda doch etwas lächeln.

Schließlich sah man auch ihr nicht an, welchen Kummer sie gerade hatte. Vermutlich trug jeder seine Last.

»Und ich habe Feemke«, sagte sie zu sich. »Das ist mehr, als andere haben.«

Ihr wurde warm ums Herz, als sie an ihre kleine Tochter dachte, die gerade vermutlich fröhlich über den Nordseehof tollte und glücklich bei ihrer Oma war.

Seit längerer Zeit überfiel Adda immer öfter eine ungewohnte Zuneigung zu ihrer Mutter, und sie fand es selbst blöd, dass sie ihr es nicht zeigen konnte. Adda nahm es sich bei jedem Besuch vor, doch kaum stand sie Johanna gegenüber, bekam sie es nicht hin, freundlich zu ihr zu sein. Das hatte sie nicht verdient, aber Adda tat sich schwer, über ihren Schatten zu springen.

Ihre Mutter war eine so liebevolle Oma und ließ Feemke nie spüren, welche Schwierigkeiten sie und Adda miteinander hatten. Niemals verlor sie ein böses Wort über sie oder machte Adda schlecht. Ihre Mutter hatte sogar der Liebe zu Rolf entsagt, um sie, ihre Tochter, nicht vollends zu verlieren. Ebenfalls ohne je darüber einen Satz zu verschwenden. War das nicht genau die Liebe, nach der sich Adda ihr ganzes Leben lang gesehnt hatte?

Zeitlebens hatte sie gedacht, ihrer Mutter wäre nur Uwe wichtig und sie ein unglückseliges Anhängsel, das sich nach einer verbotenen Liebesnacht in ihr Leben geschlichen hatte. Aber inzwischen erkannte Adda immer mehr, wie falsch sie lag. Ihre Mutter hatte sie damals ziehen lassen. Aber nicht weil sie sie los sein wollte, sondern weil sie wusste, was es bedeutete, der Freiheit zu entsagen. Sie hätte Adda viel mehr an den Nordseehof binden können, weil es ihr immens wichtig war, dass die Schäferei in Familienhand blieb. Aber was hatte sie stattdessen getan? Lösungen gefunden, um sowohl sie als auch Uwe ihren Weg gehen zu lassen.

Adda winkte der Bedienung und zahlte. Sie verließ den

Schnoor, machte sich auf den Weg zum Roland und bog schließlich in die Böttchergasse ab. Diese war ein Touristenmagnet, weshalb es hier auch immer voll war. Adda bahnte sich einen Weg durch die vielen Menschen, bis sie vor der Rösterei stand, die neben dem Kaffee, den man dort trinken konnte, auch wunderbare Röstungen feilbot. Sie ließ sich eine Sorte aus Nicaragua mahlen und abfüllen. Die wollte sie ihrer Mutter mitbringen.

Vermutlich würde sie sehr erstaunt sein, denn Adda hatte ihr noch nie außer der Reihe etwas geschenkt. Nur war es jetzt wohl an der Zeit, den ersten klitzekleinen Schritt in Richtung Versöhnung zu machen.

Als Adda die Rösterei verließ, sog sie draußen die klare Herbstluft ein. Der Druck auf Brust und Magen war weg. Sie fühlte sich nun stabil genug, um nach Ostfriesland zu fahren und Feemke gegenüberzutreten. Adda machte sich mit der Straßenbahn auf den Weg nach Hause, wo sie schnell ins Bad lief und abwechselnd heiß und kalt duschte. Ich spüre mich wieder, frohlockte sie.

Dann aber begann das Gedankenkarussell von Neuem. Was sollte sie Feemke sagen? War es verantwortungsvoll, sie in das herrschende Gefühls- und Ehechaos mitzunehmen, wo noch unklar war, wie es genau weitergehen sollte?

Adda schüttelte den Kopf. Nein, das war keine gute Idee. Erst musste sie heute Abend mit Dirk ein weiteres klärendes Gespräch führen. Eine Unterredung, bei der er nicht wie am Morgen einfach verschwinden konnte. Also dachte sie darüber nach, ob sie die Kleine besser erst einmal auf dem Nordseehof lassen sollte, wenn ihre Mutter einverstanden war. Ab morgen musste Adda zwei Tage arbeiten, danach hatte sie ein paar Tage frei. Diese Zeit konnte sie doch gut mit Feemke in der Schäferei verbringen. Das schützte ihre Tochter ein wenig vor dem, was sie, Adda, und Dirk vermutlich am Abend beschließen würden.

Sie wunderte sich, wie richtig sich die Entscheidung anfühlte, für eine Weile zum Nordseehof zurückzukehren.

Plötzlich hörte sie, dass jemand die Wohnung betrat. Ihr Herz machte einen freudigen Satz. War Dirk doch zu ihr zurückgekommen? Hatte sie sich etwa nur in etwas hineingesteigert?

Adda wickelte sich schnell in ihr Handtuch und wollte gerade in den Flur gehen, als die Tür schon wieder ins Schloss fiel. Nass, wie sie war, stürzte Adda in die Küche und fand dort auf dem Tisch einen Zettel mit Dirks Handschrift.

Es tut mir leid, Adda, aber es geht nicht mehr mit uns. Ich weiß, es ist feige, aber wenn du es hier schon mal gelesen hast, können wir heute Abend beruhigter reden. Bis später! Dirk

Addas Handtuch rutschte zu Boden, ihr Haar tropfte die Fliesen nass. Sie stand fassungslos da und rührte das Papier nicht an.

Dirk machte wie ein Teenager per Zettel mit ihr Schluss? War nicht Manns genug, ihr dabei in die Augen zu sehen?

Nach einer Weile merkte Adda, dass sie fröstelte. Sie hob das weiche Frotteehandtuch auf und kuschelte sich darin ein, in der Hoffnung, dass sie gleich warm werden würde. Doch sie zitterte so heftig, dass sie sich auf den Küchenstuhl setzen musste.

Adda wünschte, sie könnte in kleine Puzzlestücke zerfallen. Einfach zerschellen in einzelne Teile, die man erst mühsam zusammensetzen musste, ehe sie ein Ganzes ergaben. Was nicht zusammenhing, konnte auch keine Schmerzen weiterleiten und ergab nicht dieses schwarze, hoffnungslose Bild.

Adda rubbelte sich trocken, ging zurück ins Bad und föhnte die dunklen Locken, die sich ineinander verknotet hatten. Es dauerte, ehe alles entwirrt war. Anschließend schlüpfte sie in eine Jeans, die sie achtlos aus dem Schrank gezerrt hatte, genau wie das braune Sweatshirt.

Als sie anschließend einen Blick auf die Uhr warf, war sie überrascht, wie lange sie vorhin wie gelähmt in der Küche gesessen hatte, bevor sie wieder in der Lage gewesen war, sich anzuziehen.

Adda nahm das Päckchen Kaffee, das sie für ihre Mutter gekauft hatte, und holte noch einen rot-weiß geringelten Lolli für Feemke aus dem Schrank.

Es war die richtige Entscheidung, die Kleine noch ein bisschen auf dem Nordseehof in vertrauter Atmosphäre zu lassen. Nur wollte sie es ihr persönlich sagen, also musste sie jetzt nach Neusiel fahren, dort alles klären und rasch zurückkommen, damit sie in Ruhe mit ihrem Mann sprechen konnte.

Mal sehen, ob Dirk wirklich auftauchte – und wann. Was er noch groß mit ihr bereden wollte, wusste sie nicht. Vermutlich, wie sie zukünftig leben wollten, wer seinen Schlitten bekam und wer welchen Sessel. Wie armselig, was von einer großen Liebe übrig blieb …

Das kleine Fünkchen Hoffnung gab es nicht mehr. Mit diesem Zettel war es vollends erloschen. Ihre Ehe war vorbei.

Und sie musste los. Zu ihrem Kind.

*

Paul hatte Rolf nach Hause gebracht, war noch ein bisschen durch die Gegend gefahren und nun mit der Harley auf dem Weg zu Bauer Brede.

Er hatte lange überlegt, was er als Grund angeben sollte, aber am besten war wohl, Irmi tatsächlich zu einer Spritztour einzuladen.

Warum Manfred heute Morgen bei dem Notfall mit den Schafen nicht zugegen gewesen war, obwohl er doch auf dem Brede-Hof arbeitete, wusste er nicht, denn er hatte nicht fragen mögen.

Paul ließ sich Zeit, knatterte gemütlich in Richtung Deich und versuchte, seine Nervosität in den Griff zu bekommen. Bald darauf hatte er das Gehöft erreicht.

Der Hof der Familie Brede war ein typischer Marschbauernhof, der längsseitig zur Straße lag. Vorn rechts befand sich das Wohnhaus, dahinter schloss sich direkt das größere Stallgebäude samt Scheune an. Links stand eine große Remise, seitlich gab es noch weitere Holzbauten als Lagerstätten und daneben den großen Misthaufen. Alles war sauber und gepflegt, so wie bei den meisten Gehöften in der Region.

Irmi stand mit Gummistiefeln bekleidet vor dem Stall auf dem Hof und fegte ihn mit kräftigen Strichen. Sie sah kurz auf und lächelte Paul an, als er mit seiner Harley auf den Hof knatterte. Der Schäferhundmischling fletschte allerdings die Zähne, und Irmi sperrte ihn rasch weg.

Paul stieg vom Motorrad, bockte es auf und hängte den Helm vorn an den Lenker. Er bemühte sich, lässig zu wirken.

»Moin, da bist du ja wieder«, sagte Irmi. »Alle Schafe wieder am Deich?«

Paul nickte. Mein Gott, war Irmi schön! Sogar in ihrer Stallkluft. »Möchte echt wissen, wer das getan hat.«

»Wisst ihr denn schon, wie die Schafe rauskommen konnten?«, fragte sie.

Paul nickte und sagte bitter: »Da fehlte ein ganzes Stück Zaun. Den hat jemand fein säuberlich mit der Zange entfernt und dann die Herde so in Panik versetzt, dass sie kopflos davongestürmt ist. Wenn Johannas Hütehündin nicht so erfahren wäre und sie die Straße nicht mit dem Bulli blockiert hätte...«

Irmi wusste, was er meinte. »Ist ja zum Glück noch einmal gut gegangen.« Sie stellte den Besen an die Stallwand. »Ich fand es klasse, dass du auf die Idee mit den Spänen gekommen bist. Ich glaube, es wäre sonst immens schwerer gewesen, das Schaf zu befreien.«

Paul senkte verlegen den Blick. Zwar hatte schon Johanna gesagt, dass Irmi ihn für diesen Einfall bewunderte, aber es war doch noch etwas anderes, wenn sie ihn direkt darauf ansprach.

»Möchtest du einen Tee?«, fragte sie jetzt.

Pauls Herz machte einen Satz. »Gern. Wenn du Zeit hast.«

»Sonst würde ich ja nicht fragen«, erwiderte sie spitzbübisch. »Komm mit in die Küche!«

Paul schaute sich unauffällig nach Manfred um. Er wagte allerdings nicht, Irmi auf ihn anzusprechen.

Die zog im Stalleingang die Stiefel aus und schlüpfte in ihre Clogs.

Paul folgte ihr durch den leeren Stall. Alles war dort schon vorbereitet, denn die Kühe würden in Kürze in den Stall kommen.

Bei Bauer Brede roch es, genau wie auf dem Eilershof, überall unterschwellig nach Rind. Es war, als folgte ihnen der Duft aus den Stallungen in den Flur und waberte bis in die Küche nach. Irmi wies mit der Hand zum Tisch, wo schon eine Kanne auf dem Stövchen stand, und angelte zwei Teetassen aus dem dunklen Eichenbüfett. Die ganze Küche wirkte gediegen und alt.

Irmi reichte Paul den Kluntjepott und schenkte ihm ein.

Sie klönten über dies und das, was auf den umliegenden Höfen so los war, wer heiraten würde und wer gestorben war.

Paul erzählte noch von seiner Harley, Irmi amüsierte sich über den neuen James-Bond-Film *In tödlicher Mission* mit Roger Moore. »Solche 007 Superhelden finde ich einfach nur lustig«, sagte sie, und Paul schöpfte Hoffnung, dass er vielleicht doch Chancen bei Irmi haben könnte. Wenn sie gar nicht auf Helden stand ... Er genoss es, Irmis Stimme zu lauschen. Sie hatte einen warmen Unterton, und alles, was die junge Frau sagte, klang sehr überlegt. Außerdem schien sie sich wirklich über seinen Besuch zu freuen. Paul ärgerte sich, dass er nicht schon eher gewagt hatte, sie zu besuchen.

»Wir haben seit Kurzem einen neuen Mitarbeiter«, erzählte Irmi dann plötzlich.

Sofort wurde Paul hellhörig.

»Er hat auch schon mal auf dem Nordseehof gearbeitet, vielleicht kennst du ihn. Manfred Oetjen. Er ist ein netter Typ.«

Paul schluckte. Es schien bis zum Hof der Bredes noch nicht die Runde gemacht zu haben, was Manfred damals in der Schäferei angestellt hatte.

»Ich kenne ihn«, druckste Paul herum, unsicher, ob er mehr sagen sollte oder lieber nicht.

»Ich mag Manfred … und«, Irmi wurde nun tatsächlich rot, »er ist sehr charmant. So einen Mitarbeiter hatten wir noch nie.«

Paul stellte die Tasse etwas zu abrupt auf der Untertasse ab. »Du findest Manfred Oetjen charmant?«

»Ja, ist er doch.« Irmi wirkte erstaunt, dass Paul diese Tatsache anzweifelte.

Er gab sich lässig, und doch war es sofort wieder da. Dieses ungute Gefühl, das er schon immer in Manfreds Nähe empfunden hatte. Dennoch war es ihm gestern gelungen, Paul für sich einzunehmen. Obwohl er wusste, was Manfred damals getan hatte.

»Ich weiß schon, dass er bei euch arbeitet«, sagte er schließlich, um überhaupt etwas zu sagen.

Irmi schmunzelte. »Ja, ja, Geheimnisse gibt es hier nicht. Alles spricht sich in Windeseile herum. Daran wird sich wohl nie etwas ändern.« Sie legte einen weiteren Kluntje in Pauls Tasse und goss Tee nach. »Manfred ist fleißig und sehr erfahren. Meine Mutter sagt, er hat zudem Charisma und dass es verwunderlich ist, dass er noch keine Frau hat.«

Paul wusste nicht, was er darauf antworten sollte, denn

wenn Irmi einen Mann wie Oetjen mochte, hatte er wohl kaum eine Chance, auch wenn sie so nett und freundlich zu ihm war. Paul war ein völlig anderer Typ. Nicht nur äußerlich. Paul fehlte die Fähigkeit, sich gewandt auszudrücken, und das Wort Charisma oder Charme passte zu ihm genauso wenig, wie man ein Rhinozeros als elegant bezeichnen würde. Sein Vater war den Erzählungen nach anders gewesen, ein echter Herzensbrecher.

Irmi schien sein Unbehagen zu bemerken und legte ihre Hand auf seine. Paul durchfuhr es dabei heiß. Ach, wenn sie es doch nicht nur aus Mitleid tun würde!

Ihre folgenden Worte ließen ihn erneut hoffen. »Das heißt aber nicht, dass ich etwas von Manfred will. Charme und Charisma reichen nicht.« Irmis Lächeln war entwaffnend. Paul wurde rot, denn offenbar hatte sie in seinem Gesicht lesen können wie in einem Buch.

Noch immer lag ihre Hand auf seiner. Schüchtern lächelte er sie an. Dann wagte er den Vorstoß. »Hast du Lust, mal mit mir Harley zu fahren? In die Disco nach Marx, am nächsten Wochenende?«

»Ja, liebend gern. Das wäre moi.«

»Freitag?«, hakte er gleich nach. »Ich hole dich dann ab.«

»Gern.«

Aus dem Flur waren Schritte zu hören, und Irmi zog die Hand rasch weg. Ihre Sommersprossen schienen auf ihrem Gesicht zu tanzen. Es dauerte, bis sie sich wieder an Ort und Stelle platziert hatten.

Die Küchentür flog auf, und herein stapften mit schweren Schritten Irmis Vater und Manfred. Manfred wirkte kein bisschen überrascht, Paul hier anzutreffen.

Er hat sicher mein Motorrad draußen gesehen und seine Schlüsse gezogen, dachte Paul.

»Hallo, alles wieder gut mit den Viechern?« Irmis Vater hob kurz die Hand zum Gruß.

»Ja, sie sind wieder am Deich auf der Weide«, antwortete Paul.

»Dann ist ja allens god.« Bauer Brede stibitzte sich einen Keks und verschwand gleich wieder.

Manfred hingegen lehnte sich mit dem Rücken gegen das Büfett und sah Paul selbstgefällig an. »Moin, Paul. Ganz allein hier? Ohne deinen Besuch?«

Paul nickte und stand auf. Es war wohl besser, sofort zu verschwinden, ehe Irmi zu viele Vergleiche zwischen ihnen anstellen konnte. Da würde der Verlierer sofort feststehen, denn er fühlte sich Manfred gegenüber wie ein Trampel.

»Ich melde mich wegen Freitag. Also, wann wir losfahren wollen und so«, sagte er zu Irmi und versuchte, Manfred nicht weiter zu beachten.

Der grinste breit. »Ich komm kurz mit dir raus, Paul.«

Er zwinkerte Irmi zu, die den Blick verlegen senkte.

Paul trat in den Flur und wusste schon jetzt, dass hier etwas gewaltig schieflief. Er würde Irmi erst am Freitag wiedersehen. Bis dahin aber begegnete sie Manfred mehrmals täglich. Sie saß mit ihm am Küchentisch, wo sie gemeinsam ihre Mahlzeiten einnahmen. Dreimal am Tag. Paul atmete schwer.

Manfred folgte ihm, und als sie den Kuhstall durchquert hatten, blieb er stehen. »Du willst also mit der Lütten von Bauer Brede auf Tour? Hast du ganz allein hinbekommen. Respekt!«

»Das geht dich nichts an!« Paul gab sich pampig, aber Manfred ließ sich nicht abschrecken.

»Ich denke, doch. Ich habe dir gestern schon gesagt, dass ich dich als meinen Freund ansehe und plane, dir zu helfen, sie von dir zu überzeugen.«

»Ich schaff das allein«, behauptete Paul selbstbewusster, als er sich fühlte.

»Klar, das weiß ich. Trotzdem ist es manchmal gut, einen Freund an der Seite zu haben.«

»Ja, danke«, presste Paul zwischen den Zähnen hervor.

»Dann sind wir uns ja einig. Wir haben die gleichen Ziele, oder nicht?«

Paul schluckte. Er fühlte sich gefangen wie in einer Schraubzwinge.

»Wenn wir Freunde sind, werde ich die Kleine natürlich in Ruhe lassen«, resümierte Manfred weiter. »Freunden spannt man die Deern nicht aus, das ist eine alte Regel. Die kennst du sicherlich auch.« Er spitzte die Lippen. »Du verstehst, was ich meine.«

Und ob Paul das verstand. Er wusste zwar noch nicht, was Manfred mit seiner Rede bezweckte, was er vorhatte, aber er, Paul, würde mitspielen müssen. Oder Irmi war für ihn verloren. Dass Manfred bei ihr ein leichtes Spiel haben würde, war ihm schon in der Küche klar geworden.

Manfred legte ihm die Hand auf die Schulter. »Dass dir die Kleine gefällt, ist nicht zu übersehen. Aber dir fehlt die Erfahrung, und ich weiß, wie man mit den jungen Dingern umgeht.«

»Wag es nicht!«, entfuhr es Paul dann doch eine Spur zu wütend.

Manfred lächelte freundlich. »Natürlich nicht, Paul.

Ich lass die Finger von ihr.« Er nahm die Hand herunter, drehte sich um und ging zurück in den Stall – und von dort vermutlich zu Irmi in die Küche.

Paul stand noch eine Weile da und versuchte zu begreifen, was Manfred ihm eben deutlich gemacht hatte. Erst dann setzte er langsam den Helm auf. Hoffte, dass Irmi noch einmal herauskam und sich von ihm verabschiedete. Dann konnte er sie vor Manfred warnen. Doch sie kam nicht.

Vermutlich trank sie jetzt mit ihm Tee. Lauschte seinen charmanten Erzählungen. Lachte über seine Späße. Und Manfred würde das auskosten, damit er sein Eisen weiter schmieden konnte. Für den Fall, dass Paul nicht spurte.

Er erkannte, dass er gestern einen Riesenfehler gemacht hatte, als er Manfred kurzfristig vertraut und ihm viel aus seinem Leben erzählt hatte. Denn dass Manfred wieder hier war, um seinen Rachefeldzug gegen Johanna zu führen, war Paul inzwischen so klar wie nur was. Sein Bauchgefühl am Tag zuvor hatte ihn nicht getäuscht.

»Es war ein Fehler, ein gottverdammter Fehler«, fluchte Paul. Er startete den Motor und raste vom Hof. Erst einmal weg hier. Ein bisschen rumfahren. Dann würde er weitersehen.

KAPITEL 8

Adda fuhr mit gemischten Gefühlen durch das große Tor vom Nordseehof und parkte den Audi vor dem Kontor. Einerseits freute sie sich unbändig auf Feemke, andererseits fürchtete sie das Zusammentreffen, weil sie die heile Welt ihrer Tochter zerstören musste.

Nur nicht gleich, sagte sie zu sich. Nicht heute. Erst wenn ich mit Dirk gesprochen habe.

Adda umfasste die kleine Tüte mit dem Kaffee und war unschlüssig, wie sie ihrer Mutter das Päckchen überreichen sollte. Sie hatte mit Geschenken für sie einfach keine Übung. Nervös knetete Adda den Griff des Beutels, kletterte dann aber aus dem Auto und ging die Treppe hinauf zur Haustür. Komisch, dass gar keiner draußen auf dem Hof ist, dachte sie.

Adda trat in den Flur, wo ihr der Geruch von Rouladen entgegenschlug. Ihr Magen knurrte, sie bemerkte erst jetzt, wie hungrig sie war.

Aus der Küche klangen gedämpfte Stimmen, und als sie die Tür öffnete, sah sie in die betretenen Gesichter von ihrer Mutter und Ingo. Sie saßen am Küchentisch, während Feemke und Michael in der Ecke auf dem Fußboden mit Playmobilfiguren spielten. Sie waren so in ihr Spiel vertieft, dass sie gar nicht aufsahen. Aber ihre Mutter bemerkte sie sogleich.

»Adda, da bist du ja!« Johanna freute sich sichtlich, ihre Tochter zu sehen. Auch Ingo begrüßte sie liebevoll und gab ihr die Hand. »Moin, Adda!«

Nun hatte auch Feemke wahrgenommen, dass ihre Mama gekommen war, sprang auf und erwischte versehentlich eine der Figuren mit dem Fuß, die gleich darauf quer durch die Küche schoss. Doch das interessierte Feemke nicht sonderlich, und sie fiel Adda jubelnd um den Hals.

»Mami! Guck mal, Micha ist da, und wir spielen Krankenhaus.« Feemke zog Adda in die Ecke, wo sie die »Klinik« bewundern musste.

»Das sieht ja großartig aus«, sagte sie und strich Micha übers Haar. »Das habt ihr wirklich wunderschön aufgebaut.« Sie mochte den schüchternen Jungen mit den Sommersprossen, den grünen Katzenaugen und den rotblonden, immer leicht vom Kopf abstehenden Haaren.

Dann erkannte Feemke, dass ihre Mutter eine Tüte in der Hand hielt. »Hast du mir was mitgebracht, Mami?«

Adda schüttelte den Kopf. »Das ist für Oma.«

»Au fein, Omi bekommt bestimmt gern was geschenkt.«

Johanna sah allerdings erstaunt zu ihnen herüber. »Du hast *mir* etwas mitgebracht, Adda? Wie komme ich dazu?«

»Du hast auf Feemke aufgepasst«, begann sie, aber ihre Mutter fiel ihr sofort ins Wort: »Das mache ich doch gern. Wirklich!«

»Ich weiß«, antwortete Adda verlegen. »Aber ich war heute Morgen in der Böttchergasse und dachte, du magst den Kaffee vielleicht. Ich habe ihn frisch mahlen lassen. Ist etwas ganz Besonderes.«

Ihre Mutter lief rot an, und ein breites Lächeln zog sich über ihr Gesicht. Dann erhob sie sich, machte einen Schritt auf Adda zu und nahm sie spontan in den Arm. »Dass du an mich gedacht hast…« Ihre Stimme brach, und Adda überkam ein schlechtes Gewissen. Sie hätte ihrer Mutter längst mal etwas mitbringen sollen.

Sie standen eine Weile eng umschlungen, und in Addas Nase kroch der vertraute Duft ihrer Mutter. Sie roch nie nach Parfüm, sondern, seit Adda denken konnte, nach Nivea-Körpermilch, gepaart mit dem unverkennbaren süßlichen Geruch der Schafe, der wie eine Dunstglocke über dem Nordseehof hing.

»Danke, Liebes«, sagte ihre Mutter. Dann schob sie Adda ein Stück weg. »Möchtest du dich setzen? Ich habe noch eine Roulade für dich. Sie ist noch warm.«

»Gerne.« Adda ließ sich auf den Stuhl fallen.

Ihre Mutter machte ihr einen Teller zurecht, und Adda schlang das Mahl geradezu hinunter. Sie hatte lange nicht mehr so gut gegessen. Hausmannskost kam bei ihnen nur selten auf den Tisch. Dafür genoss sie es jetzt umso mehr.

Als sie fertig war, räumte ihre Mutter das Geschirr fort und rückte dann ihren Stuhl zurecht. Die beiden Kinder spielten schon wieder.

Johanna wirkte unruhig. Ständig verschränkten sich ihre Hände nervös ineinander, oder sie fuhr sich durchs Haar.

»Ist was?«, fragte Adda. Dann musste ihr eigenes Problem halt warten.

Johanna nickte. »Willst du es ihr erzählen, Ingo?« Ihre Stimme klang ein bisschen müde.

Ihr Cousin schien zu spüren, wie schwer es Johanna fiel zu reden. Die Luft in der Küche knisterte regelrecht.

Ingo räusperte sich. »Es gibt leider keine guten Nachrichten.‹

Adda lauschte mit wachsendem Entsetzen, was Ingo und ihre Mutter im Wechsel erzählten.

»Und Manfred Oetjen ist wirklich wieder da?«, fragte Adda am Ende. Allein bei dem Gedanken, dass sie ihm begegnen könnte, wurde ihr übel. Obwohl es schon so viele Jahre her war, konnte sie noch immer seinen heißen Atem riechen, hörte seine gehässigen Worte und spürte den unsäglichen Schmerz, als er mit Gewalt in sie eingedrungen war.

»Dann ist doch klar, wer das gewesen ist«, sagte sie gepresst. »Er hat offenbar nie verwunden, dass du ihn gefeuert hast, Mama. Er wollte die Schäferei, und dazu war ihm jedes Mittel recht. Und er hat dir Rache geschworen. Du hast es oft genug erwähnt.«

»Wir können es aber nicht beweisen«, warf Ingo ein. »Wie sollen wir das tun? Es gibt keinen einzigen Hinweis auf sein Verschulden, und es ist ausgeschlossen, ihm zukünftig auf die Finger zu sehen. Wie auch? Er kann an vielen Stellen sabotieren und Schaden anrichten. Wir können nicht überall gleichzeitig sein. Wir brauchen schon mehr als ein Quäntchen Glück, um ihn auf frischer Tat zu ertappen.«

Adda biss sich auf die Unterlippe. Es ärgerte sie, aber Ingo hatte natürlich recht.

»Das Telefonkabel ist im Flur aus der Buchse gezogen

worden, sodass ich nicht sofort erreichbar war. Das hätte böse enden können«, sagte ihre Mutter. Sie senkte die Stimme und warf einen Blick zu den Kindern, doch die waren in ihr Spiel vertieft.

»Das ist leider noch nicht alles. Feemke sagt, sie hätte jemanden auf dem Hof gesehen. Allerdings meint Micha, es würde nicht stimmen.« Sie strich sich abermals durchs Haar.

Adda runzelte die Stirn. »Normalerweise würde ich auch sagen, dass sie es erfunden hat, denn in letzter Zeit erzählt sie öfter haarsträubende Dinge von Einbrechern und so, aber in dem Fall stimmt es womöglich.«

Johanna nickte. »Wie dem auch sei. Ich bin mir jedenfalls sicher, dass Manfred für all das verantwortlich ist. Wir müssen auf der Hut sein.«

»Das war bestimmt nur der Anfang«, sagte Adda. »Er wird eine Weile Ruhe geben, aber nur so lange, bis wir uns in Sicherheit wiegen. Und dann schlägt er erneut zu. Vermutlich eine Spur heftiger. Er will, dass wir Angst haben.« Adda machte eine Pause, ehe sie fortfuhr: »Manfred ist schwer gestört. Mit solchen Menschen habe ich in der Klinik oft zu tun. Sie glauben sich im Recht und sehen nicht, was sie anrichten. Böse sind immer die anderen.«

Ingo stimmte ihr zu.

Sie schwiegen eine Weile und lauschten dem Spiel der beiden Kinder, die sich von dem Gespräch nicht hatten ablenken lassen.

»Erzähl mal!«, forderte Ingo sie auf und wechselte das Thema. »Wie geht es meiner lieben Nichte Deike? Hat sie sämtlich Boutiquen Bremens unter ihre Kontrolle gebracht?«

Adda lachte laut auf. »Nur wenn da die richtigen Marken geführt werden. Sie ist ein echter Popper geworden und trägt inzwischen sogar diese eigenartige Frisur mit dem überlangen Pony, der nur eine Gesichtshälfte bedeckt. Daran erkennt man die Typen schon von Weitem.«

»Oje!« Ingo seufzte betont theatralisch. »Ich kann es mir lebhaft vorstellen! Das macht eure Freundschaft nicht leichter, oder?«

Adda schüttelte den Kopf. »Nein. Wir haben in der letzten Zeit leider völlig unterschiedliche Wege eingeschlagen.«

»So ist das Leben«, versuchte Ingo sie zu trösten, denn Addas Stimme war ein bisschen gekippt, weil sie sehr darunter litt, dass es die einstige beste Freundin nicht mehr gab. Sie hatten sich schlichtweg nichts mehr zu sagen.

Ingo schob Adda eine Tasse rüber. »Komm, trink noch een moi Tass Tee. Wie lange bleibst du denn?«

Adda legte ein Kluntje hinein und ließ sich von Ingo einschenken. Dankbar umklammerte sie die filigrane Tasse mit der Rose darauf und genoss den warmen, aufsteigenden Dampf an den Händen.

Feemke und Micha hatten ihr Spiel unterbrochen.

»Ich möchte auf deinen Schoß«, sagte die Kleine.

Adda ließ die Tasse los und öffnete die Arme. »Dann komm her, mien Söten!«

Feemke schmiegte sich an sie. Micha stand etwas verloren herum, aber Ingo hob ihn sofort auf sein Bein. Der Junge legte den Kopf lächelnd an dessen Brust.

»Mama, ich muss dich etwas fragen«, begann Adda schließlich. »Ich muss morgen zum Dienst, habe aber ab Mittwoch überstundenfrei. Da habe ich mir überlegt…«

Sie konnte gar nicht zu Ende sprechen, weil Feemke von ihrem Bein sprang und wild durch die Küche tanzte.

»Ja, das darf ich, Oma, das darf ich, oder? Bis Mittwoch bleiben? Dann muss ich nicht in den blöden Kinderladen, wo sie sagen, ich habe keine Mama.«

Adda schluckte. »Was sagen sie?«

Feemke senkte schuldbewusst den Kopf. »Nichts.«

Adda strich ihrer Tochter über die Haare. »Alles ist gut. Du kannst schließlich nichts dafür.« Sie wusste, was die Erzieherin über sie herumerzählte, aber dass sie sich sogar Feemke gegenüber negativ äußerte, war Adda neu. Sie musste dringend im Kinderladen vorsprechen. So ging es nicht weiter. Es war ein Unding, wenn eine so konservative Mitarbeiterin sich anmaßte, über andere Familien zu urteilen. Solche Stimmen wurden leiser, aber es gab sie noch immer. Leider.

Adda wandte sich an ihre Mutter. »Es wäre wirklich hilfreich, wenn sie bleiben könnte. Ich würde ab Mittwoch dann auch gern ein paar Tage herkommen.«

»Dann kann ich also noch länger hier wohnen«, sang Feemke laut. »Micha, hast du gehört?«

Er nickte mit glänzenden Augen.

Johanna stellte die Tasse ein bisschen zu heftig auf den Unterteller. »Du willst freiwillig ein paar Tage auf dem Nordseehof bleiben?«, fragte sie und wirkte angenehm überrascht.

»Ja, bitte.« Addas Stimme klang längst nicht so fest, wie sie es sich gewünscht hätte.

»Gibt es einen Grund dafür?«, hakte ihre Mutter nach. Das Anliegen war zu ungewöhnlich.

»Ja, es gibt einen Grund. Einen triftigen«, bestätigte

Adda und bat ihre Mutter mit den Augen, jetzt nicht weiterzufragen.

Johanna nickte nur knapp. »Ingo, kannst du mit Micha und Feemke mal nachsehen, warum die Hühner so unruhig sind?« Sie zwinkerte ihm zu, und er verstand sofort.

»Wollen wir rausgehen?«, fragte er. »Wir schauen nach den Hühnern, und dann können wir im Garten ein paar Kastanien aufsammeln.«

»Au fein!«, jubelten Feemke und Micha.

»Und wir gucken, ob da Feenstaub ist. So wie in Rolfs Wald«, erklärte Feemke, die von der Vorstellung offenbar noch immer ganz beseelt war.

Johanna zog die Kinder an, und Ingo nahm die beiden mit nach draußen.

»Was ist los, mien Deern?«, fragte Johanna mit besorgter Stimme, sobald die Tür hinter ihnen zugefallen war.

Adda redete schnell und ein bisschen wirr, aber ihrer Mutter war augenblicklich klar, was passiert war. »Heute Abend will er sich mit mir treffen. Ich fürchte aber, er möchte nur seine Sachen holen«, schloss Adda. »Ich werde mit Feemke erst sprechen, wenn ich mit Dirk geredet habe. Ich will sie nicht unnötig verwirren.«

»Das ist gut. Lass die Lütte bei mir, solange es nötig ist. Der Nordseehof gibt ihr Halt und Sicherheit.«

Warum mir nicht auch?, dachte Adda. Warum kann diese blöde Schäferei für mich kein sicherer Hafen sein? Aber wenigstens kann ich nun kurz hier ankern, bis meine Reise weitergeht.

Sie drückte ihrer Mutter dankbar die Hand.

*

Dagmar war mit dem Auto unterwegs und fuhr gerade nach Wilhelmshaven. Sie kochte noch immer vor Wut. Wäre diese blöde Johanna gestern nicht aufgetaucht, hätte sie Rolf bestimmt rumgekriegt, denn sie wusste genau, welche Knöpfe sie drücken musste, um ihn zum Einlenken zu bewegen. Sonst wären sie schon damals nie und nimmer ein Paar geworden. Rolf hätte sein ganzes Leben lang über auf Johanna Deeken gewartet, so wie er es jetzt auch tat. Dank ihr, Dagmar, hatte er auch andere Freuden erleben können.

Sie trat kräftig aufs Pedal. Der Wagen geriet dabei ein wenig ins Schlingern, und Dagmar hatte Mühe, das Auto wieder in die Spur zu bringen.

Als es ihr endlich gelungen war, atmete sie einmal tief durch. Es war aber auch wie verhext. Sie war kurz davor gewesen, Rolf zu küssen, und dann wäre es nur noch ein winziger Schritt gewesen, ihm zu beweisen, dass er sie noch immer begehrte.

Doch kaum war Johanna gekommen, hatte sie Dagmars Pläne allein mit ihren Blicken zunichtegemacht. Sie gab erneut Gas und wurde prompt geblitzt.

»Das ist nun auch egal!« Vor sich hin schimpfend lenkte Dagmar den Wagen in Richtung Südstrand. Sie stoppte am Fliegerdeich und parkte ihren VW Käfer am Straßenrand. Dann stapfte sie den Deich hinauf und ließ den Blick über den Jadebusen schweifen. Schon zu Hause hatte sich Dagmar genau mit der Gegend befasst, denn sie wollte wissen, wohin es ihren Ex-Mann verschlagen hatte. Ein kleines bisschen konnte sie ihn sogar verstehen, denn die Landschaft rund um den Jadebusen war wunderschön. Und sie hatte inzwischen gelernt, dass es einen großen Unterschied zwischen Friesland und Ostfriesland gab, und auch, dass die Menschen hier sehr penibel darauf achteten, das nicht als dasselbe zu sehen. Da waren die Leute hier sehr empfindlich. Paul hatte es ihr lang und breit erklärt.

Dagmar sog die würzige, leicht nach Seetang duftende Luft tief ein. Ja, es war schön hier am Meer. Anders als in ihrer Bergarbeitersiedlung, wo die Fördertürme der Zeche das Hintergrundpanorama bildeten.

Nur, wollte sie hier auf Dauer leben? Insgesamt fand sie die Menschen, die sie im Norden bislang kennengelernt hatte, gewöhnungsbedürftig. Zwar waren alle recht freundlich, aber so wortkarg. Niemand regte sich über irgendetwas auf, und wenn doch, dann kam anschließend sofort ein »Jo« oder ein »Nützt tjo nix«, und das war's.

Gut, in Neusiel standen die Frauen wie zu Hause am Zaun und tratschten. Aber die Stimmung war eine andere. Nicht so aufgeheizt. Ruhiger.

Dagmar kramte nach einer Zigarette und suchte anschließend das Feuerzeug, doch der Wind verhinderte, dass sie die Fluppe anbekam. Fluchend steckte sie beides zurück. Dann musste sie eben später rauchen.

Sie streckte den Rücken durch. Es musste etwas passieren in ihrem Leben. Sie hatte Rolf gestern nicht gesagt, dass ihr im Pott fristlos gekündigt worden war, weil ihr Chef sie mit einer Flasche Sekt erwischt hatte. Genau genommen war sie nicht nur ohne Arbeit, sondern auch obdachlos, denn zu Manu konnte sie nicht zurück. Dagmar hatte Rolf angelogen, als sie gesagt hatte, dass es Manus Freund war, der sie störte. Es waren eher die klaren Worte ihrer Freundin gewesen. Ganz deutlich hatte sie gesagt, wie problematisch sie Dagmars hohen Alkoholkonsum fand.

Dagmar angelte noch einmal nach Zigarette und Feuerzeug. Sie musste jetzt eine rauchen, sonst drehte sie noch völlig durch. Als ob sie ein Problem mit dem Trinken hätte! Manu hatte doch einen Knall. Dagmar trank ganz gern mal einen Schluck mehr, aber das war es doch auch schon.

Sie drehte sich vom Wind weg, und endlich gelang es ihr, die Zigarette anzuzünden. Dagmar nahm einen tiefen Zug und blies den Rauch in Richtung Meer. Dabei ließ sie den Blick erneut schweifen.

»Man wird von der Weite fast erschlagen«, flüsterte sie. »Ich habe fast das Gefühl, einfach in den Himmel spazieren zu können.«

War es das, was Rolf – außer Johanna – hierhergezogen hatte? Ihr selbst machte es eher Angst, ständig bis zum Horizont blicken zu können. Es gab Menschen, die fürchteten die Enge oder die Höhe, und sie stellte für sich fest, dass ihr die unendlich scheinende Weite der Landschaft Beklemmungen verursachte. Mitten im Wasser des Jadebusens stand auch jetzt nur der Arngaster Leuchtturm.

Es beruhigte Dagmar ein wenig, auf die gegenüberliegende Seite des Jadebusens zu blicken, denn da befanden sich Dangast und ein Stück weiter nördlich Eckwarderhörne. Doch wieder gab es keinen Hintergrund außer dem Blau des Himmels. Keine Erhebung, keine Schornsteine.

Hätte sie sich allerdings dort aufgehalten, wäre es anders, denn in Wilhelmshaven reckten sich der Bau des Kohlekraftwerks und die Industrieanlagen von ICI vom Grünen ins Blaue.

Dagmars Puls beruhigte sich, und sie beschloss, sich nicht unterkriegen zu lassen. Weder von der Landschaft noch von Johanna und dem vermaledeiten Nordseehof. So schön war es hier doch gar nicht, egal, was alle behaupteten.

»Es ist zu trist«, sagte sie und nahm wieder einen kräftigen Zug. »Und hier ist einfach nichts los.«

Dagmar warf die Zigarette ins Gras und trat sie aus. Am besten fuhr sie später in die Innenstadt von Wilhelmshaven und schaute sich dort mal um, damit sie den Frust in den Griff bekam. Vermutlich war alles äußerst provinziell gegen das, was sie aus dem Ruhrgebiet kannte. Schade, dass Sonntag war, sonst hätte sie wenigstens das eine oder andere Kleidungsstück erwerben können. Na ja, wenn ihr etwas gefiel, konnte sie morgen ja wiederkommen.

Dagmar lief zunächst ein Stück links hinunter. Dort ging es zum Südstrand mit der darüberliegenden Promenade. Das gefiel ihr schon besser, denn es hatte etwas Mondänes.

Dagmar steuerte eines der Hotels an, setzte sich ins Restaurant und bestellte sich einen Kaffee. Eigentlich wollte sie nur noch hier weg, doch was sollte sie im Ruhrgebiet?

Rolf war ihre letzte Hoffnung gewesen, aber er hatte sie abgewiesen. Sie war folglich mutterseelenallein auf der Welt. Es gab niemanden, zu dem sie jetzt hätte gehen können. Sie wohnte zwar bei Paul, aber er wirkte alles andere als beglückt darüber, dass sie da war. Er wäre sie vermutlich auch lieber heute als morgen wieder los.

Dagmar presste sich die Hand vor den Mund, weil ihr sonst ein lautes Schluchzen entwichen wäre. Dann trank sie rasch den Kaffee aus und bestellte sich einen Piccolo. Egal, ob sie gleich noch würde fahren müssen: Sie brauchte jetzt ein bisschen Alkohol, um irgendwie klarzukommen.

Dagmar trank auch noch einen zweiten, danach erschien ihr die Welt ein bisschen rosiger, und nach dem dritten Sekt war sie der Ansicht, jetzt wunderbar mit allem umgehen zu können.

Sie bezahlte und wankte zurück zum Fliegerdeich. Unterwegs lächelte sie jedem, der ihr begegnete, freundlich zu. Nun also noch ein bisschen in der Innenstadt herumspazieren. Danach würde ihr schon nicht mehr so schwindelig sein.

Dagmar suchte einen Parkplatz in der Nähe der Fußgängerzone, rammte dabei einen Bordstein, schaffte es aber sonst, unbeschadet einzuparken.

Den Weg hätte sie sich jedoch schenken können, denn ihre schlimmsten Befürchtungen bestätigten sich. Es gab drei größere Modehäuser: Karstadt und C&A am Bahnhof, weiter hinten in der Marktstraße Leffers. Dazwischen lagen ein paar kleinere Lädchen, deren Besuch sie als nicht lohnend abtat. So etwas würde sie nicht einmal als richtige Einkaufsmeile bezeichnen. Wenn sie da an das Rhein-Ruhr-Zentrum dachte! Überhaupt kein Vergleich!

In einem Café trank Dagmar einen weiteren Piccolo. Danach fuhr sie in Schlangenlinien nach Horsten zurück. Manchmal lenkte sie versehentlich auf die gegenüberliegende Fahrbahn, einmal kam sie auf die Berme und landete nur mit viel Glück nicht im Straßengraben.

Schließlich erreichte sie die Kirchstraße und suchte in ihrer weißen Lederhandtasche nach dem Haustürschlüssel.

Sie fuhr zusammen, als jemand aufs Autodach ihres Fords klopfte.

»Ja bitte?«, fragte sie und kurbelte das Fenster ein Stück hinunter. Ihr blickten zwei blaue Augen und ein ebenmäßig geschnittenes Gesicht entgegen, das von der modernen Frisur, vorne kurz und hinten lang, geprägt wurde. Dagmar fuhr sich unwillkürlich durchs Haar, als gäbe es bei ihrem kurzen Bubikopf etwas zu ordnen, denn der Mann vor ihrem Auto gefiel ihr außergewöhnlich gut. Schade, dass er etwas zu jung für sie war. Wobei Dagmar solche Nebensächlichkeiten als kein Hindernis sah.

»Kann ich was für Sie tun?« Sie hoffte, dass ihr Lidschatten noch gut aufgetragen war, und ärgerte sich, den Lippenstift nicht nachgezogen zu haben. Verlegen angelte sie ein Kaugummi aus der Ablage und schob es sich in den Mund. Dann gelang ihr ein entwaffnendes Lächeln.

Der Mann erwiderte es.

»Ich hoffe, Sie können mir helfen. Ich möchte zu Paul Ehlers. Kennen Sie ihn, und wissen Sie zufällig, ob er da ist?«

»Warten Sie«, sagte Dagmar und kurbelte das Fenster wieder hoch. Sie öffnete die Tür und schob erst das linke, dann das rechte Bein aus der Fahrertür. So hatte sie es immer bei den Filmstars gesehen, und den Blicken des Mannes nach zu urteilen, beeindruckte ihn, was er sah. »Ich schaue gleich nach.« Sie musste sich kurz an der Tür festhalten. »Ich bin Dagmar Menzel«, sagte sie jovial lächelnd.

»Manfred Oetjen.« Er hielt ihr die Hand hin, und als sie ihm ihre entgegenstreckte, strich er mit seinem Zeigefinger sanft über ihre Handinnenfläche.

Wow, was für ein Mann! Dagmar hatte bei so viel geballter Attraktivität Mühe, sich zu konzentrieren. Das war genau ihr Typ, wenn man mal von Rolf absah.

»Derzeit lebe ich bei Paul«, erklärte sie dann. »Ich kann gern nachschauen, ob er in der Wohnung ist.« Dagmar hoffte, dass ihre Stimme nicht allzu verwaschen klang. Sie bemühte sich zudem um einen aufrechten Gang. Verlegen wühlte sie in der Tasche nach dem Haustürschlüssel.

Manfred beobachtete alles mit einem freundlichen Lächeln und sagte dann: »Gehe ich recht in der Annahme, dass Sie die Ex-Frau von Rolf Menzel sind?«

Dagmar zuckte zusammen. Woher wusste dieser Fremde das?

Er tat so, als wäre sein Wissen selbstverständlich, und sprach ruhig weiter: »Derzeit arbeite ich auf der Hofstelle von Bauer Brede, und heute Morgen gab es mit den Schafen vom Nordseehof ein ordentliches Malheur. Ich muss Paul deswegen noch einmal sprechen. Er war vorhin auf dem Hof, ist dann aber weggefahren.«

»Das ist ja alles gut und schön«, sagte Dagmar und versuchte, das Gesagte zu verstehen. »Nur erklärt das keineswegs, woher Sie wissen, wer ich bin.«

»Entschuldigen Sie«, erwiderte Manfred. »Ich war eine Zeit lang Mitarbeiter auf dem Nordseehof und durfte Ihren Mann dort kennenlernen. Damals hatten Sie sich gerade getrennt, aber dass seine Frau Dagmar hieß, habe ich mir gemerkt.« Er lachte kurz auf. »Zu Recht, wenn ich sehe, wen er da hat fallen lassen.«

»Er wollte immer nur Johanna«, brach es aus Dagmar heraus.

Manfred lächelte sie an und sah ihr tief in die Augen. »Was für ein Fehler! Wirklich, ein großer Fehler. Ich hätte mich anders entschieden.«

Dagmar spürte, wie sie tiefrot anlief. Sie standen noch immer neben ihrem Wagen, und sie hätte sich am liebsten keinen Zentimeter fortbewegt. Was für eine Faszination übte dieser Mann aus!

»Gehe ich recht in der Annahme, dass Sie keineswegs eine Freundin von Johanna Deeken sind?« Wieder dieser tiefe Blick.

Dagmar schüttelte unmerklich den Kopf. »Herr Oetjen«, antwortete sie so charmant wie möglich, »man liebt die Konkurrenz doch nicht.«

Er lächelte noch eine Spur breiter und intensiver. »Manchmal hilft es nichts, und man muss die Gegner ausschalten, wenn sie im Weg stehen. Ich bin übrigens Manfred, nicht Herr Oetjen!«

Dagmar lächelte zurück. War dieser Mann vom Himmel geschickt worden? »Ja, manchmal führt wohl kein Weg daran vorbei.«

»Ich sehe, wir sprechen dieselbe Sprache. Passen Sie auf, Frau Menzel ...«

»Dagmar. Wenn schon, denn schon.« Sie lallte ein bisschen, und um das zu überspielen, kicherte sie los. »Ein bisschen Sekt, verstehst du?« Sie hielt ihm die Hand hin, und er drückte sie mit einem Augenzwinkern.

»Gut, Dagmar. Ich glaube, Paul ist unterwegs, denn seine Harley steht hier nicht. Richte ihm doch liebe Grüße aus, und sage ihm, ich freue mich über unsere Freundschaft.«

»Das werde ich ihm mitteilen«, versprach Dagmar. »Gute Freunde braucht man immer, nicht wahr?«

Manfred winkte noch einmal kurz und stieg in seinen schwarzen Mercedes. »Wir sehen uns wieder … Dagmar.« Ihren Namen sprach er weich, fast liebevoll aus.

Dann fuhr er davon. Dagmar schaute ihm lange hinterher. Dieser Mann war ein Geschenk. Er wollte ihr helfen, Rolf zurückzubekommen. Und dafür hätte sie momentan alles getan. Sie fürchtete sich so sehr davor, allein zu sein …

KAPITEL 9

Adda war zu Feemkes Leidwesen nicht lange geblieben. Die Kleine hatte sich aber schnell damit beruhigen lassen, dass Adda ihr versprochen hatte, ab Mittwoch auch ein paar Tage auf dem Nordseehof zu bleiben.

Adda hatte ein schlechtes Gewissen, weil sie Feemke nicht die Wahrheit darüber gesagt hatte, weshalb sie schon heute Nachmittag wieder zurück nach Bremen fuhr. Hätte ihre Aussprache mit Dirk nicht im Raum gestanden, hätte sie durchaus bis morgen früh bleiben können, denn sie hatte, wie immer nach dem freien Wochenende, am nächsten Tag erst Spätschicht.

Adda war inzwischen in Höhe Delmenhorst und ging mit dem Fuß vom Gas. Sie hatte es nicht eilig, zurück in ihre feudale Wohnung zu kommen. Schließlich wusste sie nicht einmal, ob sie noch lange ihr Zuhause sein würde. Vielleicht plante Dirk ja, mit seiner neuen Flamme dort einzuziehen. Immerhin hatte er die Miete zum größten Teil von seinem Gehalt gestemmt. Adda arbeitete zwar auch Vollzeit – und versorgte zudem Feemke –, aber dass sie in der Krankenpflege bei Weitem nicht so viel verdiente wie er, durfte er ihr nicht zum Vorwurf machen.

Adda bog auf den Zubringer nach Bremen ab. Sie hatte Mühe, sich auf den Verkehr zu konzentrieren. Einmal übersah sie ein von hinten kommendes Fahrzeug, sodass sie beinahe zusammengestoßen wären. Ein anderes Mal fuhr sie zu schnell und wurde von der Polizei aus dem Verkehr gewinkt. Nun musste sie zu allem Überfluss auch noch eine saftige Strafe zahlen.

Als sie an der Wohnung angekommen war, parkte sie den Audi vor dem Haus. Das Küchenfenster stand offen. Sie war unsicher, ob sie es nicht heute Mittag geschlossen hatte, und prompt glomm wieder dieses kleine Fünkchen Hoffnung in ihr auf, dass Dirk es sich doch anders überlegt haben könnte und schon auf sie wartete. Sie hasste sich selbst, weil sie so wankelmütig und doch am Morgen noch fest davon überzeugt gewesen war, ihm seinen Verrat niemals verzeihen zu können.

Als sie in die leere und viel zu stille Wohnung trat, überfiel Adda eine furchtbare Traurigkeit. Mit einer dunklen Vorahnung öffnete sie den Schlafzimmerschrank und sah nach, ob die Sachen ihres Mannes noch da waren. Es fehlte nichts. Adda griff nach Dirks Lieblingshemd, hielt es vors Gesicht und sog den Duft tief ein. Auch wenn das Kleidungsstück frisch gewaschen war, glaubte sie seinen Geruch noch wahrzunehmen.

Sie nahm das Hemd mit aufs Bett und legte ihren Kopf auf das winzige Karomuster. Immer wieder schnüffelte sie an dem Baumwollstoff, griff dann nach Dirks Kopfkissen, das tatsächlich nach ihm roch, und legte es sich vor den Bauch. In ihr tanzten so viele Bilder... Wie sie sich damals in Kehdingen zusammen gefürchtet hatten, als bei der zweiten Jahrhundertflut der Deich gebrochen war. Sie waren so fest davon überzeugt gewesen, dass ihre Liebe unendlich war! Sie hatte Dirk vertraut, für sehr lange Zeit. Sie waren ein Team. Eltern. Zusammengeschweißt. Und dann irgendwann falsch abgebogen. Es gab keine Kreuzung mehr, an der sie sich treffen konnten. Nicht einmal die Verbindung über ihre Tochter reichte aus.

Adda war erleichtert, als sie endlich weinen konnte. Sie schluchzte ihren ganzen Kummer in Dirks Hemd und umklammerte das Kissen wie eine Ertrinkende den Rettungsring. Schließlich nahm sie ihre düsteren Gedanken mit in den Schlaf und erschrak, als ihr jemand auf die Schulter tippte.

Erschrocken setzte sie sich auf und sah in Dirks Gesicht. Er hatte im Schlafzimmer kein Licht gemacht, im Schein der grellen Flurlampe wirkte sein Antlitz weiß, die Augen eingefallen.

»Du bist schon da«, murmelte Adda und spürte dem schlechten Geschmack auf der Zunge nach. Sie hatte sich zurechtmachen wollen. Sogar etwas schminken. Und natürlich die Zähne putzen. Dirk sollte wenigstens sehen, was er aufgab. Und nun lag sie mit verwuscheltem Haar im Bett, hatte Mundgeruch und roch vermutlich nach Schaf und Schweiß, denn natürlich war sie mit Feemke noch in den Stallungen gewesen. Auch wenn die Tiere draußen weideten, haftete dem Gebäude ihr Geruch unweigerlich an.

»Du sahst so friedlich aus im Schlaf«, sagte Dirk mit einer unerwartet zärtlichen Stimme. Jetzt sah er, dass Adda auf seinem Hemd gelegen und sein Kopfkissen an sich gezogen hatte. Er kniff die Lippen zusammen, und über sein Gesicht legte sich ein dunkler Schatten. Adda vermochte nicht zu deuten, ob es Erstaunen oder Missfallen oder sogar große Trauer war.

Sie rieb sich die Augen. »Geh bitte schon mal ins Wohnzimmer«, sagte sie. »Ich möchte mich schnell frisch machen.«

Dirk wandte sich zur Tür. »In Ordnung. Willst du auch ein Bier?«

Adda schüttelte den Kopf. »Lieber ein Wasser aus der Leitung.« Alkohol würde alles nur noch schlimmer machen. Es war schwer genug, aber sie mussten heute für ihr Dilemma Lösungen finden. Vor allem wegen Feemke.

Adda hörte, wie Dirk eine Flasche öffnete, und huschte ins Bad. Oje, sie sah wirklich zum Fürchten aus. Der Kajal war verschmiert und hinterließ sogar auf ihren Wangen dunkle Schlieren. Ihre Haare standen in alle Richtungen ab und vermittelten den Anschein, sie hätte in eine Steckdose gefasst. Und ihr Gesicht? Bleich, dunkle Augenringe und ein miesepetriger Zug um die leicht nach unten gesenkten Mundwinkel.

»So kriegst du ihn nie zurück«, murmelte sie.

Adda kippte sich eine Ladung Wasser ins Gesicht und befreite sich wenigstens von den schwarzen Schlieren. Sie putzte ihre Zähne und ordnete das Haar. Danach sah sie wieder einigermaßen manierlich aus und überlegte trotzdem kurz, ob sie sich noch weiter zurechtmachen sollte, entschied sich aber dagegen.

»Dein Mann kennt dich«, sagte sie laut zu sich. Es reichte, wenn sie frische Sachen anzog. Viel schlimmer war, dass Dirk sie eben in diesem Zustand im Bett gesehen hatte. Nun wusste er, dass sie litt wie ein ausgesetzter Hund. Aber so würde er sie nicht mehr erleben. So nicht.

Sie zeigte ihrem Spiegelbild den Stinkefinger, reckte das Kinn und sah sich eine Weile streng an. Danach ging es ihr besser.

Adda ging zurück ins Schlafzimmer, zog eine frisch gewaschene Jeans an und dazu eine braun geblümte Tunikabluse, die sie locker über den Bund hängen ließ. Ihre dunklen Locken zähmte sie mit einem Haarreifen. »Auf geht's!«, versuchte sie sich selbst Mut zu machen.

Dirk saß auf dem Sofa, hatte ein Glas Bier mit einer perfekten Blume vor sich stehen und knetete seine Finger. Er fühlte sich sichtlich unwohl und sah aus wie das personifizierte schlechte Gewissen.

»Wasser steht da schon«, sagte er, ohne aufzublicken.

Adda setzte sich und sah ihren Mann ruhig an. Innerlich zitterte sie und hätte am liebsten diese blöden Skulpturen zerschlagen, die Dirk so mochte, weil eine mit ihm befreundete Künstlerin sie gemacht hatte. Sie zeigten ein Liebespaar in verschiedenen Situationen, und Adda fand die Dinger einfach nur hässlich.

Sie waren für sie der Inbegriff des Lebens, zu dem sie in Wahrheit keinen Zutritt hatte, denn wenn sie sich ihrem Mann zuliebe in den Kreisen bewegte, in denen auch diese Künstlerin verkehrte, wurde sie von Dirks Bekannten zwar freundlich, aber stets ein bisschen von oben herab behandelt. Es war die Gesellschaft, in der man Porsche fuhr oder Maserati. Wo die Sonnenbrille Teil des Outfits und nur Mittel zum Zweck war, weil eine Marke darauf stand. Es handelte sich um eine Community, bei der man den Reichtum der Menschen schon an der Haltung erkennen konnte.

Da hatte Adda als Krankenschwester einen schlechten

Stand. War jemand aus diesen Kreisen krank, ging er wie selbstverständlich davon aus, dass er in einer Klinik vorbildlich von den Schwestern versorgt wurde. Aber man verkehrte nicht mit denjenigen, die Spritzen gaben und Wunden verbanden, aber auch Windeln wechseln mussten oder andere niedere Arbeiten verrichteten. Es war höchstens der Arzt, dem man Beachtung schenkte. Der Halbgott in Weiß, der seine Arbeit ohne die Schwestern gar nicht verrichten könnte. Aber das sahen sie nicht. Folglich traute keiner Adda, der Krankenschwester und der Frau an Dirks Seite zu, dass sie es vermochte, sich an den intellektuellen Diskussionen zu beteiligen.

Der große Dirk hätte in ihren Augen etwas Besseres als den Hippie Adda haben können. Sie sagten es nicht laut, aber Adda spürte es mit jedem Blick und jeder Geste.

Erst jetzt wurde Adda die unangenehme Stille zwischen ihnen bewusst. Sie hasste es, um den heißen Brei herumzureden, und brachte Dinge immer lieber gleich auf den Punkt.

Aber Dirk schwieg.

Adda beugte sich über den Tisch und stützte das Kinn auf. »Wer ist es?«, fragte sie.

»Du ... du weißt es?« Dirk schien kurzfristig aus dem Konzept gebracht.

»Ich kenne dich, Dirk, und ich habe mir die Scheuklappen vom Kopf gerissen. Also, wer ist es?« Adda lehnte sich wieder zurück, denn sie begann zu zittern, und mit vor der Brust verschränkten Armen fühlte sie sich sicherer – und unangreifbarer.

»Miri«, antwortete er knapp und wirkte danach ein bisschen erleichtert, weil es endlich raus war.

»Miri«, wiederholte Adda mit leiser Stimme und stand auf. Bewegte sich in Zeitlupe auf die größte Skulptur zu, die auf der Anrichte stand. Sie nahm sie in die Hand und – zerschmetterte sie auf den Fliesen.

»Adda, nein!«, schrie Dirk auf, doch sie hatte schon die zweite genommen, deren Scherben sich neben denen der ersten auf dem Boden verteilten. Die dritte schepperte gegen die Wand.

Anschließend setzte sich Adda wieder an den Tisch, nahm einen Schluck Wasser und fühlte sich wie befreit. »So, das wäre geklärt«, sagte sie. »Die Scherben räume ich gleich weg. Nun weiß ich wenigstens, warum ich die Dinger nie leiden konnte. Sie zeigen dich und Miri, stimmt's? Hat sie die nach einer eurer heißen Nächte geformt? Mit ihren dünnen Fingern, mit denen sie dir zuvor durchs Haar gefahren ist? Und sonst was von dir berührt hat?« Sie schluckte, aber der erwartete Kloß im Hals blieb tatsächlich aus. »Wie gemein kann man eigentlich sein?«

Dirk presste die Lippen aufeinander.

»Hat es dem Herrn Anwalt die Sprache verschlagen?« Adda wunderte sich über die Ruhe, mit der sie die Worte aussprechen konnte. Sie musste jetzt schnell loswerden, was ihr auf dem Herzen lag, denn dieser Zustand dauerte erfahrungsgemäß nicht lange an, und sie wollte ganz sicher nicht vor Dirk zusammenbrechen.

»Es tut mir leid«, brachte er schließlich hervor.

»Was genau? Dass du mit ihr geschlafen hast oder dass du vergessen hast, mir davon zu erzählen?«

Adda hätte nie geglaubt, dass sie Dirk hassen könnte, so sehr, wie sie eben noch geglaubt hatte, ihn zu lieben.

»Alles«, sagte er knapp. »Es ist…«

»Spar dir bitte deine Entschuldigungen«, fuhr Adda ihn an. »Wie lange verarschst du mich bereits?«

Dirks Adamsapfel tanzte auf und nieder. »Länger schon«, druckste er dann herum. »Zu lange, als dass ich es dir nicht längst hätte sagen sollen. Ich wollte es gar nicht, aber ich konnte mich nicht wehren...«

Adda wollte ihn erneut unterbrechen, aber er hob abwehrend die Hand. »Ich weiß. Das klingt alles nach einer faulen und dummen Ausrede. Ist es auch. Betrug ist mit nichts zu entschuldigen.«

Adda merkte, dass ihr Panzer bröckelte. Nicht mehr lange, und sie würde weinen. Deshalb überließ sie Dirk weiter das Wort.

»Was soll ich zu meiner Verteidigung sagen, Adda? Ich war einsam neben dir. Wir hatten uns nichts mehr zu sagen. Es gab nur noch Feemke, deine Demos und Aktionsgruppen und die Kranken. Aber uns, uns gab es nicht mehr.«

Adda schluckte, aber der Vorwurf war gemein. »Für dich gibt es doch auch nur noch deine Kanzlei, Dirk. Deine Klienten, die Kollegen und die High Society, zu der ich keinen Zutritt habe. Ich war immer so fehl am Platz, wie du im Anzug auf dem Nordseehof merkwürdig angemutet hättest. Wir sind inzwischen so verschieden! Wahrscheinlich waren wir das schon immer, haben es aber erfolgreich ignoriert. Anfangs fandest du es noch cool, eine Freundin zu haben, die vom Land kam und sich von dem unterschied, was du von zu Hause aus kanntest. Ich war vielleicht ein bisschen exotisch für dich. Doch nachdem du deinen Weg konsequent verfolgt hast, muss dir immer deutlicher geworden sein, dass es nicht passt.

Wahrscheinlich hatten deine Eltern von Anfang an recht.« Adda hatte sich wieder gefangen und die kurze Schwäche überwunden. Sie saß ihrem Mann im Augenblick gegenüber wie einem Fremden, mit dem sie ein paar elementare Dinge zu klären hatte.

»Es stimmt nicht, dass du da nicht reingepasst hast«, widersprach Dirk nun vehement.

»Doch, Dirk, und das weißt du. Du hast dich in der letzten Zeit für mich geschämt und warst jedes Mal erleichtert, wenn ich nicht dabei war.«

Dirk rang nach Worten. Er schien unsicher zu sein, ob er das, was er sagen wollte, auch wirklich sagen durfte. Doch dann brach es aus ihm heraus: »Es war auch deine Wut, Adda. Deine unglaubliche Wut gegenüber deinem Schicksal. Weil du den falschen Vater hast. Weil man dich betrogen hat. Weil der Nordseehof das Ein und Alles deiner Mutter ist. Du hasst die ganze Welt und glaubst ständig, alle sind gegen dich, und du warst gar nicht mehr in der Lage, das Positive zu sehen. Ich konnte es manchmal nicht mehr aushalten.«

Adda senkte den Kopf, weil sie wusste, dass Dirk diesmal die Wahrheit sagte. Hätten sie eher miteinander gesprochen, hätten sie vielleicht eine Lösung gefunden.

Hätte, hätte, dachte Adda. Haben wir aber nicht.

Sie sah Dirk an, der plötzlich wirkte, als ob er es eilig hätte. Er sah immer wieder verstohlen auf seine goldene Armbanduhr.

Bestimmt ein Geschenk von Miri, fuhr es Adda durch den Kopf, denn von ihr hatte er das Ding nicht. Es wäre ihr zu protzig gewesen.

Es war an der Zeit, das alles hier zu beenden. Sonst

würde sie gleich vor Wut platzen. Sie hatten aber ein Kind, und wegen Feemke durfte sie nicht alle Brücken zwischen ihnen blind zerschlagen, auch wenn sie momentan nichts lieber getan hätte. Adda flüchtete sich in Sarkasmus, das half immer. »Nun, Dirk, jetzt, wo alle meine Sünden auf dem Tisch liegen und ich natürlich volles Verständnis dafür habe, dass du eine andere Frau deswegen flachlegen musstest, können wir ja den Rest auch noch aussprechen. Ich denke, angesichts meiner furchtbaren Verfehlungen und Charakterschwächen hatte Miri mit ihren blonden Haaren und der grazilen Figur ein leichtes Spiel. Mein Platz an deiner Seite war schon lange frei.«

»Aber das stimmt doch gar nicht …«

Adda hob die Hand. »Doch, es stimmt. Ich möchte das aber nicht weiter mit dir diskutieren. Du hast dich für Miri entschieden, und selbst wenn du es dir noch einmal anders überlegen solltest, möchte ich dich nicht zurückhaben.«

»Du hast in mein Hemd geweint«, widersprach Dirk.

Adda lächelte kurz. »Ja, denn es gab tatsächlich Momente, in denen ich gehofft habe, dass ich mich irre und dass dein Zettel heute Morgen nicht dort gelegen hätte. Aber als du nicht hier warst … Lassen wir das. Wir müssen allerdings klären, wie wir die Trennung so hinbekommen, dass Feemke nicht übermäßig leidet. Wie stellst du dir das vor?«

Dirk stand auf und holte seine Aktentasche aus dem Flur. Als er zurückkam, trat er versehentlich auf eine der Scherben und zuckte zusammen, als es knirschte. Er setzte sich rasch wieder zu Adda an den Couchtisch. »Ich habe da schon etwas vorbereitet«, sagte er.

»Klar, du bist schließlich Anwalt«, gab Adda zurück. Er war so abgebrüht! Kein weiteres Wort darüber, wie weh er ihr getan hatte und wie furchtbar die Situation für Feemke werden würde. Nur einfach: »Ich hab da etwas vorbereitet.« Der Stachel bohrte sich immer tiefer in Addas Seele.

Dirk las seine Aufzeichnungen langsam vor. Er hatte an alles gedacht.

»Du kannst also die Wohnung behalten, ich ziehe zu Miri in die Villa ihrer Eltern. Das Sorgerecht für Feemke bekommst du auch«, schloss er. Adda wartete nur darauf, dass er ihr den Füller zur Unterschrift reichte.

Ihr Herz war bei jedem seiner Worte mehr versteinert. Dirk verschacherte sein altes Leben. Er gab Adda alles, um selbst frei für ein Leben an Miris Seite zu sein. Dafür verzichtete er sogar auf sein Kind.

»Du willst Feemke gar nicht mehr sehen?«, fragte Adda erstaunt.

Dirk druckste herum. »Doch, klar will ich sie sehen. Aber wir sind erwachsen und werden das immer regeln können, oder?«

Adda erwiderte nichts. Das war ein Freibrief für ihren Mann. Er konnte die Wohnung vermutlich irgendwie abschreiben, und wenn er kein Sorgerecht für Feemke hatte, ging er auch keine weiteren Verpflichtungen seiner Tochter gegenüber ein. Er musste sie nicht zwangsläufig am Wochenende zu sich holen, wenn er gerade Besseres vorhatte. Er war frei – und erkaufte sich die Freiheit, indem er Adda Geld und die Wohnung überließ. Immerhin durfte Feemke ihr Zuhause behalten.

Kurz überlegte Adda, ihm zu sagen, er könne sich die

Wohnung sonst wohin stecken, aber es war für ihre Tochter vorerst besser, wenn sie nicht völlig entwurzelt wurde.

»Was willst du jetzt tun?«, fragte Dirk schließlich.

»Erst einmal die Scherben zusammenfegen und voller Wonne in den Müll schmeißen«, erwiderte Adda höhnisch. »Ab morgen werde ich meine drei Schichten machen. Danach fahre ich für ein paar Tage auf den Nordseehof und bringe Feemke bei, dass es ihre Familie nicht mehr gibt«, fuhr sie fort. »Ich glaube, es ist gut, nach Hause zu fahren.«

Es war das erste Mal in ihrem Leben, dass sie wirklich so dachte.

KAPITEL 10

Der restliche Herbst und der Winter waren an Adda vorbeigezogen, ohne dass sie es wirklich bemerkt hatte. Erst galt es, nach der Trennung von Dirk so unglaublich viel zu organisieren, dann kam die große Leere, die sie, egal, was sie tat, nicht gefüllt bekam.

Adda saß bei diesem furchtbaren Märzwetter am Küchentisch in der Küche ihrer Bremer Wohnung, hielt einen Becher Früchtetee mit beiden Händen umklammert und starrte aus dem Fenster in den Garten.

Die Regentropfen ließen kaum einen Blick durch die Scheibe zu. Sie rannen unaufhaltsam am Glas hinunter, taten sich mit anderen zusammen und formten sich dabei neu. Ihr Geräusch glich dem leisen Trommelwirbel einer Snare Drum, wurde mal lauter, mal leiser, je nachdem, wie der Wind es vorgab.

Der trübe Tag passte zu Addas Stimmung. Es wurde nicht einmal richtig hell. Alles düster, dachte sie. Und ich kann nicht mehr. Wie traurig, dass mein einziger Halt momentan ein Teebecher ist.

Obwohl Adda heute nicht arbeiten musste, hatte sie Feemke in den Kinderladen gebracht. Aber die Kleine hatte sich furchtbar dagegen gesträubt. Es wurde von Tag zu Tag schlimmer. Inzwischen tobte und schrie sie wie am Spieß, wenn Adda sie dort zurückließ. »Du lässt mich auch allein! Du holst mich nie wieder ab!«

Ihre Tochter kam mit der Trennung nicht klar, suchte einen Schuldigen und fand ihn in der Mutter. Ihre Wut, die sich eigentlich gegen den Vater richtete, die sie dort aber nicht abladen konnte, weil Dirk sich überhaupt nicht mehr bei seiner Tochter meldete, kanalisierte Feemke auf das Leben und die Menschen, die ihr geblieben waren. Sie hasste den Kinderladen und die Erzieherinnen dort. Und sie hasste Adda, weil sie es nicht geschafft hatte, ihren Vater zu halten.

Nur wenn sie auf dem Nordseehof war, schälte sich binnen kurzer Zeit die eigentliche Feemke unter all den Schichten der Abwehr und Kratzbürstigkeit heraus. Ihr versteinertes Gesicht taute auf, die Augen leuchteten, und sie war wieder der Sonnenschein, den alle liebten. Auch Adda fühlte sich momentan tatsächlich auf dem Nordsee-hof am wohlsten, weil ihr die Beständigkeit dort die Ruhe und Sicherheit gab, die ihr nach Dirks Auszug abhanden-gekommen waren.

Adda hatte im letzten halben Jahr alles versucht, Feemke die Trennung zu erleichtern, aber das funktionierte nicht ohne ihren Mann. Wie oft hatte sie Dirk angefleht, seine Tochter doch wenigstens einmal in der Woche abzuholen. Anfangs hatte er es hoch und heilig versprochen, doch dann war ihm ständig etwas dazwischengekommen. Es war sinnlos, ihm weiter hinterherzubetteln. Dirk bewegte sich nur noch in einem anderen Universum, in dem er sich sehr häuslich eingerichtet hatte.

Nach ihrem Telefonat gestern war für Adda endgültig Schluss gewesen. Ihr war richtig übel geworden, nachdem sie aufgelegt hatte. Dabei dachte sie zu Beginn des Gesprächs noch, er wollte wirklich Rücksicht auf sie und Feemke nehmen.

»Adda, Liebes, wir verwirren das Kind doch nur, wenn ich mich ständig in euer Leben einmische. So bin ich weg, und du kannst schalten und walten, wie du willst.«

»Sie braucht dich, Dirk.«

Großes Schweigen.

Dann war er mit der Wahrheit rausgerückt. Von wegen, er wollte Adda keine Steine in den Weg legen! Seine Neue war schwanger, und nun störten ihn offenbar die Altlasten seines vorherigen Lebens. Er brauchte seine Freiheit und wollte sich selbst nicht belasten. Nicht umgekehrt!

Schließlich hatte Adda einfach aufgelegt. Zumindest war er so anständig, dass er seine Alimente und den Unterhalt monatlich überwies und meist noch etwas Geld dazulegte.

Adda fühlte sich unwohl dabei, aber sie brauchte die Summe, und was übrig blieb, legte sie für Feemke auf einem Sparkonto an. Bestimmt konnte sie später mal was damit anfangen.

Vor einem Monat hatte sie schließlich ihre Mutter angerufen und etwas getan, womit sie nie gerechnet hatte. Sie hatte gefragt, ob die Möglichkeit bestünde, dass sie langfristig zusammen mit Feemke auf den Nordseehof ziehen könnte. Dann, wenn sie alles in Bremen geregelt hatte. Platz war im Haus genug. Natürlich war das vonseiten ihrer Mutter kein Problem. Aber Adda überkam immer wieder dieses schale Gefühl, dass sie ihre hart umkämpfte Freiheit aufgeben würde.

»Ich tu es für Feemke«, flüsterte Adda jetzt leise, denn sie hatte in der letzten Nacht einen folgenschweren Entschluss gefasst, auch wenn sie unsicher war, ob er richtig war. Nur eines war klar: So ging es nicht weiter.

Schweren Herzens griff sie nach dem Telefonhörer und rief ihre Mutter an. Schon nach kurzem Tuten nahm Johanna ab.

»Moin, Mama. Adda hier.«

»Hallo, Adda. Warum rufst du so früh an? Ist was passiert?«

»Feemke geht es schlecht.« Adda hatte keine Lust, um den heißen Brei herumzureden, und fiel lieber gleich mit der Tür ins Haus. Jetzt bloß keinen Rückzieher machen! »Ich möchte meinen Vorschlag von vor vier Wochen gern umsetzen. Feemke kommt allerdings erst allein. Es geht nicht anders. Sie verwelkt hier. Seit ein paar Nächten nässt sie sogar ein, Mama. Hat Albträume.«

»Oje, das hört sich nicht gut an.« Johanna seufzte. »Von mir aus kann sie gern kommen, Liebes, aber … ist es für dich in Ordnung, wenn sie hier ist und du sie nicht sehen kannst?«

Adda verzog das Gesicht. Nun rächte es sich, dass sie ihre Mutter nur ansatzweise in ihre Pläne mit einbezogen hatte.

»Da hat sich auch was geändert. Nachdem ich dich letzten Monat gefragt habe, ob es generell möglich wäre, zu dir zu ziehen, habe ich mich in Wilhelmshaven beworben und gestern die Zusage erhalten.«

»Das klingt gut. Wann kannst du denn dort anfangen?«, fragte ihre Mutter, analytisch wie immer.

Addas Herz klopfte inzwischen wieder ein bisschen

langsamer, die erste Hürde war geschafft, ihre Mutter spielte trotz aller Widrigkeiten und Unstimmigkeiten mit. Das war mehr, als Adda erwartet hatte.

»Im Juli, aber ich habe vorher noch Urlaub und kann Überstunden abbauen. Ich wäre also ab ungefähr Anfang Juni auf dem Nordseehof, Feemke aber sofort. Sie muss hier weg«, bekräftigte sie noch einmal.

»Ist in Ordnung, das bekommen wir hin«, versprach ihre Mutter.

»Feemke weiß von alldem noch nichts, weil ich erst sicher sein wollte, dass es auch wirklich klappt. Ich hol sie gleich ab und sag es ihr.«

Ihre Mutter holte einmal tief Luft. »Bis dahin sind es trotzdem drei Monate. Schaffst du das wirklich so lange ohne dein Kind?«

Adda schluckte, denn das war ein Pferdefuß an dem Plan. Neben vielen anderen. Und er bereitete ihr Kopfweh.

»Wir müssen es einfach hinkriegen. Ich werde, sooft es geht, nach Ostfriesland kommen.« Adda fand, dass ihre Stimme blechern, fast fremd klang. Sie sprach hier über Dinge, die für sie fast unvorstellbar, aber unumgänglich waren.

Bevor sie womöglich doch noch einknickte, rief sie sich Feemkes kleines Gesicht mit den viel zu traurigen Augen ins Bewusstsein.

»In der Zeit kann ich dann auch den Umzug regeln und was sonst zu erledigen ist«, setzte sie nach.

Johanna seufzte. »Gut, die Arbeit ist gesichert, für Feemke ist es ganz bestimmt die beste Lösung. Aber«, jetzt stockte sie, »was ist mit dir als Adda, nicht als

Mama? Du hattest andere Pläne. Du liebst ein anderes Leben… Es hilft doch keinem, wenn *du* anstelle deiner Tochter verwelkst.«

Unvermittelt kamen Adda die Tränen. Sie hatte mit allem gerechnet, aber nicht mit einer solch feinfühligen Analyse ihrer vertrackten Situation. Und das ausgerechnet von ihrer Mutter, die sie, Adda, seit Jahren auf Distanz hielt. In ihr keimte plötzlich großer Respekt auf. Und nicht nur das. Da war noch etwas anderes: liebevolle Gefühle.

»Ich weiß es noch nicht, Mama, ich muss es einfach ausprobieren.« Ihre Stimme brach, aber ihre Mutter war sensibel genug, jetzt nicht nachzubohren. Nach einer Weile hatte sie sich wieder im Griff, und der Kloß im Hals war verschwunden. Sie gab sich locker, obwohl es in ihrem Bauch rumorte. Nur war sie noch nicht so weit, ganz offen mit ihrer Mutter zu sprechen, nachdem sie jahrelang alles mit sich selbst ausgemacht hatte.

»Sicher bin ich natürlich nicht.« Weil ich nicht weiß, ob es richtig ist, was ich mache, fügte sie stumm hinzu. Es war ja nicht nur die Freiheit, die sie wie ein lieb gewonnenes Kleidungsstück, das nicht mehr passte, tief hinten im Schrank verstaute, in der Hoffnung, es würde eines Tages doch wieder ihren Körper umschmeicheln.

Es gab so vieles, wofür man sich politisch einsetzen musste, aber sie wäre zukünftig nicht mehr dabei. Im Januar war in der DDR der Berliner Appell – *Frieden schaffen ohne Waffen* – auf Initiative des Pfarrers veröffentlicht worden. Auf der anderen Seite der Mauer tat sich also auch etwas! Man musste nun weltweit zusammenhalten. Das war das Letzte gewesen, was sie auf der Versammlung mitbekommen hatte. Seitdem war Adda nicht mehr hingegangen. Sie musste einen Schlussstrich ziehen und erst einmal ihr eigenes Leben in den Griff kriegen, bevor sie die Welt retten konnte. So schwer es auch fiel.

»Und trotzdem machst du es?«, hakte ihre Mutter nach und riss Adda damit aus den Gedanken.

»Ja, obwohl ich dann natürlich meine beruflichen und politischen Ziele nicht mehr in dem Maß wie geplant verfolgen kann. Es geht eben nicht alles. Da muss ich durch!«

»Du wolltest eine Weiterbildung machen«, erinnerte Johanna sie, denn das hatte Adda ihr mal erzählt. »Versteh mich nicht falsch, aber ein solcher Entschluss muss wohlüberlegt sein, es nützt niemandem, wenn Feemke schon bald wieder aus dem Umfeld gerissen wird, weil du es auf dem Nordseehof nicht aushältst.«

Ihre Mutter hatte den Nagel auf den Kopf getroffen.

»Das ist mir bewusst, Mama. Aber es gibt für die Kleine nach allem, was passiert ist, keinen anderen Weg.« Dann überwand sie sich und erzählte ihrer Mutter, dass Dirk wieder Vater wurde und sich komplett von ihnen zurückgezogen hatte.

»Gut, dann sind deine Überlegungen umso verständlicher«, schloss Johanna das Gespräch. »Ich bereite alles vor. Ihr seid beide herzlich willkommen.«

»Danke!« Adda legte auf und sah sich um. Nun war es endgültig. Sie würde diese Wohnung aufgeben, um auf diese Weise keine Möglichkeit der Rückkehr zu haben. Sie wollte sich keine Tür offen halten.

*

Noch am selben Tag betrat Adda das Büro des Kinderladens und meldete Feemke ab. Sie ignorierte die bösen Blicke der Erzieherin, als sie sagte, dass ihre Tochter von nun an nicht mehr kommen würde.

»Wie, das Kind soll aufs Land?«, fragte sie. »Abgeschoben zur Oma?«

»Nicht abgeschoben, sondern aufgehoben«, entgegnete Adda. »Ich nehme meine Kleine jetzt mit. Ich weiß, es ist ein bisschen überstürzt, aber die Umstände erfordern es so.«

»Aber zahlen müssen Sie schon noch für diesen Monat!«

Adda zuckte mit den Schultern. »Das ist kein Problem.«

Sie füllte das Formular aus, das ihr wortlos über den Tisch geschoben wurde. Dann ging sie in Feemkes Gruppe.

»Hallo, Mami!« Feemke war blass und sah nicht gut aus. »Können wir gehen?« Sie war immer sehr froh, wenn sie nach Hause durfte.

Adda suchte alles zusammen. Stiefel, Hausschuhe, eine zweite Mütze und natürlich Turnbeutel und Kindergartentasche.

»Warum packen wir alles ein?«, fragte Feemke.

»Ich erkläre es dir im Auto«, sagte Adda. Plötzlich wurde ihr bewusst, wie überraschend das alles auch für ihr Kind sein musste, doch sie hoffte, dass Feemke positiv darauf reagieren würde. Es spielte Adda in die Karten, dass ihre Tochter im Kinderladen zwar keine Außenseiterin war, aber auch keine enge Freundin hatte, um die sie trauern würde.

»Wieso bist du mit Fiffi da?«, fragte Feemke, denn normalerweise kam ihre Mutter mit der Straßenbahn. Fiffi sagte sie immer zu Addas rostrotem, kleinem Fiat. Sie hatte ihn nach der Trennung von Dirk gekauft. Auf der Kofferraumhaube prangten ein paar politische Aufkleber, die sie jetzt höhnisch anzulachen schienen.

»Ich sag es dir gleich«, wich Adda aus, denn sie wollte das Thema nicht vor den anderen Müttern erörtern, die gerade in Scharen hereinströmten, um ihre Kinder abzuholen.

Sie verließen den Kinderladen und traten auf die Straße. Eben donnerte ein großer Lastwagen an ihnen vorbei, kurz darauf surrte eine Straßenbahn. Ein Radfahrer klingelte, und die beiden hüpften erschrocken ein Stück zurück. Das war die Stadt, wie Adda sie viele Jahre geliebt hatte.

Sie mochte sogar das Triste, das aus dem Grau erwuchs. Jedes Gänseblümchen, das der Pflasterung trotzte und sich seinen Platz in den Ritzen eroberte. Jeder Grashalm, der es ihm gleichtat. Und sie mochte es, wie die Bremer versuchten, in das Grau der Stadt Farbe zu bringen, so wie jetzt, wo die ersten lila Hyazinthen in den Rabatten ihre Köpfe aus der Erde steckten, umgeben von Schneeglöckchen und Krokussen, denen schon bald die Narzissen und Tulpen folgen würden.

Adda seufzte und riss sich von dem Anblick los. Es war vorbei. Demnächst würde sie wieder über die weite Marsch blicken und sich über jedes Auto freuen, das den Weg zum Nordseehof fand und Abwechslung versprach.

»Mama!«, quengelte Feemke. »Mir ist kalt. Ich will einsteigen, und dann will ich wissen, warum du mit Fiffi da bist und meine Sachen gepackt hast!«

Adda schloss auf, setzte Feemke in ihren Kindersitz und sagte: »Wir fahren jetzt zu Oma.«

Erst stutzte Feemke, dann wirkte es, als ob sich ein Eispanzer von einem Felsen löste. Ihr kleines Gesichtchen glühte, und kurz darauf brach sie in lauten Jubel aus. Aber Adda stoppte ihre Tochter. »Feemke, wir fahren nicht nur zu einem Besuch zu Oma. Wir … wir werden dort wohnen.«

Ihre Tochter wollte vor Freude am liebsten aus ihrem Sitz springen, aber Adda war noch nicht fertig. »Moment, es gibt da noch was.«

»Was denn?« Die Kleine hörte auf herumzuhampeln und sah ihre Mutter mit großen Augen an.

»Ich kann in der nächsten Zeit nur ab und zu kommen. Die ersten Monate wärst du allein mit Oma – und Rolf.«

Feemke wurde ernst. »Also sehen wir uns nicht viel.«

»Eine Zeit lang wird das so sein. Aber ich versuche, dich so oft wie möglich zu besuchen. Und ab dem Sommer bin ich dann für immer auf dem Nordseehof.«

Feemke überkreuzte die Beine und machte ein altkluges Gesicht. Dabei glich sie Dirk ungemein, und Adda versetzte es einen Stich. »Meine Oma ist da und Rolf auch. Der kann mit mir Feenstaub sammeln, und dann haben wir Glück.« Plötzlich strahlte sie wie die Sommersonne in der Mittagszeit. »Dann ist das doch gar kein Problem, Mami!« Adda hatte gehofft, dass ihre Tochter sich freute, aber mit einem solchen Überschwang hatte sie nicht gerechnet.

»Hast du denn mein Gepäck mit? Mein Spielzeug und so?«

»Nicht alles«, gab Adda zu. »Ich werde es nach und nach vorbeibringen. Fiffi ist schließlich nicht so groß.«

»Okay, das macht auch nichts, weil ich in der Schäferei

mächtig viel zu tun habe. Im März kommen die Lämmer, und im Kinderladen haben wir heute das Lied *Im Märzen der Bauer* gesungen.«

»Okay, dann können wir jetzt fahren?« Adda strich Feemke übers Haar. Es tat ihr weh, sie so lange in die Obhut ihrer Mutter zu geben.

»Ja, Mama, fahr los«, sagte Feemke. »Ich werde jetzt eine Frau vom Nordseehof!«

KAPITEL 11

Paul war nervös. Er war gestern Abend wie jeden Freitag mit Irmi nach Marx gefahren, und heute wollte sie zu ihm kommen. Deshalb hatte er Dagmar extra weggeschickt. Sie war ihm gar nicht böse deswegen gewesen, denn sie hatte eine Verabredung, allerdings hatte sie ihm nicht erzählt, mit wem. Es war ihm egal. Er war froh, dass Irmi sich immer öfter mit ihm traf und er sicher sein konnte, dass auch er ihr etwas bedeutete.

Irmi war im Oktober des letzten Jahres gleich nach Pauls Besuch auf dem Brede-Hof mit ihm nach Marx gefahren. Er hatte die Harley zuvor geputzt und gewienert, denn er wollte einen guten Eindruck bei ihr machen. Wie schön Irmi an diesem Abend gewesen war! Sie trug eine weiße Jeans mit passender blauer Jacke. Ihr rotes Haar hatte sie lässig hochgesteckt. Kaum in der Disco angekommen, war sie auf die Tanzfläche gestürmt. Paul dachte mit einem Lächeln daran, wie er sie und ihre wunderbar fließenden Bewegungen bewundert hatte.

Nach einer Weile wurde es Irmi warm beim Tanzen, und er hatte ihr einen Charly geholt. Zuvor hatte sie nämlich erzählt, dass sie Cola-Weinbrand liebte. Er selbst trank als Fahrer keinen Alkohol und lehnte auch das Glas Cola-Pernod ab, das ihm ein anderes Mädchen spendieren wollte.

»Schmeckt es dir?«, fragte er Irmi und stieß mit ihr an. Ach, dieser Blick! Als sie ausgetrunken hatte, gingen sie in den Billardraum und schauten den anderen beim Spielen zu. Paul wagte es, seinen Arm ganz vorsichtig um Irmis Taille zu legen. Sie war nicht besonders schlank, aber das mochte er. Und dann hatte Paul sie geküsst. Aber nur auf die Wange.

Sehr viel hatte sich seitdem leider zwischen ihnen nicht verändert. Irmi war vorsichtig, wollte alles langsam angehen lassen. Ein einziges Mal hatten sie heftig geknutscht, da hatte Irmi zu viel getrunken, aber immer, wenn Paul es wiederholen wollte, ging sie auf Distanz.

»Ich möchte warten«, sagte sie. Irmi war vom alten Schlag.

»Ich liebe dich, warum darf ich dir das nicht zeigen?«, drängte er oft.

»Das darfst du doch«, sagte sie dann mit einem freundlichen Lächeln. »Aber ich kenne es nun mal so, dass man wartet, bis … na, bis man verheiratet ist.«

»Aber das ist doch veraltet! Und ich bin dein Freund. Du kannst dich auf mich verlassen.«

Doch es war zwecklos, Irmi reichte ihm nur den kleinen Finger.

Paul fand das ein bisschen anstrengend, aber da er sie inzwischen wirklich liebte, war er bereit zu warten, und so träumte er sich in einsamen Stunden zu ihr hin. Malte sich aus, wie ihre Brüste aussahen, war neugierig darauf, wie sie schmeckte und roch. Und weil sie ihm immer wichtiger wurde, überlegte Paul sogar, Irmi bald einen Antrag zu machen. Damit würde er die Warterei abkürzen, ihr zeigen, wie ernst er es meinte. Er wollte ohnehin keine andere Frau, deshalb war es eine logische Konsequenz, Nägel mit Köpfen zu machen.

Es gab noch weitere stichhaltige Gründe, Irmi zur Frau zu nehmen. Zum einen fühlte Paul sich in ihrer Familie wohl. Er war sich sicher, dass auch sie ihn mochten. Zudem konnte er sich durch seinen Job bei der Versicherung eine Familie leisten. Sie mussten nur eine größere Wohnung finden. Doch darin sah er kein Problem. Irmi war zwar das einzige Kind der Familie Brede, aber Paul glaubte nicht, dass sie deswegen einen Bauern heiraten musste. Diese Zeiten waren schließlich lange vorbei.

Jetzt überprüfte er noch einmal, ob alles aufgeräumt war, schüttelte das Sofakissen auf und platzierte es im Eck. Er hatte einen kleinen Moosröschenstrauß mit rosa Blüten gekauft und auf den kleinen Couchtisch gestellt. Gleich würde er noch Tee aufbrühen, denn Irmi mochte die ostfriesische Teezeremonie.

Paul nickte sich gerade selbstbestätigend zu, als es klingelte. Er schaute erstaunt auf die Uhr, doch es war ein bisschen zu früh für Irmis Besuch. Sie wollte erst in einer halben Stunde kommen und war sonst immer auf die Minute pünktlich.

Widerwillig öffnete Paul die Tür. Vor ihm stand Manfred, der sich breit lächelnd an ihm vorbeischob. Er war im vergangenen halben Jahr oft bei Paul gewesen und bezeichnete ihn noch immer als seinen Freund. Paul widersprach nicht – weil er einfach nicht wusste, ob es so war. »Ich bleib nicht lange«, sagte Manfred jetzt.

Er hatte ihn, trotz seiner Warnung im Oktober, bislang in Ruhe gelassen und verlangte nichts von ihm. Es gab keine Erpressung, keine merkwürdigen Forderungen. Manfred war einfach ein netter Typ.

Inzwischen war Paul sogar davon überzeugt, dass er sich nur eingebildet hatte, Manfred wolle ihn unter Druck setzen. Er redete eben gern und trug ein bisschen dick auf. Seine bösen Zeiten waren lange vorbei. Es gab sogar Treffen, bei denen sie richtig Spaß zusammen hatten.

»Irmi kommt gleich, oder?« Manfred nahm sich ein Glas Wasser. Er fühlte sich bei Paul zu Hause. Manchmal beschlich ihn das Gefühl, Manfred war eher zu einer Art Bruderersatz als zu einem Freund geworden. Sie bildeten ein Bollwerk gegen den Rest der Welt, weil sie beide keinen echten Halt hatten. Pauls Mutter lebte ihr eigenes Leben, der Vater war tot und hatte ihn nicht gewollt. Und Manfred? Er war genauso allein. Seinen Vater kannte er ebenfalls nicht, und die Mutter hatte ihn mit drei Jahren in ein Heim gesteckt. Hin und wieder war er Teil einer Pflegefamilie gewesen. Sie waren wie zwei einsame Wölfe, da war es doch fast logisch, dass sie sich aneinander festklammerten.

»Hey, willst du mir nicht antworten? Kommt Irmi nun oder nicht?« Manfred stupste ihn an.

»Ja«, antwortete Paul einsilbig. Er wollte nicht unhöflich sein, und so gern er Manfred inzwischen mochte: Er war wirklich zu einem überaus unglücklichen Zeitpunkt gekommen. Das durfte man auch seinem Bruder deutlich machen.

»Ich verschwinde, wenn sie da ist.« Manfreds Stimme hatte etwas Beruhigendes.

»Was willst du denn überhaupt?« Paul war etwas unwirsch, denn er hatte noch die Zähne putzen wollen, ehe Irmi kam. Unauffällig hauchte er in seine Handfläche.

»Sie ist eine süße Maus«, sagte Manfred.

»Ja, das ist sie.«

»Gesprächig bist du ja nicht gerade. Wie weit seid ihr denn?« Manfred spitzte anzüglich die Lippen und fuhr dann mit der Zunge darüber.

»Wir warten, das weißt du doch. Sie ist mir auch zu wichtig, als dass ich da was vorwegnehmen wollte. Man darf eine Frau wie Irmi nicht unter Druck setzen.«

Sein Kumpel nickte anerkennend. »Das klingt nach verdammt großer Liebe. Die meisten wollen eine schnelle Nummer, und wenn die Weiber nicht spuren...« Er hob den Daumen. »Bist eben doch ein Guter. Ich habe mich früher echt in dir getäuscht. Damals dachte ich, deine Seele wäre tiefschwarz und du hättest nur etwas weiße Farbe darübergemalt. Nun werde ich eines Besseren belehrt. Hut ab, Kumpel.« Er lächelte wieder.

»Ich liebe Irmi«, gab Paul zu. Und dann geschah, was ihm immer bei Manfred passierte. Er erzählte ihm seine tiefsten Geheimnisse. »Ich... ich werde ihr einen Antrag machen.«

»Das ist ja toll!« Manfred schlug mit der Hand auf den Tisch. »Du bist echt ein Held. Und sie eine gute Partie. Einzige Tochter und großer Hof. Das bringt Schotter.« Er machte eine Pause. »Aber das ist dir ja egal. Geld interessiert dich nicht.«

»In dem Fall ist es tatsächlich gleichgültig, Manfred. Ich liebe sie wirklich.«

»Verstehe. Weiß sie schon von deinen Plänen?«

Paul schüttelte den Kopf. »Bitte verrate ihr nichts. Ich muss erst überlegen, wie ich es anstellen soll. Sie ist eine außergewöhnliche Frau, da kann ich schließlich nicht mit der Tür ins Haus fallen.«

»Klaro! Ich schweige wie ein Grab. Du sollst doch glücklich werden. Paul, der neue Erbe vom Hof der Familie Brede.«

»Sag so was nicht. Ich bin kein Landwirt. Mal sehen, wie man das lösen kann.«

»Es gibt immer einen Weg, wenn man einen Hof behalten will.« Manfred trank das Glas aus und stand dann auf. Er klopfte Paul auf die Schulter. »Lass es langsam angehen. Die ist so treu, die läuft dir nicht weg. Den Alten wirst du vermutlich überzeugen müssen, obwohl ich weiß, dass er dich schätzt, und das ist schließlich ein Anfang.«

Als Manfred in den Flur ging, klingelte es ein zweites Mal. Jetzt würde es Irmi sein. Paul hoffte, dass Manfred wirklich bald verschwand und ihm sein Rendezvous nicht kaputt machte.

»Ich lass sie rein«, sagte der und hüpfte fröhlich pfeifend die Treppen hinunter. »Moin, Irmi«, vernahm Paul von oben. »Ich habe dich heute ja noch gar nicht auf dem Hof getroffen, weil wir früh auf die Felder mussten.« Seine Stimme klang weich und voll, ein bisschen schmeichelnd und eine Spur zu charmant.

Was Irmi antwortete, hörte Paul nicht, weil sie leise sprach. Warum nur hatte er plötzlich das Gefühl, ausgeschlossen zu sein? Und warum bereute er, Manfred erzählt zu haben, dass er sich mit Irmi verloben wollte?

»Du siehst echt Gespenster. Manfred ist immer nett zu dir, hör auf damit!«, murmelte er.

»Was hast du gesagt?« Irmi kam eben die Treppe herauf und umarmte ihn kurz. Dabei lächelte sie ihn so glücklich an, dass Paul sich selbst einen Narren schalt.

*

Dagmar hatte sich an diesem schon recht warmen Apriltag schick gemacht und trug ihren dunkelblauen Hosenanzug mit den hochhackigen Pumps. Ihr dunkles Haar war frisch gewaschen, und sie hatte es so kurz schneiden lassen, dass nicht einmal der raue Nordseewind ihrer Frisur etwas anhaben konnte. Manfred mochte es, wenn sie sich so kleidete. Er fand das elegant. »Das macht dich zu etwas Besonderem«, sagte er immer, wenn sie ihm in diesem Styling begegnete. Dagmar fand, dass ihr Hintern in der Hose mit dem Kurzjäckchen richtig gut zur Geltung kam.

Dagmar arbeitete inzwischen in einem Kiosk in Wilhelmshaven. Mit dem Verdienst kam sie ganz gut über die Runden, auch wenn sie Paul als Untermieterin einen kleinen Obolus zahlte. Langfristig musste sie aber ausziehen und sich was Eigenes suchen, dann hätte sie endlich ein bisschen mehr Privatsphäre. Außerdem war es dann einfacher, sich mit Manfred allein zu treffen.

Sie gingen schon mehrere Monate heimlich miteinander aus. Das war von beiderseitigem Interesse, denn Dagmar wollte nicht, dass Rolf davon erfuhr, weil sie sich weiterhin erhoffte, ihn doch noch umzustimmen. Manfred störte das nicht. Im Gegenzug hinterfragte Dagmar auch niemals, ob er andere Frauen traf. Wenn Manfred bei ihr war, vermittelte er ihr stets das Gefühl, es gäbe nur sie auf der Welt. Sie hatten ihren Spaß, aber sie waren kein Paar, und beide konnten wunderbar mit ihrem Arrangement leben.

Im Bett war es die reine Erfüllung. Dagmar genoss es, mit einem jüngeren Mann zu schlafen, und sie harmonierten in ihrer Gier und in dem, was sie mochten. Auf ihre alten Tage lernte Dagmar sogar noch dazu, und sie hoffte, ihre neuen Kenntnisse Rolf eines Tages beweisen zu können. Aber der gab sich bedeckt und ging ihr aus dem Weg, wenn es irgendwie möglich war.

Aus Rache tauchte sie immer mal wieder auf dem Nordseehof auf, weil es Johanna ärgerte und verunsicherte. Dass sie mit ihrer Aktion bei Rolf zumindest einen winzigen Keil in deren Beziehung getrieben hatte, befriedigte Dagmar und verschaffte ihr in ihren Augen auch einen minimalen Wettbewerbsvorteil. Ein schwacher und gekränkter Rolf war eine leichtere Beute, das wusste sie aus Erfahrung. Wie man ihn weich kochte, hatte sie oft genug erprobt. Doch dieses Mal gestaltete es sich tatsächlich schwieriger, denn ihr Ex-Mann schien nicht willens, sich wieder auf Dagmar einzulassen. Seine Ablehnung spornte sie aber eher an, als dass sie sie abschreckte.

Dagmar stieg in ihren Ford. Sie hatte sich mit Manfred in dem Fischerdörfchen Hooksiel verabredet, sie wollten im *Schwarzen Bär* Fisch essen. Er hatte gesagt, es sei gemütlich dort und unglaublich lecker. Zudem lag das Restaurant am Alten Hafen. Das lud dazu ein, hinterher einen romantischen Spaziergang zu machen. Manfred führte sie immer in die besten Lokale aus, und deshalb war Dagmar nun gespannt, was sie in dem Fischerort im Wangerland erwartete.

Sie wurde nicht enttäuscht. Das Restaurant vermittelte schon beim Eintreten auf angenehme Weise ein maritimes Flair. Es roch fantastisch, und Dagmar lief das Wasser im Mund zusammen.

Manfred war wie immer ein Gentleman. Er hielt die Tür auf, nahm ihr den Mantel ab. Gab eine Weinempfehlung und suchte die Scholle für sie aus, weil Dagmar sich nicht entscheiden konnte. Sie empfand das nicht als Bevormundung, von dem ganzen Emanzipationsgeschwafel hielt sie ohnehin nichts. Ein Mann musste um eine Frau werben, und er sollte es sein, der die Führung übernahm. Man sah ja, was dabei herauskam, wenn sich Männer wie Rolf Frauen unterordneten. Nun saß er in diesem lächerlich kleinen Haus inmitten der Marsch und wartete darauf, dass Johanna ihm eine Audienz gewährte oder gar endlich mit ihm ins Bett ging.

Auf so etwas konnte sie getrost verzichten, und deshalb war Manfred perfekt für sie, auch wenn sie ihn nicht liebte. Aber er gab ihr das, was sie momentan brauchte, und sogar ein bisschen mehr.

Als sie aufgegessen hatten – der Fisch war wunderbar frisch und ein Gaumenschmaus gewesen –, löste Manfred sein Versprechen ein und ging mit ihr am Alten Hafen spazieren. Ja, Manfred wusste genau, was eine Frau wollte und wie man ihr das Leben angenehmer machte.

Am Kai lagen im Schein der Laternen ein paar Kutter, hübsch bunt und schön anzusehen. Sie setzten sich auf eine Bank, und Manfred kraulte Dagmars Halsbeuge. »Willst du Rolf noch immer zurück?«, hauchte er ihr ins Ohr, bevor er daran knabberte.

Dagmars Nackenhaare kringelten sich vor Lust. »Jetzt

gerade nicht. Jetzt hätte ich gern dich.« Sie küssten sich ausgiebig. Manfred schmeckte immer gut. Sogar, wenn er Fisch gegessen und Wein getrunken hatte.

Dagmar schob ihn trotzdem nach einer Weile ein Stück weg. Sex würden sie später noch haben. An irgendeinem unmöglichen Ort im Auto. Auf den Hof, wo Manfred ein Zimmer bewohnte, konnte er sie nicht mitnehmen, und ihn mit in Pauls Wohnung zu schleppen wäre selbst Dagmar zu indiskret gewesen, zumal sie ja nicht wollte, dass jemand von ihrer Affäre wusste.

Außerdem war diese Irmi ständig da. Ein schüchternes graues Mäuschen mit rotem Haar, das Paul den Kopf gehörig verdreht hatte.

Dagmar schaute Manfred jetzt schelmisch an. »Warum fragst du, ob ich Rolf noch will? Das weißt du doch. Deshalb bin ich hier.« Sie küsste ihn erneut.

»Johanna muss weg«, sagte Manfred lapidar. »Solange sie lebt, wird er sie nicht aufgeben.«

Dagmar rückte ein Stück von ihm fort. »Was soll das heißen? Willst du sie …?« Sie sprach es nicht aus, aber bei dem Gedanken wurde ihr ein bisschen übel. Klar wollte sie Rolf. Und sie hasste Johanna Deeken wie die Pest, aber war sie auch dazu in der Lage, ihr zu schaden? Worauf wollte Manfred hinaus? Dagmar erschrak über sich selbst. War sie schon so tief gesunken, dass sie jetzt nicht sofort aufsprang und die Idee weit von sich wies? Hatte das Leben sie zu einer Bestie gemacht? Weil der Mann, den sie wollte, eine andere liebte? Sie fixierte Manfred, der mit einem leichten Lächeln um die Lippen aufs Hafenbecken schaute.

Er hatte auf Dagmars Frage noch nicht geantwortet,

und ihre Worte schaukelten im Abendwind zwischen ihnen.

»Das hast *du* gesagt«, stellte er schließlich fest und zog die Zigarettenschachtel aus der Hosentasche. Er schüttelte sie so, dass zwei Glimmstängel rausguckten. Dagmar nahm einen und wartete, bis er ihr Feuer gegeben hatte.

»Wie meintest du es denn?«, fragte sie.

Er zuckte lässig mit den Schultern. »Gut wäre es schon, wenn sie fort wäre. Sie hat mir sehr geschadet, aber ich bin wieder aufgestanden und habe ja nun dich und Paul.«

Manfred ließ seine Worte nachklingen. Er rauchte ruhig, ließ Dagmar aber nicht aus den Augen. Ihr wurde zunehmend unwohl. Manfred hatte ihr erzählt, was Johanna ihm angetan hatte.

»Denk dran, sie hat damals auch Pauls Vater getötet«, fuhr er fort. »Das war kein Unfall, auch wenn sie das bis heute behauptet. Johanna Deeken ist eine Blenderin. Wer weiß, was sie als Nächstes tut! Ich traue ihr kein bisschen über den Weg.«

Wieder hingen die Sätze bedeutungsvoll in der Luft.

»Du meinst, wenn du beweisen könntest, dass sie eine Mörderin ist, müsste sie ins Gefängnis und Rolf würden die Augen geöffnet?«

»Das ist eine Möglichkeit«, sagte Manfred und drehte Dagmars Kopf sanft zu sich. Er aschte auf den Boden, während er ihr tief in die Augen sah. »Wer weiß, vielleicht finde ich einen Zeugen. Und wenn klar ist, dass sie doch Dreck am Stecken hat, übt womöglich jemand Rache an der sauberen Johanna. Oder ihr wird der Prozess gemacht. Das Ergebnis ist dasselbe. Johanna Deeken muss vom Nordseehof verschwinden. Dann hast du bei

Rolf freie Bahn und wir beide unsere Rache.« Manfred küsste Dagmar eine Spur zu wild, aber sie mochte das. Er zog sie von der Bank, zerrte sie ins Auto, und sie fuhren zum Strand. Dort parkte er unter einem Baum in der Ecke des letzten Parkplatzes, und sie fielen wie zwei Ertrinkende übereinander her. Ihr Sex war wild. Ungestüm und fast eine Spur zu brutal. Es erinnerte Dagmar an Reent Deeken, der sich ähnlich auf ihr gebärdet hatte. Reent, Johannas Schwager, der durch deren Hand hatte sterben müssen. Die ganze Zeit ratterte ihr dabei nur ein Gedanke durch den Kopf.

Johanna muss weg.

*

Adda war am Samstagmorgen gleich nach dem Nachtdienst nach Neusiel losgefahren. Am Vorabend war Peter bei ihr gewesen, und das Gespräch tanzte noch immer durch ihre Ohren. Peter konnte nicht verstehen, dass sie Bremen im Sommer verlassen würde.

»Im Juli ist die Wohnung hier verkauft«, sagte Adda. »Es ist besser so.«

Peter hatte noch versucht, sie umzustimmen. Das hatte alles nicht leichter gemacht.

»Adda, letzten Monat hat Schmidt endlich den Völkermord an den Sinti und Roma anerkannt. Es tut sich was in der deutschen Politik! Wir müssen jetzt dranbleiben und dürfen auf keinen Fall aufgeben. Wir brauchen jeden Mitstreiter!«

»Er hat die Vertrauensfrage nur gerade so überstanden«, gab Adda zurück. »Wir haben einen Rechtsruck, und Kohl steht in den Startlöchern. Du wirst sehen, das überlebt Schmidt alles nicht mehr lange. Unser Kampf ist längst nicht so erfolgreich, wie du es mir weismachen willst.«

»Ebendeshalb brauchen wir dich jetzt! Ich habe gehört, dass die NATO-Gipfelkonferenz zum ersten Mal in Bonn tagt. Da wird es eine Demo geben. Größer als die im letzten Jahr! Dieses Mal soll sie in Beuel auf den Rheinwiesen stattfinden.«

»Ohne mich«, hatte Adda gesagt. »Ich habe Verantwortung für mein Kind. Es geht nicht.« Peter war grußlos gegangen.

»Ohne mich«, wiederholte sie jetzt, aber ihre Worte klangen leer, weil sie selbst nicht daran glaubte. Sie kehrte zurück aufs Land, weit weg von dem Leben und dem politischen Kampf der letzten Jahre. Ein bisschen kam es Adda vor, als würde sie sich selbst begraben. Sie wurde spießiger, als Dirk es je gewesen war. Sie, die zukünftige Krankenschwester in der Provinz.

Nach etwas über einer Stunde hatte sie endlich den Nordseehof erreicht. Feemke hüpfte ihr sofort entgegen.

»Mama!«, rief sie laut und sprang aufgeregt um das Auto herum. Sie wandte den Kopf zur Scheune, wo ihr kleiner Freund im Eingang mit seinen Matchboxautos spielte. »Micha, meine Mama ist wieder da!«

Er legte die Autos beiseite und kam ebenfalls angesaust. »Moin, Adda«, sagte er. »Wir haben vorhin Verstecken gespielt, und Feemke hat mich nicht gefunden!«

»Konnte ich ja auch nicht«, sagte sie lachend. »Er hat sich in einer Futtertonne versteckt, und ich komm ja nicht mal an den Deckel ran.« Feemkes Gesichtchen war völlig erhitzt, und sie schien auch keine Zeit mehr für ihre Mutter zu haben. »Dürfen wir weiterspielen?«, fragte sie.

»Klar!« Adda gab ihr einen leichten Klaps, und die beiden Kinder rannten zurück zu den kleinen Autos.

Ihr Kind war hier glücklich. Inmitten der Marschwiesen, der Schafe, die noch in den Ställen blökten und schon bald wieder rausdurften. Feemke liebte das große Nichts, das Adda die Luft genommen hatte.

Sie wollte gerade ihre Tasche ins Haus bringen, als Hauke aus dem Stall trat. Bislang waren sie sich nur selten begegnet, und Adda hatte dem Mitarbeiter ihrer Mutter kaum Beachtung geschenkt. Sie duzten sich, wie es üblich war, aber hatten noch kein einziges längeres Gespräch miteinander geführt. Nun aber lief sie auf ihn zu und streckte ihm die Hand entgegen. Er hatte Michas scheue grüne Augen, dazu kurzes, blondes Haar. Hauke war kräftig gebaut, aber beileibe nicht dick. Seine Haut zeugte von seinem ständigen Aufenthalt im Freien.

Adda musste ihn einfach anlächeln. »Moin, Hauke.« Sie wies zu Feemke und Micha, die wieder ganz versunken in ihr Spiel waren. »Die beiden haben ja wohl ihren Spaß hier!«

»Ja, ich habe selten zwei Kinder erlebt, die sich so gut verstehen.«

Adda nickte und schabte mit dem Fuß übers Pflaster. »Nun werde ich ja auch bald für immer hier sein«, murmelte sie.

»Für Feemke ist das schön«, sagte Hauke. Er hatte eine angenehme und volle Stimme, die ihn noch sympathischer machte und die Adda zuvor nie aufgefallen war.

Beide musterten sich, wussten aber nicht so recht, was sie noch sagen sollten.

»Wo wohnst du eigentlich genau?«, fragte Adda und rettete sie damit aus der Patsche. Es war ihr ein bisschen unangenehm, dass sie es nicht wusste, aber alles, was mit der Schäferei zusammenhing, war für sie seit vielen Jahren belanglos gewesen.

Hauke überraschte die Frage offenbar nicht. »In Neusiel. Gleich am Ausgang zur Marsch. Die kleine Kate mit den grünen Fensterläden.«

»Dort lebst du?«, fragte sie begeistert. Dieses Häuschen hatte sie schon als Kind geliebt. »Es gehörte doch früher den Maurers.«

»Genau. Ich habe es ihnen abgekauft, als sie ins Altenheim gegangen sind.«

Adda lächelte immer noch. Hauke wirkte plötzlich verlegen.

»Ich geh dann mal rein. Weißt du, wo meine Mutter steckt?«

»Ich glaube, in der Küche. Sie freut sich, dass du kommst, und wollte Tee machen.«

Plötzlich spürte Adda Hände an ihrem rechten Bein. Es war Feemke, die furchtbar schmutzige Finger hatte. Ihre Augen leuchteten. »Ach, Mama, es ist so schön, dass wir nun hier wohnen. Und dass du auch bald kommst!«

Adda war gerührt, und eine ungewohnte Wärme durchflutete sie. Mit einem Mal war dieses Gefühl, gegen alles in der Welt ankämpfen zu müssen, wie weggeblasen. Doch, ihre Entscheidung, zurück zum Nordseehof zu kommen, war richtig!

KAPITEL 12

Dirk suchte Miri. Er fand sie in ihrem Atelier. Sie trug eine weite, fließende Hose in Weiß, dazu passend eine Tunika und ein hellblaues Tuch.

Dirk umarmte sie von hinten und genoss wie immer den vertrauten Duft, der ihn von Beginn an fasziniert hatte. Miri roch ein bisschen süßlich, ein bisschen frisch. Einfach zum Anbeißen. »Na, Liebes? Hast du schon gefrühstückt?« Er biss ihr von hinten sanft in den Hals.

Miri legte den kleinen Meißel beiseite, mit dem sie eben eine Skulptur bearbeitet hatte, und drehte sich um. Grazil legte sie ihre Arme um Dirks Hals und küsste ihn. Er schmolz sofort dahin. Sie zog ihn an der Krawatte zu dem Sofa, das sie im Nebenraum des Ateliers stehen hatte.

Dirk überließ sich ihren kundigen Fingern, und es war ihm absolut egal, dass er eigentlich gleich noch in die Kanzlei wollte, um sich in einen Fall einzulesen. Jetzt gab es nur Miri und ihn.

Sie hatte ihm inzwischen das Hemd ausgezogen und saugte lustvoll an seinen Brustwarzen. Dirk stöhnte leise und vergaß Zeit und Raum. Es gab nur Miri und ihn und seine Lust, die er am Ende in den Raum schrie.

»Du bist eine Wucht«, flüsterte er und strich über den flachen Bauch. Miri war noch immer gertenschlank, obwohl sie bereits im vierten Monat war. Zu der Zeit war Adda schon etwas fülliger gewesen, aber sie war ja auch ein anderer Typ. Weicher, runder – und fraulicher.

»Wo versteckt sich unser Kind bloß?«, fragte er lächelnd und bemerkte, dass Miri sich versteifte.

»Was ist?«

Sie antwortete nicht, sondern küsste ihn noch einmal. Jetzt aber erreichte sie Dirk nicht, und er schob sie ein Stück fort. »Miri, stimmt etwas nicht?«

Sie reagierte ungehalten. »Mann, es ist nichts. Ich bin eben schlank, und was weiß denn ich, wo sich das Baby versteckt. Vielleicht habe ich mich auch verrechnet.«

Miri sprang auf und räumte ein paar Skulpturen mit hektischen Bewegungen hin und her.

Dirk setzte sich auf. »Ich hab mich doch nur gewundert, dass du noch immer so schlank bist. Dir ist nie übel, du isst weiterhin wie ein Spatz… Ich kenne das eben anders.«

»Deine Adda ist auch anders«, keifte Miri. Sie wirkte plötzlich aggressiv, wie in die Ecke gedrängt, und kratzte und biss um sich wie ein waidwundes Tier. Das wiederum machte Dirk stutzig.

»Miri, du benimmst dich gerade sehr merkwürdig. Kann es sein, dass du mir etwas verheimlichst?« Dirk ahnte, was es war, und er war sich auf einmal klar darüber, dass er es die ganze Zeit schon im Hinterkopf gehabt hatte. Er stand ebenfalls auf, näherte sich Miri und umfasste ihre dünnen Schultern.

Warum bemerkte er erst jetzt, wie außerordentlich schlank und knabenhaft sie tatsächlich war? Ein Umstand, den er bislang als attraktiv empfunden hatte. Doch war er das? War es nicht eher krankhaft?

»Lass. Mich. Los!«, forderte Miri ihn auf.

Dirk aber hielt sie weiterhin fest. »Nein. Zuerst sagst du mir, ob du wirklich schwanger bist.«

Miris Blick flackerte, hielt seinem aber stand. Sie leckte sich über die kleinen Lippen und stieß dann hervor: »Du wolltest es doch hören. Damit du einen Grund hast, dein Kind und Adda endlich loszuwerden.«

Dirk ließ Miri abrupt los. »Du hast mich angelogen?«

Jetzt traten ihr Tränen in die Augen. »Ich wollte, dass sie aus unserem Leben verschwindet und du dich endlich, endlich ganz zu mir bekennst. Dass du mich nicht nur als Bettgeschichte siehst.«

»Aber das war doch gar nicht so«, sagte Dirk hilflos.

Miri lachte bitter auf. »O doch, Dirk Westerholt. Trotz all deiner Querelen war Adda immer noch deine Adda, weil sie schlau ist, sich engagiert. Da kann ich nicht mithalten. Nur im Bett bin ich besser.« Sie wandte sich ab, schlug die Hände vors Gesicht und begann zu weinen.

Dirk stand mit hängenden Schultern da – und wusste, dass sie recht hatte.

Er war viel zu lange wankelmütig gewesen, Adda war schließlich einst seine Traumfrau, und er hatte sich schwergetan, sich von ihr zu trennen. Die Nachricht, dass Miri schwanger war, hatte ihn jedoch bestärkt, den richtigen Schritt zu machen. Und ja, er vermisste Feemke, aber mit dem neuen Kind …

Er war ein solcher Idiot!

Eigentlich hätte er jetzt zu Miri gehen müssen. Sie weinte, doch die Tränenflut ließ ihn kalt.

»Du liebst mich nicht«, schluchzte sie.

Dirk war es, als hätte Miri ihm ins Gesicht geschlagen. »Komm jetzt bitte nicht mit so was. Du hast mich angelogen. Das ist ein solcher Verrat!«

Miri schnellte herum. Ihr Mascara lief ihr in schwarzen Streifen über die Wangen. »Verrat, Verrat!«, äffte sie ihn nach. »Du bist so schwach! Warum konntest du dich nicht einfach entscheiden?« Sie verließ das Atelier mit großen Schritten und schmetterte die Tür hinter sich zu.

Dirk war wie gelähmt. Er nahm die angefangene Skulptur in die Hand. Kurz war er versucht, es Adda gleichzutun und sie gegen die Wand zu schmettern. Doch dann stellte er sie zurück auf den Arbeitstisch. Was nützte es, Miris Sachen zu zerstören? Davon wurde es auch nicht besser. Sein Einsatz war hoch gewesen, und er hatte Adda und Feemke verspielt für eine Frau, die ihn mit einer Lüge vereinnahmt hatte.

Dirk brauchte dringend frische Luft.

Er zog sich wieder an, lief zum Auto, und wie von selbst lenkte es sich in Richtung seiner alten Wohnung.

Und als wollte das Schicksal ihm einen Streich spielen, trat gerade Adda aus der Tür. Sie hatte wie immer ihren bunten Rucksack geschultert, das lange, lockige Haar mit einem Tuch zusammengebunden, und sie ging mit ihrem typisch beschwingten Schritt. In der Hand hielt sie einen kleinen Blumenstrauß.

Sie sah gut aus und wirkte – zufrieden. Dirk fuhr langsamer, parkte elegant ein und öffnete die Tür. »Adda!«

Sie blieb erstaunt stehen, dabei verfinsterte sich ihr Blick merklich. »Dirk«, sagte sie nur mit kühler Stimme.

»Schön, dich zu sehen«, sagte er.

Adda schwieg. Sie machte einen Schritt auf ihren kleinen, roten Fiat zu und schloss auf. »Gibt es etwas Wichtiges? Ich würde nämlich gern losfahren. Feemke wartet auf mich. Ich habe Nachtdienst gehabt, möchte das Wochenende in Ostfriesland verbringen und bin müde. Also mach es bitte kurz.«

Sie hielt die Blumen noch immer in der Hand und tat einen Schritt auf ihn zu. Ihre blauen Augen funkelten – wie hatte er das einst geliebt!

Dirk wusste nicht, was er sagen sollte, er konnte ja nicht einmal sagen, warum er überhaupt zu Adda gefahren war. Er war so ein Weichei! Er, der tolle Anwalt, konnte zwar super Plädoyers halten, aber als Mann und privat war er eine Null.

»Und?«, hakte Adda nun nach.

»Du kommst gut ohne mich klar, oder?«, rutschte es ihm heraus, denn er hätte es fast lieber gesehen, wenn Adda ihn ein bisschen mehr vermisste. Nur machte das gar nicht den Eindruck.

»Ja, ich hab alles im Griff. War's das?« Adda machte Anstalten, zurück zu ihrem Wagen zu gehen. Doch er bemerkte, dass ihre Hand mit den Blumen zitterte. Ganz so abgebrüht war sie also doch nicht.

»Miri ist gar nicht schwanger«, stieß er aus.

Adda ließ die Hand mit den Blumen sinken, öffnete sie, und das Bukett fiel auf den Boden. In dem Augenblick fegte eine kurze Böe durch die Straße und wehte den Strauß auf die Fahrbahn, wo er von einem vorbeifahrenden Auto erfasst wurde.

Adda sah den Blumen hinterher, und ihr Kinn zitterte. Dann blitzte sie Dirk an. »Das ist euer Problem. Vielleicht war das Miris Strategie, damit du endlich in die Puschen kommst. Mich interessiert es nicht mehr. Und Feemke auch nicht. Weißt du, was? Sie fragt nicht einmal mehr nach dir!«

Adda machte ein paar große Schritte zu ihrem Fiat, sprang hinein und schlug die Tür zu. Dann fuhr sie in einem rasanten Tempo davon.

Dirk sah ihr nach. Er hatte es vermasselt. Komplett vermasselt. Was sollte er jetzt tun? Es gab sonst keinen Menschen auf der Welt, zu dem er gehen konnte. Seine Eltern lebten seit Jahren in Südamerika und hatten sich noch nie wirklich für ihn interessiert, sah man von seiner Karriere mal ab. Er war ein erfolgreicher Anwalt geworden, so wie sein Vater es erwartet hatte. Mit ein Grund dafür, dass er, Dirk, seine Ehe immer kritischer beäugt hatte, waren die ewig spitzen Bemerkungen seiner Eltern gewesen, die Adda als nicht standesgemäß und als Hemmschuh für seine Karriere angesehen hatten. Und er, er hatte auf seinem Höhenflug all das geglaubt.

Verloren gegangen war er dabei selbst. Dirk Westerholt, der einst die Welt zusammen mit Adda hatte verändern wollen.

Dirk schluckte den Kloß in seinem Hals hinunter, rückte die Krawatte zurecht und stieg wieder ins Auto.

Dann würde er eben zu Miri zurückfahren. Sie war alles, was geblieben war.

*

Adda umkrallte das Lenkrad. Was fiel Dirk eigentlich ein? Es konnte ihr eigentlich egal sein, ob Miri diese blöde Schwangerschaft vorgetäuscht hatte. Das war es aber nicht, denn ihre eigene Tochter, ihre Feemke, musste darunter leiden, weil sie keinen Vater mehr hatte. Es war gelogen, als sie behauptet hatte, Feemke frage nicht mehr. Sie vermisste ihren Papa!

»Und dann die schönen Blumen!«, schimpfte Adda weiter. Sie hatte sie für ihre Mutter gekauft, weil sie ihr sagen wollte, wie dankbar sie dafür war, was Johanna alles tat. Gestern noch hatte Adda mit ihrem Bruder Uwe am Telefon darüber gesprochen. »Sie liebt dich eben doch, Adda. Nimm es endlich an«, hatte er gesagt.

Und das hatte sie tun wollen, hatte gestern vor dem Dienst noch schnell den Blumenstrauß und eine Schachtel Pralinen gekauft.

»Die Blumen sind ja nun hinne!«, murmelte sie und ärgerte sich, dass sie sich kurzfristig von Dirk hatte aus dem Konzept bringen lassen. Wenn es nur nicht so wehtun würde.

Adda kämpfte die ganze Fahrt über gegen den Schmerz und die bleierne Müdigkeit an und war froh, als sie endlich am Nordseehof ankam.

Dort herrschte Chaos.

Ihre Mutter rannte aufgeregt hin und her und begrüßte Adda nur knapp. »Moin, mien Deern! Hier ist gerade Land unter. Die Futtermittellieferung ist noch nicht da, und wir haben Probleme mit der Schlachterei in Holland. Geh doch schon mal rein! Feemke ist bei Rolf in der Küche.« Sie lächelte flüchtig und rannte zum Kontor.

Alles wie immer, dachte Adda. Aber zum ersten Mal war dieser Gedanke nicht negativ, im Gegenteil. Ihre Mutter arbeitete genau wie sie Vollzeit, wuppte einen so großen Hof, und nebenbei versorgte sie auch noch klaglos ihre Enkelin. Dennoch – ohne Rolf, der neben seiner Arbeit bei den Stadtwerken oft genug in der Schäferei mit anpackte, würde sie wohl so manches nicht schaffen. Die beiden waren ein Team.

Gut, dass ich wenigstens die Pralinen noch habe, dachte Adda. Sie wollte sie ihrer Mutter später geben. Zunächst sehnte sie sich nur nach einem Bett. Aber erst wollte sie Feemke begrüßen.

*

Rolf hatte Rosen gekauft. Er war so froh, dass Johanna ihm die Sache mit Dagmar einigermaßen verziehen hatte, auch wenn sie noch immer ein wenig verletzt schien. Er wünschte sich so lange schon ein klärendes Gespräch, doch dem wich sie aus. Vielleicht funktionierte es ja heute, wenn er ihr die Blumen überreichte.

Rolf zählte die Köpfe durch, er wollte sichergehen, dass die Verkäuferin sich nicht versehen hatte. Johanna und er kannten sich nun seit fünfunddreißig Jahren, und so hatte er entsprechend viele Rosen in einem Lachston gekauft. Rolf wusste, dass Johanna diese Farbe liebte. Jede andere Frau hätte sich für ein tiefes Rot entschieden, nicht aber seine Hanna. Als der Rosengarten vom Nordseehof früher noch in voller Pracht blühte, hatte es Stöcke mit dunkelroten Blüten, mit gelben, rosafarbenen und eben die in Lachs gegeben.

Rolf hatte einmal beobachtet, wie Johanna mit dem Finger zärtlich über jene Blüten gefahren war und vorsichtig daran gerochen hatte. Dabei waren ihre Augen geschlossen gewesen, so als könne sie dem Duft auf diese Weise besser nachspüren. Rolf wollte, dass sich dieses Bild wiederholte.

Leider gab es den wunderschönen Rosengarten nicht mehr. Zwar standen die Stöcke noch dort, aber sie waren vollkommen verwildert. Nach Eikes Tod war Johanna so sehr mit dem Erhalt der Schäferei beschäftigt gewesen, dass ihr die Zeit für den Garten fehlte. Die Rosen blühten jedes Jahr, aber längst nicht mehr so kraftvoll wie einst. Eigentlich war der Rosengarten ein Synonym dafür, wie der ganze Nordseehof in den letzten Jahren gelitten hatte. Er stand zwar fest in der Marsch und trotzte den Stürmen, war im Inneren modernisiert – aber doch hatte er tiefe Wunden hinnehmen müssen. Das zeigte sich nicht zuletzt an den Rosen, die einst das Herzstück des Gartens gewesen waren.

Rolf legte die Blumen in sein Auto und fuhr damit zur Schäferei. Feemke kam ihm aus dem Hühnerstall entgegen. Sie stellte das Körbchen ab, das sie in der Hand hielt, und fiel ihm um den Hals. »Opa Rolf!«, rief sie.

Die Kleine war von allein darauf gekommen, ihn so zu nennen, auch wenn Adda es nicht gern hörte. Aber Opa Eike war für Feemke nur eine Lichtgestalt, kein Mensch, der mit ihr über die Wiesen spazieren ging, mit ihr Memory spielte oder sie tröstete, wenn sie hingefallen war.

»Ich habe mit Micha gerade Eier aus dem Hühnerstall geholt, sieh nur!« Sie zeigte auf das gefüllte Körbchen.

Jetzt kam auch Micha heraus. Über sein Gesicht glitt ein Lächeln, das zwar seine leicht schiefen Zähne zeigte, ihn aber unglaublich liebenswert machte. Er stellte sich neben Rolf, und der wuschelte ihm durchs Haar.

»Gehst du nachher mit uns zum Friedhof?«, fragte Feemke jetzt. »Micha möchte seine Mama besuchen und ich Opa Eike. Oma hat keine Zeit, weil sie die Weiden kontrolliert«, erklärte sie ein bisschen altklug.

Rolf schmunzelte. »Ja, das mach ich«, sagte er und fragte: »Dann ist Oma jetzt gar nicht da?«

Feemke schüttelte den Kopf. »Ich fahre auch nachher mit Mama und Micha weg. Wir wollen nach Hooksiel an den Strand und dann Pizza essen!«

»Dann lasst uns gleich zum Friedhof gehen«, schlug Rolf vor. »Ich stelle nur die Blumen ins Wasser und sag deiner Mama Bescheid.«

»Au fein, Opa Rolf. So machen wir das.« Nun entdeckte Feemke den großen Strauß auf der Rückbank. »Sind die für Oma?«

Rolf nickte.

»Dann musst du sie aber ganz schön lieb haben. Nur dann schenkt man so viele Rosen. Bring sie ruhig rein, Opa, und wir pflücken in der Zeit Blumen für die Gräber«, bestimmte Feemke und zog Micha in den Garten.

Rolf ging in die Küche und legte die Rosen ins Waschbecken, das er mit Wasser füllte. Dann suchte er Adda, die blass und übermüdet in der Stube auf dem Sofa lag.

»Moin, Rolf.« Sie gähnte und reckte sich. »Dann muss ich wohl mal aufstehen. Dabei könnte ich noch Stunden schlafen.« Langsam ruckelte sie sich hoch, setzte sich auf die Sofakante und rieb ihre Augen.

»Bleib doch liegen«, sagte Rolf. »Feemke und Micha wollen zum Friedhof. Ich übernehme das. Johanna ist am Deich, also hast du noch ein bisschen Ruhe für ein Nickerchen.«

Dankbar sah Adda ihn an. »Echt? Ich hab so ein schlechtes Gewissen der Lütten gegenüber. Schließlich bin ich die ganze Woche nicht hier, und dann will ich nur noch schlafen. Diese Nachtwachen machen mich fix und fertig.« Sie gähnte wieder. »So übermüdet ist man wie besoffen.« Adda lachte kurz auf, wurde dann aber sofort wieder ernst. »Es ist dir wirklich nicht zu viel?«

Rolf verneinte. »Feemke ist meine Enkeltochter, und ich liebe sie«, sagte er lapidar.

Zum ersten Mal, seit sie sich kannten, widersprach Adda nicht.

»Schlaf jetzt, nachher wollt ihr schließlich nach Hooksiel«, fuhr Rolf fort. »Darauf freut Feemke sich.«

»Das ist lieb. Danke.«

Das waren ungewohnte Töne, aber sie taten Rolf sehr gut.

»Wenn ihr zurück seid, fahre ich sofort mit den beiden Lütten los.« Adda legte sich wieder hin und schloss die Augen. Sie musste wirklich fix und fertig sein.

Rolf befürchtete allerdings, dass seine Tochter noch etwas anderes bedrückte, aber er wollte sie lieber nicht danach fragen. Adda würde es ihm ohnehin nicht erzählen.

Rolf verließ die Stube, stand noch eine Weile im Flur und genoss den Augenblick. Adda war nett zu ihm gewesen. Nicht nur betont höflich und unverbindlich wie sonst. Vielleicht wurde doch noch alles gut.

Er ging hinaus und suchte die Kinder. Dabei durchquerte er den großen, parkähnlichen Garten, der schon lange nicht mehr akkurat gestaltet war, aber trotzdem einen unglaublichen Charme versprühte. Der Rasen war gemäht, aber die Büsche waren hochgewuchert, und die ersten Frühlingsblumen reckten ihre Köpfe aus der Erde. An einigen Stellen strahlten die Narzissen in ihrem Gelb, anderswo wagte das erste Grün der Tulpenblätter den Blick gen Himmel, die Blüten waren aber noch vollständig geschlossen, als wollten die Blumen abwarten, wann ihrem Auftritt genügend Aufmerksamkeit geschenkt wurde. Die Forsythien reihten sich in das prächtige Farbenmeer ein, während die letzten Krokusse gegen den Verfall aufbegehrten.

Rolf fand Feemke und Micha im Rosengarten, wo sie die Büsche begutachteten.

»Das sind so Rosen, wie du sie gekauft hast, oder?«, fragte Feemke.

»Ja, aber hier blühen sie noch nicht«, erklärte Rolf. »Sie sind auch ziemlich verwildert. Früher war es ein wundervolles Beet, das in allen Farben gestrahlt hat. Deine Urgroßmutter hat Rosen geliebt.«

Feemke zog die Nase kraus. »Und Oma nicht?«

»Oma muss sich um die Tiere und den Hof kümmern. So etwas macht viel Arbeit, das weißt du.«

»Sie mäht ja auch den Rasen«, sagte Micha. »Dafür braucht sie lange.«

»Hm. Und Mama ist in Bremen und hat keine Lust.« Feemke überlegte kurz, warf Micha dann einen Blick zu, und der nickte. Es war fantastisch, wie sich die beiden ohne Worte verstanden.

»Kannst du uns das zeigen? Wie man die Rosen wieder so richtig zum Blühen bekommt?«

»Ja«, antwortete Rolf. »Ich habe sie nämlich gepflegt, als ich nach dem Krieg hier gearbeitet habe.« Rolf hatte die Rosen geliebt, weil sie auch in seiner Heimat Schlesien einen wunderbaren Garten gehabt hatten, wo diese stolzen Blumen in sämtlichen Farben blühten. Aber er erinnerte sich auch mit schwerem Herzen daran, wie er den Verlobungsstrauß für Eike und Johanna aus den schönen Rosen hatte zusammenstellen müssen.

»Und woher kannst du das?«, fragte Micha leise. »Mein Papa hat mal gesagt, Rosen richtig zu schneiden, das ist schwer. Unsere blühen nämlich nicht mehr, seitdem er sie beschnitten hat.« Seine Stimme brach. »Dabei waren es Mamas Rosen«, setzt er nach. »Sie hat die gepflanzt.«

»Ich habe in Schlesien, wo ich herkomme, mit meinen Eltern auch einen Rosengarten gehabt.« Rolf kratzte sich am Kopf. »Aber weißt du, was, Micha? Wenn wir hier alles wieder schön machen, dann nehmen wir einen Trieb vom Stock deiner Mutter und setzen ihn hier ein. Auf diese Weise kann ihre Rose wieder blühen.«

Feemke strahlte. »Das ist gut. Micha wird auch ein Teil der Schäferei. Er gehört hier nämlich her, weil wir heiraten, wenn wir groß sind. Ich bin dann die Frau vom Nordseehof und Micha mein Mann. Er lernt jetzt schon, was man wissen muss.«

Rolf musste wieder lächeln. »Aber nun ab zum Friedhof. Ich möchte zurück sein, wenn Oma kommt.«

Die beiden pflückten jeder eine Narzisse und sprangen Hand in Hand vor Rolf her. So sieht Glück aus, dachte er.

*

Johanna und Hauke hatten alle Zäune geprüft. Es hatte lange gedauert, sodass sogar das Mittagessen ausgefallen war. Seit ein paar Tagen weideten die ersten Schafe wieder am Deich. Weil Johanna aber große Angst davor hatte, dass wieder jemand Löcher in den Draht schneiden könnte, hatten sie sich vorgenommen, täglich zwei Kontrollgänge zu machen. Noch immer erwachte sie so manche Nacht mit Albträumen, wenn sie daran dachte, was alles passieren konnte.

Sie fuhren zurück zum Nordseehof. Addas Auto war weg – richtig, sie wollte ja mit den Kindern zum Strand.

Hauke machte sich gleich wieder an die Arbeit im Stall, denn die Lämmer, die erst später im März geboren worden waren, hatten sie zusammen mit den Mutterschafen noch auf dem Hof gelassen. Sie würden erst später auf eine der Weiden in Hausnähe gebracht werden.

Johanna winkte Hauke kurz nach und ging in die Küche, weil sie unbedingt ein Glas Wasser trinken wollte.

Sie schreckte zurück, als sie den großen Rosenstrauß in der Spüle entdeckte. Johanna zählte die Blüten. Es waren fünfunddreißig lachsfarbene, und sie wusste sofort, von wem sie waren.

Ihr Herz klopfte schneller, und ein warmes Gefühl flutete ihren Körper.

Unwillkürlich glitt ein Lächeln über Johannas Gesicht. Es war einzigartig, wie sehr sie und Rolf einander auch ohne Worte verstanden. Deshalb ahnte sie, dass er mit ihr reden und das leidige Thema aus der Welt schaffen wollte. Sie war ein unglaublicher Dickschädel, und trotzdem sollte sie ihm endlich glauben, denn Rolf hatte sie noch nie angelogen. Dagmar hatte ihn damals überrumpelt, und sie, Johanna, war in einem blöden Augenblick dazugekommen. Vermutlich hätte er Dagmar schon kurze

Zeit später abgewehrt. So, wie er es gesagt hatte. Johanna war ihm schon lange nicht mehr böse.

Sie fuhr mit den Fingerspitzen über die weichen Blüten, schloss dann die Augen und sog den süßlichen Duft der Blumen in sich auf. Fühlte sich zurückversetzt in die Zeit, als der Rosengarten noch in voller Pracht stand. Lientje hatte vieles falsch gemacht und war weiß Gott kein einfacher Mensch gewesen, aber sie hatte solche Rosen und viele andere Sorten mehr gezüchtet und ein wahres Paradies geschaffen. Diese Blumen waren ihr ganzer Stolz gewesen. Ihre warme und gute Seite hatte sich darin widergespiegelt.

Vielleicht hat sie nie rausgekonnt aus ihrer Haut, dachte Johanna versöhnlich. Wer weiß, was ihre Schwiegermutter hatte erdulden müssen, dass sie oft so gemein gewesen war. Wer eine solche Hand für Schönheit hatte, konnte kein durch und durch schlechter Mensch sein. Ein bisschen schämte Johanna sich, weil sie den wunderbaren Rosengarten so sträflich vernachlässigt hatte. Dieser Teil des Anwesens sah inzwischen so schlimm aus, dass sie bereits überlegt hatte, ihn wegreißen zu lassen und Gras anzusäen, was pflegeleichter war. Nur wäre es zu schade gewesen.

Aber auch die Obstbäume brauchten dringend einen neuen Schnitt, wenn sie weiterhin gute Früchte tragen sollten. Für dieses Frühjahr war es zu spät, doch im Herbst, wenn das Laub abgefallen war, würde sie einen Gärtner darum bitten. Johanna beschloss, es gleich im Terminkalender zu vermerken.

Es war eine Art Friedensschluss, denn sowohl der Obst- als auch der Rosengarten waren die Steckenpferde ihrer Schwiegermutter gewesen.

»Es wird endlich Zeit zu vergeben«, flüsterte sie. Das galt nicht nur für Adda, bei der sie ständig darauf hoffte, dass sie es tat. Auch sie sollte loslassen und all jenen verzeihen, die zu sehr in ihr Leben hineingepfuscht hatten.

Johanna genoss mit einem letzten Atemzug noch einmal den Duft der Rosen vor ihr im Waschbecken und zuckte zusammen, als Rolf sie aus ihren Gedanken aufschreckte. »Schön siehst du aus, Hanna. So hast du früher auch immer am Beet gestanden. Ganz in Gedanken versunken und doch so konzentriert bei dir, dass deine Sinne die Schönheit und den Duft des Augenblicks voll in sich aufnehmen konnten.«

Sie sah ihn an. »Danke für die Rosen«, sagte sie. »Du hast nicht vergessen, was meine Lieblingsfarbe ist.«

Zwischen ihnen gab es plötzlich wieder eine Kraft, die sie unweigerlich zum anderen hintrieb. Erst nur einen Zentimeter, dann den nächsten. Langsam, aber unaufhaltsam bewegten sie sich aufeinander zu, so wie eine Welle, die auf den Strand zurollte, dabei aber alle Zeit der Welt hatte, weil sie ihr Ziel kannte.

»Das habe ich nicht vergessen. Natürlich nicht. Es sind fünfunddreißig an der Zahl«, flüsterte Rolf.

»Ich weiß.«

Sie machte einen größeren Schritt auf ihn zu. Was sie taten, war mit einem Mal selbstverständlich.

Erst ergriff sie Rolfs Hand und führte sie zu ihrem Herzen. Dabei sahen sie sich lange in die Augen. Johanna tauchte in das Blau seiner Iris ein. Sie erkannte sich in der Tiefe seiner Seele, die er mit diesem Blick vor ihr ausbreitete. Ein scheues Lächeln glitt über Johannas Gesicht.

»Ich glaube dir«, sprach sie dann endlich die erlösenden Worte aus. »Ich liebe dich, Rolf. Und wie ich dich liebe.«

Sie brauchte seine Antwort nicht. Er musste nichts in Worte fassen, denn sie hatte zuvor in ihm gelesen wie in einem aufgeschlagenen Buch mit riesigen Lettern.

Ihre Gesichter näherten sich vorsichtig. Ganz langsam, herantastend. So, als könne jede unbedachte Bewegung die Magie des Augenblicks zerstören. Zu viele Dinge hatten immer zwischen ihnen gestanden. Zu viele Wenn und Aber hatten das blockiert, was sie glücklich gemacht hätte. Sie wollten es auf keinen Fall wieder kaputt machen.

Schließlich trennten sie keine zwei Zentimeter mehr. Ihr Atem vermischte sich und wurde zu einem. Seine Hand wurde von Johannas auf ihrem Herzen gehalten. Sie spürte, wie es heftiger schlug und nach Rolfs Rhythmus suchte. Er nahm jetzt auch ihre Hand, legte sie auf seine Brust. Sie schlossen die Augen und konzentrierten sich auf den anderen, der wieder so vertraut war wie einst, als sie in der Kutsche zueinandergefunden hatten. Schon bald schwangen ihre Seelen im selben Takt.

Er ist noch immer der Alte, dachte Johanna. Er ist der Mann, den ich seit fünfunddreißig Jahren liebe wie keinen anderen.

Sie zerflossen gemeinsam zu einem Strom von Wärme und Verlangen, wurden eins in ihrem Sehnen und der Versuchung, doch endlich zuzulassen, was sie sich so viele Jahre verwehrt hatten. Sie tranken den Atem des anderen und schlossen endlich wieder das Band, das so lange zerschnitten gewesen war.

Johanna umschlang Rolfs Nacken und zog seinen Mund zu sich herunter. Ihre Lippen berührten sich zärt-

lich, tastend, so als müssten sie erst kosten, sich versprechen, was noch alles kommen würde.

»Komm«, sagte Johanna, als sie kurz voneinander ab-
ließen. Sie zog ihn an der Hand hinter sich her ins Schlafzimmer. Dort verschloss sie die Tür.

Erst standen sie für einen Augenblick etwas hilflos
voreinander, dann näherte sich Rolfs Gesicht langsam
dem ihren. Da war dieser letzte Funke unausgesproche-
ner Angst, sie könnte ihn wieder zurückstoßen. So wie
immer.

Johanna aber kam ihm entgegen, und wieder fanden
sich ihre Lippen. Kaum hatten sie sich berührt, brach die
Sehnsucht all der Jahre aus ihnen heraus. Es gab kein Halten mehr. Diese halbe Stunde gehörte ihnen allein.

Sie fielen rücklings aufs Bett, erkundeten sich und entdeckten erneut all das, was sie früher schon miteinander
verbunden hatte. Jeder Zentimeter vertrauter Haut bot
sich ihnen als kleine Erinnerung, wurde dankbar angenommen und fügte sich ein in das große Mosaik ihrer
unendlichen Liebe.

Endlich, dachte Johanna.

Endlich.

KAPITEL 13

Johanna stand an der Graft in ihrem Garten und sah über die Marsch. Rolf war nicht nur den Rest des Tages, sondern auch die ganze Nacht geblieben. Wie Teenies hatten sie versucht, es vor Adda zu verbergen. Johanna hoffte, dass es ihnen gelungen war. Es hatte ihnen womöglich in die Hände gespielt, dass ihre Tochter unglaublich müde war und sich früh zurückgezogen hatte.

Die Nacht war schön gewesen. Wieder und wieder hatten sie sich geliebt, nicht voneinander lassen können, als müssten sie alles nachholen, was sie sich in den letzten Jahren verwehrt hatten.

Ganz früh hatte Rolf sich dann aus dem Haus geschlichen, damit es keiner bemerkte. Wie wunderbar wäre es, wenn es immer so sein könnte! Er und sie unter einem Dach. Als Liebende, als Paar, als Team. Sie waren eine Einheit, die zusammengehörte.

Johanna vermisste Rolf bereits schmerzlich. Und doch war da auch dieses schale Gefühl, etwas Verbotenes getan zu haben. Niemals würde Adda es dulden – und sie, sie durfte ihren Betrug an Eike nicht fortsetzen.

Johanna war klar, dass Rolf nicht bei ihr würde leben

können und ihnen allenfalls hin und wieder ein paar heimliche und gestohlene Stunden blieben. Wenn überhaupt.

Sie schrak zusammen, weil sich vor ihr das Schwanenpaar aus dem Wasser erhob und mit seinem singenden Flügelschlag davonschwebte.

Hinter ihr knirschte es, und ihre Cousine Theda trat an ihre Seite. Sie lebte zusammen mit ihrem Bruder Ingo auf dem Eilershof und war seit Jahren ihre enge Vertraute. Wenn sie etwas bedrückte, dann war Theda diejenige, die Johanna zuhörte.

»Ich habe dich überall gesucht«, sagte Theda jetzt.

»Wir waren nicht verabredet, deshalb habe ich nicht mit dir gerechnet«, entgegnete Johanna.

»Ich wollte auch nur ein bisschen mit dir klönen.« Theda lächelte sie verträumt an.

Johanna wies auf die Bank. »Komm, dann setzen wir uns. Was gibt es denn?«

»Ich werde heiraten«, platzte ihre Cousine heraus. »Hermann ist zwar um vieles jünger als ich, aber wir lieben uns so sehr, dass wir glauben, es wird bis zum Lebensende reichen.« Sie war bei ihren Worten bis über beide Ohren rot geworden. Hermann war um einiges jünger als Theda und hatte nach dem Krieg als Flüchtlingskind auf dem Nordseehof gelebt. Johanna stand auf und nahm ihre Freundin fest in den Arm. »Das sind ja wunderbare Neuigkeiten! Ich freue mich so für euch.«

Theda verzog das Gesicht. »Ich mochte es dir bisher gar nicht sagen, hab zu Hause ständig überlegt, wie ich es dir beibringen soll.«

»Warum? Glaubst du, ich würde es dir nicht gönnen? Ich weiß doch, wie glücklich du mit Hermann bist.«

Theda druckste herum. »Na, weil du doch noch immer so allein bist!«

Johanna ließ Theda los und setzte sich wieder. »Bin ich nicht. Rolf ist in der letzten Nacht bei mir geblieben.«

»Wie wunderbar, Johanna!« Nun nahm Theda ihre Cousine in den Arm. »Ich freue mich, dass ihr euch endlich wiedergefunden habt. Ihr seid umeinander herumgeschlichen wie hungrige Wölfe.« Theda gab Johanna einen Kuss auf die Wange. »Nun wird alles gut, glaub es mir! Und ich kann ja jetzt erst recht glücklich sein.«

»Das kannst du.«

Theda neigte den Kopf und schien zu überlegen, ob sie die nächste Frage stellen durfte, entschied sich dann aber dafür. Es fiel ihr offenbar schwer, ihre Neugierde zu zügeln. »Zieht er jetzt zu dir? Ich meine, ihr habt doch so lange aufeinander gewartet, da wird es Zeit, dass ihr endlich ein Paar seid. Heirate ihn, werde glücklich!«

Unwillkürlich machte Johanna sich steif. »Das geht nicht, und du weißt das.«

Theda schnaubte. »Wen oder was schiebst du denn jetzt vor? Adda? Deine Verantwortung Eike gegenüber?«

»Beides«, quetschte Johanna hervor. »Beides.«

Theda schüttelte wütend den Kopf. »Du hast also beschlossen, für deinen toten Mann und deine Tochter, die zeitlebens ihren Weg gegangen ist, unglücklich zu sein?«

»Und für Uwe«, ergänzte Johanna, ohne auf Thedas Worte einzugehen. »Mein Sohn würde es auch nicht wollen.«

»Das ist das schlagkräftigste Argument aller Zeiten«, sagte Theda mit sanftem Spott. »Deinem Uwe, der hier nur auftaucht, wenn es sich nicht vermeiden lässt, kann es doch genauso schnurzegal sein wie Adda, ob du mit Rolf zusammenlebst. Sie machen alle ihr Ding, und du übst dich in Askese? Das ist absoluter Blödsinn, Johanna.«

»Es geht eben nicht. Ich habe so viel falsch gemacht in meinem Leben, da darf ich mich jetzt nicht über die Gefühle meiner Kinder hinwegsetzen. Sie sind alles, was mir geblieben ist.«

»Ich glaube es nicht! Was haben deine Kinder davon, wenn du für sie allein bleibst? Du hast ein Recht auf Glück!« Theda war sichtlich fassungslos. »Adda ist erwachsen und muss auch dein Leben endlich akzeptieren. Du hast sie und Feemke einfach so aufgenommen und tust alles für sie und deine Enkelin. Es wird Zeit, auch mal an dich selbst zu denken.«

Johanna biss sich auf die Unterlippe. Das sagte sich so einfach, wenn man nicht von Schuld zerfressen war.

Ihr stand kein Glück mehr zu. Zufriedenheit konnte sie einzig und allein durch den Nordseehof erreichen, denn dessen Erhalt war das gemeinsame Ziel von ihr und Eike gewesen. Daran gab es nichts zu rütteln, auch wenn es keiner verstand. Davon abgesehen, dass sie die gerade aufkeimende Nähe zu Adda niemals gefährden wollte.

Theda hatte Johannas Mienenspiel genau beobachtet und schien ihre Schlüsse gezogen zu haben.

»Ich verstehe, was in dir vorgeht, du brauchst es nicht auszusprechen und musst dich auch nicht verteidigen. Ich sage aber: Es ist ein Fehler, der dich deinen Seelenfrieden kosten wird.«

Über ihnen ertönte wieder das Singen der Schwanenfederschwingen. Die Tiere landeten auf der Graft und brachten das Wasser kurz in Aufruhr. Wie gut hatten sie es doch! Sie hatten einander gefunden, brüteten Jahr für Jahr und zogen ihre Jungen groß. Sie mussten sich nicht um eine Schäferei sorgen oder darum, wen sie liebten und wie sie mit dieser Liebe umgingen.

»Adda und Uwe sind mein Seelenfrieden«, sagte Johanna bestimmt. »Da muss Rolf hintenanstehen. Lass uns nicht mehr darüber reden.«

Theda seufzte nur. »Ich sehe, es ist sinnlos, dich überzeugen zu wollen.«

Sie schauten den beiden Schwänen eine Weile zu. Als die Kirchturmuhr elfmal schlug, stand Theda auf. »Ich muss dann wieder. Ach übrigens: Hermann und ich heiraten am Freitag, dem 1. Oktober, in der Neusieler Kirche. Danach feiern wir ein kleines Fest im engsten Kreis auf dem Eilershof.«

»Ich freue mich darauf«, sagte Johanna, und ihr war es ernst. »Endlich mal wieder eine gute Aussicht, Tanz und Freude!«

Theda drückte Johanna noch einmal und seufzte erneut. Johanna wusste, dass ihre Freundin sie nicht verstand. Es half nichts, das Problem musste sie allein lösen.

»Denke über meine Worte nach. Bitte!« Theda hielt noch einmal inne, ehe sie fortfuhr: »Du weißt, ich halte nie mit etwas hinter dem Berg und sag immer, was ich denke. Jedem von uns ist klar, was du für die Schäferei leistest und geleistet hast. Und das muss auch nicht aufhören, wenn du dir wieder ein bisschen Glück gönnst.« Sie schluckte. »Eike kommt nicht zurück, Johanna. Nie mehr. Egal, welche Buße du dir hier auf Erden auferlegst: Er wird es nie honorieren können. Sei wieder glücklich!«

Theda ließ Johanna los, verabschiedete sich und ging davon.

Johanna schaute noch lange über die Marsch. Nein, sie musste standhaft bleiben. Für Adda. Für Uwe. Für Eike. Rolf gehörte nicht in ihr Leben. Nicht so. Sie hatte schwere Schuld auf sich geladen. Wegen ihres Betrugs und in der Nacht, als Reent in den Flammen starb…

Ließ sie das Glück in ihr Leben, würde sie auf ganzer Linie scheitern, und bestimmt würde Schlimmes geschehen. Sie hatte Buße zu tun. Ihr Leben lang.

Sie hätte die letzte Nacht nie zulassen dürfen.

Johanna stand auf, weil sie Feemke und Micha über den Hof lärmen hörte. Es wurde Zeit, in den Alltag zurückzukehren.

*

Rolf tanzte auf Wolken. Endlich war seine Hanna wieder für ihn da gewesen. Sie hatten die Nähe erlebt, nach der sie sich schon so lange sehnten. Er freute sich darauf, gleich zu ihr zurückzugehen und vielleicht ein paar Pläne zu schmieden. Wenn Hanna wollte, würde er mit Adda sprechen. Immerhin schien sie ihren Hass auf den Nordseehof nach und nach abzubauen. Es ging voran. Warum also sollte sie ihrer Mutter jegliches Glück missgönnen?

Rolf duschte und zog sich die verschwitzten Sachen aus. Heute Abend wollte er mit Hanna ausgehen, so wie es andere verliebte Paare auch taten.

Er hatte sich überlegt, sie in Jever in das jugoslawische Restaurant *Opatja* in der Mühlenstraße zu entführen, denn Hanna hatte ihm einmal gestanden, wie gern sie

Cevapcici mit Djuvec-Reis mochte. Dazu Weißwein und hinterher zur Feier des Tages einen Slibowitz.

Rolf kämmte sich das dunkle Haar, das noch immer sehr voll war und nur wenig Grau zeigte. Er überlegte, was er anziehen sollte, und entschied sich für ein blau kariertes Hemd und seine Wrangler-Jeans. Er lachte über sich selbst. Seit Jahren hatte er sich keine Gedanken mehr darüber gemacht, wie er aussah, weil ihm das so sinnlos erschienen war. Aber nun hatte sein Leben nach der gestrigen Nacht wieder Schwung und Elan bekommen. Es gab eine Zukunft für ihn und Hanna. Ihre Gefühle waren nicht erkaltet. Im Gegenteil, sie liebten sich, und deshalb würden sie mit allen Widrigkeiten zurechtkommen.

Rolf pfiff das Lied *Ein bisschen Frieden*, mit dem die Sängerin Nicole letzte Woche erst den Grand Prix gewonnen hatte. Ja, jetzt würde endlich Frieden in sein aufgewühltes Leben einziehen.

Er prüfte sein Äußeres ein letztes Mal im Spiegel und griff nach dem Autoschlüssel. Wenn Johanna mit seinen Plänen einverstanden war, würde er Hauke fragen, ob Feemke bei Micha übernachten durfte.

Rolf bekam die Melodie des Friedensliedes nicht aus dem Kopf, und so fuhr er laut singend auf den Nordseehof.

Johanna war gerade dabei, eine mit Holz voll beladene Karre aus der Remise zu schieben. Sie trug wie immer ihre grüne Latzhose und hatte ihr aschblondes Haar unter einem Tuch verborgen. Die schwarzen Stiefel reichten ihr bis zum Knie, und der gestrickte Pullover verhüllte ihre Figur. Obwohl sie kein bisschen zurechtgemacht war und vermutlich nach Schaf und Heu roch, war sie für Rolf die schönste Frau der Welt. Kein Ballkleid, kein Minirock hätte sie hübscher machen können, denn das da war Johanna, wie sie war.

Rolf verharrte für einen Moment, er wollte sich dieses Bild einprägen. Niemals wollte er vergessen, wie seine Hanna nach der Nacht, in der sie sich wiedergefunden hatten, aussah. Nie mehr.

Johanna hatte ihn noch nicht bemerkt und war ganz in Gedanken versunken. Als er aber ausstieg und die Tür zuschlug, sah sie auf. »Rolf!«, entfuhr es ihr, und sie wirkte regelrecht erschrocken.

»Hanna!« Er eilte auf sie zu und wollte sie umarmen, doch Johanna wich zurück. »Hier nicht.«

»Aber Hanna…« Rolf senkte die Arme. »Warum nicht?« Er sprach so leise, dass es fast nicht zu hören war.

»Ich kann nicht!« Johanna schluchzte auf.

Rolf mochte es nicht glauben. Nicht nach dem, was letzte Nacht geschehen war. Wie vertraut es gewesen war.

Aber Johanna war wieder wie vorher. Sie musste ihm nichts erklären. Offenbar bereute sie, was passiert war. Eike und Adda standen zwischen ihnen. Eike, Adda und der Nordseehof. So war es immer gewesen, und es würde sich niemals ändern.

*

Adda wollte gerade nach Bremen zurückfahren, als sie Rolf über den Hof schleichen sah. *Schleichen* war das richtige Wort. War er vorhin noch fröhlich pfeifend angekommen, sah er nun aus wie ein alter Mann.

Zwar hatte Adda sich schon von allen verabschiedet

und wollte möglichst rasch los, aber als sie Rolf nun so erlebte, entschied sie sich um. Sie eilte auf ihn zu.

Rolf zuckte regelrecht zusammen, als Adda auf ihn zugestürmt kam und ihn am Arm packte. »Was ist geschehen?«, fragte sie ängstlich.

Jetzt sah Adda, dass er weinte. Seine Augen waren rot unterlaufen, und Tränen rannen ihm über die Wangen.

»Ach, nichts. Es ist nichts.« Er klang müde, ausgelaugt und so, als habe er jegliche Hoffnung verloren. Nur worauf?

Adda ließ nicht locker. »Ich glaube dir kein Wort. Komm, wir gehen ein paar Schritte, und dann sagst du mir, was dich so fertigmacht.« Sie griff nach seiner Hand. Die war schwielig, zeugte von harter Arbeit.

Seine Mimik weichte allerdings ein wenig auf, als er feststellte, dass Adda ihn besorgt ansah. »Willst du es wirklich wissen?«

Adda spürte kurz in ihrem Inneren nach, doch da war keine Wut mehr. Kein Hass. Rolf tat ihr leid.

»Ja, das möchte ich. Weil ich weiß, was du meiner Mutter bedeutest. Sie … sie tut so viel für mich und Feemke. Und du auch.«

Er sah Adda erstaunt an, doch es war endlich an der Zeit, einzulenken. Vielleicht noch nicht, um zu vergeben, aber zu akzeptieren. Es reichte nicht, ihrer Mutter Pralinen mitzubringen. Wenn sich etwas ändern sollte, dann war es an ihr, Adda, den ersten Schritt zu machen. Und dann den nächsten. Sie musste nach vorn sehen und sich dankbar zeigen, dass weder ihre Mutter noch Rolf sie in ihrer schweren Lage hatten hängen lassen. Nur ihretwegen war sie nicht allein.

»Ich bin dir und Mama sehr dankbar«, sagte sie.

Rolf wirkte arg überrascht. »Das hast du deiner Mutter aber noch nie gesagt, oder?«

Adda schüttelte ihren Kopf so heftig, dass die dunklen Locken herumwirbelten. »Nein. Mir fällt es schwer, so etwas auszudrücken. Darin sind wir Deekens nicht geübt.« Sie schluckte. »Unsere Situation ist so... festgefahren, obwohl ich oft denke, es muss doch mal besser werden. Aber wir finden den Dreh nicht.« Sie schob die Unterlippe vor. »Doch das ist jetzt zweitrangig. Es geht gerade um dich. Das mit meiner Mutter muss ich selbst in Ordnung bringen.«

»Gehen wir ein Stück, oder hast du keine Zeit mehr?«, fragte Rolf.

»Ich nehme sie mir.« Adda verließ an seiner Seite den Hof. Es fühlte sich komisch an, neben dem Mann zu laufen, der ihr Vater war, den sie aber nie als solchen gesehen hatte. Sie wandten sich nach links und spazierten eine Weile stumm nebeneinanderher. Adda merkte, wie es in Rolf arbeitete, aber sie sprach ihn nicht an, um ihn nicht unter Druck zu setzen.

Als sie an einer kleinen Brücke angekommen waren, blieb er stehen und lehnte sich mit dem Rücken gegen das Geländer. Über ihnen rüttelte ein Falke, auf der Wiese verharrte ein Graureiher, einem Standbild gleich.

Rolf rang nach Worten, aber schließlich sagte er: »Ich liebe deine Mutter, seit ich sie zum ersten Mal gesehen habe. Ja, wir durften uns nicht lieben – und haben es dennoch getan. Dann warb dein Vater, ein wirklich netter Mensch, um sie, und ich bin gegangen. Aber es war unmöglich, deine Mutter für den Rest des Lebens nicht mehr zu sehen.« Er machte eine Pause und wies zum Himmel. Ein versonnenes Lächeln umspielte seine Lippen. »Dort oben haben wir uns auf einem Stern verabredet, und du glaubst nicht, wie oft ich ihn gesucht habe. Immer in der Hoffnung, dass sich unsere Gedanken da treffen.«

Adda war wider Erwarten gerührt. Sie spürte diese Liebe, sah sie Rolf förmlich an – und fühlte sich schlecht, weil sie bislang immer nur ihre eigene Sicht zugelassen hatte. Dass sie nicht immer gerecht gewesen war, traf es nur im Ansatz. Der Kern war: Sie hatte egoistisch reagiert und gar nicht zugelassen, dass es auch eine zweite Perspektive gab.

Aus einem Impuls heraus nahm sie Rolfs Hand und umschloss sie mit der anderen.

»Und dann bist du eines Tages wieder zurückgekommen, und ich bin entstanden«, ergänzte sie mit leicht zitternder Stimme.

»Ja. Du bist ein Kind der Liebe. Einer sehr großen Liebe, wie es sie wohl nur selten gibt.« Rolfs Worte flossen leise und zärtlich über seine Lippen, fast so, als wollte er verhindern, dass sie zerstört oder ihnen kleine Macken zugefügt wurden, weil er zu laut war.

Adda strich mit dem Daumen über seinen Handballen. Und zum ersten Mal in ihrem Leben ließ sie den Gedanken zu, Rolf als ihren Vater zu sehen. Aussprechen konnte sie es noch nicht, Vater zu ihm zu sagen, war noch unmöglich.

Rolf hielt den Kopf gesenkt, als wartete er nun darauf, dass Adda zum Schlag ausholte.

Nachdenklich betrachtete sie ihn und fühlte die Ähnlichkeit zwischen ihnen. Es gab in diesem Moment in der Marsch, als der Reiher sein Standbild auflöste, ein paar Schritte stakte und dann mit einem lauten Krächzen aufflog, plötzlich keine Missstimmung mehr mit ihnen, sondern nur ein großes Verstehen.

»Ja, so bist du entstanden. In Liebe, Adda. In so großer Liebe«, wiederholte Rolf jetzt mit krächzender Stimme.

Addas Hals wurde eng. Sie umklammerte seine Hand – und dann musste sie weinen. Sie weinte lautlos, aber in ihr tobte ein Tränensturm, der gar nicht schnell genug aus ihr hinaussprudeln konnte.

Sie war froh, als Rolf den Arm um sie legte und sie hielt. Dann merkte sie, dass auch er zitterte, und so weinten sie gemeinsam all die Tränen, die diesen Mann und die junge Frau bisher wie ein großer und unüberwindbarer Strom getrennt hatten, obwohl sie sich doch eigentlich nahestehen sollten. Ob es eine stabile Brücke darüber geben würde, wusste Adda nicht, denn dazu musste sie ihrer Mutter vergeben, dass sie Eike und sie selbst jahrelang betrogen hatte.

Als ihr Tränenfluss nachließ und sie Rolf mit roten Augen ansah, reichte er ihr ein Taschentuch.

»Es tut mir leid, Rolf. Es tut mir so leid.«

Er drückte sie noch einmal. »Mir auch. Du kannst nichts dafür, Adda. Es war einfach das Leben.«

Sie strich ihm sacht über die Wange. »Mama lässt dich nicht in ihre Nähe, weil sie glaubt, ich würde dann wieder gehen, stimmt's?«

»Ja. Sie kasteit sich, weil sie Eike gegenüber ein schlechtes Gewissen hat. Und weil sie dich nicht weiter verletzen will.«

Adda nahm erneut Rolfs Hand. »Komm, lass uns zum Nordseehof zurückgehen. Es wird Zeit, dass dort wieder ein bisschen Glück einkehrt. Ich rede mit Mama.«

»Das willst du wirklich tun?«

Adda nickte. »Wenn nicht ich, wer sonst?« Und ich werde auch für Feemke und Dirk eine Lösung finden, dachte sie. Ihre Tochter brauchte ihren Papa, egal, wie schäbig er sich benommen hatte. Aber sie war sein Kind.

Sie gingen gemeinsam zurück. Johanna stand auf der Treppe des Wohnhauses. Sie sah ähnlich schlecht aus wie Rolf. Als sie ihn und Adda Hand in Hand durch den Torbogen kommen sah, wurde sie bleich. »Adda … Rolf?«

Adda löste sich von ihrem Vater und lief auf ihre Mutter zu. Sie nahm sie in den Arm und klammerte sich an sie wie ein kleines Kind.

»Adda, was ist?«, murmelte Johanna.

Adda hob den Kopf und sah sie an. »Mama, ich muss zwar jetzt gleich zurück nach Bremen, weil ich Nachtdienst habe, deshalb können wir nicht lange reden. Aber ich möchte, dass du glücklich wirst.« Und dann sagte sie es doch. »Mit meinem Vater.«

Rolf war mittlerweile näher getreten. Adda nahm seine Hand und legte sie in die ihrer Mutter. »Den Rest müsst ihr allein schaffen«, sagte sie und kämpfte schon wieder mit den Tränen. »Es wird langsam Zeit für die Zukunft.«

KAPITEL 14

Der Frühsommer hatte sich fast unbemerkt ins Land geschlichen, und es war an diesem Pfingstwochenende richtig warm. Paul war fest entschlossen, Irmi endlich einen Antrag zu machen. Sie waren nun schon so lange zusammen, und er wollte endlich sicher sein, dass es für immer war. Paul hatte bereits einen Ring gekauft, schlicht aus dünnem 333er-Gold, aber mit kleinem Schmuckstein, und er konnte ihn sich wunderbar an Irmis schlanken Fingern vorstellen.

Paul hatte ihn in eine weiße Schachtel packen und mit einem Goldband umwickeln lassen. Nun wartete er nur noch auf einen günstigen Zeitpunkt. Doch es war wie verhext: Von dem Augenblick an, als er vor vier Wochen den Entschluss gefasst hatte, Irmi zu heiraten und es ihr alsbald zu sagen, zog sie sich immer mehr zurück.

Das machte ihn wahnsinnig, denn er wusste nicht, warum sie es tat. Ständig hatte sie Ausflüchte, die ihm oft fadenscheinig vorkamen. Sprach er sie darauf an, lächelte sie seine Fragen einfach fort, gab ihm einen leichten Kuss auf die Wange und schalt ihn einen ungeduldigen Kindskopf. Meist benahm sie sich danach umgänglicher, und sie hielten Händchen wie eh und je. Zum Abschied durfte er sie auf die Lippen küssen. Aber nur kurz, an einen richtigen, intensiven Kuss war nicht zu denken.

Wahrscheinlich wartet sie nur darauf, dass ich sie endlich frage, dachte Paul. Es ist ein Spiel, mit dem sie mich einfangen will. Als Verlobte würde sie sicher aufgeschlossener sein und mehr Nähe zulassen.

Je länger er darüber nachsann, desto sicherer war Paul, dass es sich so verhielt. Gleich nach den Pfingsttagen musste er Nägel mit Köpfen machen, und dann konnten sie endlich ihre Zukunft planen. Über die Feiertage erschien es ihm ungünstig, Irmi zu fragen, weil er davon ausging, dass sich Verwandte auf dem Hof aufhielten. Aber wenn er ehrlich zu sich war, brauchte er immer noch etwas Vorlauf, bis er es wagte, die entscheidende Frage zu stellen. Er war ein Feigling!

Noch fehlte ihm der genaue und richtige Wortlaut, denn bei einem solchen Unterfangen hatte man schließlich nur eine einzige Chance, und die wollte er nicht vergeigen.

Kurzum: Er brauchte Hilfe.

Deshalb hatte er sich für den heutigen Pfingstmontag mit Manfred verabredet. Sie wollten zusammen nach Hooksiel an den Strand fahren, dort ein bisschen klönen und die Sonne genießen. Manfred konnte ihm bestimmt einen guten Rat geben, wie er vorgehen sollte. Zwar war er unverheiratet, aber er wusste genau, was Frauen sich wünschten.

Sein Freund – oder wie er ihn immer häufiger heimlich titulierte: sein Ersatzbruder – war in der letzten Zeit zu seinem engsten Vertrauten geworden. Ganz besonders, nachdem er ihm von seinen Hochzeitsplänen mit Irmi erzählt hatte. Manfred war regelrecht fasziniert von dieser Idee.

Er hörte Paul zu und hatte ihn zum Beispiel auch verstanden, als er sich darüber beklagte, wie anstrengend es war, dass Dagmar noch immer bei ihm wohnte. Manfred war zudem ein Mann der Tat und hatte Paul folglich auch bei diesem Thema geholfen und ihr eine kleine Wohnung in Friedeburg besorgt, wo sie seit vier Wochen wohnte. Paul ahnte, dass zwischen den beiden was lief, aber er war klug genug, nicht nachzufragen, denn ganz offensichtlich sollte es nicht bekannt werden.

Manfred hatte sich außerdem um eine andere Arbeitsstelle für Dagmar gekümmert. Sie tippte jetzt für einen Anwalt Dokumente ab. Das zog sie ein wenig aus ihrem Sumpf, denn sie hatte Paul anvertraut, wie sehr sie auf der Hut war, nicht wieder beim Trinken erwischt zu werden, weil sie die Arbeit unbedingt behalten wollte.

Ihren Sekt trank sie nun vorher zu Hause. Paul wäre es lieber gewesen, sie würde gar keinen Alkohol konsumieren, denn so war es nur eine Frage der Zeit, bis sie auch bei dem Anwalt wieder rausflog. Ihre Fahne würde auch dort nicht lange verborgen bleiben. Aber eigentlich konnte ihm das egal sein, denn er hatte wieder sturmfreie Bude. Leider kam Irmi deswegen auch nicht öfter.

Paul fuhr sich durchs Haar, packte Badehose und Handtuch in seine Tasche und wartete vor dem Haus auf Manfred. Dieser hatte sich in der letzten Woche einen neuen Audi A4 gekauft.

»Im Autojahr 1982 muss es das neuste Modell sein. Der cw-Wert liegt nur bei 0,3. Der Wahnsinn!«, hatte er erzählt. Klar, dass für Manfred die Windschnittigkeit eines

Autos wichtig war. »Man muss sich das mal auf der Zunge zergehen lassen«, hatte er gesagt. »Das Wort ist so cool! Strömungswiderstandskoeffizient. Eine solche Karosserie gibt es derzeit nicht.«

Das Wort musste Manfred sogar Paul erklären. Es ging um die Stromlinienführung des Autos, die auch den Spritverbrauch immens senkte.

Manfred hatte sich für ein silbernes Modell entschieden und schoss damit nun elegant um die Ecke. Der Wagen kam knirschend neben Paul zum Stehen.

Er öffnete die hintere Tür, warf die Tasche auf die Rückbank und setzte sich auf den Beifahrersitz. Es roch gut in dem neuen Auto. Manfred hatte sich nicht lumpen lassen. Der Wagen hatte schwarze Sitze, das Autoradio war mit hervorragenden Lautsprechern ausgestattet. Als er es anstellte, wummerten Paul die Bässe um die Ohren.

»Gut, dass heute solch ein fantastisches Sommerwetter ist«, sagte Manfred.

Sie fuhren schweigend, von der Musik umspielt, bis sie bei den Parkplätzen am Hooksieler Strand angekommen waren. Manfred entschied sich, bis zum letzten Abschnitt durchzufahren. »Da ist der Strand am schönsten.«

Sie mussten eine Weile am Kassenhäuschen anstehen, denn nicht nur sie waren auf die Idee mit dem Strandtag gekommen. Das warme Wetter hatte viele Menschen in Richtung Nordsee getrieben.

Paul mochte die Ecke hier, allerdings durfte man sich nicht in Richtung Wilhelmshaven umdrehen, weil sich dort die Türme der Raffinerie und des Kohlekraftwerks in den Himmel bohrten. Auch die weit in die Nordsee hineinragende Ölpier fand Paul nicht ansprechend. Aber wenn man am Hooksieler Strand lag, schaute man in genau die andere Richtung, und dort war es wunderschön. Außerdem hatte dieses Teilstück einen angenehm weichen Sand, in den er nun mit Wonne seine Zehen bohrte.

Manfred hatte eine Decke mitgebracht, die er in der Nähe des Strandhäuschens ausbreitete. Sie zogen Shorts und T-Shirts aus und setzten sich in ihren Badehosen auf die Decke. Es war Ebbe, die Sonne brach sich in den Riffelmarken, und Paul kramte nach der Sonnenbrille. Das Licht war grell, aber es verzauberte die Umgebung mit seinen wunderbaren Tönen. Jede Stunde gab es an der Küste ein anderes Farbenspiel, je nachdem, wie die Sonne gerade stand.

Paul tat es gut, über die Weite der See zu schauen. Am Horizont schob sich ein Frachter vorbei, über ihnen war der Himmel tiefblau und wurde von fast keinem Wölkchen getrübt. Manfred angelte zwei Flaschen Bier aus der Kühltasche und köpfte sie. »Prost!«, sagte er.

»Skål!«

Was für ein schöner Tag, dachte Paul. Eigentlich könnte ich Irmi heute fragen. Er würde sich aber sicher wieder nicht trauen.

»Du willst Irmi also einen Antrag machen und brauchst einen Tipp?«, begann Manfred das Gespräch, als hätte er erraten, was Paul gerade durch den Kopf ging.

Der nickte. »Sie wartet, glaube ich, schon darauf, weil sie sich immer mehr zurückzieht, so als wollte sie mich auf diese Weise dazu bringen, endlich den entscheidenden Schritt zu machen.«

»Ich fasse zusammen: Sie ist dir sehr wichtig.«

Paul sah seinen Freund konsterniert an. »Aber ja,

warum sagst du das so komisch? Sonst würde ich sie doch nicht heiraten wollen.« Er presste die Lippen kurz zusammen, bevor er weitersprach. »Ich weiß, das klingt ein bisschen theatralisch, aber Irmi ist… sie ist mein Leben!«

Manfred lachte ihn nicht aus, sondern nickte zustimmend. »So muss das sein, wenn man heiraten möchte. Genau so. Es muss sich anfühlen, als würde man für den anderen sterben wollen.«

»Du hast den Nagel auf den Kopf getroffen«, bestätigte Paul. »Genauso fühlt es sich an. Meinst du, sie sagt Ja?«

Manfred nahm einen kräftigen Schluck. Er antwortete erst nach einer Weile. »Frauen sind undurchschaubar, das solltest du wissen.«

»Was meinst du damit?«

Manfred hatte es so seltsam gesagt. Paul schaute ihn beunruhigt an.

»Na, eben flatterhaft. Man weiß nie, woran man ist und was sie wollen. Daran musst du dich gewöhnen.« Er spitzte die Lippen und sah Paul von der Seite schräg an.

»Was meinst du? Ich verstehe dich nicht.«

»Ich sag es ja nur ungern, aber ich glaube, Irmi hat sich ein bisschen in mich verguckt.« Manfred wirkte regelrecht verzweifelt.

Paul riss die Augen entsetzt auf. »Ja, und… und…«

Manfred legte ihm beruhigend die Hand auf den Unterarm. »Ich spanne meinem Freund nicht die Freundin aus! Wir *sind* doch Freunde, oder?«

»Klaro.« In Paul schob sich saurer Mageninhalt nach oben. Am liebsten hätte er das Bier in den Sand gekippt und wäre sofort zu Irmi gefahren. Er wollte ihr in die Augen sehen. Schauen, ob es stimmte, was Manfred gesagt hatte. Nur – würde sie ihm gegenüber ehrlich sein? Wenn es so war, hätte sie doch längst etwas sagen müssen!

Pauls Gedanken sprangen hin und her, er war kaum in der Lage, sie in eine logische Reihenfolge zu bringen. Immer wieder schob sich Manfreds Satz davor. *Ich glaube, sie hat sich in mich verguckt.*

Konnte Paul ihr unter diesen Umständen überhaupt einen Antrag machen? Was, wenn sie ihn ablehnte? Er schob Manfreds Hand fort und legte das Gesicht in seine aufgestützten Hände. Sein Kopf rauschte, der Bauch schmerzte, als hätte man ihm einen Säbel mitten hineingestoßen. Es war kaum zu ertragen.

Manfred klopfte ihm väterlich auf die Schulter. »Vielleicht täusche ich mich ja auch.«

Paul vermochte nicht zu antworten. Wenn es so war, hatte er keine Chance bei Irmi, denn er konnte Manfred nicht das Wasser reichen. Er, der unerfahrene Paul, der erst ein Mal mit einer Frau geschlafen hatte – und das war eine Prostituierte gewesen, weil er es endlich einmal getan haben wollte. Beim Bund hatten sie ihn, den jungfräulichen Kerl, nämlich damals ausgelacht. Aber egal, für welche Frau er sich je interessierte, keine wollte ihn. Da war nur dieser eine Gang geblieben. Seine Gier war schnell gestillt worden, aber erinnern konnte er sich ausschließlich an dieses Gefühl des Ekels.

Und dann war er Irmi begegnet. Vom ersten Moment an war er sicher gewesen, dass seine Suche jetzt ein Ende hatte und er angekommen war. Manfred musste sich irren!

Paul atmete schwer. Nein, eine Ablehnung von Irmi würde er nicht überleben. Auch nicht, wenn sie den Mann liebte, der ihm gerade am nächsten war.

»Ich hab kürzlich mit Dagmar gesprochen«, riss Manfred Paul aus seinen Gedanken. Der sah ihn kopfschüttelnd an. Was hatte denn das mit Irmi zu tun?

Manfred setzte die Bierflasche an den Mund. Sein Freund sprach mit seiner warmen und schmeichelnden Stimme weiter.

Vermutlich will er mich einfach ablenken, dachte Paul. Er aber hatte Mühe, Manfreds Worten zu folgen. Der Schlag von eben saß viel zu tief.

»Sie leidet darunter, dass Rolf sie nicht mehr will. Alles wegen Johanna. Wie stehst du inzwischen zu ihr?«

»Johanna? Sie war immer fair zu mir, warum?«

»Bist du dir sicher? Ich nicht. Ganz ehrlich, Paul: Du rennst da einem Traumbild hinterher. Sie hat deinen Vater auf dem Gewissen, und das werde ich noch beweisen. Und sie hat dich um dein Erbe gebracht. Hallo? In welcher Zeit leben wir denn, wenn nur Erben zugelassen werden, deren Eltern verheiratet waren?«

»Mein Vater hat mich nie anerkannt. Es ist rechtlich alles korrekt.«

Manfred winkte unwirsch ab. »Aber moralisch nicht, Paul! Aus moralischen Gründen hätte sie dir was abgeben müssen. Stattdessen scheffelt sie das Geld für ihre undankbaren Kinder, die den Hof nicht wollen, und unterstellt mir, dass ich Adda Gewalt angetan hätte! Das glaubt sie doch selbst nicht.« Er fixierte Paul. »Glaubst du das?«

Der schüttelte den Kopf. Er traute es Manfred tatsächlich nicht zu, denn er war ein ruhiger und freundlicher Typ, den alle falsch eingeschätzt hatten. Sicher war damals was schiefgelaufen, aber es war bestimmt keine Vergewaltigung gewesen.

Manfred ließ die Worte nachklingen, so wie er es immer tat, wenn er sichergehen wollte, dass sein Gegenüber auch alles richtig verstanden hatte. Dann sagte er: »Guck mal, da läuft Ingos Schwester Theda mit ihrem Hermann. Der ist ja auch eine Ecke jünger als sie. Na, wenn er das mag.« Er grinste anzüglich. Paul ging kurz durch den Kopf, dass er und Dagmar doch auch unterschiedlich alt waren, aber er verkniff sich einen Kommentar.

Theda und Hermann winkten zu ihm herüber. Theda blieb kurz stehen, dann schien sie Manfred erkannt zu haben, und sie spazierten weiter.

»Aber warum wühlst du so in der Vergangenheit?«, fragte Paul. »Wen interessiert Johanna Deeken? Ich will Irmi heiraten, und du hast mir eben erzählt, dass sie offenbar auf dich steht. Ich hab jetzt echt nicht den Kopf für die alten Geschichten.«

Manfred lächelte süffisant. »Das solltest du aber. Ich bin dein Freund, und ich lasse die Finger von Irmi. Versprochen. Dafür hilfst du mir, Johanna Deeken einen Denkzettel zu verpassen. Ist doch einfach und unter Freunden so üblich.«

Paul zuckte zusammen. »Ich soll was?«

»Eine Hand wäscht die andere.«

»Aber Johanna … sie hat mir …« Paul stammelte herum, als ihm bewusst wurde, was Manfred da gerade von ihm verlangte.

Irmi gegen Johanna. Er forderte von Paul einen Einsatz, der verdammt hoch war. Liebe gegen Loyalität. Das konnte er nicht!

»Na, was ist nun?« Manfreds Bierflasche war leer, er drehte sie um und schüttelte sie kopfüber im Sand aus.

»Ich muss nachdenken«, sagte Paul. Übelkeit übermannte ihn, er war kurz davor, sich zu übergeben, und er verspürte einen Fluchtinstinkt. Er wollte weg von hier. Weg von Manfred, der ihm eben sein wahres Gesicht gezeigt hatte. Ein Gesicht, das er frühzeitig hätte erkennen müssen. Aber er war so naiv gewesen und hatte alle Warnungen in den Wind geschlagen.

Jetzt galt es, Manfred nicht zu reizen. Außerdem musste er allein sein und seine Gedanken sortieren. »Ich geh ein Stück ins Watt und überlege es mir.«

»Gut«, sagte Manfred. »In der Zeit tanke ich Sonne. Frauen stehen auf braun gebrannte Typen, das weißt du.«

Diese Anspielung war gemein, weil Paul sehr sonnenempfindlich war und meist eher rot als braun wurde. Er zog sich deshalb lieber das T-Shirt wieder über.

»Bleib nicht zu lange!«, rief Manfred ihm nach. Er warf sich zurück auf die Decke und schloss die Augen.

Paul rannte zum Wattsaum und trat in den Schlick. Hier in der Weite fühlte er sich sicher. Er bekam wieder Luft, und so lief er, den Blick fest auf das graubraune Watt gerichtet, in Richtung Nordsee.

Die Regelmäßigkeit der Bewegung beruhigte ihn. Jeder Schritt war eine Erdung und ein Schritt zu sich selbst. Das Watt war hier fest, und Paul sackte kaum ein. Die Riffelmarken erhoben sich wie kleine, feste Wellen unter seinen Füßen, dazwischen kringelten sich die Auswürfe der Wattwürmer. Hin und wieder huschte ein kleiner Krebs über den Boden. Im Flachwasser der Wattpfützen schwamm Blasentang, und der Schlick knisterte in der Wärme der Sonnenstrahlen. Die Natur um ihn herum, die Paul hier so unendlich und friedlich erschien, beruhigte ihn ein bisschen.

Schließlich gelangte er an einen Priel, der aber nur wenig Wasser führte, das sich in Richtung Nordsee bewegte. Es war also noch ablaufend Wasser, und Paul konnte sich ein Stück weiter ins Watt wagen, ohne sich zu gefährden. Er durchwatete den Priel, danach wurde der Schlick weicher und dunkler. Paul sackte bis zum Knöchel ein und stöhnte kurz auf, als er auf die Kante einer Muschel trat. Er zog den Fuß aus dem Watt und sah, dass er am kleinen Zeh blutete. Der Schmerz holte ihn aber aus dem Gedankenkarussell zurück.

Ich muss nicht weglaufen, dachte er. Ich werde Manfred die Stirn bieten. Er ist eben doch der Blender, vor dem immer alle gewarnt haben. Von wegen harmloser Freund! Allerdings muss ich schnell sein und Irmi gleich heute noch fragen, ob sie meine Frau werden möchte. Dann brauche ich Johanna nicht in den Rücken zu fallen. Im Gegenteil, ich werde sie vor Manfred warnen. Denn selbst wenn ich nicht mitziehe, wird er von seinen Plänen keinen Fingerbreit abweichen. So wie es klang, war sogar Dagmar mit im Boot. Er hatte wohl recht, und Manfred schlief mit ihr, um sie gefügig zu halten.

Aber er, Paul Ehlers, er würde bei diesem Spiel nicht mitmachen. Er war kein mieser Typ, der anderen schadete. Diese Zeiten waren lange vorbei.

Paul sah über die Weite des Wattenmeeres und fühlte sich sehr bestärkt in seinen Gedanken.

»Woher soll ich wissen, ob Manfred überhaupt die Wahrheit gesagt hat?«, sprach er sich selbst Mut zu. Schließlich konnte es sein, dass Irmi sich kein bisschen für Manfred interessierte und er Paul einfach angelogen hatte, um ihn für seine Pläne zu gewinnen.

»Nicht mit mir«, sagte Paul zähneknirschend. »Nicht mit mir!«

Er würde jetzt nach Hause und dann zu Irmi fahren. Ihr einen Antrag machen und Johanna sagen, was er wusste. Manfred Oetjen konnte nicht immer gewinnen, und dieses Mal war er zu weit gegangen.

Paul drehte sich um und blickte zur Landseite zurück. Er war weit ins Watt gelaufen, die Menschen am Strand wirkten wie ein buntes Gemenge. Ihre Stimmen waren weit entfernt und schallten nur verhalten zu ihm herüber. Paul wandte sich wieder Richtung Meer und sah, dass er schon sehr nah an der Wasserkante stand. Es wurde Zeit umzudrehen. Nicht dass ihm der Rückweg abgeschnitten wurde, denn das Wasser lief erst in die Priele zurück, und die konnten so stark anschwellen, dass man nicht ohne Probleme hindurchkam. Oft wurde das Watt davor durch die mäandernden Läufe gleichzeitig geflutet, und das machte ein Fortkommen schwierig. Paul eilte zurück zum Strand.

Manfred lag noch immer in der Sonne. Er hatte die Augen geschlossen und wirkte vollkommen entspannt. Als Paul neben ihn trat, setzte er sich auf.

»Na, Kumpel? Willst du wissen, was genau du als Freund für mich tun sollst, damit ich mich ebenfalls weiter als solcher verhalte?«

»Nein«, sagte Paul. Er griff nach seinem Handtuch und der Tasche und schlüpfte in die Shorts. »Ich nehme mir ein Taxi. Und bitte lass mich zukünftig in Ruhe. Ein wahrer Freund würde so etwas nicht verlangen.«

Manfred lächelte anerkennend. »Hey, lass gut sein. War nur ein Test. Setz dich wieder. Ich mache nichts.«

Paul zögerte und sah ihn zweifelnd an. Was war denn das schon wieder? »Ich glaube dir nicht. Das klang vorhin verdammt echt.«

Manfred zog Paul neben sich auf die Decke. »Da sind eben die Pferde mit mir durchgegangen. Weißt du«, seine Stimme klang plötzlich unsagbar traurig, »ich habe mit anderen Freunden sehr schlechte Erfahrungen gemacht. Deshalb versuche ich manchmal, die Menschen, die mir nahestehen, aus der Reserve zu locken. Ich will unbedingt wissen, wie loyal sie sind. Und du...«, jetzt schaute er Paul fast liebevoll an, »du bist der beste Typ, der mir seit Langem über den Weg gelaufen ist. Sogar auf die Gefahr hin, deine große Liebe zu verlieren, würdest du den Menschen, an denen dir etwas liegt, nichts Böses antun. Das verdient höchsten Respekt.«

»Der Test wäre echt unnötig gewesen«, herrschte Paul ihn an und wollte wieder aufstehen, aber Manfred hielt seine Hand fest umklammert. »Bitte entschuldige, dass ich zu weit gegangen bin. Ich bin wirklich dein Freund und würde dir nie schaden.«

Pauls Widerstand bröckelte. Er fixierte Manfred, und der hielt seinem Blick stand. Also sprach er die Wahrheit, denn ein Lügner würde ihm doch ausweichen, oder etwa nicht?

Außerdem hatte Manfred ihn schon öfter in ähnlicher Form hochgenommen. Und er hatte sich um Dagmar gekümmert. Ihr Arbeit und eine Wohnung verschafft. Konnte ein solcher Mensch böse sein?

Manfred reichte ihm ein Bier. »Komm, lass gut sein! Irmi mag dich sehr, das sieht man, und sie hat es mir auch gesagt. Sie will nichts von mir.«

»Wirklich?« Noch immer nagten die Zweifel an Paul.

»Wirklich. Wir überlegen jetzt gemeinsam, wie du deinen Antrag hinbekommst und wann der beste Zeitpunkt ist.«

Paul war unsicher, was er tun sollte, aber er nahm das Bier und blieb sitzen. So, als hätte es die letzte halbe Stunde nicht gegeben.

Tief in seinem Innern musste er sich eingestehen, dass er Angst hatte, Manfred als Freund zu verlieren. Weil es sonst nur wenige Menschen gab, die gern mit ihm zusammen waren. Es war so verlockend, ihm zu glauben.

»Also ich schlage vor, du kaufst Rosen. Tiefrote. Und einen Ring, mit deinem Namen eingraviert«, schlug Manfred nun vor.

»Den hab ich schon«, gestand Paul.

»Das ist hervorragend. Glaub mir, Irmi wird hin und weg sein. Sie ist genau der Typ Frau, der auf so etwas steht.«

Paul vergaß seine Vorsicht mit jedem freundlichen Satz von Manfred ein wenig mehr. »Und wann, meinst du, soll ich sie fragen?«

»Kleiner Geheimtipp vom besten Freund: heute Abend!«

Paul grub seine Zähne in die Unterlippe. »Aber es ist Pfingsten, da hält sich doch bestimmt die ganze Familie auf dem Hof auf.«

Manfred schüttelte den Kopf. »Die Alten sind bis morgen verreist. Du hast freie Bahn.«

»Echt?«

»Wenn ich es doch sage! Immerhin hast du einen informierten Partner an deiner Seite.«

Paul gab sich einen Ruck. Er durfte nicht mehr zaudern, er musste es heute wagen! Plötzlich freute er sich auf den Abend. In ein paar Stunden würde Irmi seine Verlobte sein.

»Wann genau kommst du?«, fragte Manfred nun.

»Um sieben«, sagte Paul. Er sah auf die Uhr. »Wir müssen los, damit ich die Rosen noch kaufen kann.« Dann hieb er mit der Faust in den Sand. »Shit! Heute ist Feiertag, woher soll ich Blumen bekommen?«

Manfred überlegte kurz. »Da bleibt nur die Tankstelle. Aber die haben oft ganz schöne Sträuße.«

Paul wäre eine andere Lösung lieber gewesen, aber er wollte nicht länger mit dem Antrag warten. Also stimmte er zu.

Sie packten alles zusammen, hielten unterwegs an einer Tankstelle, wo Paul einen Strauß mit sieben roten Rosen und etwas Schleierkraut kaufte. Danach brachte Manfred ihn zurück nach Horsten.

»Ich drücke dir so was von die Daumen für heute Abend! Das wird ein Fest, sage ich dir!«

Er zwinkerte Paul zu und brauste davon.

KAPITEL 15

Adda war nach ihrem Dienst geschafft. Es war der letzte Tag in der Klinik in Bremen gewesen, nun hatte sie Urlaub und konnte ihre Überstunden abbauen, bevor es in vier Wochen in Wilhelmshaven an dem neuen Arbeitsplatz losging.

Sie hatte sich einen Walkman aufgesetzt und packte zu den Tönen von Joachim Witt ihre letzten Sachen zusammen.

»Hey, hey, hey, ich war der goldene Reiter«, sang sie leise mit. Ein bisschen fühlte sie sich auch so. Abgestürzt und kurz vorm Durchdrehen. Ein Kind dieser Stadt, das keines mehr war. Adda musste kurz schlucken. Der Abschied von Bremen fiel ihr verdammt schwer.

Morgen würden die neuen Besitzer der Wohnung einziehen. Sie hatten sogar einen Großteil der Möbel übernommen. Was sie nicht haben wollten, hatte Adda verkauft. Sie mochte nichts mitnehmen, was sie an die Zeit hier erinnerte, denn sie befürchtete, der Schmerz wäre zu groß. Deshalb waren es nur wenige Dinge, die sie auf den Nordseehof begleiten würden.

Adda sah sich ein letztes Mal in der Wohnung um. Alles

war sauber, ihre persönlichen Sachen verschwunden, die Skulpturen – oder was davon übrig gewesen war – schon lange im Müll. Mit Wonne hatte sie auch das Gemälde aus dem Schlafzimmer entfernt. Es stammte ebenfalls von Dirks neuer Flamme, und es war Adda ein Genuss gewesen, es aus dem Rahmen zu nehmen und die Leinwand in viele kleine Teile zu zerschneiden. Danach aber hatte sie drei Stunden lang geweint. Ihre Vorstellung vom Zusammenleben mit Dirk war eine andere gewesen, und sie waren gescheitert. Das war kein gutes Gefühl.

Adda gab sich einen Ruck. »Du musst nach vorn blicken, da liegt die Zukunft«, hatte ihre Mutter immer gesagt. Das wollte Adda von jetzt an tun. Dirk hatte sie über ihr Vorgehen, was die Wohnung betraf, informiert. Es war ihm egal gewesen, dass sie sie veräußern wollte.

Als Adda ihm dann erzählt hatte, dass sie plante, zurück auf den Nordseehof zu ziehen, war er aber doch verwundert gewesen. Immerhin zahlte Dirk regelmäßig Unterhalt, und die Scheidung sollte so schnell wie möglich über die Bühne gebracht werden. Finanziell war Adda also abgesichert, zumal sie ja auch arbeiten ging. Das war gut so, denn es würde sicher der Zeitpunkt kommen, an dem sie mit Feemke eine neue Wohnung benötigte, denn für immer konnte und wollte sie nicht auf dem Nordseehof bleiben. Vorerst aber gab es ihr die Sicherheit, nicht ganz allein vor allen neuen Herausforderungen zu stehen.

Adda griff nach ihren letzten Taschen und schleppte sie zum Auto. Es war warm heute, und sie freute sich tatsächlich auf den frischen Nordseewind. Selbst in Bremen waren die sommerlichen Temperaturen meist noch erträglich, Adda mochte sich nicht vorstellen, wie stickig es wohl oft im Süden des Landes war.

Gerade als sie ins Auto steigen wollte, hörte sie Schritte hinter sich. Adda fuhr herum und sah ihre Freundin Deike tränenüberströmt auf sich zurennen.

»Hey, was ist denn mit dir los?«, fragte sie erstaunt. Die beiden hatten sich lange nicht gesehen, obwohl sie eine Zeit lang die engsten Freundinnen gewesen waren. Ihre gemeinsame Kindheit und Jugend auf den Höfen hatte sie eng zusammengeschweißt, doch beide waren den mannigfaltigen Versuchungen der Großstadt erlegen und später auf unterschiedlichen Wegen gewandelt, obwohl sie die erste Zeit in Bremen sogar zusammengewohnt und sich gegenseitig unterstützt hatten.

»Ich habe zufällig Dirk in der Stadt getroffen«, brachte Deike unter zahlreichen Schluchzern hervor. »Er hat gesagt, du fährst zum Nordseehof. Und bleibst da.«

Adda warf ihren bunten Rucksack mit Schwung auf den Rücksitz und sah ihre Freundin an. »Es stimmt, was Dirk sagt. Ich verlasse Bremen. Dachte nicht, dass dich das interessiert. Und Dirk sollte es auch nichts mehr angehen. Bitte frag nicht, ich will nicht darüber reden.«

Deike senkte den Kopf. Dabei fiel ihr die Popper-Haarsträhne ins Gesicht. Sie strich sie mit einer flüchtigen Bewegung zurück und scharrte mit ihrem beigefarbenen Collegeschuh über das Gehwegpflaster. Irgendwie wirkte ihre Freundin verändert. Etwas fülliger und weicher. »Ich möchte mitkommen.«

Das war das Letzte, womit Adda gerechnet hatte. »Was willst du? Zurück nach Neusiel? Da gibt es doch gar keine Boutiquen. Kein Lacoste, kein Diesel und kein

Benetton.« Adda klang etwas spöttisch, aber ein Blick auf die Markenschildchen auf Deikes Kleidung stachelte sie an. Es hatte sie gekränkt, wie sehr Deike sich in der letzten Zeit zurückgezogen hatte. Und als es ihr in ihrer Ehe immer schlechter ging, hatte Deike nichts davon hören wollen. Zu wichtig waren ihr ihre eigenen Interessen. Sie hatte sich angehört, was Adda erzählte und wie unverstanden sie sich fühlte, aber das war es auch schon. Stets hatte sie kurzerhand das Thema gewechselt, und dann war es um Nichtigkeiten wie die Farbe ihrer neuen Hose gegangen. Und jetzt stand sie weinend vor Adda, plante, mit nach Ostfriesland zu fahren, und wollte ihre Sorgen offenbar bei ihrer alten Freundin abladen.

Nicht mit mir, dachte sie. Ich bin doch nicht dein seelischer Mülleimer, den du nach Bedarf füllen kannst. Ich hab genug eigene Probleme. Deike hatte bislang nicht ein Wort des Bedauerns darüber ausgedrückt, dass Adda und Dirk sich tatsächlich getrennt hatten.

Mit finsterer Miene musterte Adda ihre einstige Freundin und wartete auf eine Erklärung.

»Ich will das alles nicht mehr«, sagte Deike jetzt mit weinerlicher Stimme.

»Was genau?« Adda wunderte sich selbst über ihre kühle Stimme.

»Alles. Nimm mich bitte mit!« Deike wischte sich die Tränen von den Augen und verschmierte dabei den Kajal. Es wirkte, als hätte sie Kriegsbemalung aufgelegt.

»Du hast keinen Koffer mit. Keine Sachen… Sieht nicht gut vorbereitet aus.«

»Das hole ich alles später. Jetzt ist es doch egal. Bitte, lass uns losfahren!«

»Und deine Arbeit? Hast du Urlaub?«

»Ich bin seit einer Woche arbeitslos. Umstrukturierungen und so. Meine Wohnung werde ich einem Makler geben, ich geh nicht zurück nach Bremen.«

Adda sah sie unschlüssig an. Das alles klang nicht gut durchdacht, aber das war nicht ihr Problem. »Wenn du meinst. Steig ein!« Sie wies auf die Beifahrertür.

Adda setzte sich hinters Lenkrad und startete den Motor, ohne einen letzten Blick auf ihr Haus zu werfen. Sie durchquerten die Innenstadt, bis sie auf dem Zubringer zur Autobahn waren. Die erste halbe Stunde sprachen sie kein Wort miteinander, bis Deike das Schweigen brach.

»Es tut mir leid«, sagte sie plötzlich. »Ich war dir keine gute Freundin, als es dir schlecht ging.«

»Das kann man wohl sagen«, erwiderte Adda. »Du warst nicht nur eine miese Freundin, du warst gar keine.«

Deike biss sich auf die Lippen. »Kann ich es wiedergutmachen?«

Adda schluckte. Sie hätte in der schweren Zeit ihrer Trennung dringend eine Freundin gebraucht. Ach, auch schon zuvor, als sie Job und Kind unter einen Hut bringen musste, weil Dirk sich so sehr zurückgezogen hatte. Aber Deike war nicht da gewesen, weil sie hinter ihrer Poppertolle nur Klamotten und Konsum im Kopf gehabt hatte.

Eigentlich sollte ich sie rauswerfen und zu Fuß gehen lassen, dachte Adda gehässig. Aber sie hatte so viele Baustellen mit offenen und tiefen Kuhlen. Zwar lief es mit ihrer Mutter und Rolf viel besser, was ihr ein bisschen Seelenfrieden zurückgegeben hatte, aber die Trennung von Dirk hatte sie noch längst nicht überwunden.

Adda fuhr auf den nächsten Autobahnparkplatz und

machte den Wagen aus. Dann nahm sie Deikes Hand. »Wir waren uns mal sehr nah, und wir haben auch beide viele Fehler gemacht. Ich weiß nicht, wann es begonnen hat, dass wir uns so entfremdet haben. Ob es mein Fanatismus war, mit dem ich zu den Demos gegangen bin, oder ob es deine überzogene Begeisterung für die Popperszene war. Aber vielleicht ist das jetzt egal. Du bist hier, und wir sind sozusagen auf dem Weg zurück zu unseren Wurzeln. Lass uns da anknüpfen, wo wir uns aus den Augen verloren haben.« Adda brach die Stimme. »In den letzten Jahren sind mir schon viel zu viele Menschen abhandengekommen.«

»Mir auch«, sagte Deike schniefend, denn ihr waren bei Addas Worten wieder die Tränen gekommen. »Ich bin scheiße allein.«

Adda beugte sich über den Schalthebel und drückte ihre Freundin. »Schwamm drüber. Wir fahren jetzt weiter, und dann erzählst du mir, warum du aus Bremen fliehst.«

»Erst du«, antwortete Deike. »Dein Problem ist viel älter, und ich habe dir lange genug nicht zugehört. Aber lass uns wirklich weiterfahren. Ich möchte nur noch nach Hause auf den Eilershof.«

Adda startete den Wagen wieder. »Wer hätte gedacht, dass wir es beide einmal eilig haben würden, nach Neusiel zurückzukehren?«

»Wohl keiner. Magst du mir jetzt von Dirk erzählen, auch wenn du vorhin meintest, du willst es nicht?«

Adda nickte. »Ja, es tut sicher gut, es mal loszuwerden und nicht ewig mit den miesen Gedanken allein zu sein.«

»Danke für dein Vertrauen«, flüsterte Deike. »Leg los, ich habe Zeit. Von jetzt ab immer.«

Während der Fahrt erzählte Adda Deike mit knappen Worten, warum und wie ihre Ehe mit Dirk gescheitert war, und auch, dass sie zukünftig im Reinhard-Nieder-Krankenhaus arbeiten würde. »Ich habe dort eine Stelle auf einer Gastroenterologischen Station bekommen«, schloss sie. »Das war es in Kurzform. Und nun möchte ich unbedingt wissen, warum du zurück auf den Eilershof willst.«

Deike atmete einmal schwer durch, hielt dann aber nicht mehr damit hinterm Berg, was sie nach Hause trieb. »Ich muss zu meiner Mutter. Der Grund: Ich bin in der vierzehnten Woche schwanger.«

Adda machte vor Schreck eine Vollbremsung, gab aber schnell wieder Gas, als der Wagen hinter ihr lautstark hupte. »Echt! Von wem? Kenne ich ihn?«

Nun lief Deike feuerrot an. »Ich weiß nicht, wer der Vater ist.«

Adda schluckte. »Wie, du weißt es nicht?«

»Mann, ich habe das seit jeher locker gesehen und hatte nie einen wirklich festen Freund. Das rächt sich nun.«

»Verhütest du denn nicht?«

»Doch, klar, ich habe aber einmal gespuckt und so. Da hat die Pille ihren Dienst wohl nicht mehr getan.«

Die Autobahn war inzwischen fast leer, und Adda musste sich nicht mehr so stark konzentrieren. Sie warf Deike einen verstohlenen Blick zu. »Und nun?«

»Zum Abtreiben ist es zu spät, denn ich wollte es lange nicht wahrhaben. Also werde ich das Kind bekommen«, sagte Deike tapfer, aber Adda kannte sie viel zu gut, als dass sie die Unsicherheit nicht doch spürte.

»Du bist im Mutterschutz, und sie dürfen dir gar nicht

kündigen. Du kannst deinen Chef dazu bringen, alles rückgängig zu machen«, schlug Adda vor.

»Ich sagte doch schon, ich will weg aus Bremen. Meine Mutter hat schließlich Übung mit dieser Situation, bei zwei unehelichen Kindern... Sie wird mir also hoffentlich nicht den Kopf abreißen, sondern bestimmt helfen.«

»In der Stadt hättest du es leichter«, bemerkte Adda vorsichtig. »Da gibt es die Kinderläden, kein großes Gerede...«

Deike winkte müde ab. »Sagt die Frau, die ihres Kindes wegen wieder nach Ostfriesland geht. Vergiss es. Jetzt brauche ich meine Mutter und die Familie. Als Dirk mir erzählt hat, dass du zum Nordseehof zurückkehrst, da wusste ich, dass das die beste Entscheidung ist. Mama ist bestimmt bereit, auf das Kind achtzugeben, und es wächst wie Feemke in der Natur auf. So wie wir früher! Es ist viel abenteuerlicher auf dem Land. Was haben wir damals alles angestellt! In Bremen könnte ich nur auf den Spielplatz gehen, das Kleine vielleicht im Hinterhof spielen lassen. Sofern einer da ist.« Deike raufte sich das Haar. Sie redete schnell und viel und reihte ein Argument an das andere. So als müsse sie sich selbst noch davon überzeugen, dass sie das Richtige tat.

»Weiß deine Mutter, dass du kommst?«, fragte Adda. Wobei es vermutlich gleichgültig war, denn Theda hatte ein großes Herz und konnte zupacken. Wahrscheinlich freute sie sich über ihr Enkelkind und interessierte sich einen feuchten Dreck um die widrigen Umstände.

»Nein, Mama weiß es nicht, aber ich wollte unbedingt die Gelegenheit ergreifen, mit dir zu fahren. Ingo kann meine Sachen holen.«

Auch da war Adda sicher, dass er es tun würde.

Den Rest der Fahrt verbrachten sie schweigend und hingen ihren Gedanken nach.

Nachdem Adda von Neusiel aus in die Marsch abgebogen war, stoppte sie am Eilershof. »Du möchtest bestimmt hier aussteigen«, sagte sie. »Soll ich mit reinkommen und dich unterstützen, wenn du deiner Mutter sagst, was los ist?«

Deike schüttelte den Kopf. »Das schaffe ich allein, aber danke!« Sie umarmte Adda und hauchte ihr einen Kuss auf die Wange. »Wir sehen uns jetzt wieder öfter, denke ich.«

Adda drückte sie. »Ganz sicher.«

Sie waren erwachsen geworden, aber einfacher wurde das Leben deshalb nicht. Da war es gut, eine Freundin zu haben.

*

Nachdem Manfred ihn zu Hause abgesetzt hatte, fuhr Paul zu Johanna. Sie stand im Gartenschuppen und sortierte die Gerätschaften.

»Räumst du auf?«, fragte er, nachdem sie sich begrüßt hatten.

Johanna wischte sich mit dem Handrücken den Schweiß von der Stirn. »Der alte Plunder muss wirklich mal weg. Wir sind doch ein moderner Hof und kein Antiquitätengeschäft.«

»Das kannst du bestimmt zu Geld machen«, schlug er vor. »Es gibt viele Leute, die stellen sich solchen Kram als Deko in den Garten.«

»Ich mach lieber ein Feuer daraus. Hat was Befreiendes.«

Oder was Destruktives, dachte Paul.

Johanna sah ihn durchdringend an. »Aber du bist bestimmt nicht gekommen, um mit mir über das alte Zeug zu diskutieren.«

Paul griente. »Nein, das bin ich nicht. Ich wollte dich fragen, ob ich ein Glas von deinem selbst gemachten Johannisbeergelee bekommen kann.«

Johanna schaute zwar ein wenig überrascht, fragte aber glücklicherweise nicht nach, wozu er es ausgerechnet am frühen Pfingstmontagabend haben wollte.

»Klar! Dann komm man mit. Ich hole dir eins.«

Sie überquerten den Hof, und Johanna verschwand in der Vorratskammer.

Dass er außer dem einfachen Rosenstrauß noch etwas Besonderes übergeben wollte, war ihm vorhin eingefallen, als er zum wiederholten Mal vor dem Spiegel gestanden und seinen Wortlaut für den Antrag auswendig gelernt hatte. Paul fand, dass sein Mitbringsel eine wunderbare Idee war. Und selbst gemachtes Gelee war schließlich etwas ganz Besonderes.

Während er wartete und sich umschaute, wanderte sein Blick in Richtung Garten. Dabei kam ihm eine neue grandiose Idee. Wäre es nicht viel persönlicher, Irmi eigenhändig geschnittene Rosen zu schenken? Ob mit oder ohne Johannisbeergelee.

Als Johanna zurückkam und ihm das Glas reichte – sie hatte den Deckel hübsch mit einem karierten Tuch umwickelt –, fragte Paul: »Darf ich auch ein paar Rosen haben?«

Auch jetzt hakte Johanna nicht nach, wozu er die Blumen brauchte. Sie wirkte schon die ganze Zeit abgelenkt. Paul wusste, dass Adda heute endgültig auf den Nordseehof ziehen wollte. Die letzten Wochen hatte Johanna deswegen den gesamten Seitentrakt neu tapezieren lassen und für Addas und Feemkes Zimmer moderne Möbel angeschafft. Sogar das Bad war saniert worden. Johanna freute sich scheinbar unglaublich auf ihre Tochter.

»Ich gebe dir eine Rosenschere«, sagte sie. »Warte kurz.« Sie lief zur Remise, rumorte dort eine Weile in einer alten Kommode herum und kam schließlich mit dem Gewünschten zurück. »Du kannst gern ein paar Rosen schneiden. Allerdings ist dort alles recht verwuchert, ich weiß nicht, ob schöne Blüten dabei sind. Wir müssten den Rosengarten mal wieder in Ordnung bringen. Aber versuche gern dein Glück! Für wen auch immer die Blumen sind, diejenige wird sich freuen.« Sie zwinkerte ihm aufmunternd zu, und Paul war versucht, sie einzuweihen, beschloss dann aber doch, abzuwarten, was Irmi sagen würde. Manfreds angeblicher Spaß saß ihm noch tief in den Knochen.

Er marschierte los und durchforstete den Garten. Es war tatsächlich nicht so leicht, einen schönen Strauß beisammenzubekommen, aber am Ende war er zufrieden. Das Gebinde von der Tankstelle würde er bei sich selbst auf den Tisch stellen. Der hier war viel, viel schöner!

Stolz drehte und wendete er die Blumen und brachte Johanna die Schere zurück.

»Für Irmi?«, fragte sie dann doch.

Er nickte. »Bitte sag es keinem weiter«, bat er sie, und dann brach es aus ihm heraus, wozu er die Blumen und das Gelee brauchte.

»Oh, dann wünsche ich dir viel Glück!«, sagte Johanna freudig. »Es wäre wunderbar, wenn ihr heiratet. Irmi und du … das passt!« Sie sah sich den Strauß an. »Weißt du was, ich binde ihn dir, dann wirkt er nicht ganz so wild. Soll ich?«

Paul war gerührt. Nun konnte doch gar nichts mehr schiefgehen.

Sie gingen zur Remise, wo Johanna erneut in der Schublade wühlte, bis sie etwas Blumendraht gefunden hatte.

»Schön wäre es, ein paar frische Zweige mit einzubinden«, sagte sie. »Komm mit!«

Paul folgte Johanna in den Garten, wo sie das Grün mit Bedacht auswählte. Es harmonierte wunderbar mit den Farben der Rosen.

»So, nun machen wir den Strauß richtig hübsch«, sagte Johanna, während sie auf den Terrassentisch zusteuerte. Sie legte Blumen und Zweige darauf, griff gezielt nach den einzelnen Stängeln und zauberte in kurzer Zeit ein wunderbares Bukett. »Na, was sagst du jetzt?«

»Danke!« Paul umarmte sie fest. Schöner wären Rosen aus dem Laden auch nicht gewesen.

Es war richtig, dass er zu ihr hielt und nicht nachforschte, was damals mit seinem Vater passiert war. Egal, was es war, er hatte mit Sicherheit seinen Teil zu all dem Unglück beigetragen. Tante Johanna hatte einfach keinen Rachefeldzug verdient, und wahrscheinlich hatte sie auch gar nichts Unrechtmäßiges getan.

Zum Glück hatte Manfred gesagt, er plane nichts … Paul schob den Gedanken weg, weil ihn wie immer ein merkwürdiges Gefühl überkam.

»Morgen komme ich vorbei und werde dir berichten, wie es gelaufen ist.«

»Viel Glück! Du machst das schon!«, rief Johanna ihm nach und ging wieder an die Arbeit.

Paul fuhr noch einmal nach Hause und duschte. Danach kämmte er sein Haar erst nach rechts, dann nach links und ließ es am Ende, wie es war. Zum Abschluss trug er Rasierwasser auf.

Am liebsten hätte er Irmi angerufen und sein Kommen angekündigt. Es wäre ihm leichtergefallen, als einfach so an einem Feiertag bei ihr reinzuplatzen. Aber Manfred hatte gemeint, dass so die Überraschung größer wäre. »Sie wird so erstaunt sein, dass sie dir vor Freude um den Hals fällt, weil sie sich schon den ganzen Tag nach dir sehnt und hofft, dass du kommst. So sind sie, die Frauen!«

Paul war unsicher, ob das so war.

»Ach, egal«, machte er sich selbst laut Mut. »Ich wage es.«

Dann stellte sich die Frage, ob er mit dem Motorrad oder mit dem R4 fahren sollte. Da Irmi seine Harley liebte und sie auch bei ihrer ersten Verabredung damit gefahren waren, entschied er sich schließlich dafür. Die Rosen und das Gelee verstaute er hinten in der Box.

Dann knatterte er mit sehr gemischten Gefühlen nach Petersgroden. Er war furchtbar nervös. Als er auf dem Hof ankam, war dort alles ruhig. Das Auto von Irmis Eltern war tatsächlich fort, nur Manfreds Wagen stand unter der offenen Remise.

Paul stieg von der Harley, bockte sie auf und nahm den Helm ab. Im Seitenspiegel ordnete er sein Haar, indem er mit den Fingerspitzen durch die Strähnen fuhr.

Obwohl es Abend war, stach die Sonne noch immer ungewöhnlich heiß vom Himmel. Paul war schon wieder völlig durchgeschwitzt und froh, auf die Lederhose verzichtet zu haben und nur die Jeans zu tragen.

Er zog die Lederjacke aus und ging dann in Richtung Stall. Unschlüssig blieb er davor stehen und lauschte, ob der Hund herumlief, denn vor dem bissigen Vieh hatte er großen Respekt. Doch er entdeckte ihn eingesperrt im Zwinger.

Normalerweise wäre er nun einfach hineingegangen. Es war unüblich zu klingeln, die Türen auf den Höfen standen für Bekannte offen. Dann fiel ihm ein, dass er die Rosen und das Gelee vergessen hatte. Er rannte zurück und holte beides aus der Box.

Sein Hals war trocken. Hoffentlich würde er gleich die richtigen Worte herausbringen. Er war noch nie in seinem Leben so nervös gewesen.

Sie mag dich, hat sie mir gesagt, fuhr ihm Manfreds Stimme durch den Kopf.

Ihr passt zusammen. Das war Johanna.

Paul öffnete die Stalltür. Eine Rauchschwalbe segelte schimpfend über ihn hinweg. Er durchquerte den Gang, bis er am Haupthaus angekommen war. Dort klopfte er zaghaft an die Tür, aber es blieb still. Hoffentlich war Irmi wirklich zu Hause, so wie Manfred gesagt hatte.

Paul drückte die Klinke hinunter, und die Tür sprang auf. Der Flur roch wie immer leicht süßlich und ein bisschen nach alt. Nun musste er nur noch Irmi finden. Seine zukünftige Verlobte. Wie wunderbar das klang! Der Strauß in seiner Hand zitterte so heftig, dass ein Rosenblatt zu Boden segelte.

Paul wollte gerade rufen, als er Geräusche hörte. Es klang wie ein Stöhnen. Herrje, war jemand gestürzt? Er rannte in die Richtung los, aus der er das Ächzen vernommen hatte. Es kam aus Irmis Zimmer, das sich am hinteren Ende des Flures befand und das er noch nie betreten hatte. Er hatte stets draußen gewartet, wenn Irmi darin verschwunden war.

Paul blieb abrupt stehen. Weigerte sich erst zu glauben, was er da vernahm. Doch hier war mitnichten jemand gestürzt. Diese Geräusche waren die der Lust. Und sie kamen eindeutig von Irmi. Dann konnte er auch die andere Stimme zuordnen. Es war Manfreds.

Paul würgte.

Manfred, sein angeblicher Freund, hatte Sex mit Irmi.

Irmi, die er selbst nur auf die Wange hatte küssen dürfen. Irmi, die ihm gegenüber so getan hatte, als würde sie bis zur Ehe unberührt bleiben wollen. Irmi, die jetzt mit dem Angestellten schlief, als wäre es das Normalste der Welt. Sie ließ sich von Manfred Oetjen vögeln, der genau wusste, wie man ein junges Mädchen verführte und willenlos machte. Nicht nur ein junges Mädchen, nein, alle Menschen, die ihm in die Quere kamen. Manfred, der Blender.

Paul wusste nicht, wie lange er vor der Tür gestanden hatte. Mit jedem Stöhnen wurde sein Mund trockener. Tränen schossen ihm in die Augen.

Irmis letzter Schrei und ein lautes Aufstöhnen von Manfred holten ihn in die Wirklichkeit zurück.

»Ich liebe dich, Manfred«, hörte er Irmis Stimme. »Es war so toll! Jedes Mal ist es ein bisschen schöner!«

»Du bist wundervoll«, antwortete Manfred schmeichelnd. »Du musst es Paul sagen, meine kleine, süße Maus.«

Was Irmi darauf erwiderte, konnte Paul nicht verstehen, und es war auch egal. Irmi und ihn gab es nicht mehr. Sie gehörte jetzt zu Manfred Oetjen. Für ihn war kein Platz in ihrem Leben.

Paul bemerkte, dass er den Rosenstrauß noch immer in der Hand hielt. Langsam ließ er ihn sinken. Dann knallte es, weil ihm das Glas Johannisbeergelee aus der Hand gefallen war. Das Rot der Beeren verteilte sich wie Blutspritzer an der Wand.

Aus dem Zimmer drang ein erschrockener Schrei, aber das interessierte Paul schon nicht mehr. Er drehte sich um und lief den dunklen Flur entlang in Richtung Stall. Hinter ihm wurde eine Tür geöffnet. Er hörte Irmis Stimme. »Paul!« Doch er reagierte nicht.

Mit gesenktem Kopf durchquerte er den Stalltrakt und ging zu seiner Harley.

Er hatte eben nicht gespurt, als Manfred ihm seine Forderungen stellte. Und der hatte seine Konsequenzen gezogen. Ihm widersetzte man sich nicht. Das war ungeschriebenes Gesetz. Auch Johanna würde das zu spüren bekommen. Auf die kleinen Sticheleien, die sie nur leicht angekratzt hatten, würde ein großer Vernichtungsschlag folgen.

Aber Paul fehlte die Kraft, jetzt zu ihr zu fahren und sie zu warnen. Er musste sich um sich und sein verkorkstes Leben kümmern. Sich beruhigen, nachdenken, wie er mit allem umgehen sollte.

Gar nicht, hämmerte es durch seinen Kopf. Lauter werdend. Auf- und abschwellend. Es ist alles kaputt.

Paul presste die Hände an die Schläfen und brauchte eine ganze Weile, ehe die Stimmen leiser wurden. Sie waren aber nur umgezogen und wüteten jetzt inmitten seiner Eingeweide, die sich dagegen wehrten, sodass er sich plötzlich heftig übergeben musste.

Danach war ihm schwindelig. Er musste hier weg, so schnell er konnte. Er wollte Irmi nie wiedersehen. Nie mehr! Und Manfred Oetjen erst recht nicht.

Die zwei Menschen, die ihm in der letzten Zeit am nächsten gestanden hatten, waren ihm in den Rücken gefallen und hatten ihn auf das Schlimmste erniedrigt. Der Boden unter seinen Füßen war weggebrochen. Er war wie tot – und unglaublich allein.

KAPITEL 16

Feemke schmiegte sich an ihre Mutter. Sie saßen auf der Terrasse und genossen den lauen Sommerabend. Es war lange hell hier im Norden, die Amseln sangen ihr Abendlied, und die Spatzen tschilpten vor sich hin. Aber langsam umarmte die Dunkelheit das Land.

»Nun gehst du nie wieder von mir weg«, sagte Feemke.

»Nein, erst wenn du groß bist. Aber das ist normal. Wenn man erwachsen ist, geht jeder seinen eigenen Weg«, erwiderte Adda.

»Ich komme dich aber immer wieder besuchen – meine Mama!« Feemke kuschelte sich noch dichter an ihre Brust. »Und die blöde Jasna im Kinderladen hat gelogen. Du bist wohl eine richtige Mama!«

Adda küsste ihre Tochter auf die Wange. »Natürlich! Ich war immer deine Mama und werde es auch immer sein.«

Johanna trat zu den beiden. Sie drehte einen der Korbsessel zu ihnen herum und ließ sich darauf fallen. »Was für ein schöner Abend«, sagte sie.

»Weil wir Frauen vom Nordseehof nun alle zusammen sind?«, fragte Feemke.

Adda lächelte ihrer Mutter vorsichtig zu. Es war ein

friedliches Bild. Warum nur hatte es früher nie so sein können?

»Ja, weil wir alle beisammen sind«, bestätigte Johanna. »Das ist schön.«

»Kommt Rolf gleich noch?«, fragte Adda. Es fühlte sich noch immer ein bisschen fremd an, ihn an der Seite der Mutter zu sehen, und das Wort Vater auszusprechen fiel ihr nach wie vor schwer. Eines Tages musste sie mit ihrer Mutter reden. Über den Vertrauensbruch. Über das, was es mit Adda gemacht hatte. Aber nicht heute, dachte sie. Nicht heute.

»Nein, Rolf bleibt in seinem Haus. Er war sehr müde und fand, uns beiden tut ein Abend allein mal ganz gut.«

Sie lauschten eine ganze Weile den Geräuschen der Nacht. In den Bäumen gegenüber bettelten die jungen Waldkäuze um Futter, in der Ferne bellte ein Fuchs sein schauriges Lied. Irgendwo auf den Wiesen schnatterten Graugänse. Ab und zu huschte eine Fledermaus über ihre Köpfe hinweg.

»Es ist ein wirklich lauer Abend«, sagte Adda. »Das haben wir selten an der Küste. Schaut nur, der Mond!«

Er hatte heute eine bizarre Farbe, schimmerte ein bisschen orange. Inzwischen war der letzte helle Streif am Horizont verschwunden. Sterne und Mond gewannen an Übermacht, ehe die Sonne sie in ein paar Stunden wieder verdrängen würde.

Feemke gähnte laut.

»Ich glaube, du musst jetzt ins Bett«, bestimmte Adda, als die Kirchglocke aus Neusiel den zehnten Schlag tat.

Feemke zog einen Flunsch, aber Adda blieb hart. »Keine Widerrede. Ich bleibe ja hier, und du willst morgen mit

Hauke und Micha Heu machen.« Der zweite Schnitt lag an, und alle mussten früh raus. Auch Johanna würde sich schon bald zurückziehen.

Adda brachte ihre Tochter in ihr Zimmer. Die Kleine war unwahrscheinlich stolz darauf, wie schön es jetzt dort aussah, denn ihre Oma hatte aus dem düsteren, tristen Raum ein richtig hübsches Mädchenzimmer gemacht. Die weiße Tapete hatte vereinzelt schmale, rote Streifen. Dazu passend hatte Johanna weiße Möbel gekauft und Feemkes Spielsachen so untergebracht, dass alles ordentlich wirkte und doch kindgerecht verstaut war. Über ihrem Bett hing ein Janosch-Bild.

Feemke kuschelte sich in die farblich zu der Tapete passende Bettwäsche, betete mit Adda und schlief danach augenblicklich ein.

Adda ging zurück auf die Terrasse. Johanna hatte ihnen inzwischen ein Glas Weißwein geholt. »Setz dich doch noch ein wenig.«

Adda griff nach dem Glas, und sie prosteten sich zu. Dann klönten sie einvernehmlich über belanglose Sachen wie die anstehende Heuernte, die wegen des trockenen Wetters sicher gut ausfallen würde, und natürlich war Thedas Hochzeit ein Thema.

Später kam auch Deikes Schwangerschaft zur Sprache, und dass Theda ihr sicher am besten helfen konnte. Natürlich hatte Adda ihrer Mutter nach ihrer Ankunft gleich davon erzählt. Jetzt, wo sie sich besser verstanden, waren viele Dinge einfacher geworden.

»Theda hat mich schon angerufen«, sagte Johanna. »Sie freut sich riesig, dass sie Oma wird. Ehrlich gesagt, kann ich sie gut verstehen.«

»Du bist ja auch eine tolle Oma.« Adda seufzte und griff nach Johannas Hand. »Ich bin dir sehr dankbar, dass wir hier Unterschlupf finden durften.« Dann erzählte sie ihr auch, was mit Dirk in der letzten Zeit vorgefallen war.

Ihre Mutter hörte ruhig zu, kommentierte das eine oder andere und sagte am Ende: »Ihr könnt so lange bleiben, wie ihr möchtet. Ich weiß aber, dass es nicht dein Traum ist, auf dem Nordseehof zu leben. Wir werden Wege finden, wenn wieder eine Änderung ansteht.«

Dankbar prostete Adda ihrer Mutter erneut zu und schmeckte dem fein säuerlichen Geschmack des Weins nach.

»Uwe kommt auch nicht mehr oft nach Hause, oder?«, fragte sie. Sie vermisste ihren Bruder doch so manches Mal. Er meldete sich kaum bei ihr, es war fast, als wäre ihm entfallen, dass er eine kleine Schwester hatte.

»Das nicht, aber er ruft mich zweimal in der Woche an«, sagte Johanna. »Er hat sich ein völlig anderes Leben aufgebaut, dazu passt die Schäferei nicht mehr. Aber es ist für mich in Ordnung. So ist das Leben.« Es klang ein bisschen resigniert.

Adda nahm einen neuen Schluck Wein und betrachtete die Flasche. Es war ein Riesling aus der Pfalz. Er schmeckte ihr.

»Ich glaube, seine Distanziertheit liegt auch daran, dass er mir ebenfalls viele Dinge nicht verzeihen kann. Aber das kann ja noch werden. Im Alter wird man gnädiger«, resümierte Johanna.

Von Weitem ertönten Martinshörner, die dann aber wieder verstummten. Sie wirkten in dieser lauschigen Nacht irgendwie fehl am Platz.

»Ich mag das nie hören«, sagte Addas Mutter. »Dieses Tatütata ist immer ein Zeichen dafür, dass etwas Schlimmes passiert ist. Zum Glück bist du hier, und ich muss mir um dich keine Sorgen machen.«

Adda lächelte sie liebevoll an. Sie erstaunte es selbst, aber im Moment war es wunderbar, auf dem Nordseehof zu sein. Wer wusste schon, wie lange dieses Gefühl andauern würde.

Im nächsten Moment fuhren sie herum, als vom Hof her lautes Rufen ertönte.

»Die Schafe!«, hörte Adda nur. »Eins ist tot!«

Ihre Mutter sprang auf. Hauke und Rolf schossen um die Ecke. »Habt ihr das Telefon nicht gehört?«

Adda schüttelte den Kopf und erhob sich ebenfalls. »Was ist denn los?«

»Jemand hat am Deich einen Hund auf die Schafe gehetzt. Ein Lamm ist gerissen, ein Mutterschaf läuft blökend herum und sucht ein anderes Jungtier.« Rolf war völlig erhitzt. »Ich bin von Ingo angerufen worden. Er kann gerade nicht weg. Er weiß es von Bauer Gerdes, der auf der Weide gegenüber vom Deich nach seinen Tieren gesehen hat, weil ein Hund ziemlich durchgedreht sein soll und laut gekläfft hat.«

»Warum geht mein Telefon jedes Mal nicht, wenn etwas Schlimmes passiert?«, murmelte Johanna. »Fahrt ihr mit dem Bulli zum Deich? Ich komme gleich mit meinem kleinen Wagen nach.«

Sie stürzte ins Haus. Adda folgte ihr, lief zum Telefon und prüfte den Anschluss. Tatsächlich war das Kabel im Flur erneut rausgerissen worden.

»Das stinkt doch zum Himmel!«, sagte Adda wütend.

»Wer war heute hier? Ich gehe mal davon aus, dass du es nicht aus der Buchse gezogen hast.«

Ihre Mutter krauste die Stirn. »Vielleicht ist es mir beim Saubermachen passiert. Aber nein, ich habe heute gar nicht gesaugt.«

»Mama«, beharrte Adda. »Wer war heute hier und hätte das Kabel ziehen können, damit man dich nicht erreicht und so verhindert wird, dass du rechtzeitig zum Deich kommst?«

Johanna umklammerte die Kommode. »Dagmar. Sie war wie immer angetrunken und hat herumgepöbelt. Und Paul war da. Er war ganz aufgekratzt, weil er Irmi heute einen Antrag machen wollte.«

Adda sog die Luft scharf ein. »Schon wieder Paul. Ich hab ihm noch nie über den Weg getraut. Steckt er mit Manfred unter einer Decke? Ich habe Ingo munkeln hören, dass die beiden richtig dicke miteinander sind. Wie auch immer man mit einem Mann wie Manfred befreundet sein kann.«

Johanna erwiderte: »Ja, sie stecken oft zusammen, aber Paul ist ein guter Kerl. Er war es nicht. Da kann ich mir schon eher vorstellen, dass Dagmar etwas damit zu tun hat.«

Adda steckte den Stecker wieder in die Buchse. Sie hasste es, wenn den Lämmern etwas passierte. Und sie hasste denjenigen, der den unschuldigen Tieren das antat.

Johanna hatte sich wieder gefangen und organisierte bereits den Ablauf.

»Ich fahre Rolf und Hauke hinterher. Halte du hier die Stellung. Einer muss sowieso bei Feemke bleiben.«

Adda hörte, wie ihre Mutter mit dem Auto den Hof

verließ, und setzte sich wieder auf die Terrasse. Hoffentlich fanden sie das zweite Lamm. Es konnte verhungern, während das Muttertier mit dem übervollen Euter unter unsäglichen Schmerzen litt. Zum Glück würde Mary bei der Suche in der Dunkelheit helfen. Auf ihre Hütehündin war immer Verlass.

Adda stand noch einmal auf und schenkte sich von dem Riesling nach. Schließlich musste sie nicht mehr fahren. Allerdings war sie das Trinken nicht gewohnt, aber es beruhigte ihre Nerven. Adda schloss kurz die Augen, enttäuscht darüber, wie jäh und furchtbar der zunächst harmonische Abend geendet hatte. Kaum hegte man auf diesem vermaledeiten Hof die Hoffnung, das Leben könnte sich zum Guten wenden, kippte es wieder um. Es war, als läge ein Fluch auf der Schäferei.

»Blödsinn, Adda Deeken«, schimpfte sie mit sich selbst. »Es ist das Leben, das einen immer wieder einholt.« Sie lauschte den Geräuschen der Nacht, die immer mehr verstummten.

Fast wäre Adda eingeschlafen, doch da klingelte es vorn an der Haustür. Sie stand abrupt auf und brauchte einen Augenblick, bis sie sich orientiert hatte. Wer zum Teufel kam um diese Zeit noch hierher?

Adda eilte in den Flur und erschrak, als sie durchs Fenster der Tür Blaulicht sah, das die Dunkelheit zerhackte. Draußen standen zwei Polizisten. Adda öffnete und sah schon ihren Gesichtern an, dass sie keine guten Nachrichten brachten.

*

Johanna hatte an Taschenlampen gedacht, und Rolf leuchtete die Landinnenseite der Deichweide Meter für Meter ab. Hauke tat dasselbe an der Seeseite. Mary tollte schnüffelnd herum.

Johanna hatte zuerst die beiden Mutterschafe melken müssen, denn deren Euter waren prall gefüllt, weil sie die Lämmer nicht hatten säugen können. Dankbar schnauften sie, als Johanna die Milch in den Eimer pumpte. Das tote Lamm hatten sie schon in den Bulli geladen, das Mutterschaf würden sie ebenfalls mitnehmen. Bei dem anderen ließ sie noch etwas Milch im Euter, in der Hoffnung, dass sie das Lamm lebend fanden und es zum Trinken nicht zu schwach war. Ansonsten würde es die Flasche bekommen müssen.

Johanna strich den beiden Mutterschafen über den Kopf. Ihr taten die Tiere unglaublich leid, denn sie litten bei dem Tod ihrer Lämmer mehr, als man sich vorstellen konnte. Manchmal war ihr, als würde sie in die Seelen der Schafe blicken können, wenn sie ihnen in die Augen sah.

Endlich ertönte Marys Bellen. Das hieß, sie hatte das Lamm gefunden!

Johanna eilte in die Richtung, aus der sie die Laute der Hündin vernommen hatte. Kurz darauf sah sie deren geflecktes Fell in der Dämmerung leuchten. Johanna lobte Mary, die ihr freudig die Hand schleckte.

Dann beugte sie sich zu dem Lamm, das völlig geschwächt am Zaun lag und viel zu lange nicht gesäugt worden war. Hauke kam gleich nach ihr an, hob das Tier hoch und trug es zurück. Das Lamm blökte leise, als es die Mutter hörte.

Hauke setzte es ab, und sie versuchten, es ans Euter zu legen. Es war zwecklos, das Kleine war zu schwach.

»Wir haben eine Flasche im Wagen!« Johanna eilte zum Bulli, in dem sie stets eine Notfallkiste stehen hatten. Sie füllte die Flasche mit der eben abgemolkenen Schafmilch und setzte den Sauger auf.

Das Lamm trank sofort, aber Johanna zog die Flasche immer wieder weg, damit es die Milch nicht zu hastig zu sich nahm. Kurz darauf wirkte das Lamm schon wieder munterer und konnte nun auch eigenständig am Euter saugen. Das Schaf stupste es immer wieder an.

»Sieht fast aus, als liebkose es das Kleine«, meinte Rolf.

»Ja, so ist es. Das haben wir zumindest geschafft.« Johanna war erleichtert.

Hauke und Rolf packten das andere Mutterschaf und trugen es zum Bulli. Sie würden es weiterhin selbst melken müssen.

»Morgen früh schaue ich gleich noch einmal hier nach den Tieren«, versprach Hauke. »Ich möchte wirklich wissen, welcher Idiot seinen Hund hier hat herumwildern lassen. Jedes Jahr dasselbe Theater! Entweder jagen die Urlauber ihre Kinder zu den Lämmern, oder die Hunde sind nicht angeleint. Dabei steht doch deutlich da, dass es sich um ein Deichschutzgebiet handelt.« Hauke kratzte sich am Kopf. »Ich muss jetzt schnell zurück. Micha schläft zwar, aber er ist allein. Die Nachbarin wollte nur ab und zu nach ihm schauen.«

Johanna bekam ein schlechtes Gewissen. »Nimm meinen Wagen, dann bist du schneller. Morgen kannst du mir das Auto wiederbringen.« Sie drückte ihm den Schlüssel in die Hand, und er nickte dankbar.

»Warum ging dein Telefon denn schon wieder nicht?«, fragte Rolf, als Hauke fort war.

Johanna erzählte ihm, was passiert war, und auch, dass sowohl Dagmar als auch Paul auf dem Hof gewesen waren.

»Paul…«, wiederholte Rolf. »Oder Dagmar. Beide sind gute Freunde von Manfred.« Er hieb auf das Armaturenbrett. »Dieser Mistkerl! Wenn wir es ihm doch nur beweisen könnten!«

Als sie am Nordseehof ankamen, riefen die Waldohreulen, weil sie noch immer ihre Jungen fütterten.

Johanna und Rolf brachten das Schaf zu den drei anderen auf den Paddock, deckten das tote Lamm ab und legten es in eine der Lammboxen im Stall, weil es von der Tierverwertung abgeholt werden musste. Dann gingen sie ins Haus. Kaum waren sie im Flur, zog Rolf Johanna an sich.

Sie war einfach nur müde und froh, dass er an ihrer Seite war. So standen sie eine Weile lang da und lauschten dem Herzschlag des anderen. Doch dann fuhren sie erschrocken zusammen, als sie Schritte hörten und Adda leichenblass in den Flur kam.

»Ich habe euch jetzt erst gehört«, sagte sie mit fast tonloser Stimme.

»Ein Lamm ist tot, aber den anderen Schafen geht es gut.« Johanna machte einen Schritt auf ihre Tochter zu. »Es ist schlimm, aber wir konnten noch Schlimmeres verhindern.«

»Gut«, sagte Adda mit versteinertem Blick. »Wenigstens das.«

Johanna sah ihre Tochter an. »Es geht nicht um die Schafe, oder?«

Adda schüttelte den Kopf. »Nein«, begann sie langsam.

Sie rang nach Worten und wirkte, als würde sie gleich in Tränen ausbrechen. »Die Polizei war hier. Sie haben Paul gefunden.« Pause. Schlucken. »Das waren die Martinshörner.«

Johanna verstand nicht recht. »Wie, sie haben Paul gefunden?«

»Er hat sich totgefahren. Ist an der B 436 mit seiner Harley und Vollgas gegen einen Baum gerast. Er war sofort tot.«

Johanna taumelte und suchte Halt an der Kommode. Das konnte doch nicht sein! »Aber warum? Er … er war heute Nachmittag doch noch so glücklich, weil er Irmi einen Antrag machen wollte.«

Adda lachte bitter auf. »Das wollte er auch. Aber der gute Manfred ist ihm dazwischengekommen. Paul hat ihn mit seiner Zukünftigen im Bett erwischt. Es gibt einen Abschiedsbrief, in dem er schwere Vorwürfe gegen Manfred Oetjen erhebt. Den haben sie in der Wohnung auf dem Küchentisch gefunden, und da wir die nächsten Angehörigen vor Ort sind, hat man uns Bescheid gegeben. Er hat unsere Adresse hinterlassen. Jedenfalls steht darin, dass Manfred ihn zwingen wollte, der Schäferei zu schaden, und er ihm aus Rache, weil Paul sich geweigert hat, Irmi ausgespannt hat. Die Polizei sagt aber, das sei ein haltloser Vorwurf und wohl eher Pauls Liebeskummer geschuldet. Auf jeden Fall ist nichts davon zu beweisen, selbst wenn es stimmt – wovon ich ehrlich gesagt ausgehe.« Adda atmete schwer ein. »Ich habe zwar nie viel von Paul gehalten, aber ich glaube ihm.«

Johanna war fassungslos und konnte noch immer nicht glauben, was sie da eben gehört hatte. »Ich auch«, sagte sie dann. »Aber wem nützt es?« Im nächsten Moment hatte die grausame Nachricht auch ihr Herz erreicht.

Sie schlug die Hände vors Gesicht und begann bitterlich zu weinen.

*

Theda, Ingo und Deike kamen sofort zu Johanna und Adda auf den Hof. Sie waren sichtlich schockiert.

Johanna hatte Kaffee gekocht, denn alle brauchten etwas Starkes, um den Schock zu verarbeiten.

»Weiß Dagmar schon Bescheid?«, fragte Johanna schließlich. Sie ging zum Küchenschrank und holte eine Flasche Korn heraus. »Immerhin hat sie bei Paul gewohnt, und sie kannten sich ewig.«

»Jetzt finanziert ihr Manfred die neue Bleibe«, sagte Ingo. »Da läuft auch was zwischen den beiden. Wer weiß, ob sie nicht mit Manfred unter einer Decke steckt. Ich habe keine Lust, sie zu informieren.«

Rolf knetete betreten seine Finger, weil Ingo ihn auffordernd ansah. Er war derjenige, der Dagmar Bescheid geben konnte, nur hatte er vermutlich wenig Lust, seiner Ex-Frau zu begegnen.

Johanna wollte auch nicht, dass er dorthin fuhr. Sie hatte noch immer das Bild vor Augen, wie Dagmar bei Rolf auf dem Schoß saß. Ehe sie ihn zu ihr schickte, wollte sie das lieber selbst in die Hand nehmen. »Hat jemand die Telefonnummer? Dann rufe ich sie an.«

Alle schüttelten den Kopf.

»Manfred kann es ihr gefälligst selbst sagen«, meinte Theda. »Er wird sicher bald erfahren, was er angerichtet hat. Man kann nach dem Brief wohl davon ausgehen, dass Paul absichtlich gegen den Baum gefahren ist.«

Johanna begann zu zittern. »Er hat Irmi so geliebt! Das war wohl zu viel für ihn, den einsamen Wolf, der sich endlich mal getraut hat, jemandem seine Zuneigung zu zeigen.« Pauls Tod ging ihr unglaublich nah.

Nach einer Weile fiel Johanna noch etwas ein, und sie wandte sich an ihre Tochter. »Weißt du, ob Pauls Mutter informiert wurde?«

Adda nickte. »Das wollte die Polizei tun. – Es ist alles so furchtbar.«

Deike saß nach wie vor leichenblass am Tisch und hatte bislang geschwiegen. Aber jetzt brach es aus ihr heraus: »Da ist mein Halbbruder gestorben! Ein Typ, den ich kaum kannte und mit dem ich bisher auch nichts zu tun haben wollte. Aber nun, wo er nicht mehr da ist, merke ich, wie gern ich ihn näher kennengelernt hätte...«

Adda biss sich auf die Unterlippe. Sie und Paul waren ebenfalls keine Freunde gewesen, aber was nun passiert war, rührte sie offenbar zutiefst. »Paul hat Manfred arg beschuldigt, und dem Mann traue ich alles Böse und Intrigante zu. Ich bin mir sicher, dass er auch hinter der Sache mit dem toten Lamm steckt. Das passt doch. Zum zweiten Mal war ausgerechnet auf dem Nordseehof die Leitung tot...«, sagte sie. »Und läuft auf dem Brede-Hof nicht dieser völlig irre Köter rum?«

Theda runzelte die Stirn. »Ich mag es kaum sagen, weil man ja nicht schlecht über Tote sprechen soll. Aber ich habe Manfred und Paul gestern zusammen in Hooksiel am Strand gesehen. Erst saßen sie zusammen auf einer Decke, dann gab es offenbar einen Streit, und Paul ist dann eine

Weile ins Watt gegangen. Sie haben sich aber wohl wieder versöhnt, jedenfalls saßen sie später einträchtig zusammen und haben Bier getrunken. Wenn da mal kein Zusammenhang besteht. Telefonkabel raus, Schafe gehetzt…« Sie hob die Arme. »Aber ich hab nichts gesagt!«

Johanna wurde eiskalt. Sie konnte und wollte es nicht glauben, aber alles sprach dafür, dass Paul doch mit Manfred gemeinsame Sache gegen sie und den Nordseehof gemacht hatte. Aber ein wichtiger Fakt passte nicht. »Wenn sie etwas zusammen geplant haben und Manfred Paul dazu brauchte: Warum hat er ihm dann Irmi ausgespannt? Das war doch offensichtlich seine Rache dafür, dass Paul sich gegen ihn gestellt hat.«

Adda lachte hämisch auf. »Mama, mir ist es sonnenklar. Manfred mag Paul wer weiß welchen Honig um den Mund geschmiert haben. Und wenn der dann das getan hat, was Manfred will, wie zum Beispiel dieses Kabel rauszuziehen, damit du nicht schnell genug am Deich sein kannst, um vielleicht das Schlimmste zu verhindern, dann gab es für den werten Herrn Oetjen schließlich keinen Grund mehr, seine weiteren Pläne auf Eis zu legen.« Sie schnappte wütend nach Luft. »Der Typ ist total durchschaubar! Er wollte schon immer einen eigenen Hof. Irmi ist eine gute Partie, und er hat mal wieder den Sonnyboy gespielt und sie rumgekriegt. Da ist ihm Paul Ehlers doch schnurzpiepegal!« Sie runzelte die Stirn. »Dass er dieses Spiel versteht, weiß ich aus eigener Erfahrung. Und nun hat er zwei Fliegen mit einer Klappe geschlagen. Er wird Irmi heiraten und den Hof bekommen. Praktischerweise ist er denjenigen, der ihn hätte verpetzen können, auch noch auf elegante Weise losgeworden. Herzlichen Glückwunsch.« Adda spie die Worte bitter aus. »Es ist auf jeden Fall gleichgültig, ob sie etwas geplant hatten oder nicht. Paul ist tot, weil Manfred sich mal wieder genommen hat, was er will, und das hat Paul mit seinem Leben bezahlt. Manfred ist einer der bösartigsten Menschen, die ich kenne«, sagte sie noch.

»Der sprichwörtliche Wolf im Schafspelz«, bestätigte Rolf. »Er macht einen so umgänglichen Eindruck, und in Wirklichkeit spielt er mit allen anderen und manipuliert sie so, dass sie nach seiner Pfeife tanzen. Ich befürchte, auch in Dagmar hat er ein williges Opfer gefunden. Sie ist einsam und wird sich an ihm und seinem Charme festklammern.«

»Nicht nur das«, meinte Adda. »Dagmar hasst meine Mutter auch. Und das schweißt sie zusammen. Wenn ihr mich fragt: Diese Sachen mit dem zerschnittenen Zaun und die Jagd auf unsere Schafe heute Abend waren nur der Anfang. Manfred hat Größeres im Sinn. Und ist er erst der Verlobte von Irmi, genießt er höchstes Ansehen bei den anderen Bauern. Er plant jeden Schritt und lässt sich Zeit. Mich würde es nicht wundern, wenn der Typ mal Politiker wird. Die sind doch auch alle korrupt!«, stieß sie hervor.

»Nicht alle«, versuchte Theda sie zu beschwichtigen. »Es gibt überall solche und solche.«

Adda winkte ab. »Ist ja auch egal. Jedenfalls ist Manfred Oetjen ein Mensch, der alle, die ihm im Weg stehen, fortstößt oder fertigmacht. So schlimm, dass sie wie Paul …« Adda sprach den Satz nicht zu Ende, weil ihre Stimme brach. Sie stand auf und nahm ihre Mutter in den Arm. »Mama, ich habe eine Scheißangst um dich.«

*

Paul wurde im kleinsten Familienkreis beerdigt. Nach Rücksprache mit seiner Mutter waren sie übereingekommen, ihn in Neusiel zu bestatten. Adda war froh gewesen, als der Tag endlich vorbei war.

Vorher hatte Johanna auf dem Brede-Hof angerufen und klargestellt, dass Manfreds Anwesenheit unerwünscht war. Dagmar duldete sie wohl oder übel. Immerhin hatte sie bei Paul gewohnt und war über viele Jahre seine Vertraute gewesen.

Auch Manu war gekommen, und Adda hatte sie als angenehm empfunden, was aber auch daran liegen mochte, dass sie Dagmar überreden wollte, wieder nach Oberhausen zurückzuziehen. Das wäre für ihre Mutter das Beste gewesen – aber Dagmar hatte sich geweigert. Zwischen den beiden Frauen stimmte allerdings etwas nicht. Allein die Blicke, die Dagmar Manu zugeworfen hatte, sprachen Bände. Beide Frauen waren nur kurz geblieben, und Adda war froh darüber.

Sie saß nach dem Mittagessen im Garten an der Graft und schaute den Enten beim Gründeln zu. Es war fast wie früher, wenn sie sich als Kind hierher zurückgezogen hatte. Oft war auch Oma Foline gekommen, und in Momenten wie diesen fehlte sie ihr ungemein.

Ihre Mutter war auf dem Weg zur Bank, Feemke und Micha spielten bei Deike auf dem Eilershof, und Adda war ganz für sich allein, was sie sehr genoss.

Inzwischen hatte Adda sich einigermaßen häuslich im Seitentrakt eingerichtet, aber wohl fühlte sie sich nicht. Alles war noch fremd, auch wenn ihre Mutter die Räume renoviert hatte, haftete der alte Muff irgendwie weiter fest in den Wänden und schien nicht willens, das Gehöft zu verlassen. Vielleicht bildete sie es sich aber auch nur ein.

Feemke war auf dem Nordseehof uneingeschränkt glücklich. In den ersten Tagen hatte Adda sogar gedacht, dass ihre Entscheidung, nach Hause zu ziehen, die richtige war, aber mit jeder Stunde, die verging, wuchs wieder dieses Gefühl, hier zu ersticken. Ganz schlimm war es, wenn diese innere Stimme ihr zuflüsterte, dass es sich mitnichten um einen Urlaub handelte, der bald zu Ende sein würde, und sie nie wieder in ihre alten Gewohnheiten zurückkehren konnte. Nein, sie saß in ihrem selbst gewählten Exil fest und hoffte nur, dass sie demnächst durch die Arbeit abgelenkt werden würde.

In solchen Stunden wie jetzt dachte sie wehmütig an ihre Aktionsgruppen. Gestern war in Bonn eine weitere Großdemo gewesen. Dieses Mal waren dreihundertfünfzigtausend Menschen gekommen. Was musste das für eine Stimmung gewesen sein! Wie gern wäre sie mitmarschiert! Peter hatte sie sogar angerufen und sie gefragt, ob sie nicht dabei sein wollte. Wie gern hätte sie zugesagt, aber das war ausgeschlossen, denn sie wollte nun endlich mal wieder Zeit mit Feemke verbringen, schließlich hatte ihr Kind in den letzten Monaten nicht viel von seiner Mama gehabt. Nein, dieser Urlaub gehörte ihrer Tochter.

Zwischendurch traf sie sich auch wieder mit Deike. Das tat ihr gut, auch wenn ihr Verhältnis noch nicht wieder so vertraut war wie früher. Vielleicht kam das ja noch. Adda verdrängte den Gedanken, wie fremd sie sich geworden waren.

»Hallo, Adda!« Sie fuhr herum, als Hauke zu ihr trat. »Darf ich mich setzen?«

»Klar!« Adda rückte ein Stück zur Seite, sodass genug Platz für ihn war. Er ließ sich neben ihr fallen.

Adda sog verstohlen seinen Geruch ein. Er duftete ein bisschen herb, aber auch nach Schaf und Sommer und zugleich unwahrscheinlich männlich.

»Du hast Heimweh, oder?«

Sie nickte. Sah man ihr das so deutlich an?

»Ich kann mir vorstellen, wie schwierig es ist, wenn man den Trubel in der Stadt gewohnt ist und nun wieder auf dem Land lebt. Und trotzdem ist es das Richtige, weil man seinem Kind damit etwas Gutes tut«, fasste Hauke ihr Dilemma zusammen.

»Woher weißt du das? Du hast doch schon immer auf dem Land gelebt.«

Adda mochte Hauke sehr. Er war unaufdringlich, zurückhaltend und ein angenehmer Gesprächspartner. Er redete nämlich nicht nur über Schafe, sondern kannte sich auch in der Politik sehr gut aus, sodass sie schon wunderbare Diskussionen gehabt und festgestellt hatten, dass sie auf einer Wellenlänge surften.

»Du wärst gestern gern zu der Demo gefahren, stimmt's?«, fragte Hauke jetzt.

Adda lächelte ihn an. Ihm brauchte sie nichts vorzumachen. »O ja, das wäre ich. Im letzten Jahr war es ganz toll, aber diesmal durften sie nicht in den Hofgarten. Trotzdem war es bestimmt imponierend.«

»Ich hab dir was mitgebracht.« Hauke griff in seine Hosentasche und zog einen Walkman hervor. »Ich hab zwei davon. Ist auch eine Kassette drin. Mit den neusten Hits wie *Goldener Reiter* von Joachim Witt, *Der Kommissar* von Falco und so.« Hauke lief rot an. »Vielleicht erleichtert dir die Musik das Einleben ein bisschen. Ich würde mich freuen, wenn du dich bald heimisch fühlst.«

Adda war gerührt. »Warum schenkst du mir etwas?«

Hauke druckste verlegen herum. »Der zweite lag bei mir nur rum, und ich dachte, du könntest dich damit ein bisschen ablenken. Ich weiß, dass du morgens immer joggst und …« Er brach ab. »Also, ich dachte …«

Adda umarmte Hauke spontan. »Schon gut. Ja, ich freue mich. Sehr sogar.« Noch nie hatte ihr jemand einfach so etwas geschenkt. Nicht ihre Mutter, nicht einmal ihr Vater, und Dirk sowieso nicht. Von ihrem Mann hatte sie immer nur praktische Dinge bekommen wie einen neuen Mixer oder einen Wasserkocher. Dieser Walkman aber war etwas Persönliches, und Hauke hatte sogar eine Kassette mit Stücken der Neuen Deutschen Welle eingelegt – vermutlich, weil sie kürzlich bei einem Gespräch erzählt hatte, dass sie die mochte, weil die Lieder sie ablenkten. Normalerweise hörte Adda, genau wie Hauke, Hannes Wader, Simon & Garfunkel oder Herman van Veen. Aber beim Joggen brachte sie diese neue Musik in den richtigen Tritt.

»Kannst du dich denn so gar nicht mit Neusiel anfreunden?«, fragte er.

Adda seufzte. Was wusste er von ihrer Vergangenheit, was von der Gegenwart? Sie beschloss, noch vorsichtig zu bleiben. »Es ist so viel passiert … Viele schlimme Erinnerungen und Erlebnisse. Und doch war der Nordseehof immer eine Konstante für mich. Es ist so ambivalent! Glück und Katastrophe liegen hier dicht beieinander und …«

»Feemke liebt den Hof«, unterbrach er sie, als könnte er die negativen Worte nicht länger ertragen.

»Ja, meine Tochter ist ganz anders als ich. Schon als junges Mädchen wollte ich immer weg und niemals Schäferin werden. Sie hingegen liebt alles, was mit dem Nordseehof zu tun hat.«

»Mein Micha auch. Und er liebt Feemke. Sie gibt ihm Halt und Selbstvertrauen.«

Schweigend saßen sie eine Weile da und sahen über die Graft hinweg in die Marsch. Hier wehte immer ein Lüftchen, die Blätter raschelten im leichten Wind, und die Möwen ließen sich am Himmel treiben.

»Es ist schön hier«, flüsterte Adda. »Manchmal wünsche ich mir so sehr, dass ich es lieben könnte. Und dann glücklich wäre, so wie Feemke.«

»Kannst du es denn nicht versuchen? Ein kleines bisschen?« In Haukes Stimme lag so viel Flehendes, dass Adda ein Stück abrückte. Sie wollte sich nicht vereinnahmen lassen oder gar falsche Hoffnungen wecken. Sie mochte Hauke, aber mehr auch nicht.

Adda stand auf und ging zum Rosengarten, wo sie mit den Fingerspitzen sacht über die kleinen Blüten fuhr. An der lachsroten Sorte blieb sie länger stehen und schnupperte daran.

Hauke war ihr gefolgt. »Die mag deine Mutter auch am liebsten. Hat Rolf mir erzählt.«

Adda zuckte zusammen. »Manchmal ist man erstaunt, wie viele Gemeinsamkeiten einen mit der eigenen Mutter verbinden, ohne es zu wissen.« Sie ließ die Blüte los, und die Ranke schnellte zurück. »Warum haben wir dieses Kleinod eigentlich derart verkümmern lassen?« Sie zuckte mit den Schultern. »Egal, ich habe dafür kein Geschick.« Adda bemühte sich um einen lockeren Tonfall, weil sie ahnte, dass Hauke die Situation unangenehm war. Sicher hatte er ihre Abneigung gespürt.

»Ich wollte dich eben nicht verschrecken«, begann er prompt. »Aber ich wäre traurig, wenn du wieder gehst.«

Adda wollte ihn kein zweites Mal verletzen und überlegte, wie sie reagieren sollte. »Ist schon in Ordnung, tut mir leid, dass ich so schroff reagiert habe. Ich bin noch nicht richtig angekommen und aus der Beziehung mit Feemkes Vater noch nicht raus, auch wenn ich mir dauernd einrede, dass es so ist.« Sie lächelte und wies zum Rosengarten. »Das sieht inzwischen aus wie bei Dornröschen«, sagte sie. »Komplett verwildert, aber die Rosen blühen noch immer in allen möglichen Farben. Nur nicht so üppig wie einst.« Sie spitzte die Lippen. »Eigentlich passt der Garten zu mir. Ich bin auch so... wild und unentschlossen. Weiß nicht, wohin ich wachsen möchte, und auf dem Weg in alle Richtungen entfalten sich die merkwürdigsten Blüten.« Sie griff nach einer Ranke, die nach unten hing und sich mit einer anderen verzweigt hatte. »Guck, die kennt ihre Richtung auch nicht. Nach unten zu wachsen, ist einfach blöd.«

Adda versuchte sie hochzuziehen und an einem anderen Trieb zu befestigen, aber es gelang ihr nicht. »Und widerspenstig ist sie auch.«

»Ich mag das. Es ist doch langweilig, wenn eine Frau keine eigene Meinung hat und sich nicht ausprobieren möchte.«

»Das sagen sie am Anfang alle«, erwiderte Adda neckisch. »Komm, lass uns sehen, wo die Kinder sind.« Sie bemerkte zwar Haukes enttäuschtes Gesicht, aber sie konnte es nun mal nicht allen recht machen.

KAPITEL 17

Der erste Oktober war mit 17 Grad ein warmer Tag, und die Sonne legte sich noch einmal richtig ins Zeug. Während die Kirchenglocken läuteten, schritt Theda an Hermanns Seite durch den Gang der Neusieler Kirche. Sie strahlte so sehr, wie Johanna sie noch nie hatte strahlen sehen. Sie freute sich unglaublich darüber, dass ihre Cousine doch noch ihr Glück gefunden hatte. Auch ihre Kinder Deike und Hajo wirkten vollkommen entspannt.

Theda hatte nur im Kreis der Familie feiern wollen, sie würden nach der Trauung zum Eilershof fahren. Den Termin hatte sie extra am Vormittag angesetzt, damit sie anschließend gemütlich zu Mittag essen und später Kaffee und Tee trinken konnten. Theda hatte sich kurzfristig gegen eine Hochzeit mit Tanz und Partystimmung entschieden. Sie mochte es inzwischen lieber beschaulich. Johanna konnte das sehr gut verstehen. Und gerade in diesem Jahr kam ihr diese Art zu feiern äußerst gelegen.

So schlimm der Schicksalsschlag mit Paul auch gewesen war – danach war auf dem Nordseehof ein wenig Ruhe eingekehrt. Keine Probleme mehr mit den Schafen, keine kaputten Zäune und keine herausgerissenen Telefonkabel.

Trotzdem mochte Johanna nicht daran glauben, dass Paul etwas mit den Anschlägen zu tun gehabt hatte.

Rolf hatte begonnen, die Rosen im Garten zu kultivieren. Aber dann hatte ihm seine Bandscheibe einen Strich durch die Rechnung gemacht, und das Projekt musste wieder warten.

Theda und Hermann hatten jetzt vorn am Altar Platz genommen. Hajo und Deike waren ihre Trauzeugen. Als der Pastor seinen Segen sprach, musste Johanna schlucken. In diesem Augenblick verspürte sie einen unglaublichen Frieden und hatte das Gefühl, dass endlich Gelassenheit in ihr Leben einkehren könnte. Verstohlen tastete sie nach Rolfs Hand, und ihre Fingerspitzen spielten miteinander. Dann schloss Johanna die Augen und ließ das Lied *Lobet den Herren* auf sich wirken.

Deike hatte es sich nicht nehmen lassen, Feemke und Micha darum zu bitten, Blumen zu streuen, doch die beiden waren sich dafür schon zu alt vorgekommen. Also hatte sie zwei andere Kinder verpflichtet. Allerdings hatten diese wohl nicht so recht verstanden, was sie tun sollten, und kippten die Körbchen mit den Blüten bereits im Gang der Kirche aus.

Vor der Kirche mussten Theda und Hermann den obligatorischen Stamm zersägen, was eine ganze Weile dauerte, denn Hajo und Ingo hatten bewusst eine stumpfe Säge gewählt, um es ihnen nicht allzu leicht zu machen.

»In der Ehe ist es auch nicht immer einfach«, erklärte Ingo zum Amüsement aller. Seine Homosexualität war zwar ein offenes Geheimnis in Neusiel, und es stieß sich keiner mehr daran. Allerdings war er deswegen nicht verheiratet und somit auch kein Experte auf dem Gebiet.

Als der Stamm zersägt war, fuhr eine geschmückte Kutsche vor, in der Theda und Hermann Platz nahmen.

Die restlichen Gäste folgten mit ihren Autos im Schritttempo.

Die Tafel auf dem Eilershof war wegen des wunderbaren Wetters im Obstgarten aufgebaut und festlich gedeckt. Sollte es kühler werden, konnten sie noch immer in die große Stube umziehen.

Nachdem alle eingetroffen waren, hielt erst Hermann eine Rede und dann Ingo als Gastgeber, weil ihm der Hof gehörte.

»Bevor wir hier gleich, wie es sich für eine Bauernhochzeit gehört, über all die Köstlichkeiten herfallen, möchte ich mit euch auf das Brautpaar anstoßen«, sagte er. »Ich bin so froh, dass sich Hermann und Theda gefunden haben! Es gibt kaum einen Menschen, dem ich dieses Glück so sehr gönne wie meiner kleinen Schwester. Sie hat immer zu mir gestanden, wir beiden sind durch ziemlich hohe Wellen gesegelt. Ich wünsche dem Brautpaar alles Gute der Welt!«

Die Gläser klirrten, und dann wurde aufgetischt. Alle schlemmten Hühnersuppe, Rinder- und Schweinebraten nebst Lammkeulen mit Karotten und Erbsen, Rotkohl und verschiedenen Salaten. Danach gab es noch rote Grütze und Vanillesoße.

Fröhliche Stimmen schallten über den Eilershof. Deikes Bauch hatte schon einen guten Umfang erreicht. Im November würde sie entbinden. Hauke bemühte sich sehr um sie und passte umsichtig auf, dass es ihr gut ging. Ein wenig betrachtete Johanna das mit Sorge, hatte sie doch geglaubt, dass Adda und er Sympathien füreinander hegten und sie womöglich eifersüchtig sein könnte. Doch ihre Tochter irritierte seine Fürsorge für die Freundin nicht. Sie schien ohnehin mit ihren Gedanken ganz woanders zu sein.

Zwischendurch verschwand sie oft in der Küche, und als Johanna ihr um kurz nach drei einmal heimlich folgte, sah sie, dass Adda vor dem Radio saß. Sie hatte ihre Lippen fest zusammengekniffen und sah angespannt aus. Plötzlich verengten sich ihre Augen, dann sprang sie hoch und stampfte mit dem Fuß auf.

Johanna eilte zu ihr. »Kind, was ist passiert?«

»Verrat! Mama, gibt es denn nichts mehr, worauf man sich auch nur annähernd verlassen kann? Wird in diesem verdammten Leben nur gelogen und betrogen? Im Privaten, in der Politik?«

Johanna wusste nicht, wovon ihre Tochter sprach. »Was ist denn los? Ich verstehe nicht, was dich gerade so aufregt!«

»Weil du kein bisschen politisch interessiert bist! Eben haben sie Helmut Schmidt das Misstrauen ausgesprochen! Die FDP ist übergelaufen, hat sich an keine ihrer Abmachungen gehalten. Und das Schlimmste für uns Friedensaktivisten: Die CDU ist an der Macht. Mit diesem Kohl!«

»Aber Adda, das ist Demokratie! Das Leben in Deutschland wird dadurch doch kein bisschen schlechter. Wir werden es gar nicht bemerken.« Johanna verstand die Dramatik nicht.

Adda riss das Fenster auf. Von draußen schallten ihnen die fröhlichen Stimmen und die leise Hintergrundmusik entgegen. »Das Land hat eben einen anderen Gang eingelegt, es ruckelt und zuckelt, und in Neusiel feiert man Hochzeit, als wäre nichts passiert!«

Johanna machte einen Schritt auf Adda zu, hielt dann aber inne, als sie den Blick ihrer Tochter sah. In ihm erkannte sie einen gewissen Fanatismus, große Wut, aber auch Enttäuschung.

»Grausam ist dieser Verrat! Sie hatten eine Abmachung. Und jetzt? Jetzt geht es nur um Macht.« Adda rannte hinaus und knallte die Tür hinter sich zu.

Johanna sah ihr lange nach.

Die Welt hatte sich heute in Deutschland tatsächlich verändert. Mal sehen, was daraus folgen würde. Ein Misstrauensvotum hatte es ihrer Erinnerung nach noch nie gegeben, auch wenn sie sich nicht besonders für Politik interessierte. Aber es würde schon weitergehen, so wie immer alles weiterging. Sicher machte Adda sich umsonst Sorgen.

Doch ihre Tochter reagierte stets sehr empfindlich, wenn sie getäuscht wurde. Egal, ob privat oder wie jetzt bei diesem politischen Ereignis. Das war ein Stachel, der vermutlich für immer in ihrem Fleisch saß. Obwohl sie inzwischen sehr gut miteinander auskamen und sie tatsächlich sogar oft eine tiefe Nähe zueinander verspürten, war diese eine Verletzung geblieben. Und es war Johannas Verrat, der ihre Tochter jetzt so sehr daran zweifeln ließ, dass das Leben trotz allem immer weiterging.

*

Adda war noch müde, denn die Nacht war viel zu kurz gewesen. Als alle Hochzeitsgäste gegangen waren, hatte sie noch lange mit Deike gequatscht.

Sie setzte sich mit einem Kaffeebecher in der Hand auf die Stufen der Treppe und schaute über den Nordseehof. Feemke und Micha spielten in der hinteren Ecke am Weidegatter und kicherten gerade über irgendetwas. Das zauberte Adda ein Lächeln aufs Gesicht. Jetzt hüpfte Feemke so freudig über den Hof wie ein junges Lamm, das die Welt nach und nach eroberte. Sie blühte hier richtig auf.

Adda sog die herbstliche Luft ein. Die Natur zeigte sich bunt, schien sich selbst mit ihren Farben übertreffen zu wollen. In den Gärten konkurrierten noch die lilafarbenen Astern mit dem Orange der Laubbäume, auf den Wiesen standen Champignons, und an den Wurzeln der Bäume waren Fliegenpilze und Stinkmorchel gewachsen.

»Mama, komm mal schnell!«, riss Feemke Adda aus ihrer friedlichen Stimmung. »Das Schaf ist tot! Auf der Weide neben dem Stall!«

Nicht schon wieder, schoss es Adda durch den Kopf. Sie waren ja wohl gestraft genug! Sie stellte den Becher ab und stürzte über den Hof dorthin, wo Feemke und Micha am Weidezaun standen.

Adda erkannte sofort, was los war. Eines der Schafe lag auf dem Rücken und hatte die Beine starr in die Luft gestreckt.

»Ist es wirklich tot?«, fragte Feemke mit Tränen in den Augen.

»Nein«, antwortete Adda. »Aber wir müssen dem Tier schnell helfen. Es ist umgefallen, und nun kann es sein, dass es kaum noch Luft bekommt oder die Organe gedrückt werden. Lange hält es das so nicht aus. Aber ihr müsst mich unterstützen, allein schaffe ich es nicht.«

In dem Augenblick fuhr Dagmar auf den Hof. Die

kann ich jetzt gar nicht gebrauchen, stöhnte Adda innerlich. Die schon gar nicht! Sie nickte ihr nur zu. Das Schaf
ging vor, da fehlte ihr die Zeit für Höflichkeiten.

Eilig liefen sie das kurze Stück über die Weide zu
dem Tier, und Adda prüfte, ob es wirklich noch lebte.
Immerhin war nicht klar, wie lange es hier schon so lag.
Manchmal versuchten die Tiere, sich zu schubbern, verloren dabei das Gleichgewicht und fielen um.

Adda instruierte die Kinder. »Feemke, stell du dich da
hin. Micha, du gibst auf den Kopf acht.«

Mit vereinten Kräften gelang es ihnen, das Tier wieder
auf die Beine zu bekommen. Es schüttelte sich kurz und
lief dann zur Herde zurück.

Adda rieb sich die Hände und lächelte die Kinder an.
»Das habt ihr super gemacht! So was ist eine sehr gefähr-
liche Situation für ein Schaf. Es ist so schwer von der
Wolle, dass es ihm nicht gelingt, allein aufzustehen. Und
es wirkt wie tot. Wenn man ein Tier in dieser Lage findet,
muss man es sofort aufrichten.«

»Ach, das junge Fräulein Deeken ist ja doch durch und
durch Schäferin.« Dagmar kam über die Weide gestakst
und umrundete eben einen großen Maulwurfhügel.

»Wir sind ja auch die Frauen vom Nordseehof«, erklärte
Feemke wichtig. »Wir müssen alles über Schafe wissen.«

Dagmar krauste die Stupsnase. Dabei verengten sich
ihre Augen, die Adda seit jeher merkwürdig fand.

»Du willst also auch wie deine Mutter und Oma auf
dem Gehöft versauern?«, fragte sie. »Das weißt du jetzt
schon?«

Feemkes Blick schnellte unsicher zu Adda. »Warum
versauert man hier, Mama? Ist das schlimm?«

Bevor Adda etwas darauf erwidern konnte, mischte sich Dagmar schon wieder ein. Sie hatte eindeutig getrunken, denn sie lallte. »Das ist sehr schlimm, junge Frau. Wenn man Ostfriesland nicht verlässt, kennt man die Welt nicht. Wird engstirnig und kann nicht mitreden. Trotzdem ist deine Mutter wieder da, und Rolf ... Das verstehe, wer will. Ich nicht.« Sie hickste.

»Dagmar, was willst du hier?«, fuhr Adda sie an.

»Nichts, war nur mal so unterwegs«, sagte sie mit verwaschener Stimme.

Adda schob sie in Richtung Weidegatter. »Es ist besser, wenn du jetzt gehst und erst mal deinen Rausch ausschläfst. Ich glaube, du verstehst viele Sachen nicht.«

Dagmar lachte auf. »Ich verstehe sehr gut! Alles verstehe ich. Und deshalb werde ich hier auch wieder verschwinden, sobald ich das kann. Aber du«, sie wies mit ihrem dünnen Zeigefinger auf Addas Brust, »du bist feige und faul, weil du wiedergekommen bist. Du hast die Freiheit gehabt, und weil es so wunderbar bequem ist, bist du jetzt in Mamas Schoß zurückgekehrt.«

Feemke und Micha verfolgten die Diskussion mit großen Augen.

Adda wurde langsam wütend, aber sie sah nicht ein, warum sie sich ausgerechnet vor Dagmar verteidigen sollte.

»Pass auf«, begann sie ruhig, »jeder hat das Recht, seinen Lebensentwurf umzusetzen. Manchmal muss man eben einen neuen Weg gehen, und manchmal ist es sinnvoll zurückzukehren.«

»Pah«, sagte Dagmar. Sie schwankte leicht. »Ihr kehrt nicht zurück, ihr bleibt eigentlich alle auf diesem Hof. Wie feige!«

»Bleiben kann auch mutig sein«, widersprach Adda.

»Du enthältst deinem Kind sogar den Vater vor! Ausgerechnet du!« Dagmar drehte sich um. Sie stapfte zurück und kickte unterwegs ein paar Schafköttel beiseite.

Adda war froh, als ihr Wagen sich wieder entfernte.

»Was ist das, den Vater vorenthalten?«, fragte Feemke.

»Das ist, wenn du ihn nicht sehen darfst«, erklärte Adda. »Aber du dürftest das natürlich. Es liegt nicht an mir. Er …« Sie brach ab.

»Papa will mich nicht sehen«, sagte Feemke. »Dabei hab ich alles versucht.«

Adda sah sie erstaunt an, und ihre Tochter errötete. »Erst habe ich versucht, Feenstaub einzufangen. So wie Rolf. Dann habe ich versucht, ihm eine Flaschenpost zu schicken. Micha hat sie richtig gut versiegelt. Wir haben sie extra ins Friedeburger Tief geworfen.« Sie grinste verschämt.

Adda nahm ihre Tochter in den Arm. »Warum hast du denn nie was gesagt? Ich kann ihn doch anrufen.«

Und dann? Welche Hoffnung weckte sie da? Adda hatte Dirk bereits zweimal geschrieben, ob er sich wegen Feemke nicht mal melden könnte, aber nie eine Antwort erhalten.

»Du magst ihn nicht mehr«, flüsterte Feemke.

Adda bekam ein verdammt schlechtes Gewissen, aber sie musste wohl oder übel über ihren Schatten springen und Dirk kontaktieren. Für ihr Kind.

»Sind wir böse, weil wir auf dem Nordseehof leben?«, fragte Feemke nun. »Weil Dagmar das sagt.«

Adda winkte auch Micha zu sich, der genauso erschrocken wie Feemke wirkte, sich aber wie immer zurückhielt.

»Nein. Dagmar ist krank, da sagt sie manchmal komische Sachen. Vergesst es einfach.«

»Aber ist es denn falsch, wenn man auf dem Nordseehof bleiben möchte?«, hakte Feemke erneut nach. »Dann muss ich ja doch irgendwann mal weg. Gucken, wie es woanders ist.«

»Das brauchst du nicht. Nur wenn du willst!«, sagte Adda.

Ihre Tochter nagte nachdenklich an ihrer Unterlippe, und Adda war unglaublich wütend auf Dagmar, der es mit wenigen Sätzen gelungen war, Feemke zu verunsichern. Wo sie doch gerade ihr Glück gefunden hatte.

*

Dirk saß im Wohnzimmer und schaute hinaus in den Garten, wo die ersten Blätter den Rasen bunt schmückten. Er wollte dieses Wochenende mal nicht arbeiten, sondern Zeit mit Miri verbringen, die es nicht so sang- und klanglos hinnahm wie Adda, wenn er ständig in der Kanzlei war. Miri benahm sich oft wie ein kleines Kind, das beschäftigt werden musste.

Im Augenblick saß sie beim Friseur, später wollten sie ins Künstlerdorf nach Worpswede fahren.

Das Klingeln des Telefons riss ihn aus seinen Gedanken. »Westerholt«, meldete er sich.

»Adda hier.«

Dirk stutzte. Seit dem Zusammentreffen vor der Bremer Wohnung hatten sie keinen Kontakt mehr gehabt, die Trennungsmodalitäten regelten die Anwälte.

»Ist was mit Feemke?«, fragte er.

»Ja. Sie vermisst ihren Vater.«

Dirk sog die Luft tief ein. Miri wollte, dass er keinen Kontakt mehr zu seiner anderen Familie hielt, und das hatte er akzeptiert. Aber konnte er so weitermachen wie bisher? Er vermisste seine Kleine so sehr! Wie stark die Sehnsucht war, wurde ihm in diesem Augenblick schlagartig bewusst.

»Hast du nichts dazu zu sagen? Sie hat versucht, dich mit Feenstaub und einer Flaschenpost zurückzuholen. Ich dachte, ein Telefonat tut es auch.«

»Ist … ist die Lütte in der Nähe?«

»Auf dem Hof.« Dirk spürte förmlich, wie schwer Adda das Gespräch fiel. »Holst du sie bitte mal?«

Er hörte es klacken, als Adda den Hörer neben das Telefon legte, dann eilige Schritte.

Kurz darauf war Feemke am Apparat. »Papa!«, jubelte sie. »Dann hat der Feenstaub was genützt und die Flaschenpost auch. Kommst du mich besuchen? Heute?«

Dirk schluckte. Miri würde ausflippen. Ihm schlimme Sachen an den Kopf werfen, aber wie immer würde sie am Ende klein beigeben. Oder vielleicht dieses Mal nicht, weil sie Addas Einfluss noch immer fürchtete? Denn nur das war der Grund dafür, dass sie sie aus Dirks Leben verbannen wollte.

»Papa!«, quengelte Feemke. »Alle haben einen Vater, nur ich nicht.«

In seinem Hals bildete sich ein Kloß. Den Brief von Adda ins Feuer zu werfen, war das eine, aber nun die Stimme seiner Tochter zu hören, etwas ganz anderes. Wie sie bettelte, ihn geradezu anflehte, wieder für sie da zu sein …

»Ich komme«, hörte Dirk sich sagen. Wie auch immer er das gleich Miri beibringen wollte.

»O fein!«, jubelte Feemke. »Mamaaaa! Papa kommt gleich!«

Dirk ließ sie Adda noch einmal ans Telefon holen und besprach mit ihr die Details. »Ich werde nicht lange bleiben, aber danach halten wir regelmäßig Kontakt. Versprochen. Ich vermisse mein Kind«, schloss er mit trockenem Mund.

»Dirk, du magst es nicht glauben, aber das freut mich. Für Feemke. Dann sehen wir uns später.« Adda legte auf.

Täuschte er sich, oder hatte ihre Stimme am Ende ein kleines bisschen weicher geklungen?

Dirk hielt den Hörer noch in der Hand, als Miri hereinkam. Sie duftete nach Haarspray, ihre Frisur war raspelkurz und gab ihr Gesicht vollkommen frei, sodass man deutlich sehen konnte, was für eine Schönheit sie war.

»Mit wem hast du telefoniert?«, fragte sie sofort misstrauisch.

»Mit meiner Tochter.«

Miris Augen verengten sich. »Mit deiner Tochter? Dann sicher auch mit deiner Ex. Ich will das nicht.«

Dirk legte den Hörer auf die Gabel, stand auf und trat auf Miri zu. »Ich habe aber nun mal ein Kind. Ich vermisse es, es vermisst mich. Deshalb werde ich heute zum Nordseehof fahren und Feemke besuchen.«

»Du willst was?« Miri schnappte nach Luft. »Ich hab mich extra schick gemacht. Wir wollten etwas zusammen unternehmen!«

»Komm doch mit! Es wäre wunderbar, wenn Feemke dich kennenlernen würde.«

Miri sah ihn an, als hätte er von ihr verlangt, Klowasser zu trinken. »Ich auf einem Bauernhof? Zu einer Frau, die meine besten Skulpturen zerstört hat und null, wirklich null Respekt für Kunst zeigt? Vergiss es!«

»Miri!« Dirks schwacher Versuch, sie zum Einlenken zu bringen, scheiterte an der zugeknallten Tür.

Er seufzte. Trotzdem würde er sich auf keinen Fall davon abhalten lassen, sein Kind zu sehen. Nie wieder.

Mit Miri, das kam schon wieder in Ordnung.

Und wenn nicht – dann eben nicht.

1989

KAPITEL 18

Die Luft flirrte in der Sonne an diesem Julitag 1989. Es war zu heiß zum Arbeiten, und wenn man etwas tat, musste man immer wieder eine Pause einlegen.

Johanna trug heute nur einen leichten Sommerrock mit einer Bluse, alles andere hätte sie erdrückt. Sie wollte in den Garten gehen, wo sie Rolf vermutete, der seit drei Jahren nun auch mit auf dem Nordseehof lebte. Er hatte noch immer häufig Schmerzen wegen der Bandscheibe, aber er gab nicht auf, den Rosengarten Stück für Stück zu kultivieren. Er glänzte zwar noch nicht wieder in der alten Pracht, aber er war schon nahe dran an seinem Urzustand. Vor allem Feemke war davon restlos begeistert und ließ sich von Rolf genau erklären, was er tat und warum er was machte. Mit ihren fast dreizehn Jahren war sie ernsthaft bei der Sache und freute sich über alles, was sie in der Schäferei lernen konnte.

Als Johanna in den Garten trat, sah sie ihre Enkelin auf den Stufen der Terrasse sitzen. Sie wirkte nachdenklich. Johanna steuerte auf sie zu. »Ist was? Du guckst so traurig.«

Feemke spitzte die Lippen. »Ich muss nachdenken. Als

ich eben Brot kaufen war, ist mir Dagmar über den Weg gelaufen. Sturzbetrunken, wie so oft.«

Johanna seufzte. Dagmar lebte seit dem letzten Jahr in einer der Altenwohnungen in Neusiel und hatte dort eine Betreuung. Sie konnte nicht mehr ganz allein bleiben. Der Alkohol hatte sie übermäßig schnell altern lassen, zudem war sie vergesslich geworden.

»Hat sie dich beschimpft?« Auch das tat sie oft.

»Nee, sie hat nur damit angegeben, dass Manfred jetzt in Hannover den dicken Mann macht und er *sie* ab und zu anruft, obwohl er doch mit Irmi Brede verheiratet ist.«

Johanna setzte sich neben Feemke und umschloss ihre Hand.

»Es ist gut, dass Manfred Oetjen so weit weg ist. Solange er in Hannover lebt, kann er uns nichts anhaben.«

»Zum Glück.«

»Hat Dagmar denn noch was gesagt?«, hakte Johanna nach, weil sie spürte, dass es noch nicht alles war.

»Ja. Dass du Dreck am Stecken hast und er dich eines Tages deswegen ins Gefängnis bringt.«

Johanna fuhr zusammen. »Geschwätz einer Betrunkenen. Das darfst du nicht glauben, Feemke!« Johanna wäre am liebsten auf der Stelle zu dieser Frau gefahren und hätte sie geschüttelt.

Glücklicherweise wirkte Feemke erleichtert. »Ich glaub das auch nicht, Oma«, versicherte sie.

Johanna strich ihrer Enkelin übers Haar und küsste sie zart auf die Wange. »Manfred ist weit weg, und ich habe nichts Schlimmes getan. Ganz sicher nicht!« Johanna sah Feemke prüfend an. »Aber sie hat noch mehr Blödsinn erzählt, oder?«

»Hm. Sie meinte wieder mal, man muss aus Ostfriesland weg, wenn man nicht versauern will.«

»Wenn du hier glücklich bist, kannst du doch bleiben«, antwortete Johanna.

»Und woher weiß ich das?«

Johanna seufzte. Manchmal erschien ihr Feemke mit ihren fast dreizehn Jahren viel zu erwachsen. Sie hoffte, dass ihre Zweifel nicht größer wurden, und sie blieb.

Als Feemke weitersprach, schien es fast, als wolle sie sich rechtfertigen. »Ich komm doch auch raus, weil ich ab und zu in Bremen bei Papa bin, seit er nicht mehr mit Miri zusammen ist.«

Johanna nickte. Dass Dirk Miri vor zwei Jahren den Laufpass gegeben hatte, war für Feemke ein Segen gewesen, denn seine Lebensgefährtin hatte das Kind gehasst. Für seine Tochter war es die Hölle gewesen, als sie ein einziges Mal aufeinandergetroffen waren. Dirk hatte Feemke nie zu sich nach Hause holen können und deshalb sämtliche Treffen in ein Hotel verlegt.

Nun aber lebte er allein in einem Apartment am Weserufer, und das Mädchen durfte ihn besuchen, wann immer sie wollte und er Zeit hatte. Seitdem war das Verhältnis zwischen ihm und Adda auch merklich entspannter.

»Genau, daran siehst du ja schon, dass Dagmar spinnt«, sagte Johanna. »Du bist sogar oft in Bremen. Und das ist eine große Stadt.«

Feemke stand auf. »Trotzdem mag ich da nicht für immer sein. Ich lebe lieber hier.«

Johanna erhob sich ebenfalls. »Siehst du, dann weißt du doch, wo du glücklich bist!«

»Danke, Oma. Ich geh dann mal Hausaufgaben machen.« Feemke sauste davon.

Johanna hoffte, dass sie ihre Bedenken hatte zerstreuen können. Es war wirklich schlimm, was Dagmar mit ihren unbedachten Äußerungen in der Seele eines jungen Mädchens anrichten konnte.

Einen Moment lang wollte Johanna noch allein sein und das alles sacken lassen. Sie setzte sich wieder. Dieser Garten war seit jeher ihr Paradies und Rückzugsort, und im Sommer war es hier besonders schön. Die Prachtspiere blühten neben den Montbretien und dem Phlox, den es hier in Weiß, Blau und Rosa gab. Am Schmetterlingsflieder tummelten sich zahlreiche Falter, und die Bienen summten um die Wette mit den Vögeln. Eben stimmte eine Amsel ihr Lied an. Im Sommer schien dieser Garten an Düften, Farben und Geräuschen regelrecht zu explodieren.

Nach einer Weile hatte Johanna sich gefangen, stand auf und spazierte zum Rosengarten, wo Rolf dabei war, ein paar Triebe zu stutzen. Er stellte sich gerade hin und rieb sich den unteren Rücken.

»Überanstrenge dich bitte nicht«, sagte Johanna und gab ihm einen Kuss. Er schaute sie wie immer lange an, und für Johanna war das die größte Liebeserklärung. Kein Mann auf der Welt hatte so wunderschöne Augen.

Rolf besah sich jetzt die Rosenstämme mit skeptischem Blick. Johanna wusste, dass es ihn ärgerte, weil er nicht so schnell vorankam, wie er es sich wünschte.

»Komm, setzen wir uns auf die Terrasse. Du siehst müde aus.«

Johanna ging voraus, und sie schob die beiden Stühle

ein Stück zurück, wo sie etwas mehr Schatten hatten. Sie lehnte sich zurück und atmete einmal tief durch.

Rolf gesellte sich zu ihr. So saßen sie eine Weile beieinander und genossen die Ruhe. Johanna erzählte ihm von ihrem Gespräch mit Feemke, und seine Miene verfinsterte sich. »Es ist schlimm mit Dagmar. Ihr geht es immer schlechter, und sie wird zunehmend aggressiver. Ich habe sie neulich auch im Dorf gesehen. Sie ist fast nur noch betrunken. Dagmar braucht Hilfe, müsste in eine Klinik ...«

»Sie sollte wirklich in ein Sanatorium gehen«, bestätigte Johanna. Aber dazu hätte sie einsichtig sein müssen. Rolf machte sich große Sorgen um sie, nur waren ihm die Hände gebunden.

Johanna strich das mit kleinen Blüten bestickte Tischtuch glatt. Es stammte noch von ihrer Mutter, die jeden Stich millimetergenau gesetzt hatte.

»Was mich auch nervt, ist, dass sie wieder von Manfred angefangen hat. Der sitzt aber jetzt zum Glück in Hannover, und in seiner Position wird er wohl kaum weiter Interesse daran haben, uns zu schaden.« Dass Manfred Oetjen einer der engsten Berater des Ministerpräsidenten war, erfüllte viele Mitbürger in der Region mit Stolz.

Rolf nickte versonnen. »Das würde ihm politisch das Genick brechen. Vergiss ihn endlich!«

Johanna sah ihn liebevoll an und fragte dann: »Holst du uns was zu trinken? Ich habe gleich um die Ecke etwas Saft hingestellt.«

Rolf ging durch die Terrassentür ins Haus, kehrte kurz darauf mit einer Flasche selbst gemachter Johannisbeerschorle und zwei Gläsern zurück und setzte sich wieder zu Johanna.

»Ich glaube, wir müssen uns keine großen Gedanken mehr machen, Hanna. Manfred hat andere Aufgaben.«

Johanna schaute skeptisch. »Auf jeden Fall kann er in der Politik jetzt so richtig krumme Dinger drehen.«

Rolf lachte leise auf. »Da hat dich Adda ja schon ganz schön beeinflusst. Nicht alle Politiker sind korrupt.«

Johanna kicherte. »Bestimmt nicht alle, aber Manfred wird es sein.«

»Auch wieder wahr«, gab Rolf zu.

Johanna goss sich das Glas noch einmal voll. »Aber lassen wir das und vergeuden den Tag nicht mit düsteren Gedanken.«

Rolf drückte ihre Hand. »Recht hast du, im Moment geht es uns doch gut!«

*

Adda taten die Beine weh. Für einen Sonntagnachmittag war im Krankenhaus unglaublich viel zu tun, aber alte Menschen suchten sich den Wochentag für ihren Kreislaufzusammenbruch und andere schwere Erkrankungen eben nicht aus.

Gerade hatte sie schon wieder von der Aufnahmestation einen neuen Patienten geholt. Nicht mehr lange, und ihr Spätdienst war zu Ende, danach hatte sie für vier Tage frei.

Adda setzte sich kurz in die Krankenhausküche und schenkte sich einen Kaffee ein, um wieder zu Kräften zu kommen. Von draußen hörte sie, dass ein Krankenwagen bei der Aufnahme vorfuhr.

Hoffentlich kein Patient für uns, dachte sie. Ich bin am

Ende. Die paar Minuten standen ihr zu, die anderen nahmen ihre Rauchpausen schließlich auch. Zu Hause würde sie noch kurz mit Feemke schnacken, aber dann gehörte dieser laue Spätsommerabend ihr. Wahrscheinlich würde Adda nach Wilhelmshaven fahren. Sie hatte den Geniusstrand für sich entdeckt. Jetzt im September war dort um diese Zeit nicht mehr viel los. Adda liebte es, am Leuchtturm vorbeizuspazieren, im Sand die Schuhe auszuziehen und sich dann das Nordseewasser um die Füße spülen zu lassen. Sie mochte die Diskrepanz dieses Strandes. Nach vorn sah man auf die Nordsee, unter den Füßen kribbelte feiner Sand – und ringsumher reckten sich hässliche Schornsteine, Industrieanlagen und das Kohlekraftwerk in den Himmel.

In Wilhelmshaven landeten immer wieder große Öltanker an, Militärschiffe kreuzten am Horizont oder steuerten auf die vierte Einfahrt zu. Die Stadt veränderte sich immer mehr.

Ihre Mutter fand es nie gut, dass sie im Dunkeln dort herumspazierte, aber Adda verspürte keine Angst. Das war der letzte Nervenkitzel, den sie noch hatte. Dennoch haderte Adda nicht mit ihrer Lebenssituation, denn für Feemke wäre sie nicht nur auf den Nordseehof gezogen. Für ihr Kind hätte sie ihr Leben gegeben.

Aber diese einsamen Abende waren ihre letzte Bastion, die sie hart umkämpfte. Die Zeit für sich, die ihr wichtig war.

Es lagen schließlich keine einfachen Jahre hinter ihr.

Am schwierigsten war es für Adda gewesen, Hauke abzuweisen. Er war damals mehr und mehr zu Deike geflüchtet, hatte sie in ihrer Schwangerschaft unterstützt, und plötzlich waren sie ein Paar gewesen. Deike war Micha eine gute Ersatzmutter, und er wiederum liebte Melinda, Deikes Tochter, über alles. Ihre Freundin war also schon vor Jahren im Leben angekommen und keine Suchende mehr wie sie selbst.

Alle fanden nach und nach zusammen. Ihre Mutter und Rolf. Theda und Hermann. Deike und Hauke. Feemke und Micha. Sie selbst aber war das fünfte Rad am Wagen, das sich zwar mit dem Landleben zwangsweise abgefunden hatte, sich aber nicht wirklich eingewöhnen konnte.

Adda war oft erstaunt darüber, wie lange ihr Leben in Bremen schon her war. Zum letzten Mal hatte sie vor fünf Jahren kurz vor dem 20. November von Peter gehört, weil er sie dazu bewegen wollte, in Bremen an der Menschenkette der Friedensbewegung teilzunehmen. Sie hatte erst gezögert, war dann aber doch auf dem Nordseehof geblieben, weil sie sich vor sich selbst gefürchtet hatte. Es hätte wie eine Droge sein können, die ihr das Leben auf dem Land unnötig erschwert hätte. Was, wenn ihr allzu deutlich bewusst geworden wäre, was sie alles nicht mehr tun konnte? Womöglich wäre sie Gefahr gelaufen, doch wieder nach Bremen zurückkehren zu wollen, und das konnte sie Feemke einfach nicht antun. Dass sie jetzt wieder in Ostfriesland lebte, tat sie für ihr Kind, und sie wollte es sich nicht schwerer machen als nötig.

Mit Tränen in den Augen hatte Adda die Berichterstattung nach der Friedensdemo in Bremen verfolgt. Ganz furchtbar war es, als sie auf einem der Zeitungsbilder ein paar Leute aus der Aktionsgruppe entdeckt hatte. Da wäre ihr Platz gewesen. Nicht auf den Weiden in der Marsch!

Etwa zehntausend Menschen hatten an jenem Novembertag eine Kette von der Neustadt bis zur Kennedy-Brücke gebildet und so mit einem friedlichen Protest gegen die Nachrüstung der NATO protestiert. Keine Pershing 2, keine Marschflugkörper.

Darüber hatte sie im Stall bei der Arbeit mit Hauke diskutiert. Seitdem er mit Deike zusammen war, konnten sie entkrampfter miteinander umgehen, weil Adda nicht ständig auf der Hut sein musste, falsche Erwartungen zu wecken.

Obwohl Hauke mit ihr politisch einer Meinung war und den momentanen Kurs der Regierung ebenfalls nicht guthieß, hatte er sie doch gefoppt, als Adda ihm ihr Leid klagte.

»Dann wären es mit dir exakt zehntausendundeins gewesen. Ich glaube, das konnte die Veranstaltung verschmerzen.«

Hauke hatte eben noch nie demonstriert, er kannte dieses wunderbare Gefühl der Zusammengehörigkeit nicht.

Ihre alten Freunde meldeten sich seitdem nicht mehr. Für sie war Adda langweilig geworden, und vermutlich sahen sie sie auch ein bisschen als Verräterin, weil sie sich nicht mehr an solchen Aktivitäten beteiligte. Die Gründe dafür interessierten sie nicht.

Addas Leben hatte einen gleichförmigen Rhythmus angenommen, dominiert von ihren Diensten im Krankenhaus und den immer wiederkehrenden Arbeiten in der Schäferei. Eigentlich hätte sie glücklich sein können, aber ihre Unruhe war stetig gewachsen. Erst war es nur wie ein kleiner Stich von einer Mücke gewesen, der ein wenig juckte, den man aber schnell vergaß. Dann glich das Gefühl dem einer Brombeerranke, die sich fest um ihr

Bein geschlungen hatte und sie mit ihren Stacheln so lange traktierte, bis sie sich wieder herausgewunden hatte. Und in den letzten Monaten war es wie eine Wunde, die sie ständig aufkratzte und bei der auch die Versorgung mit einem Pflaster nicht mehr ausreichte.

Mal machte sich diese Stimmung durch zunehmende Gereiztheit bemerkbar, mal durch ein unnormales Bedürfnis nach Ruhe. Dann verkroch Adda sich gern. Bei schlechtem Wetter in ihrem Zimmer, schien aber die Sonne, flüchtete sie ans Meer, weil ihr die Weite der Nordsee guttat und das Gefühl von Freiheit vermittelte.

Die Klingel eines Patientenzimmers riss Adda aus ihren Gedanken. Sie stand auf und blickte auf den Flur. Eben kam ihre Kollegin mit einer Schülerin aus einem der vorderen Zimmer, die andere rumorte im Spülraum. Addas Pause war somit vorbei. Sie musste sich wieder auf ihre Arbeit konzentrieren.

✻

Hauke und Micha waren eben vom Hof gefahren. Feemke wartete nun sehnsüchtig auf ihre Mutter. Sie kam spät heute, was oft der Fall war, weil sie ständig Überstunden machen musste.

Feemke drückte ihre Nase ans Fenster und konnte jetzt sowohl den Hof als auch den schmalen Landwirtschaftsweg, der zum Nordseehof führte, gut überblicken.

Sie hatte sich schon bettfertig gemacht, aber es war wichtig, mit ihrer Mutter zu sprechen, denn es war etwas passiert, was sie nicht einmal ihrer Oma beichten wollte.

Micha hatte sie geküsst. Nicht nur scheu auf die Wange,

nein, sondern einmal kräftig mitten auf den Mund. Und sie hatte es nicht gemocht!

Überhaupt schämte sie sich immer mehr wegen dieser Heiratsgeschichte. Sie konnte nur hoffen, dass er es genauso sah, denn natürlich sprachen sie nicht mehr darüber. Dieser Kinderkram.

In ihrer Klasse gab es nämlich noch einen Jungen, Andreas Walz, der in sie verliebt war. Er sah toll aus, war groß und hatte dunkle Haare. Andi trug immer Wrangler-Jeans. Aber er hatte mit Schafen nichts am Hut, sondern hörte UB40 und Freddie Mercury auf seinem Walkman. Die Musik hatte er von seinem großen Bruder auf Kassette bekommen.

Feemke besaß selbst keinen Walkman, weil sie lieber die Vögel singen hörte. Schließlich konnte man sich dann auch gar nicht mehr unterhalten. Es war ziemlich anstrengend, dass ihre Mutter beim Ausmisten ständig Kopfhörer auf den Ohren hatte. Micha sah das genauso.

Aber Andi sagte nicht Feemke zu ihr, sondern nannte sie einfach Fee, so wie Opa Rolf das manchmal tat. Feen waren sanfte, wunderschöne Wesen. Das gefiel ihr.

Es kam immer häufiger vor, dass Feemke die Pausen gemeinsam mit Andi verbrachte, was Micha nicht gern sah, es aber nie kommentierte. Er spielte dann mit den anderen Jungs Fußball.

Heute Morgen hatte Andi ihr die Kopfhörer vom Walkman aufgesetzt und sie Otto Waalkes hören lassen. Sie grinste noch immer darüber, denn sie mochte den ostfriesischen Komiker echt gern. Seine Witze konnten sie auswendig, und im Moment kreiste Susi Sorglos in ihrem Ohr.

»Susi Sorglos saß einst in ihrem Heim und föhnte ihr

goldenes Haar...« Während sie sich diese Sequenz angehört hatte, waren sie sich sehr nah gekommen, denn Andi
hatte mithören wollen. Feemke war ein bisschen zu enttäuscht gewesen, als es klingelte und sie in ihre Klassenräume zurückmussten.

Endlich tauchten Lichter auf, und ihre Mutter fuhr
knirschend auf den Hof. Feemke hoffte, sie würde nicht
erst zu Oma und Rolf in die Küche gehen, sondern gleich
herkommen.

Kurze Zeit später ging die Tür auf. »Mama!« Feemke
fiel ihrer Mutter um den Hals.

»Hey, was bist du stürmisch«, sagte die lachend. »Was
ist denn los?« Ihre Mutter setzte sich zu ihr auf die Bettkante, und Feemke erzählte ihr alles. Auch von Andi.

Ihre Mutter war kein bisschen böse, sondern strich ihr
liebevoll eine ihrer blonden Strähnen aus dem Gesicht.
»Hör zu, meine Kleine, auf Gefühle hat man keinen Einfluss. Sie kommen und gehen, fallen einen hinterrücks an,
und man kann sich nicht dagegen wehren. Du warst ein
kleines Mädchen, als du Micha versprochen hast, ihn zu
heiraten. Das gilt aber nicht mehr unbedingt, wenn du
älter wirst.«

»Mann, bin ich froh, dass du das sagst! Ich hab echt
Schiss, dass Micha denkt, man muss Versprechen auf
jeden Fall halten«, sagte Feemke mit zitterndem Kinn.

»Das stimmt, aber es gibt Versprechen, die sind...«
Ihre Mutter stockte. »Weißt du, ihr wart damals noch
Kinder, und ihr konntet doch nicht wissen, was im Leben
passieren wird. Du darfst dich verlieben. Auch in Andi.«

Feemke kuschelte sich in ihre Decke. »Dann ist ja gut.
Ich möchte nur nicht, dass Micha traurig ist.«

»Das verstehe ich.« Adda gab ihrer Tochter einen Kuss auf die Stirn. »Außerdem ist es doch so, dass du jetzt gar keine Entscheidung treffen musst. Du kannst sowohl mit Micha als auch mit Andi spielen, Kassetten hören und schwimmen gehen. Noch bist du viel zu jung zum Heiraten.«

»Das stimmt«, sagte Feemke. »Auch zum Küssen. Das mag ich gar nicht.«

»Siehst du. Und wenn ihr alt genug seid, dann werdet ihr schon wissen, was ihr wollt. Mach dir also jetzt keine Gedanken.« Ihre Mutter stopfte die Decke rings um Feemke fest. »Ich würde das an deiner Stelle aber mit Micha besprechen, damit du kein schlechtes Gewissen hast. Ihr wart immer ehrlich zueinander, das solltet ihr nicht aufgeben. Schlimm ist es für den anderen erst, wenn es Heimlichkeiten gibt, denn dann fühlt er sich betrogen.«

»Danke, Mami«, flüsterte Feemke. Sie war glücklich, weil sie scheinbar gar nichts Böses getan hatte. »Ich werde mich auch nicht mehr küssen lassen, bis ich alt genug bin und ehe ich nicht weiß, wen ich wirklich liebe. Und wenn ich vielleicht doch mal weggehen muss, um die Welt zu sehen, dann wäre es auch nicht gut, wenn ich schon früh heirate!«

Ihre Mutter strich ihr lächelnd mit dem Zeigefinger über die Wange.

*

Dagmar rieb sich die Augen. Sie wusste für einen Moment nicht, wo sie sich befand. Draußen war es schon dunkel. Neben ihr lagen zwei leere Flaschen. Sie stierte auf das

Etikett. Rotwein, ein billiger Fusel vom Discounter, und eine Flasche Korn, ebenfalls nur Gesöff. Ihr Kopf pochte, dazu war ihr übel, und sie sah, dass sie sich bereits übergeben hatte. Mühsam rappelte sie sich hoch. Am liebsten wäre sie überhaupt nicht mehr aufgestanden. Ihr Leben war so sinnlos geworden. Sie hatte aufs falsche Pferd gesetzt, als sie sich vor Jahren mit Manfred eingelassen hatte.

Er war nicht ihr Freund. Manfred war niemandes Freund. Er liebte nur sich selbst. Trotzdem rief er manchmal an. Oder dachte sie das nur, wenn sie sich in ihren Träumen befand, sanft umspült vom Wodka und Wein?

Wie stolz sie damals gewesen war, Manfred unterstützen zu können und den Telefonstecker aus der Wand zu ziehen, damit Johanna nicht zu erreichen war! Wie eine Heldin war sie sich vorgekommen.

Endlich Rache üben.

Erst als sie später mal mit Rolf gesprochen hatte, war ihr deutlich geworden, wem wirklich Schaden zugefügt worden war. Das arme Lamm musste sterben, weil sie einem Mann die Treue gehalten hatte, der die Gefühle sämtlicher Menschen einfach mit Füßen trat. Er hatte auch Paul auf dem Gewissen!

Nun war Manfred mit Irmi verheiratet. Eigentlich tat ihr die junge Frau leid, das Leben an seiner Seite war mit Sicherheit die Hölle. Anfangs war er auch nach seiner Hochzeit noch zu ihr gekommen und hatte sich verwöhnen lassen. Doch schon bald folgte seine Karriere bei der Gemeinde, dann im Kreis, und nun hockte er in Hannover.

Und doch – sein Fortgehen hatte Dagmar mehr wehgetan, als sie gedacht hatte. Sie wusste, dass Manfred der Teufel auf Erden sein konnte, aber sie hatte sich dabei ertappt, dass sie ihn dennoch sehr mochte. Nicht wie Rolf, aber irgendetwas war da.

Inzwischen kam Manfred schon länger nicht mehr zu ihr, und es wunderte sie nicht. Sie war ein Wrack. Wann war sie zuletzt beim Friseur gewesen? Dagmar erinnerte sich nicht, so wie sie sich an viele Dinge nicht mehr erinnerte.

Nur eines wusste sie genau: Sie hatte verloren. Rolf. Manfred. Manu. Paul.

Alle waren von Bord gegangen, und sie schipperte mutterseelenallein durch dieses ostfriesische Marschmeer und gab nur noch acht, dass das Leck in ihrem Boot nicht noch größer wurde.

Dagmar schleppte sich ins Bad, wo sie sich prompt noch einmal übergab. Ihr war schrecklich schwindelig. Sie griff zur Zahnbürste, um wenigstens das Gefühl zu haben, nicht völlig zu verlottern. Wenn die Übelkeit nachgelassen hatte, würde sie duschen. Vielleicht.

Dagmar sah sich um. Ihre neue Wohnung war schon in dieser kurzen Zeit völlig verkommen, genau wie sie selbst. Die Einsamkeit fraß sie auf. Sie konnte die Stille um sich herum förmlich hören, denn sie piepte in ihren Ohren. Sie presste ihre Hände fest an ihren Kopf und hätte am liebsten geschrien.

Wenn sie in diesem Zustand war, half nur eins: Sie musste etwas trinken. Nur einen winzigen Schluck, dann würde wenigstens dieses Ohrgeräusch verstummen.

Die Flaschen auf dem Boden waren leer. Aber hatte sie nicht im Schrank noch eine Flasche Eierlikör? Sie öffnete die Tür mit zitternden Fingern und war froh, dass die Erinnerung sie nicht getrogen hatte. Eierlikör war ja im Prinzip nur Zucker mit Ei. Sie schraubte den Verschluss auf und nahm einen kräftigen Schluck. Sofort zitterten die Hände nicht mehr, von draußen drang das Geräusch eines vorbeifahrenden Autos herein, und der Schwindel verflüchtigte sich. Ja, so war es gut.

Dagmar nutzte den lichten Moment, um das Wohnzimmer aufzuräumen und zu säubern. Danach wusch sie sich, für eine Dusche reichten ihre Kräfte nicht mehr. Morgen früh würde sie einkaufen müssen. Am besten noch vor ihrer Arbeit.

Wenn ihr Chef sie nicht gleich wieder nach Hause schickte. Das hatte er letzte Woche zweimal getan.

»Ich kauf Wodka«, flüsterte Dagmar. »Den riecht man nicht.«

Sie schleppte sich ins Schlafzimmer und fiel auf ihr Bett. Schlafen war gut, dann war die Welt nicht so dunkel. Doch sie fand keine Ruhe. Sie fror so entsetzlich.

Und endlich kamen die Tränen. Wenn doch nur Rolf hier gewesen wäre! Aber sie hatte es sich auch mit ihm vollkommen verscherzt.

Am liebsten wäre ich tot, dachte sie noch, als sich gnädig die Dunkelheit über sie senkte.

KAPITEL 19

Adda war auf dem Weg ins Krankenhaus zum Frühdienst und musste langsam fahren, weil die Fahrbahn rutschig war. Der Wind hatte schon viele Blätter von den Bäumen gerissen, und durch den heftigen Regen war die Fahrbahn ziemlich glatt.

Was für ein furchtbarer Septembertag, dachte Adda. Man könnte fast glauben, es wäre schon Herbst. Und das, wo vor zwei Tagen noch spätsommerliche Wärme geherrscht hatte.

Adda wich einem Kaninchen aus, das eben über die Fahrbahn hoppelte. Sie setzte den Blinker, musste aber anhalten, weil die letzte Ampel vor dem Krankenhaus auf Rot sprang.

Vor ihr lag ein anstrengender Tag auf Station, den sie aber bestimmt meistern würde. Die Arbeit machte ihr viel Freude und forderte sie derart, dass sie die politischen Aktionen nur noch hin und wieder vermisste. Sie hatte weder Zeit noch Kraft, sich auch noch darum zu kümmern. Hier auf dem Land fehlten zudem die Mitstreiter. Ganz stark war das Verlangen noch einmal vor drei Jahren gewesen, als in Tschernobyl das Reaktorunglück passierte und die radioaktive Wolke Anfang Mai über Ostfriesland gezogen war. Es war ein strahlender Spätfrühjahrstag gewesen, und sie hatte sich wie viele andere auch überwiegend im Freien aufgehalten. Erst ein paar Tage später war durchgesickert, in welcher Gefahr sie geschwebt hatten. Es gab Regionen, in denen das Gemüse so verseucht war, dass die Behörden rieten, es besser nicht zu essen. Es war generell fraglich gewesen, ob man noch verzehren konnte, was draußen wuchs. Das Ganze war nur ein leises Vorspiel gewesen auf das, was noch passieren konnte, wenn man die Atomkraft nicht endlich abschaffte.

Doch sie war hier angebunden, pendelte stets zwischen ihrer Arbeit im Krankenhaus und ihrer Verantwortung für Feemke. Da blieb wenig Zeit, sich um die Rettung der Welt zu kümmern. Vor allem Feemkes wegen, denn das Mädchen war eindeutig in der Pubertät und reagierte oft sehr heftig.

Sie stritt häufig mit Micha, weil sie ihre Freiheiten einforderte. Micha hingegen klammerte, und je stärker er das tat, desto weiter wollte Feemke von ihm weg. Neulich hatte Adda sogar gehört, dass sie ihn angeschrien hatte. »Micha, ich bleibe hier sowieso nicht! Ich muss auch mal was anderes sehen! Und es kann sein, dass ich gar keine Schäferin werde!« Micha war blass geworden.

Wie gut Adda ihre Kleine verstand! Hauptsache, ihre Mutter würde damit umgehen können, wenn Feemke sich gegen die Schäferei entschied.

Adda bog zum Krankenhaus ab und suchte einen Parkplatz. Es schüttete mittlerweile in Strömen, sodass sie mit dem Schirm in der Hand zum Haupteingang eilte.

Während andere Menschen den Geruch in Krankenhäusern kaum ertrugen, mochte sie diese eigenartige Mischung aus Desinfektionsmitteln, Bohnerwachs und Essen nebst anderen undefinierbaren Gerüchen. Sie liebte ihre Arbeit mit den Patienten und war sehr dankbar, es immerhin zur stellvertretenden Stationsleiterin geschafft zu haben. Heute war sie spät dran und beeilte sich mit dem Umziehen.

Rasch schlüpfte sie in die Krankenhausschuhe und schloss ihren Schrank ab. Der Lärm auf dem Flur klang nicht gut, und als sie aus der Umkleide trat, hörte sie ihre Kollegin Maja schon »Cito!« rufen, ihren Stationscode für schweren Notfall.

Adda folgte Maja in Zimmer 13 und erkannte mit einem Blick das Blutbad, das sich in einer Mischung aus Schwarz und Rot auf dem Weiß der Bettdecke und dem Fußboden verteilt hatte. Eine schmale Frau mit strähnigem Haar übergab sich heftig.

»Ösophagusvarizenblutung bei Leberzirrhose!«, sagte die Nachtschwester. »Dagmar Menzel, die Kurve liegt in der Kanzel!«

Adda zuckte zusammen, doch jetzt war keine Zeit für persönliche Fragen oder Animositäten. Jetzt galt es, Dagmars Leben zu retten. Adda stürzte zu dem Tresen, den sie Kanzel nannten und der sich vor der Stationsküche und dem Spritzenzimmer befand. Dort hingen die Patientenkurven nach Zimmernummern geordnet in einem Wagen.

Glücklicherweise waren auch schon Nils und Imke zum Dienst erschienen. »Hol du den Notfallwagen aus dem Untersuchungszimmer!«, rief sie der Kollegin zu. »Ich kümmere mich um den Rest und komme dann auch und helfe euch.«

Sie stürzte zur Stationskanzel, piepte den Arzt an und erklärte ihm, was passiert war.

»Wenn sie so stark blutet, brauchen wir gegebenenfalls Frischblutspender. Bitte veranlassen Sie das, Schwester Adda. Ich weiß nicht, ob Ery-Konzentrate ausreichen.«

»Mach ich, und ich gebe auch in der Endoskopie Bescheid, dass wir gleich kommen.«

Dagmar musste so rasch wie möglich dorthin. Wie die Therapie aussehen würde, entschieden die Ärzte. Die Krampfadern in der Speiseröhre konnten verödet werden, oft setzte man einen Ballonkatheter oder eine Gummibandligatur. Ösophagusvarizen kamen häufig bei Alkoholikern vor, deren Leber nicht mehr arbeitete, sodass der Blutabfluss von dort nicht mehr gewährleistet war. Dadurch entstand in der Pfortader ein Hochdruck, und der Körper baute Umgehungskreisläufe, wie ebendiese Adern in der Speiseröhre. Platzten sie, war das ein lebensgefährlicher Zustand.

Adda organisierte im Hintergrund alles, was getan werden musste, und war froh, als Dagmar endlich auf die interne Intensivstation gebracht werden konnte. Die Notfallversorgung hatte gar nicht so lange gedauert, und doch war es Adda, wie jedes Mal, endlos vorgekommen. Sie war froh, Dagmar nun in guten Händen zu wissen. Geschah eine solche Blutung im Krankenhaus, hatten die Kranken noch immer die beste Chance zu überleben.

Adda setzte sich in die Küche. Nach und nach trudelten auch die anderen Kollegen und Kolleginnen der Frühschicht ein.

»Das ging ja gut los heute«, sagte Nils. »Muss man auch nicht jeden Tag haben.«

Adda rührte in ihrem Kaffee, ihr war flau. Jetzt, wo alles vorbei war, rotierten ihre Gedanken. »Ich kenne Dagmar Menzel«, sagte sie schließlich.

Nils zuckte nur mit den Schultern. »Ich hab sie gestern aufgenommen. Klassischer C2-Abusus. Die säuft schon länger, den Werten nach zu urteilen, und sie war auch schon ein paarmal auf Gastro 2. Dort ist sie bekannt, aber es sind alle Betten belegt, weshalb man sie zu uns gebracht hat. Aber dann kennst du ihre Geschichte ja.«

Adda legte den Löffel beiseite. »Ja«, antwortete sie knapp. »Eine sehr traurige Geschichte und, wie es aussieht, keine mit Happy End.«

»Wohl nicht«, bestätigte Nils und goss sich noch einen Becher Kaffee ein. »Frau Menzel kam gestern Abend mit einer Hypoglykämie und Kreislaufproblemen. Die Leber ist extrem geschädigt, na, und als Resultat jetzt die Ösophagusvarizen. Mal sehen, ob sie das überlebt. Ein solches Blutbad hatten wir lange nicht, und ich fürchte, die Blutwerte sind eine Katastrophe.«

Er sah Adda an und stutzte. »Du bist plötzlich so blass. Geht es dir nicht gut?«

»Ich muss mal kurz raus, bitte entschuldigt mich, ich stoße gleich wieder zu euch. Es liegen heute zwei Koloskopien und eine Gastroskopie an, um die ich mich kümmern muss.«

Sie stand hastig auf, durchquerte den langen Flur und trat auf den Balkon des Aufenthaltsraumes. Dort atmete sie ein paarmal tief durch.

Dagmars Alkoholkonsum war schon lange bedenklich, und es war kein Wunder, dass ihr Stoffwechsel und die Leber irgendwann nicht mehr mitgemacht hatten. Adda lehnte sich gegen die Hauswand. Es war auch für eine gestandene Krankenschwester etwas anderes, wenn man die Patientin kannte.

Schlimm war, dass sie mit keinem darüber reden durfte, weil sie unter Schweigepflicht stand. Auch wenn Rolf mal mit Dagmar verheiratet gewesen war, durfte sie ihm nichts erzählen, wenn es von Dagmars Seite keine Verfügung gab, die das Personal entband.

Als Adda sich beruhigt hatte, ging sie zurück auf die Station, wo die anderen schon mit der Arbeit begonnen hatten. Der Dienst fiel ihr heute schwer. Sie machte Fehler, die sie nicht hätte machen dürfen. Einmal hätte sie fast das Medikament verwechselt, und sie musste ständig das 5-R-Mantra der Anfangsschüler wiederholen, um nicht den nächsten Notfall auszulösen. »Richtiger Patient, richtiges Medikament, richtige Dosis, richtige Applikationsart, richtiger Zeitpunkt«, flüsterte sie leise und kam sich selbst dämlich vor. Eigentlich wusste sie das doch alles.

Sie war froh, als der Dienst sich schließlich dem Ende zuneigte und sie die Patienten an die Spätschicht übergeben konnte. Sie zog sich jedoch nicht um, sondern beschloss, auf der Intensivstation vorbeizugehen und nach Dagmar zu schauen. Das war das Mindeste, was sie für sie tun konnte.

Die Kollegen dort kannten Adda, und sie wurde sofort durchgelassen. »Ich glaube nicht, dass ihr sie wieder auf eure Station bekommt«, sagte Matze, der Pfleger. »Sieht nicht gut aus. Wahrscheinlich wird sie die Nacht nicht überleben. Zu viel Blut verloren, und auch die Blutkonserven haben das nicht auffangen können. Der HB ist im Keller, und auch sonst ist der Stoffwechsel völlig entgleist.

Ihre Leber sagt nicht einmal mehr piep, ich glaube, es gibt kaum noch ein Organ, das richtig arbeitet. Sie hat sich regelrecht totgesoffen.«

»Geht aus den Unterlagen hervor, wen man verständigen darf?«, fragte Adda. Vielleicht hatte Dagmar eine Patientenverfügung.

»Ich schau mal nach.«

Kurz darauf kam Matze zurück. »Ja, hat sie, aber wir haben bisher niemanden erreicht. Vielleicht ist die Telefonnummer falsch?«

Adda griff nach dem Papier. Dagmar hatte Rolf eingetragen, aber mit seiner vorigen Nummer vom Altenteil auf dem Eilershof.

»Ich kümmere mich darum«, versprach sie. »Ich weiß, wie man Rolf Menzel erreichen kann. Darf ich telefonieren?«

Matze nickte, und Adda wählte die Nummer der Schäferei. Doch es war besetzt. Nun, dann konnte sie auch nicht Bescheid geben, dass sie später kam, und würde sich allein um Dagmar kümmern.

Adda trat in ihr Zimmer. Sie erschrak zutiefst, als sie sie so blass, eingefallen und todkrank vor sich liegen sah. Ihr Zustand hatte sich massiv verschlechtert. Die Kollegen hatten sie gewaschen und frisch gemacht, und Dagmar wirkte wie ein Püppchen mit zu großen Lippen und viel zu dunklen Augenhöhlen.

Sie war nicht ansprechbar, aber Adda glaubte, einen winzigen Händedruck zu spüren, als sie ihre kalten Finger kurz umfasste. Ihr Kollege hatte recht. Lange würde Dagmar nicht mehr leben.

Adda merkte erstaunt, dass ihr Tränen über die Wangen liefen. Sie hatte Dagmar nie gemocht, und sie ahnte, dass sie Manfred bei seinen Attacken gegen den Nordseehof unterstützt hatte. Aber wohl nur, weil sie genauso ein Opfer war wie sie selbst damals. Dagmar war allein. Immer auf der Suche nach Liebe und Anerkennung. Auch Rolf hatte ihr beides nicht so geben können, wie sie es gebraucht hätte.

Adda zog einen Stuhl ans Bett und nahm Dagmars Hand fester in ihre. Sie strich über ihren Handrücken, begann zu reden.

»Moin, Dagmar. Du hast vor deinem Zusammenbruch auf meiner Station gelegen. Ich weiß, wir waren nie Freundinnen, aber jetzt bin ich bei dir. Ich wünschte, du hättest nicht so leiden müssen – nur weil es mich gab. Und wie ich es mir wünschte! Denn ich wäre auch lieber das Kind meines Vaters gewesen, es hätte viele Dinge leichter gemacht.«

Als Adda aufblickte, sah sie, dass Dagmars Kinn leicht zitterte und ihr eine Träne aus dem Auge lief. Sie strich sie sacht mit dem Zeigefinger fort. »Lass uns Frieden schließen, Dagmar. Dann kannst du ruhiger gehen. Ich danke dir, dass du Rolf, meinen richtigen Vater, damals aufgefangen hast. Du warst ihm in den Jahren immens wichtig, und ich bin mir sicher, er hat dich geliebt. Anders als meine Mutter, aber er hat es getan. Warum wäre er sonst in den letzten Jahren immer zu dir gekommen und hätte versucht, dein Leben erträglicher zu machen? Wir hätten eigentlich zusammenhalten sollen. Meine Mutter, Rolf, ich – und du.«

Dagmar drückte tatsächlich ihre Hand, und ihr glitt ein verrutschtes Lächeln übers Gesicht. Sie atmete einmal schwer, und dann schien sie plötzlich sehr weit weg. Sie schloss die Augen und schlief von einer Sekunde zur nächsten tief ein. Adda beobachtete sie genau. Erst war Dagmars Atmung noch gleichmäßig und tief, dann aber setzte der typische Rhythmus einer Sterbenden ein. Lange und tiefe Atemzüge wurden von Pausen abgelöst, die länger und länger wurden. Dagmar hatte nur noch wenige Stunden zu leben. Aber sie, Adda, würde an ihrer Seite bleiben.

*

Rolf saß mit Johanna in der Stube. Er trank ein Glas Bier, sie nippte am Rotwein. Es war schon spät, Adda hätte längst vom Dienst zurück sein müssen. Es kam zwar oft vor, dass sie Überstunden machte, aber so lange?

»Mach dir keine Sorgen, Liebes. Wahrscheinlich gab es einen Notfall, und sie kann nicht weg.«

Johanna nickte und wirkte nach seinen Worten etwas ruhiger.

»Lass uns schlafen gehen, sie wird schon kommen. Wir müssen morgen früh raus.«

Rolf fuhr immer schon um sieben Uhr los zur Arbeit, Johanna stand noch eher auf, um die Schafe zu versorgen. Deshalb gingen sie in der Regel vor zweiundzwanzig Uhr zu Bett.

Doch als Rolf kurz darauf Johannas tiefen Atemzügen lauschte, beschlich ihn eine merkwürdige Unruhe. Er hatte allerdings nicht die Befürchtung, Adda könnte etwas zugestoßen sein. Es war eher die unbestimmte Vorahnung einer anderen Katastrophe.

Er wälzte sich hin und her, und als gegen Mitternacht

die Haustür ging und Adda kurze Zeit später leichenblass in der Schlafzimmertür stand, wusste er, dass ihn seine Ahnung nicht getrogen hatte.

»Es tut mir leid, euch zu wecken, aber ich habe euch telefonisch nicht erreicht«, sagte Adda leise. »Ich muss dir leider mitteilen, dass Dagmar eben auf der Intensivstation verstorben ist.«

Rolf setzte sich auf. »Dagmar ...«, stammelte er. »Aber wieso ...?«

Jetzt erwachte auch Johanna, doch sie brauchte eine Weile, ehe sie verstand, was passiert war. »Lasst uns in die Küche gehen, dort ist es warm«, schlug sie vor.

Johanna setzte rasch den Kessel auf und machte Tee. Adda half ihr, indem sie den Tisch deckte. An Schlaf war diese Nacht vorerst ohnehin nicht mehr zu denken.

»Bitte erzähl, was passiert ist«, bat Rolf sie schließlich. Er hatte den Kopf aufgestützt und wartete darauf, dass die Tränen kamen. Das Schlucken fiel ihm schwer, die Gedanken und Erinnerungen purzelten wild durch seinen Kopf. Aber seine Seele hatte die Tatsache, dass Dagmar gestorben war, noch nicht erreicht.

Adda fasste kurz zusammen, was passiert war. Rolf rührte es, dass Dagmar ihm trotz allem noch immer so vertraut und ihn als engste Kontaktperson angegeben hatte.

»Und du warst bis zum Schluss bei ihr?«, fragte er, bevor ihm endlich die erlösenden Tränen übers Gesicht liefen.

»Ja, ich hatte das Gefühl, es ihr schuldig zu sein. Dagmar und ich ... wir waren ...«, Adda rang nach Worten, »wir waren die Opfer eurer Liebe.«

Rolf schluchzte auf, und Johanna nahm ihn in den Arm. Und dann weinten alle drei um Dagmar, die nur kurzzeitig an Rolfs Seite ihren Platz und ihr Glück hatte finden können. Es dauerte, ehe sie sich wieder gefangen hatten.

»Danke, dass du das getan hast«, sagte Rolf schließlich. »Das war nicht selbstverständlich.«

»Für mich schon«, erwiderte Adda. »Es war mir plötzlich so deutlich! Sie hat sehr darunter gelitten, dass es mich gab und auch dass du meine Mutter nicht vergessen konntest. Wir haben beide gekämpft. Sie um deine Liebe und ich um die meiner Mutter.«

»Aber das stimmt gar nicht«, hob Johanna an, doch Adda legte ihre Hand auf deren Unterarm. »Mama, es ist ein altes Thema. Und es ist, wie es ist. Ich gebe schon lange niemandem mehr die Schuld an all den Vorkommnissen. Nur ist vorhin viel wieder hochgekommen.«

»Und was heißt das?«, hakte ihre Mutter nach.

Adda holte tief Luft. »Mir ist klar geworden, dass ich wirklich bald meinen eigenen Weg gehen muss. Ich bin nicht für die Schäferei und Ostfriesland geboren und werde den Hof verlassen, wenn es an der Zeit ist. Ich hatte, genau wie ihr, ganz andere Pläne, als ich Dirk geheiratet habe. Wir sind gescheitert, weil er seine Träume kompromisslos gelebt hat. Ich habe mit meiner eigenen Freiheit dafür bezahlt. Und als ich jetzt an Dagmars Bett saß – sie, die wunderschöne Frau, zerbrochen an ungelebten Hoffnungen –, da ist mir klar geworden, dass es mir genauso ergehen kann, wenn ich ständig Kompromisse eingehe. Schon Papa hat mir das als letzte Worte mit auf den Weg gegeben. ›Menschen sterben an ungelebten Träumen‹, hat er gesagt, und jetzt weiß ich, was er meinte.« Adda machte eine Pause, hob aber die Hand, weil sie offenbar nicht unterbrochen werden wollte. »Ich glaube inzwischen, auch er ist so krank geworden, weil ihm genau das passiert ist. Und du, Mama, hattest jahrelang das Lachen verlernt. Ich will es anders machen.« Adda lehnte sich auf dem Stuhl zurück und schloss die Augen.

Rolf nahm ihre Hand und drückte sie. »Wohin wirst du gehen? Weißt du das schon? Und wann?«, fragte er, als die Stille fast unerträglich wurde, denn Addas Worte hingen bleischwer in der Luft.

Sie schüttelte den Kopf. »Ich weiß es noch nicht genau. Aber ich werde den Nordseehof verlassen, wenn mir genau klar ist, was von meinen Träumen übrig geblieben ist. Ich muss sie mir wie ein Puzzle neu zusammensetzen«, erklärte Adda. »Feemke wird bald alt genug sein, um mitzukommen oder aber eine Trennung auf Zeit zu ertragen. Ich kläre das alles in Ruhe mit ihr. Aber erst muss ich ja selbst wissen, wohin meine Reise gehen soll.«

»Das musst du wohl tun, mien Deern. Du sollst dein Glück finden.« Johanna sah auf die Uhr. Es war schon fast vier Uhr morgens. »Wir sollten versuchen, noch zwei Stunden Schlaf zu finden, damit wir uns nachher um die Beisetzung und die Formalitäten kümmern können.«

»Ich nehme mir heute frei«, sagte Rolf. »Dann kann ich das alles machen.«

»Ich helfe dir«, versprach Johanna.

»Na, allein lass ich euch damit nicht«, sagte Adda mit einem leichten Lächeln. »Wir müssen hier als Familie schon zusammenhalten!«

Familie, das klang gut.

KAPITEL 20

Feemke stand vor dem Haupteingang des Mariengymnasiums in Jever und schaute auf die Uhr. Es war gleich halb vier, und sie hoffte, dass Andi pünktlich war, weil sie auf jeden Fall ihren Zug erwischen musste, damit sie nicht zu spät nach Hause kam. Sie hatte ihre Mutter angelogen und behauptet, sie würde von den Eltern einer Freundin gebracht, denn niemals hätte ihre Mutter ihr erlaubt, allein im Dunkeln vom Bahnhof aus durch die Marsch zu radeln. Aber Feemke wollte auch niemandem verraten, dass sie sich mit Andi traf. Es war das erste Mal, dass sie sich mit ihm allein verabredet hatte.

Endlich bog er um die Ecke. Die Hände lässig in den Hosentaschen, sein Lächeln verschmitzt, sodass sich die kleinen Grübchen zeigten.

»Wohin?«, fragte er. Es war kühl geworden, und vor seinem Mund kondensierte der Atem.

Feemke zuckte mit den Schultern. »Kirchplatz?«

Sie spazierten dort um die Stadtkirche herum, liefen dann in Richtung Brauerei und bogen in die Neue Straße ab. Ab und zu hielten sie an einem Schaufenster an, aber so richtig kam kein Gespräch in Gang.

Schließlich standen sie vor dem Jever'schen Schloss. Die Innenstadt war klein, mehr konnten sie dort nicht machen.

»Sollen wir noch durch den Schlosspark gehen?«, schlug Feemke vor, weil ihr nichts Besseres einfiel. Eine Stunde hatten sie noch.

Sie betraten den Park. Wie immer machten die vielen Saatkrähen über ihnen einen mächtigen Radau.

»Echt nervig, die Viecher. Vor allem im Unterricht«, sagte Andi. Da viele Klassenräume des Gymnasiums in Richtung Schlosspark lagen, war es tatsächlich manchmal so laut, dass die Lehrer die Fenster schließen mussten.

Sie liefen weiter schweigend nebeneinanderher. Wenn einer etwas sagte, ging es nur um den einen oder anderen Lehrer, ganz anders, als wenn Feemke sich mit Micha unterhielt.

Andi ergriff schließlich ihre Hand. Sie war ganz kalt. »Wollen wir uns in der Tagesstätte am Alten Markt bei einem Tee aufwärmen?«, fragte er, denn er fröstelte ebenfalls.

»Gute Idee!« Feemke ärgerte sich über sich selbst, weil sie so wortkarg war. In die Tagesstätte gingen die Schüler öfter, weil eine Tasse Tee mit einem Keks dort nur achtzig Pfennig kostete.

Plötzlich zischte es hinter ihnen. Die beiden fuhren zusammen, als sie erkannten, woher das Geräusch rührte. Hinter ihnen baute sich ein Ganter mit aufgestellten Flügeln auf. Feemke bekam es mit der Angst zu tun. Sie hatte schon öfter von anderen Mitschülern gehört, dass der Knabe ganz schön zubeißen konnte. Auch Andi war blass geworden. »Ruhig bleiben!«, raunte er ihr zu. »Langsam rückwärtsgehen.«

Und so setzten sie einen Fuß hinter den anderen und zogen sich zurück. Der Ganter aber folgte ihnen. Er war sichtlich schlecht gelaunt. ·

»Was sollen wir machen?«, fragte Feemke.

»Rennen! Komm!« Andi sprintete los und zog Feemke mit sich, bis sie am Eingangstor ankamen. »Puh, das war knapp«, meinte Andi lachend. Er fühlte sich sichtlich wie ein Held. Feemkes Herz klopfte noch immer wie verrückt.

Sie überquerten das Kopfsteinpflaster, und als sie den Schlosshof verlassen wollten, kam ihnen noch der Pfau mit aufgeschlagenem Rad entgegen. Er beäugte sie jedoch nur und ging seiner Wege.

»Der war schön«, sagte Feemke. »Dem Ganter möchte ich allerdings lieber nicht mehr begegnen.«

»Ich war ja bei dir«, sagte Andi.

Feemke lachte auf. »Du hattest genauso Schiss wie ich.«

»Stimmt«, gab Andi unumwunden zu.

Die beiden passierten das Mariendenkmal und steuerten auf die Tagesstätte zu. Zum Glück waren Plätze genug frei. Zwar war alles eher schlicht gehalten, aber der Duft von Kaffee zauberte dennoch Gemütlichkeit in den kleinen Saal. Feemke war froh, dass es hier schön warm war, und der Tee tat sein Übriges, um sie aufzuwärmen.

Als Andi ausgetrunken hatte, lehnte er sich breitbeinig auf dem Stuhl zurück und beobachtete die übrigen Gäste. An den Tischen saßen überwiegend Senioren, aber auch ein paar andere junge Menschen schlürften ihren Kaffee oder Tee.

»Willst du wirklich ewig in der Schäferei bleiben?«, fragte er dann.

»Weiß nicht. Mal sehen«, wich Feemke aus.

»Ich will später viel reisen«, sagte Andi. »Also, ich würde eingehen, wenn ich wie du nur eine Zukunft auf einem Bauernhof vor mir hätte.«

Feemke schluckte. Andi hatte ins Schwarze getroffen. Genau diese Gedanken tanzten ihr immer häufiger durch den Kopf. Sie hatte zwar irgendwann einmal beschlossen, auf dem Nordseehof zu bleiben, aber inzwischen war sie doch auch oft in Bremen, in dieser völlig anderen Welt. Sie könnte zu ihrem Vater ziehen oder mit ihrer Mutter fortgehen. Über Letzteres hatten sie sogar schon mal diskutiert, aber da wollte Feemke es noch nicht.

Wenn sie ging, egal, ob zu ihrem Vater oder mit ihrer Mutter, war eins klar: Die Schafe waren dann weit weg. Und ihre Oma. Und Rolf. Micha …

Feemke überlegte, was sie auf Andis Äußerung erwidern sollte, und schaute dabei auf die Uhr. Erschrocken fuhr sie hoch. »Ich muss leider los und um halb sechs den Zug bekommen, damit ich pünktlich zu Hause bin.«

»Das hast du in der Schule schon gesagt.« Andi druckste herum. Dann sah er sie so komisch an. Zu lange. Zu intensiv. »Was ich dich eigentlich fragen wollte …«

Feemke stand abrupt auf. Er sollte sie jetzt nicht fragen, ob sie mit ihm gehen wollte. Sie hatten doch gar nicht richtig geredet. Nur Händchen gehalten, weil es kalt war.

Und dieses »Willst du mit mir gehen?«, »Ja – nein – vielleicht«, war nicht ihr Ding. Sie wollte mit keinem zusammen sein. Weder mit Micha noch mit Andi.

»Ich will jetzt zum Bahnhof«, wich sie aus. »Bringst du mich?«

Falls Andi sauer war, ließ er es sich nicht anmerken.

»Ja, klar. Dann lass uns gehen.« Es klang ein bisschen zu lässig. Sicher war er enttäuscht.

Sie liefen eilig quer durch die Stadt zum Bahnhof, doch der Zug fuhr Feemke genau vor der Nase weg. Jetzt musste sie eine Stunde lang auf diesem zugigen Bahnsteig auf den nächsten Zug warten! Und was sollte sie ihrer Mutter sagen? Feemke presste die Lippen fest zusammen, um nicht loszuheulen.

Andi klopfte ihr auf die Schulter und wies zur anderen Straßenseite. Dort befand sich das Jugendzentrum Jever, das im alten Bahnhofshotel untergebracht war.

»Lass uns da warten. Hier frieren wir uns den Arsch ab.« Er sagte wirklich Arsch, nicht Hintern. Andi war cool.

Er zog Feemke über die Straße. Sie war noch nie dort gewesen und sah sich interessiert um. Die Wände waren kunterbunt bemalt, der Geruch war eine Mischung aus süß, rauchig und alt. Aber sie fühlte sich sofort wohl.

Im Eingangsbereich standen ein paar Jugendliche. Sie hatten selbst gedrehte Zigaretten zwischen den Fingern, langes Haar und lässige Klamotten. Feemke kam sich vor wie ein Küken, denn die meisten waren älter als sie. Andi aber gab sich selbstbewusst.

Aus einem der Nebenräume schlug ihnen laute Musik entgegen, vor allem das Schlagzeug war dominant, dann aber folgte ein Gitarrensolo. Andi blieb kurz stehen und reckte den Daumen in die Höhe. »Das ist Kabelbrand«, wusste er zu berichten. »Eine klasse Band. Ich mag das Lied *Großstadtlichter* am liebsten.«

Sie schoben sich in den offenen Bereich, wo Tische und Stühle aufgestellt waren. Vom Mobiliar her wirkte es wie ein Bistro, auch hier waren die Wände bunt.

Feemke blieb stehen und ließ die Atmosphäre auf sich wirken. Es herrschte ein wildes Stimmengewirr.

Andi steuerte auf einen freien Tisch zu und setzte sich.

Feemke hoffte nur, dass er nicht wieder auf das Thema Liebe zurückkam. Es blieb ihr glücklicherweise erspart, denn Andi war hier bekannt, und ein Freund von ihm flegelte sich mit aufgestütztem Oberkörper an den Tisch.

Erst organisierte Andi aus der Teeküche einen Früchtetee für Feemke, aber dann debattierte er mit dem Freund über ein anstehendes Festival. Und anschließend darüber, dass es in Berlin brodelte, weil in der DDR ganz viele Menschen demonstrierten. Davon hatten ihre Mutter und Rolf auch schon gesprochen, aber es interessierte Feemke nicht besonders. Berlin war für sie so weit weg wie der Mars, und auch da würde sie wohl nie hinkommen.

Feemke fühlte sich ausgeschlossen und rührte lustlos in ihrem Becher. Sie war froh, als die Zeit rum war und sie zum Zug gehen konnte. »Ich muss dann los«, sagte sie etwa eine Viertelstunde vorher.

Andi unterbrach sein Gespräch, schien aber überhaupt kein schlechtes Gewissen zu haben, dass er sie eine geschlagene halbe Stunde nicht beachtet hatte und sie offenbar auch nicht zum Gleis bringen wollte.

Das wäre Micha nie passiert, dachte Feemke, zog sich die Jacke an und trat vor die Tür. Es war ungemütlich draußen, der Wind pfiff kalt um die Ecken, und sie rannte hinüber zum Bahnhofsgebäude. Als sie endlich im Zug saß, war sie froh, dass der Waggon fast leer war.

Sobald die Bahn losfuhr und das gleichmäßige Rumpeln einsetzte, ratterten auch ihre Gedanken in diesem Rhythmus mit. Zum Glück hatte Andi sie nicht gefragt, ob sie seine Freundin sein wollte, denn sie hätte Nein sagen müssen. Aber was Feemke wirklich beschäftigte, war die Tatsache, dass er sie mit seiner Frage, ob sie wirklich Bäuerin sein wollte, ins Grübeln gebracht hatte.

In letzter Zeit dachte sie oft darüber nach, irgendwann aus Ostfriesland wegzugehen. Alle in der Klasse wollten in die großen Städte, weil man hier als junger Mensch so wenig machen konnte. Gut, es gab dieses Jugendzentrum in Jever, das Jugendfreizeitheim Pferdestall in Schortens, und auch Sande hatte ein JZ. Die Älteren gingen in die Disco, mussten dafür aber weit fahren – nach Wilhelmshaven oder nach Zetel oder Marx –, in Schortens gab es nur das Dörp.

Feemke bekam im Schulbus ja immer mit, wie alle schimpften, weil sie am Arsch der Welt wohnten. In Bremen könnte sie viel mehr unternehmen. Da musste man nicht groß planen, bloß weil man ein Buch brauchte oder eine neue Hose. Da ging man einfach los. In Neusiel war das undenkbar.

Etliche Jugendliche engagierten sich in der Landjugend und hatten dort wohl richtig Spaß. Vielleicht war *das* was für sie.

Feemke schloss die Augen. Warum war es so schwer, älter zu werden? Bis vor Kurzem war doch noch klar gewesen, dass sie Schäferin werden wollte. In Ostfriesland bleiben. Aber jetzt? Sie konnte auch Tierärztin werden wie ihr Onkel. Der war doch auch gegangen und in Hannover überglücklich, sonst würde er sicher öfter auf den Nordseehof kommen.

Oma baut auf mich, dachte Feemke. Vergiss das alles.

Sie zuckte zusammen, als der Zug in Sanderbusch hielt.

Flink hüpfte sie aus dem Waggon auf den Bahnsteig und steuerte den Fahrradstand an. Sie sollte sich wirklich sputen. Der Ärger war zwar vorprogrammiert, aber er würde mit jeder Minute, die sie nun gewann, geringer ausfallen.

Ihr graute es vor der weiten Strecke, die sie erst über Sande nach Neusiel und schließlich durch die unbeleuchtete Marsch führen würde. Nur die Hauptstraße in Sande war angenehm belebt.

Feemke durchquerte den Ort, bog in die Dollstraße ab und bemerkte plötzlich einen Wagen, der langsam neben ihr herfuhr. In ihrem Kopf arbeitete es. Was sollte sie nur machen? Wenn sie Sande erst verlassen hatte, kam sie in eine menschenleere Gegend und wäre einem möglichen Verfolger auf Gedeih und Verderb ausgeliefert. Deshalb stoppte sie vor dem Parkplatz von *Ihr Platz* und hoffte, das Auto würde einfach an ihr vorbeifahren. Doch der Wagen bremste ab und fuhr neben ihr in eine Parklücke. Feemke zitterten die Knie, als ein Mann ausstieg.

»Moin, Feemke«, sagte er. »Ich bin Manfred Oetjen, bestimmt hast du schon von mir gehört.« Er lächelte zwar freundlich, aber dennoch fühlte Feemke sich unbehaglich, was allerdings auch daran lag, dass sie über diesen Mann nichts, aber auch gar nichts Gutes gehört hatte. Sobald sein Name auf dem Nordseehof fiel, versteinerten die Gesichter, und alle gingen instinktiv in eine Abwehrhaltung. Auch wenn ihre Oma und Mutter glaubten, dass Feemke nicht wusste, welche Bedrohung von diesem Mann ausging, so hatte sie doch eine Menge mitbekommen.

»Was wollen Sie von mir, Herr Oetjen?«, fragte sie mit zitternder Stimme. »Ich möchte gern nach Hause.«

Er lächelte noch immer. »Deshalb habe ich angehalten. Ich finde es gefährlich, wenn ein so junges Mädchen wie du allein durch die dunkle Marsch fährt. Komm, wir laden dein Rad ein, und ich bringe dich.«

Feemke schrak zurück. »Lieber nicht. So weit ist es gar nicht bis nach Hause.«

»Feemke, ich tu dir doch nichts!«, sagte Manfred Oetjen schmeichelnd. »Ich weiß, dass es – sagen wir mal – ein paar Schwierigkeiten zwischen mir und deiner Familie gegeben hat, aber das ist Jahre her! Ich bin nur in Sorge, wenn du so allein durch die Dunkelheit fährst.«

In Feemke bröckelte der Widerstand. Das Angebot von Manfred Oetjen war verlockend, zumal auch noch so ein blöder Südwestwind aufgekommen war, der nicht nur Böen von vorn, sondern sicher auch Regen bringen würde.

»Ich habe inzwischen eine Familie, wie du weißt – drei Söhne. Und ich bin ein angesehener Politiker. Meinst du wirklich, ich würde dir etwas tun? Da wäre ich schön blöd. Komm, steig ein.«

»Ich weiß nicht…« Feemke zögerte noch immer, aber Manfred hatte ihr schon das Rad aus der Hand genommen und zum Kofferraum geschoben. Er öffnete ihn und legte es hinein. Mit ein paar Stricken fixierte er die Haube.

Feemke schaute ihm wie erstarrt zu und wusste sich nicht zu wehren. »Ich würde aber doch lieber…«

Manfred öffnete die Beifahrertür. »Nun schnack nicht rum. Guck mal, dahinten blitzt es schon, es kommt bestimmt ein Herbstgewitter.«

Jetzt gab Feemke nach, denn er hatte recht. Am Horizont schob sich eine düstere Wand auf sie zu, in der es fast ununterbrochen blitzte. Sie hatte zwar immer noch ein komisches Gefühl, aber sie stieg ein.

»Dass deine Mutter dich einfach so allein fahren lässt«, sagte Manfred tadelnd und gurtete sich an.

»Haben Sie mich verfolgt?«, wagte Feemke zu fragen.

Manfred lachte auf. »Nein, ich habe einen Mitarbeiter zur Bahn gebracht und dich gesehen.«

Feemke lag noch auf der Zunge zu fragen, woher er wusste, wer sie war, aber das traute sie sich dann doch nicht. Sie klammerte sich am Griff der Tür fest und hoffte, dass es kein Fehler gewesen war, bei Manfred Oetjen einzusteigen.

*

»Wir sind das Volk, wir sind das Volk!«, schallte es aus der Stube zu Johanna in die Küche. Adda hatte den Fernseher sehr laut gestellt, denn sie verfolgte alles, was im Moment in der DDR vor sich ging. Johanna machte es eher Angst, wenn sie die vielen Menschen sah, die einer großen militärischen Macht gegenüberstanden – unerschrocken und mutig.

Natürlich war es das Richtige für Adda, die seit jeher ein Faible für Demonstrationen und Auflehnung hatte. Aber ob das gut ging? Würde die Regierung der DDR sich eine solche Einmischung von den Bürgern wirklich gefallen lassen oder doch in Kürze das Feuer eröffnen? Andererseits hatte der Osten die Grenzen schon seit dem Oktober immer mal wieder kontrolliert geöffnet, und im September hatten viele aus der Prager Botschaft ausreisen können. Dennoch misstraute Johanna dem Frieden.

Sie hörte, wie Rolf zu Adda sagte: »Letzte Woche waren es schon 1,25 Millionen Menschen bei diesen Demonstrationen.«

»Das ist nicht mehr aufzuhalten!« Addas Stimme überschlug sich vor Aufregung. »Das ist keine Demo mehr, das ist eine wahre Bewegung!«

Johanna verstand Rolfs Antwort zwar nicht, aber sie war froh, dass Adda und er so friedlich beisammensaßen und sich sogar über die politische Situation einig waren. Sie trat zu den beiden in die Stube.

»Mama, da ist richtig was los! Ich sag dir, die DDR gibt es bald nicht mehr!«, sagte Adda. »Und stell dir vor, es würde heute, am 9. November, an diesem historischen Datum passieren.«

Johanna sah Adda skeptisch an, und ihre Tochter zählte prompt alle Begebenheiten auf, die in der Vergangenheit an diesem Tag stattgefunden hatten. »Am 9. November 1918 wurde bei der Novemberrevolution in Berlin die Deutsche Republik ausgerufen! Dann zwei schreckliche Ereignisse: der Putschversuch Hitlers 1923 und die Reichspogromnacht 1938. Wenn an diesem 9. November die Mauer fallen würde, wäre das wie ein Aussöhnen mit der Geschichte!«

Johanna war dieser politische Enthusiasmus fremd. Was hatten sie hier auf dem Nordseehof damit zu tun? Der Krieg, sämtliche Putschversuche und all das waren so lange her. Warum also auf irgendwelchen Daten herumreiten?

»Und wenn die Mauer wirklich fallen sollte«, sagte Johanna, »wir hier oben im Norden bekommen davon doch nichts mit. Der Osten ist weit weg.«

Rolf griff nach ihrer Hand. »Wenn die Grenzen geöffnet werden, dann spüren wir das auch. Es wird einen Ruck durch Europa geben. Und wir sind dabei!«

»Schau doch, Mama! Es wäre so schön, wenn sie gewinnen.«

Johanna schaute demonstrativ auf die Uhr. »Dann lebt ihr mal noch ein bisschen im siebten Politikhimmel, ich füttere die Schafe. Hauke hat heute frei.«

Schuldbewusst sprang Rolf auf. »Ich helfe dir natürlich.«

Sie gingen gemeinsam hinaus und kümmerten sich um das Vieh. Es war ungemütlich heute, ein echter Novembertag. Schon früh wurde es dunkel, die Nebelschwaden verzogen sich oft den ganzen Tag lang nicht, und nur selten hörte man einen Vogel singen. Lediglich das Krächzen der Saatkrähen schallte gespenstisch über die Marsch.

»Hast du eigentlich mal wieder was von Manfred gehört?«, fragte Johanna, während sie einen Ballen Heu in die Karre wuchtete. Sie hatte lange nicht fragen mögen, weil es ihr eine Scheinsicherheit gab, wenn sie nichts von ihrem ehemaligen Mitarbeiter erfuhr. Aber zwischendurch informierte sie sich doch immer mal darüber, was er gerade tat. Es war besser, wenn sie vorbereitet war. Es gab Wochen, in denen sie kaum einen Gedanken an Manfred verschwendete, und dann war er plötzlich wieder überaus präsent, und sie glaubte ihn an jeder Straßenecke zu sehen.

»Er ist inzwischen der erste Berater unseres Ministerpräsidenten«, antwortete Rolf. »Da hat er sich ganz gut hochgearbeitet. Ich denke, er wird dir nicht mehr gefährlich, denn er ist anderweitig beschäftigt. Das setzt er wohl kaum aufs Spiel.«

Johanna hoffte, dass es so war.

Plötzlich ertönte ein lauter Schrei, der Johanna und Rolf zusammenfahren ließ.

»Das war Adda!«, stieß Johanna erschrocken hervor. »Mein Gott, was ist nur passiert?«

»Komm schnell. Es klang dramatisch!« Sie verschlossen das Gatter und rannten ins Haus.

Im Flur tanzte ihnen Adda entgegen. »Sie sind frei! Mama! Rolf! Die DDR hat die Grenzen aufgemacht! Das kam eben im Fernsehen. Dieser Schabowski, oder wie der heißt, hat es gesagt.«

»Ab wann?«, fragte Rolf.

»Er hat gesagt: Sofort. Unverzüglich.«

Rolf stürzte nun auch zum Fernsehapparat, und es war genau so, wie Adda es gesagt hatte. Die ersten Menschen strömten bereits in den Westen.

»Freiheit«, sagte Adda fast pathetisch. »Gelebte Freiheit!«

Doch schaute sie mit fast panischem Blick auf die Uhr. »Habt ihr Feemke schon nach Hause kommen hören?«

»Nein, wo war sie denn überhaupt?«, fragte Johanna besorgt, denn Addas Augen stachen dunkel aus ihrem bleichen Gesicht hervor.

»Sie hat sich in Jever mit einer Freundin getroffen. Von Sanderbusch aus wollten deren Eltern sie bringen, angeblich passt das Rad in den Kofferraum. Sie müsste aber längst zurück sein.«

»Vielleicht hat sie den Zug verpasst?«, meinte Rolf.

»Möglich. Ich bin trotzdem unruhig. Wie konnte ich vor lauter Begeisterung über diesen Mauerfall mein Kind vergessen?«

»Du hättest ohnehin nichts tun können«, sagte Johanna. »Die Frage ist eher, was machen wir *jetzt?*«

Doch kurz darauf klackte die Tür, und Feemke stand im Flur. Sie wirkte durchgefroren und ziemlich durcheinander.

»Mien lüttje Wicht, was ist passiert?« Adda stürzte zu ihr und nahm sie fest in die Arme.

»Nichts. Es ist nichts passiert«, sagte Feemke fast tonlos. »Darf ich gleich in mein Zimmer gehen?«

Adda ließ sie los, und alle drei sahen ihr ratlos hinterher.

»Du musst mit ihr sprechen«, sagte Rolf. »Scheinbar ist irgendwas passiert, womit sie nicht klarkommt. Fragt sich nur, was.«

KAPITEL 21

Micha wartete am Nachmittag an der Neusieler Kirche auf Feemke. Er wirkte nervös, denn er nagte die ganze Zeit auf seiner Unterlippe.

»Moin«, begrüßte Feemke ihn. Erst wollte sie ihn wie immer umarmen, doch seine Miene hielt sie davon ab.

»Komm, wir gehen zu der Bank beim Spielplatz, da können wir ungestört reden.«

Feemke fühlte sich schlecht. So fremd war ihr Micha noch nie vorgekommen. Sie lief mit gesenktem Kopf neben ihm her, gespannt, was er ihr sagen wollte.

Sie ließen sich am Wanderweg neben dem Spielplatz auf der Bank nieder und beobachteten die Kühe, die vor der Mühle auf der Weide grasten. Es war ein friedliches Bild.

»Ich muss mit dir reden«, begann Micha. »Wir waren immer ehrlich zueinander ...«

Feemke hielt die Luft an. Nicht, dass er ihr sagen wollte, wie unsterblich er in sie verliebt war. Aber sie wusste auch nicht, wie sie ihn davon abhalten sollte. Wenn er das tat, musste sie ihm wehtun, und das wollte sie nicht.

»Schau, du bist viel mit Andi unterwegs«, begann er, »und ich sehe, dass du in ihn verknallt bist.«

»Aber das stimmt doch gar nicht«, fiel Feemke ihm sofort ins Wort.

»Man sieht es deutlich, du willst es bloß nicht wahrhaben«, sagte Micha. »Ich kenn dich gut. Du warst mit ihm allein in Jever und hast gesagt, du wärst mit Monja verabredet. Das war gelogen.«

Feemke gab sich zerknirscht. »Ja, das stimmte nicht. Ich hatte einfach keine Lust, was zu erklären. Aber ich bin nicht mit Andi zusammen. Nur Freundschaft.«

»Dann hättest du ja darüber reden können. So ist es für mich … Verrat? Blöd? Keine Ahnung, was.«

Das Gespräch driftete in eine Richtung ab, die Feemke nicht mochte. »Quatsch! War echt harmlos. Kommt nicht wieder vor.«

Micha ließ sich jedoch nicht beirren. »Es ist auch egal. Du hast mal zu mir gesagt, dass wir nicht unbedingt heiraten müssen, bloß weil wir uns das als Kinder versprochen haben. Damals war ich todtraurig. Inzwischen weiß ich natürlich, dass du recht hast. Wir waren Kinder«, fügte er in einem altklugen Tonfall hinzu.

»Was willst du mir sagen, Micha?«, fragte Feemke. Denn auch sie kannte ihn gut. Hinter seinem sachlichen Geschwafel steckte mehr. »Komm auf den Punkt!«

Micha räusperte sich, schabte mit der Schuhspitze über den Schotter und kickte ein paar Steinchen weg. »Ich bin mit Petra zusammen. Aus der 8b«, stieß er dann hervor.

Feemke fiel die Kinnlade herunter. Gestand Micha, ihr Micha, der sie, seit sie denken konnte, anhimmelte, ihr gerade, dass er in eine andere verknallt war?

»Petra Müller?«, hakte sie nach, um überhaupt was zu sagen. Ihre Stimme klang dünn, ein bisschen piepsig.

»Ja. Wir waren ein paarmal im Hallenbad und sind mit dem Rad rumgefahren. Da ist es passiert.« Er senkte den Kopf. »Das mit uns wird ja doch nichts. Du kannst also mit Andi zusammen sein und machen, was immer du willst. Ich stehe dir nicht im Weg.«

Feemke merkte, dass ihr Tränen in die Augen traten. Hatte sie wirklich geglaubt, dass Micha ewig auf sie warten würde, auch wenn sie sich nicht entscheiden konnte und mit Andi loszog? War sie sich dessen so sicher gewesen?

»Du sagst gar nichts«, meinte Micha. Dann bemerkte er ihre Tränen. »Ich dachte, es macht dir nicht viel aus.«

»Tut es auch nicht«, sagte Feemke und wischte sich über das Gesicht. »Ist mir egal. Fühlt sich nur komisch an. Aber ich wünsche euch viel Glück.« Sie sprang auf. Schließlich wollte sie Micha gar nicht. Immerhin hatte sie, Feemke Westerholt, ganz andere Möglichkeiten als diese Leute auf dem Land. Außerdem war Ostfriesland langweilig. Über ihre Oma hatte dieser Manfred auch noch schlimme Sachen gesagt. Sie reckte das Kinn. »Ich werde sowieso nicht mehr lange auf dem Nordseehof sein.«

Dann rannte sie los. Durch das Dorf zum Fahrrad. Sie riss es an sich und strampelte so lange durch die Marsch, bis sie völlig aus der Puste war. Sie musste nun allein klarkommen. Aber das würde sie schon schaffen.

*

Feemke benahm sich seit drei Tagen komisch. Adda wollte dringend mit ihr sprechen, aber es war schwierig, dafür Zeit und Muße zu finden.

Entweder hatte sie Dienst, oder Feemke war in der Schule, bei Freunden oder im Stall. Ihre Tochter ging sowohl ihr als auch Rolf und ihrer Großmutter aus dem Weg. Bei den gemeinsamen Mahlzeiten gab sie sich locker, aber jeder von ihnen spürte, dass Feemke etwas bedrückte, nur kam niemand an sie ran.

Heute hatte Adda frei und plante, ein bisschen im Garten zu arbeiten, ihr war nach frischer Luft. Da konnte sie gut nachdenken, und wenn Feemke nachher kam, würde sie endlich ein Gespräch mit ihr führen können.

Adda ging hinaus und steuerte geradewegs auf den Rosengarten zu. Rolf hatte hier eine Menge getan, aber trotzdem wirkte das Areal schon wieder verwildert, da ihm sein Rücken so sehr zu schaffen machte, dass er sich nur noch sporadisch mit den Rosen beschäftigte.

Ob Adda hier beginnen sollte? Es würde auf jeden Fall mehr Spaß machen, als die nassen Blätter zusammenzufegen, wie sie es ursprünglich vorgehabt hatte. Sie lief zur Remise und suchte nach der Rosenschere. Damit bewaffnet begann sie, die wildesten Ranken abzuschneiden. Bewusst ließ sie den Teil der Beete aus, wo Rolf schon gewesen war. Sie hoffte zudem, dass es richtig war, was sie tat.

Der Wind hatte gedreht und wehte nur leicht aus Nordwest, der Nebel von gestern hatte sich verflüchtigt. Immer wieder lugte die Sonne hinter den Wolken hervor und tauchte den Garten in ein wunderbar orangefarbenes Licht. Wie ihre Mutter mochte Adda den Herbst. Er hatte für sie nichts Vergängliches, sondern war eher eine ruhige Jahreszeit. Die Menschen saßen mehr drinnen und genossen die Wärme in den Häusern, während sich die

Welt draußen in bunte Farben kleidete. Die Luft war klar, roch oft ein bisschen herb – und war so ganz anders als der Frühling, der laut und ungestüm daherkam und die Welt aufdringlicher schminkte. Adda liebte alle Jahreszeiten. Und sie musste zugeben, dass sie sie auf dem Land viel intensiver genießen konnte als in der Stadt.

Sie griff nach einer weiteren Ranke und wollte sie eben abschneiden, als sie Schritte hörte. Ruckartig drehte sie sich um und rammte sich prompt einen Dorn in den Finger. Er blutete sofort heftig, und Adda steckte ihn in den Mund.

»Mama?«

War es schon so spät, oder hatte ihre Tochter eher freibekommen?

»Oh, hast du dich gestochen?«, fragte Feemke mitleidig. »Ich wollte dich nicht erschrecken. Warum trägst du denn keine Handschuhe?«

»Vergessen«, sagte Adda. »Ich habe mich spontan entschlossen, ein bisschen im Rosengarten zu arbeiten.«

»Dann lass dich mal nicht von Rolf erwischen«, meinte Feemke. »Er ist sehr pingelig, was das angeht, und er hat mir schon viel beigebracht, was ich wissen muss, damit die Rosen im Sommer wirklich schön blühen können.«

Adda schob die Unterlippe vor. »Oje, dann hab ich bestimmt was falsch gemacht.«

Feemke besah sich die Rosenstöcke. »So ziemlich alles. Lass es lieber bleiben, sonst blüht bald gar nichts mehr.« Sie nahm Adda die Schere aus der Hand. »Dieser Garten ist für mich ein Symbol für den Nordseehof«, fuhr sie fort. »Oma sagt, die Rosen hätten früher in voller Pracht geblüht, aber je mehr Dinge passiert sind, desto mehr ist der Rosengarten verkommen. Ich möchte ihn wieder vollständig in Ordnung bringen, nur dauert das seine Zeit. Bis dahin lerne ich von Rolf alles, was ich wissen muss.«

»Und du meinst, dass ich gerade wieder etwas zerstöre?«

»Ja«, sagte Feemke knapp. »Du magst das alles hier nicht und bist unglücklich.« Sie riss die Augen ein Stück auf, bevor sie ausstieß: »Und du hast bestimmt bemerkt, dass was ist. Also dass es mir nicht so gut geht.«

Adda sah sie erleichtert an. Endlich wollte ihr Kind mit ihr sprechen. »Das ist uns allen aufgefallen. Sollen wir uns auf die Bank setzen?«

Sie gingen zur Graft und ließen sich dort nieder. »Okay, dann schieß mal los. Ist an dem Nachmittag in Jever etwas passiert?«

»In Jever nichts, außer dass ich jetzt weiß, dass Andi in mich verknallt ist.« Feemke biss sich auf die Unterlippe. Nun war die Lüge raus.

»Andi?«, fragte Adda auch sofort. »Ich dachte, du hast dich mit Monja getroffen?«

Ihrer Tochter traten Tränen in die Augen, die sie ärgerlich mit dem Handrücken wegwischte. »Ich hab dich angelogen. Ich war mit Andi verabredet.«

Adda zog die Brauen hoch. Jetzt nichts kommentieren, nichts Falsches sagen, damit Feemke nur ja erzählte, was das eigentliche Problem war. Andi war es offenbar nicht.

Ihrer Tochter fiel es sichtlich schwer weiterzusprechen. Sie rang mit sich, aber schließlich sagte sie: »Ich musste dann natürlich mit dem Rad allein von Sanderbusch hierherfahren. In der Dollstraße hat ein Auto angehalten.«

Adda knetete die Finger. Ihr Herz schlug bis zum Hals. Bitte nicht, flehte sie innerlich. Bitte nicht! Sie bemühte sich weiterhin um einen ruhigen Tonfall. »Wer war es? Kanntest du ihn?«

Nun sackte Feemke in sich zusammen. Man konnte sie wie das sprichwörtliche Häufchen Elend beschreiben, als sie flüsterte: »Er kannte *mich*. Es war Manfred Oetjen.«

Adda sprang erschrocken auf. »Hat er … hat er dir was getan?«

Feemke schüttelte den Kopf. »Nein, Mama. Er hat nur was gesagt. Was Schlimmes, und ich will wissen, ob das stimmt.«

»Was. Hat. Dieser. Bastard. Gesagt?« Adda war außer sich und hätte am liebsten weiter mit der Rosenschere herumgefuhrwerkt, bloß um etwas kaputt zu machen.

»Erst war er voll nett, aber dann hat er behauptet, Oma wäre eine Mörderin, weil sie Opas Bruder Reent getötet hat. Er würde sie eines Tages endlich ins Gefängnis bringen. Oder ihr würde sonst was passieren, weil Lügner immer bestraft werden.«

Adda war entsetzt. »Das hat er gesagt?«

»Er hat noch mehr gesagt, Mami. Dich hat er auch als Lügnerin bezeichnet. Denn hätte er das getan, was du überall herumerzählt hast, dann säße er bestimmt nicht an der Seite des Ministerpräsidenten. Aber das ist doch Tünkram, oder?«

»Natürlich! Dieser Swienegel!«, brachte Adda mühsam hervor. »Dieser verdammt miese Typ.« Sie nahm ihre Tochter in den Arm. Wie sollte sie ihr erklären, was damals passiert war? Sie war doch noch viel zu jung. Adda atmete schwer. »Hör zu, Feemke. Der Mann hat damals mit mir etwas sehr Schlimmes gemacht, und das habe ich nicht erfunden.«

Feemke schob Adda ein Stück weg. »Ich bin kein kleines Kind mehr, Mama, und versteh schon, was du sagen willst. Außerdem weiß ich das längst, weil ich so einige Dinge mitbekomme. Und natürlich, ich glaube dir! Manfred Oetjen hat einen eigenartigen Blick. Mit dem stimmt was nicht.«

Sie schluchzte auf, und die angestaute Angst löste sich in einem Sturzbach von Tränen. Am Ende hickste sie, weil sie so heftig geweint hatte. Dazwischen stammelte sie noch: »Er… er sagt, Gott wird den Nordseehof strafen für all unsere Lügen. Was ist, wenn Gott auf Manfreds Seite steht und das wirklich tut?«

»Er soll Gott aus dem Spiel lassen!« Adda blieb vor Wut fast die Luft weg.

»Und er wird niemanden strafen, weil es nichts zu bestrafen gibt.« Adda drückte ihre Tochter wieder ganz fest, denn die Berührung gab auch ihr Halt. Leise sagte sie: »Er will den Nordseehof vernichten. Wir müssen achtgeben, dass ihm das nicht gelingt.«

»Wie ist denn dein Onkel Reent damals umgekommen?«, fragte Feemke vorsichtig.

»Ich weiß es nicht genau. Oma spricht nie darüber. Ich glaube, sie war allein mit ihm, und sie sagt, es wäre ein Unfall gewesen, dass er verbrannt ist. Auf jeden Fall hatte er wohl die Scheune angezündet. Ach, meine Lütte, es ist so lange her.«

Feemke rührte sich nicht und schien sich in Addas Armen zu entspannen. So saßen sie eine ganze Zeit lang da. Mutter und Tochter, vereint, sich nah – so, wie es sein sollte.

»Ich hab dich lieb, Mama«, sagte Feemke nach einer Weile. »Und ich mag das alles hier voll gern.«

»Ich auch – manchmal«, sagte Adda. »Aber es gibt Tage, da möchte ich weg. Ich bin nicht geschaffen für das Landleben.«

»Ich weiß«, antwortete Feemke.

Adda seufzte. »Man kann sich im Leben eben nicht immer alles aussuchen, und für uns beide war es nach der Trennung von Papa richtig, hierher zurückzukommen, verstehst du?«

»Aber was früher richtig war, muss ja nicht immer richtig bleiben«, sagte Feemke.

Adda sah sie schief an. »Du wirkst plötzlich so erwachsen…«

Feemke zuckte mit den Schultern. »Ich bin eben kein Kind mehr, und wir denken alle viel nach. Was mal werden soll und so.«

Eine Ente schwamm auf der Graft wütend schnatternd an ihnen vorbei und zerstörte die ruhige Stimmung.

Aber Adda war neugierig, worauf Feemke hinauswollte. »Du machst dir Gedanken darüber, was aus dir werden soll? Nun musst du erst einmal die Schule schaffen.«

Feemke feixte ein bisschen. »Was bei meinen Noten das geringste Problem sein sollte.«

»Trotzdem ist es noch ein weiter Weg. Ein paar Jährchen hast du ja noch.«

»Stimmt. Nur motzen alle, wie öde es auf dem Land ist, da hab ich eben auch mal drüber nachgedacht, wie es woanders wäre. Zum Beispiel in Bremen.«

Adda war erstaunt, wie reflektiert ihre Kleine manchmal schon sein konnte. Sie ist eben gar nicht mehr so klein, dachte sie wehmütig.

»Klar mag ich die Arbeit mit den Tieren, aber ich kenne doch gar nichts anderes!« Feemke stockte, ihr lag sichtlich noch ein großer Stein auf dem Herzen. »Kann ich nicht jetzt schon mal woandershin?«

»Du willst weg?« Adda war völlig konsterniert, als Feemke nickte.

»Du möchtest das doch auch.«

»Meinst du, wir sollten den Nordseehof zusammen verlassen?«, fasste Adda zusammen und fragte sich kurz, wie ihre Mutter das aufnehmen würde.

»Nicht ganz«, sagte Feemke. »Ich würde gern eine Weile bei Papa wohnen. Es ist so cool da! Hin und wieder wäre ich bei dir, wo auch immer das ist. So lange, bis ich weiß, ob ich was vermisse.«

Adda erstarrte. Sie brauchte einen Augenblick, ehe sie antworten konnte.

»Feemke, du musst zur Schule gehen, deshalb brauchst du eine Konstante. Einen festen Wohnsitz! So einfach wird ein Schulwechsel für dich auch nicht sein.«

Am liebsten wäre Adda aufgesprungen und hätte ihre Kleine so lange geschüttelt, bis sie sagte, dass das alles nur ein Scherz war. Es tat unwahrscheinlich weh, dass sie ausgerechnet zu Dirk wollte, wo sie selbst doch zugunsten von Feemke auf alles verzichtet hatte. Nur, durfte sie Ansprüche stellen?

»So een Shiet«, sagte Feemke jetzt und stieß die Luft laut aus. »Daran hab ich gar nicht gedacht, also dass es mit der Schule ein Problem wird und ich irgendwo länger wohnen muss.« Sie leckte sich die Lippen. »Ich dachte, ich bin mal bei dir und mal bei Papa.«

Adda drehte ihre Tochter zu sich, noch immer bemüht,

ruhig zu bleiben. Feemke ihre Idee auszureden würde nichts bringen. Sie brauchte weitere Argumente. »Weiß Papa denn überhaupt von deinen Plänen?«

Feemke schüttelte den Kopf. »Nö, aber er ist doch mein Papa.«

So viel zu dem Gedanken, wie erwachsen Feemke schon war. Dirk würde vermutlich alles andere als begeistert sein. Adda gab ihr einen Kuss auf die Wange.

»Geht es dir ums Weggehen oder um Papa?«

Feemke kratzte sich am Kinn. »Eigentlich um beides. Ich will mal länger bei ihm sein, und er wohnt da, wo alle vom Land hinwollen.«

Adda versetzte es einen weiteren Stich, als sie merkte, dass ihre Tochter sich tatsächlich viele Gedanken gemacht hatte. Und dass sie nun loslassen musste, gleichgültig, was sie für ihr Kind getan hatte. Aber konnte Feemke so etwas überhaupt schon allein entscheiden?

»Gibt es denn sonst noch einen Grund?« So ganz traute sie Feemkes Argumenten nicht. Ihre Tochter hatte zwar schon mal durchklingen lassen, dass sie doch nicht ganz sicher war, ob sie für immer auf dem Hof bleiben würde, aber sie war in der Pubertät, und da stellten die Jugendlichen schließlich alles infrage. Das kannte sie noch von sich selbst.

Feemke krauste die Stirn. »Ja«, gab sie zu. »Micha ist jetzt mit Petra zusammen.«

Adda war kurzfristig erleichtert. Liebeskummer war blöd, aber da reagierte man in Feemkes Alter schon mal über.

»Das tut weh, ich weiß. Aber Weglaufen hilft in dem Fall nicht«, sagte Adda vorsichtig.

»Ich möchte hier aber nicht sein, wenn Micha… Obwohl ich ihn ja gar nicht will. Und Andi auch nicht.« Sie schniefte wieder los.

Adda wollte Zeit gewinnen, ihr ging das alles zu schnell und zu überstürzt. »Pass auf, wir überlegen uns was und reden meinetwegen auch mit Papa. Aber das tun wir zusammen, okay? Es ist gut, dass du mit mir gesprochen hast. Auch wegen der Sache mit Oma.« Sie sog die Luft einmal tief ein. »Ich bin immer für dich da, und notfalls finden wir auch einen Weg für uns beide.«

Feemke strahlte ihre Mutter an. »Was überlegen und Pläne machen klingt großartig!«

Adda freute sich – all das Traurige war aus dem Gesicht ihrer Tochter verschwunden. »Wir sollten nach vorn schauen. Die Zukunft gestalten wir gemeinsam.« Adda verwuschelte Feemke liebevoll das Haar.

»Und wenn Papa die Idee blöd findet?«, fragte Feemke.

»Dann machen wir trotzdem einen Schritt nach vorn. Nur in eine andere Richtung. Den Himmel erobert man nicht im Rückwärtsgang.«

*

Dirk schrak zusammen, als das Telefon klingelte, denn er war soeben kurz eingenickt. Mit nur halb geöffneten Augen griff er nach dem Hörer. »Ja?«

»Ich bin es, Feemke.«

Schlagartig war er hellwach. »Was gibt es, meine Maus?«

Seine Tochter schluckte so laut, dass er es durch den Hörer wahrnahm.

»Feemke?«

»Ich wollte dich fragen, ob ich nach den Zeugnisferien im Januar bei dir wohnen kann.«

Dirk ließ erschrocken die Hand mit dem Hörer sinken, hielt ihn aber gleich darauf wieder ans Ohr, damit er mit seiner Tochter sprechen konnte. »Du willst *was?*« Er hatte mit allem gerechnet, aber nicht mit einer solchen Entwicklung. »Was sagt denn Mama dazu?« Schon im nächsten Moment purzelten ihm tausend Gedanken durch den Kopf, wie das zu schaffen sein sollte. Gut, der Platz war kein Problem, weil Feemke in seiner Wohnung ihr eigenes Zimmer hatte, aber es würde eine große Einschränkung seiner Freiheit bedeuten.

»Mama weiß nicht, dass ich dich jetzt deswegen anrufe. Ich hab ihr aber vor drei Tagen erzählt, dass ich das überlege.«

Ganz langsam herantasten, dachte Dirk, der sich gerade maßlos überfordert fühlte.

»Also, du hast Mama gesagt, dass du vielleicht zu mir ziehen möchtest«, wiederholte er, um Zeit zu gewinnen und seine Gedanken zu sortieren.

»Ja, weil ich weiß, dass sie den Nordseehof blöd findet und nur hierbleibt, weil ich es bisher ganz gut fand. Nun muss ich allerdings weg«, schoss sie hinterher.

»Moment, du *musst* da weg?« Dirk verstand nicht so recht.

»Ja, Micha geht mit Petra, Andi will ich nicht, und überhaupt ist es voll spießig, wenn ich nur Ostfriesland kenne. Hier kann man als Jugendliche keinen Spaß haben, das sagen die im Bus auch immer.«

Jetzt musste Dirk doch ein bisschen lächeln. Das klang alles so gar nicht nach der Feemke, die immer in höchsten Tönen vom Nordseehof schwärmte. »Hast du dir das auch gut überlegt?«, fragte er deshalb. Liebeskummer war kein geeigneter Grund davonzulaufen.

»Ja«, sagte Feemke knapp. »Weil Mama auch verschwindet.«

Dirk wusste nicht, was er noch sagen sollte, ohne dass er die Chance gehabt hatte, zunächst mal in Ruhe über alles nachzudenken. Also fragte er nach Adda. »Was ist denn mit Mama? Wohin will sie denn?«

Nun druckste Feemke herum.

»Die Mauer ist weg«, sagte sie. »Also, da dürfen die Leute jetzt raus. In Berlin.«

»Ja, das weiß ich. Und Mama will dorthin?«

»Jo.«

Feemke klang ein bisschen zu trotzig. Etwas stimmte an ihrer Aussage nicht.

»Mama will doch sicher nur kurz nach Berlin?«, hörte er sich hoffnungsvoll sagen. Er musste irgendwie aus der Nummer rauskommen, ohne Feemke vor den Kopf zu stoßen.

Wenn Adda geplant hätte, vom Nordseehof wegzuziehen, hätte sie ihm das bestimmt erzählt, auch wenn sie nur das Nötigste miteinander besprachen. Dirk war zudem sicher, dass Adda ohne ihre Tochter nirgendwohin gehen würde.

Auf jeden Fall musste er Feemke diese Idee ausreden. Es würde nur Stress geben. Mit Adda. Für ihn. Und ob das Landkind in Bremen klarkam, wagte Dirk zu bezweifeln. Er selbst hatte im Vatersein kaum Übung, ab und zu das Kind am Wochenende bei sich zu haben, war nicht schwer, aber den Alltag bewältigen? Mit der Schule, dem

Kummer, dem Mädchenstress. Dirk wusste nicht, ob er dem gewachsen war, und verspürte auch nur wenig Lust, es auszuprobieren.

»Sie will im Februar da einen Kurzurlaub machen«, bestätigte Feemke seine Gedanken. »Aber ich möchte keinen Urlaub machen, ich will in der Stadt leben!«

Jetzt klang Feemke wie Adda damals, und Dirk ahnte, dass es vielleicht doch nicht nur eine fixe Idee war und die Sache mit Micha nur den letzten Anstoß gegeben hatte.

»Pass auf, Liebes. Ich kann das nicht über den Kopf deiner Mutter hinweg entscheiden. Ich bespreche es mit ihr, okay?«

»Danke, Papa. Ich wusste es.«

Was sie wusste, erfuhr Dirk nicht mehr, denn Feemke hatte das Gespräch beendet. Im besten Fall meinte sie seine Loyalität.

Dirk legte den Hörer zurück auf die Gabel und ließ das Gespräch Revue passieren. Er liebte Feemke und vermisste sie oft. Aber deshalb musste sie ja nicht gleich zu ihm ziehen, das war dann doch ein bisschen zu viel.

Er machte sich einen Kaffee, setzte sich an den Tisch und schaute sich um. Seine Gedanken begannen zu rattern.

Was er bislang für unwahrscheinlich gehalten hatte, überfiel ihn mit einem Mal. Sein Kind wünschte sich mehr Nähe zu ihm, und er wollte das nicht? War er da ganz sicher?

Plötzlich erschien ihm seine Wohnung leer. Und einsam. Feemke würde Leben in die Bude bringen. War es doch keine so schlechte Idee, wenn sie zu ihm zog? Und sei es nur für eine Weile?

Er drehte sich zum Telefon um, nahm den Hörer wie-

der in die Hand und tippte die Nummer vom Nordseehof ein.

*

Johanna harkte die Wege auf dem Hof. Der Herbst war
einzigartig schön, wenn er Ostfriesland noch nicht ganz
mit seinem Nebel verschluckt hatte, sondern sich wie
heute farbenfroh präsentierte. Die letzten Vögel trällerten
ihr Lied, über die Wiesen legte sich am Abend ein dünner
Schleier, der von den Morgensonnenstrahlen wieder vertrieben wurde. Der Duft solcher Oktobertage war wür-
zig, mit einem unterschwellig süßlichen Duft, der von
dem Obst herrührte, das seinen Weg nicht in die Ein-
machgläser gefunden hatte. Hier auf der Terrasse roch es
außerdem ein bisschen modrig und ein wenig nach dem
Hallimasch, der sich an den Wurzeln der Bäume immer
stärker ausbreitete. Johanna wollte ein paar der Pilze später noch schneiden und sie morgen in einer Soße verko-
chen, damit sie diese wunderbare Note bekam, die vor
allem Rolf liebte. Sie erinnerte ihn an seine Heimat in
Schlesien, wo Pilze viel öfter auf dem Speiseplan standen als in Ostfriesland. Oft zog er los und suchte Wiesen-
champignons oder im Wittmunder Forst nach Steinpilzen.
   Alles hätte mal wieder so schön und friedlich sein können, aber etwas hatte ihr Gefüge durcheinandergebracht.
Johanna wusste noch nicht genau, was es war, aber sie
würde es herausfinden. Es hing auf jeden Fall mit Feemkes Fahrt nach Jever in der letzten Woche zusammen.
Seitdem war alles anders geworden. Adda und Feemke
taten geheimnisvoll, und ihre Enkelin wirkte häufig abwe-

send. Über ihren Köpfen braute sich definitiv ein Unwetter zusammen, nur versuchten noch alle, es vor ihr zu verbergen.

Sie brauchte aber nur Adda anzusehen, wenn diese sich unbeobachtet glaubte. Ihre Ahnung bestätigte sich, als Adda und Feemke nun aus dem Haus traten. Sie hielten den Blick gesenkt und wirkten, als hätten sie schlechte Nachrichten.

»Mama, hast du Zeit? Wir müssen etwas besprechen«, sagte Adda. Feemke tat betont gleichgültig.

»Wollen wir reingehen?«, fragte Johanna, denn es war windig und kühl.

»Lasst uns lieber ein Stück laufen«, schlug Feemke vor. Johanna lehnte den Besen an die Mauer und zog den Wollschal fester um den Hals. »Dann kommt.«

Sie verließen den Hof durch das große schmiedeeiserne Tor in Richtung Marsch.

»Nun druckst man nicht so rum. Ich reiß euch schon nicht den Kopf ab. Was wollt ihr loswerden?«, begann Johanna, kaum dass sie ein paar Schritte gegangen waren.

»Feemke wird nach den Zeugnisferien zu Dirk nach Bremen ziehen. Sie kann dort die Sekundarstufe 1 vollenden«, platzte es aus Adda heraus.

Johannas Mund wurde trocken. Sie versuchte, ein bisschen Speichel zu sammeln, damit sie überhaupt antworten konnte.

»Aber… aber…« Mehr brachte sie nicht über die Lippen. Ihr war, als hätte Adda ihr eben in die Magengrube geboxt.

»Vielleicht… komme ich ja wieder«, stammelte Feemke. »Aber ich will mal in der Stadt wohnen.«

Johanna rauschte der Kopf. Sie hatte nicht damit gerechnet, dass ihre Enkelin einmal gehen würde. Ihr Leben war so klar gewesen, so rund. Und nun das. Johanna wurde kurz von einer Schwindelattacke erfasst und musste stehen bleiben. Ihr kam es auf einmal vor, als würde der gesamte Nordseehof über ihr zusammenbrechen.

»Ich gehe aber vorerst nicht fort, Mama«, sagte Adda. »Feemke und ich haben diese Entscheidung so getroffen, damit du nicht plötzlich ganz allein bist.«

Johanna griff sich an den Kopf, hielt sich die Ohren zu, weil das Rauschen fast unerträglich laut wurde. Doch es half nichts. »Du wirst doch auch gehen.« Die Verzweiflung in ihrer Stimme war unüberhörbar, aber das war Johanna in diesem Augenblick gleichgültig. »Was wird dann aus dem Hof?«

»Wir finden eine Lösung«, sagte Adda. »Aber bitte verlange nicht von mir, dass ich meinem Kind die Flügel stutze und ihm meinen Willen aufzwinge. Bitte verlange das nicht!«

Johanna tastete nach Addas Hand. Ihre Tochter hatte recht. Das durfte sie nicht tun. Sie umklammerte sie, es war der einzige Halt, der sie gerade daran hinderte zu stürzen.

»Ich akzeptiere das«, sagte sie schließlich, weil ihr ohnehin keine andere Wahl blieb. »Aber bitte lasst mich jetzt allein. Das muss ich erst mal verdauen.«

Sie ließ Addas Hand los und machte sich auf den Weg in die Marsch. In die Landschaft, die ihr Leben und ihr Zuhause war. Einfach geradeaus. Einen Schritt nach dem anderen. Als sie sich nach einer Weile umsah, waren Feemke und Adda verschwunden.

Über ihr krächzte ein Krähenschwarm sein schauriges Lied. Johanna war sich mit einem Mal sicher, dass die beiden ihr noch etwas hatten sagen wollen. Aber das war ihr jetzt egal.

KAPITEL 22

Adda packte ihren Koffer. Drei Tage Berlin lagen vor ihr. Sie wollte unbedingt am Puls des Geschehens sein, jetzt, wo das Land vor Freude übersprudelte. Auf dem Weg dorthin würde sie Feemke zu Dirk bringen.

Ihre Tochter war hinter sie getreten. »Ich finde es gut, dass du nach Berlin fährst. Es wird Zeit, dass du mehr für dich tust. Und ich freue mich auf Papa.«

»Wenn du Heimweh hast und es Probleme gibt, dann sag Bescheid. Du kannst jederzeit zurückkommen. Ich halte es schon noch eine Weile auf dem Nordseehof aus.« Adda fiel es schwer, Feemke loszulassen, aber nur wenn sie das tat, würde ihr Herz bei ihr bleiben. Das wusste sie aus eigener Erfahrung, sie konnte aber inzwischen ihre Mutter viel besser verstehen. Sie begriff, wie sie sich gefühlt haben musste, als nicht nur sie, sondern auch ihr Bruder Uwe regelrecht vom Nordseehof geflüchtet waren.

Nur waren sie damals viel älter gewesen.

Aber unsere Eltern lebten auch zusammen, wir brauchten die Liebe nie aufteilen, so wie Feemke es musste und offenbar große Schwierigkeiten damit hatte, dachte Adda.

In den langen Gesprächen miteinander hatte sie feststellen müssen, wie sehr Feemke ihren Papa wirklich vermisste. Dem konnte sie sich nicht widersetzen, ohne die Liebe ihres Kindes zu verspielen, auch wenn es sie schmerzte.

»Ich guck mal, wie die neue Schule ist. Bis zum Sommer bleib ich auf jeden Fall.«

Sie hatten das oft genug durchgekaut. Welche Konsequenzen ein Schulwechsel mitten im Jahr hatte. Dass Feemke Gefahr lief, ihren Notenschnitt zu verderben, ja dass sie gegebenenfalls gar nicht mitkam, weil der Stoff ein anderer war.

Adda hatte bis zum Schluss gehofft, Feemke würde es sich anders überlegen. Ihr Angebot, dass sie zukünftig die gesamten Ferien bei Dirk verbrachte, aber sonst weiter auf dem Nordseehof gelebt hätte, reichte Feemke nicht. Und am Ende hatte Adda schweren Herzens nachgegeben, weil Dirk und ihre Tochter sich einig waren.

»Oma ist weniger begeistert, sie hatte mich für die Tage meines Urlaubs für einige Arbeiten in der Schäferei eingeteilt. Jetzt, wo du nicht mehr helfen kannst«, sagte Adda.

»Oma findet immer nur gut, wenn wir was auf dem Nordseehof machen«, erwiderte Feemke mit einem breiten Grinsen im Gesicht. »Darüber dürfen wir nicht böse sein, das ist nun mal ihr Leben.«

Adda presste die Lippen zusammen. Sie hätte manchmal gern etwas von der Gelassenheit ihrer Tochter gehabt, was ihre Mutter anging.

Gestern hatte Feemke ihre Oma dann doch im Beisein von Adda auf das Gespräch mit Manfred angesprochen. Es hing noch immer wie ein verschmutztes Fischernetz mit all seinen stinkenden Überresten zwischen ihnen.

Feemke hatte ihrer Großmutter von seinen Drohungen erzählt und auch, was er Johanna unterstellte.

»Was ist denn dran an seinen Anschuldigungen, dass es kein Unfall war? Oma, ich muss das wissen! Am liebsten, bevor ich wegfahre«, hatte Feemke gedrängt.

»Es war ein Unfall, nichts anderes«, hatte Johanna abgewehrt. »Manfred Oetjen lügt, wenn er den Mund auftut, und alle glauben ihm. Er war doch gar nicht dabei, warum verbreitet er diese Unwahrheiten? Woher will er denn das wissen?«

»Angeblich hat Paul das gesagt.«

Ihre Oma hatte unwirsch reagiert, und Feemke war erschrocken zurückgewichen. »Paul war auch nicht dabei. Ich bin die Einzige. Und ich möchte nicht mehr darüber reden.«

Feemke hatte sich vorerst damit zufriedengegeben, aber eines Tages würde sie ganz bestimmt einen weiteren Vorstoß wagen, und Adda wollte sie darin bestärken. Sie mussten einfach wissen, was in dieser Nacht passiert war.

Feemke drückte sie fester. Adda genoss die Wärme und unglaubliche Liebe, die von ihrer Tochter ausging.

Endlich war der Koffer fertig gepackt. Den Großteil ihrer Sachen hatten sie schon im Wagen verstaut. Feemke wollte natürlich auch einiges hierlassen, weil der Nordseehof ihr zweites Zuhause war.

»Meinetwegen können wir starten. Bist du fertig?«, fragte Adda.

Feemke nickte. »Dann wollen wir mal Opa Rolf und Oma Tschüss sagen.«

»Ich glaube, die warten schon am Auto.«

Feemke und Adda liefen die Treppen hinunter über den

Hof zum Kontor, wo der Wagen geparkt war. Johanna und Rolf standen tatsächlich dort. Addas Mutter sah aus, als ob sie geweint hätte. Aber sie war zum Glück nicht mehr allein. Rolf war an ihrer Seite, das würde ihr helfen, da war Adda sicher.

»Aber du kommst zurück, Adda?«, fragte Johanna beim Abschied ängstlich.

»Ich mache doch nur kurz Urlaub!«, beruhigte sie sie. »Und Feemke ist spätestens zu Ostern wieder da.«

»Oder an einem der nächsten Wochenenden, weil ich es ohne den Nordseehof doch nicht aushalte«, sagte ihre Tochter. Ihre Wangen glühten, und die Augen spritzten vor Übermut. »Nun kann ich Papa mal eine Weile auf die Nerven fallen, ihr musstet mich lange genug ertragen!«

Feemkes versuchter Witz ging im Schluchzen Johannas unter.

»Ich glaube, wir fahren schnell los«, bestimmte Adda, die mit Rührseligkeiten nur schwer umgehen konnte. Und doch tat ihre Mutter ihr unendlich leid. Für sie musste gerade eine Welt zusammenbrechen.

»Mach's gut, meine kleine Fee«, sagte Rolf, als Adda und Feemke eingestiegen waren. Sie schlossen die Türen.

Rolf klopfte mit der Hand aufs Autodach. Feemke kurbelte das Fenster herunter und gab ihm noch einen Kuss auf die Nase. »Mach du es gut, Opa. Ich such dann in der Stadt mal nach Feenstaub. Den können auch Große noch gebrauchen. Und wenn ich welchen finde, schick ich ihn zum Nordseehof, damit ihr nicht länger traurig seid.« Sie schloss das Fenster wieder.

Adda startete den Motor, und sie durchfuhren das große, schmiedeeiserne Tor. Feemke drückte ihre Nase an der

Scheibe platt und schaute zurück zu ihren Großeltern, die noch immer winkten, was auch Adda im Rückspiegel sah. »Komisch, dass ich jetzt so lange nicht wiederkomme«, sagte Feemke. »Komisch – aber irgendwie auch cool.«

*

Das Hotel, in dem Adda ein Zimmer gebucht hatte, lag in zweiter Reihe zum Ku'damm, in der Nähe des KaDeWe. Sie verschwendete nicht viel Zeit damit, sich in ihrem kleinen Einzelzimmer einzurichten, sie wollte raus, die Stadt erleben. Dabei sein.

Berlin erschlug Adda allerdings mit seinen Eindrücken.

Obwohl sie sich riesig auf die Metropole gefreut hatte, war sie jetzt, nachdem sie so lange nicht in einer Großstadt gewesen war, mit allem leicht überfordert. Berlin war imposant, einschüchternd und übte zugleich eine ungeheure Faszination aus.

Doch es dauerte nicht lange, bis sie das Stadtleben wieder genießen konnte.

Adda besorgte sich ein U-Bahn-Ticket und fuhr zunächst zum Brandenburger Tor. Dort schoben sich die Massen von West nach Ost und umgekehrt, auf der Suche nach der Geschichte, die sich im letzten November von heute auf morgen verändert hatte. Adda schaute sich den Reichstag an, setzte sich auf eine Bank vor den Haupteingang und ließ das Gebäude auf sich wirken. Es war mehr als ein historischer Bau. Ob Berlin nun wieder zum Regierungssitz werden würde?, fragte Adda sich. Bonn ist weit weg, und falls das Land wirklich zu einem wird ... Sie gab sich ihren Gedanken hin.

Aus unerfindlichen Gründen wagte sie es noch nicht, in den Osten zu gehen, obwohl es sie durchaus gereizt hätte, einmal Unter den Linden entlangzuspazieren. Ein anderes Mal, dachte Adda, ich muss erst in dieser Stadt ankommen und mit ihr warm werden.

Sie nahm erneut die U-Bahn, wollte sich die Gedächtniskirche ansehen und dann im *Café Kranzler* einen Kaffee trinken. Damit sie ein Stück laufen und die Stadt in sich auftanken konnte, stieg sie eine Station eher aus.

Berlin war laut.

Auto an Auto reihte sich auf den Straßen. Überall hupte es, am Himmel flog ein Flugzeug sehr niedrig. Adda musste auf dem Gehweg achtgeben, nicht mit anderen zusammenzustoßen, denn jeder schien hier in Eile zu sein. Sie blieb einen Augenblick vor einem Schaufenster stehen und beobachtete die Menschenmassen. Jeder hatte ein Ziel, an dem er so schnell wie möglich ankommen wollte. Manche trugen Aktentaschen in der Hand, anderen hing eine Zigarette im Mundwinkel. Es machte nicht den Anschein, als würden sie einander wahrnehmen, es sei denn, sie schlängelten sich zu zweit durch die drangvolle Enge.

Adda seufzte. Andere mochten die Anonymität der Stadt und die dort herrschende Hektik hassen, aber sie hatte es vermisst! Bremen war anders, beschaulicher, aber es war die urbane Atmosphäre, die sie jetzt einatmete und die sie mit jedem Atemzug glücklicher machte.

In Neusiel wäre Adda längst angesprochen worden. Wie es ihr gehe und was Mudder denn so mache. Hier aber wurde sie nicht beachtet, war ein winziger Klecks inmitten eines Systems, das funktionierte, weil es außerhalb dieser Lebendigkeit Rückzugsorte gab, an denen auch diese Menschen verschnauften, sich nahekamen.

Noch immer hatte Adda sich nicht von der Stelle bewegt. Sie schloss die Augen und saugte die Geräusche und Gerüche Berlins in sich auf. Abgase, Brummen, Schritte. Als sie die Augen wieder öffnete, wurde ihre Wange von einem heruntergefallenen Blatt gestreift, das sich in diese Betonwüste verirrt hatte.

Adda lief weiter und steuerte auf die Gedächtniskirche zu, die ihr Gerippe wie ein Mahnmal in den Himmel streckte. Auch der Neubau konnte nichts daran ändern, dass es Adda deprimierte, diese zerbombte Kirche anzuschauen. Ein Sehnen zog durch ihren Körper, und die Erinnerungen an ihre Friedensgruppe wurden übermächtig.

Sie entschied sich, ihren Kaffee nicht im *Café Kranzler* zu trinken, sondern irgendwo anders, wo sie vielleicht auf den Menschenschlag traf, mit dem sie früher zusammen gewesen war. Nur mal schauen, was die Jugend heute so machte. Nur mal schauen, ob es sie noch gab, die Menschen, die, wie sie einst, die Welt verbessern wollten. Sie beschloss, nach Kreuzberg zu fahren. Dort gab es Szenekneipen und alternative Cafés.

Adda liebte den Stadtteil sofort. Es war ein völlig anderes Berlin als das, was sie eben erlebt hatte. Zwischen den grauen Häuserfronten, die sich dicht an dicht in den Himmel reckten, sodass von ihm kaum etwas zu sehen war, taten sich immer wieder kleine Hinterhöfe auf, in denen sich Restaurants, Kneipen und Cafés verbargen.

Haustür reihte sich an Haustür, Laden an Laden. Biobäckereien, aus denen es verführerisch duftete. Secondhandläden, die ihre Waren feilboten, und alternative Geschäfte, vor denen angeschrumpelte Bioäpfel neben fleckigen Tomaten lagen.

Adda konnte sich hier nicht sattsehen. In einem Secondhandladen erstand sie eine farbenfrohe Bluse, die am Hals mit einer Kordel geschlossen wurde. Solche Sachen hatte sie früher immer getragen.

Wie lange das her war!

Beschwingt spazierte Adda weiter, bis sie erneut einen Hinterhof entdeckte. *Peaceland*, stand in einem Halbkreis auf Holz gemalt und mit einem Regenbogen versehen über dem Eingang. Draußen waren Bierzeltgarnituren aufgebaut, auf denen aber zurzeit keiner saß. Es war einfach zu kühl.

Als Adda näher trat, schlug ihr der Duft von frisch geröstetem Kaffee entgegen, vermischt mit Zigarettenqualm. Sie konnte nicht widerstehen und öffnete die Tür. Schon beim Eintreten fühlte sie sich zu Hause.

Das *Peaceland* war ein dunkler Raum mit kleinen Fenstern, einem dunkelbraunen Tresen und vielen Bildern an der Wand – Eindrücke von Friedensdemonstrationen, die Friedenstaube, ein paar Ökohöfe mit glücklichen Schweinen und ähnliche Motive. Die Luft war vom Rauch der Zigaretten getrübt. An den kleinen Tischen hockten junge Leute in Latzhosen, karierten Hemden und bunten Röcken und Kleidern. Adda liebte diese Art von Kneipen. Es war wie früher in Bremen. Trotzdem fragte sie sich, ob sie mit ihrer sauberen Jeans und dem dunkelblauen Strickpulli samt Palästinensertuch auffiel. Sie nahm auf einem der wackeligen Bambusstühle Platz, studierte die Schiefertafel und entschied sich gegen eine Tasse Kaffee und stattdessen für einen Früchtetee. Weil ihr Magen knurrte, bestellte sie noch Falafel mit scharfer Soße.

Der Tee kam schnell und wurde in einem großen Becher serviert. Adda griff nach dem Teebeutel und schwenkte ihn langsam hin und her.

Sie schaute auf, als sich ein blonder Mann mit Nickelbrille, bunt gestreiftem Leinenhemd und Flickenjeans näherte. Er blieb an ihrem Tisch stehen und sah sie freundlich an.

»Darf ich?« Er zeigte auf den freien Stuhl.

Adda nickte stumm.

Der Mann setzte sich. »Ich bin Piet Renken. Wer bist du?«

»Adda«, sagte sie. »Adda Deeken aus Ostfriesland.«

Piet kramte Tabak und Blättchen aus der Hosentasche und begann, sich eine Zigarette zu drehen. »Cool, ich komme aus Schwanewede. Da hat es wohl zwei Nordlichter in die Hauptstadt getrieben.«

Er winkte der Bedienung und orderte einen Johannisbeersaft.

»Was treibt dich denn nach Berlin?« Er leckte das Blättchen und klebte es zu. Ein Stück Tabak war ihm an der Unterlippe hängen geblieben. Er zupfte es ab, und Adda sah, welch gepflegte Hände Piet hatte.

»Ich war neugierig«, gab Adda zu. »Wegen des Mauerfalls und so. Und du?«

»Ich hab erst eine Lehre zum Tischler gemacht und dann hier studiert. Bin also ein alter Student, aber jetzt fertig. Ich möchte wieder zurück nach Bremen und hab mich dort überall beworben.«

Addas Neugierde stieg. »Was hast du denn studiert?«

Der Johannisbeersaft wurde gebracht, und Piet nickte der Bedienung, einem jungen Mädchen mit strohblondem Haar, freundlich zu. Er hielt Adda die Zigarette hin. »Möchtest du? Dann dreh ich mir eine neue.«

Adda schüttelte den Kopf. Sie hatte so lange nicht geraucht, nun wollte sie nicht wieder damit anfangen. Piet zündete die Zigarette an und sagte: »Ich habe Lehramt studiert. Deutsch und Geschichte für den Gymnasialzweig. Ich mag Kinder, und nun geht es ab ins Referendariat. Ich denke, ich kann in Bremen anfangen, sieht gut aus.« Er trank einen Schluck. »Den musst du unbedingt mal probieren, sie pressen ihn selbst.« Nachdem er an der Zigarette gezogen hatte, pustete er den Rauch langsam aus und fragte: »Was machst du, wenn du nicht gerade in Berlin abhängst?«

»Ich arbeite als Krankenschwester.«

Adda erzählte von ihrem Beruf, warum sie auf dem Land lebte, und Piet sprach von sich. Wie viel Freude es ihm machte zu unterrichten und wie gern er Kinder mochte. Es tat so gut, mal wieder so ungezwungen zu sein. Ohne Termindruck und frei. Adda genoss jede Sekunde.

Irgendwann sah Piet auf die Uhr und zuckte erschrocken zusammen. »Mensch, wir sitzen schon drei Stunden hier! Ich habe gleich noch einen Termin mit meinem Prof. Aber ich würde dich gern wiedersehen, Adda Deeken.«

Sie senkte verlegen den Kopf. Jahrelang hatte sie kein Mann mehr interessiert, aber hier, ausgerechnet in dieser Hinterhofkneipe in Berlin, lief ihr ein Typ über den Weg, den sie wirklich faszinierend fand. Ja, sie wollte ihn auch wiedersehen. Weiter mit ihm reden … Adda erschrak selbst bei dem Gedanken, nur hatte sie lange kein Mann mehr derart in den Bann gezogen.

»Morgen wieder hier? Um zwölf?«, fragte sie.

Piet stand auf. »Morgen hier um zwölf. Und achte drauf, wie pünktlich ich sein werde!«

»Das mache ich«, sagte Adda versonnen.

Sein Lächeln ging ihr durch Mark und Bein.

*

Nach der anfänglichen Unsicherheit in der ersten Woche hatte Feemke sich etwas eingelebt. Zuerst war sie damit beschäftigt gewesen, ihr Zimmer richtig einzurichten, denn sie hatte diesmal ein paar Sachen mehr vom Nordseehof mitgenommen.

An den Wänden hingen nun Poster von Milli Vanilli und Madonna, auf die Fensterbank hatte sie eine Yuccapalme gestellt, daneben stand eine Grünlilie. Und sie hatte natürlich ihre Schulsachen mitgenommen, die sie auf einem Regal oberhalb des neuen, weißen Schreibtisches platziert hatte.

Ihr Vater zeigte sich großzügig und war mit ihr schon zweimal in Stuhr bei Ikea gewesen, weil Feemke noch Sachen fehlten. Überhaupt war es ungemein einfach, wenn man in Bremen etwas haben wollte. Dann ging oder fuhr man halt los und besorgte es. Auf dem Nordseehof war so etwas stets mit einer großen Planung verbunden gewesen, denn erst musste gewährleistet sein, dass die Tiere versorgt waren, dann waren die Wege zu den Läden viel weiter …

Ab morgen aber würde ihr Vater wieder arbeiten müssen, und sie hatte Unterricht. Er war den Weg mit Bus und Straßenbahn schon zweimal mit Feemke abgefahren, aber sie fürchtete sich trotzdem ein wenig vor der neuen Schule.

Ihre Mutter rief jeden Tag an, aber sie machte Feemke die Trennung leicht. Nächstes Wochenende wollte sie sie in der Stadt besuchen kommen. Zusammen mit Dirk und ihr im Café vom Überseemuseum einen Kaffee trinken. So wie eine richtige Familie.

Feemke warf sich aufs Bett. Noch war alles cool. Hauptsache, die neue Schule war nicht blöd. Hauptsache, sie fand sich in der Stadt zurecht. Ohne Mama. Ohne Oma und Rolf. Ohne Micha.

*

Feemke hatte nur wenig geschlafen, und als ihr Vater sie um halb sieben weckte, war sie froh, dass die Nacht vorbei war.

Ihr Vater war bereits fertig angezogen und wirkte wie auf dem Sprung. »Beeil dich bitte, ich fahre dich auf dem Weg in die Kanzlei an der Schule vorbei. Frühstück ist schon fertig. In einer halben Stunde geht es los.«

Feemke reckte sich kurz und ging dann ins Bad.

Heute stand kein so opulentes Frühstück wie sonst auf dem Tisch. Es gab Toast mit Marmelade und Kakao. Aber Feemke hatte ohnehin keinen Hunger.

Als sie nach der Fahrt durch das morgendliche Bremen die Schule erreicht hatten, fragte sie: »Kommst du mit rein?«

»Du bist doch alt genug«, brummte ihr Vater und sah

auf die Uhr. »Ich habe gleich einen Termin. Wir sehen uns heute Abend, okay?« Er küsste Feemke auf die Wange. Sie stieg aus und stand am Straßenrand vor dem Schulgebäude. Es war so unglaublich groß, dass man das Mariengymnasium vermutlich zweimal hätte hineinpacken können.

Ihr Vater fuhr davon. Sie winkte kurz, aber er hob nicht mehr die Hand.

Feemke betrat das Gebäude über die Pausenhalle. Um sie herum lärmten Schüler ihres Alters, die älteren liefen gesittet, ein Pärchen knutschte in der Ecke.

Feemke sah sich suchend um, ob irgendwo das Sekretariat ausgeschildert war, doch sie konnte es nicht entdecken. Kurzerhand sprach sie einen Jungen an, der sie gerade versehentlich anstieß. Er zeigte vage nach rechts und stürmte weiter. Ihr kamen die Tränen. Es war so laut hier und so groß! Sie kam sich verloren vor, hatte absolut keine Ahnung, wohin sie sich wenden sollte, und fühlte sich furchtbar allein.

Niemals hätte ihre Mama sie allein in diese riesige Schule gehen lassen, wo es so anders roch als auf dem MG. Wo es so schmutzig war, denn die dreckigen Schuhe der vielen Schüler hatten in der Pausenhalle ihre Spuren hinterlassen.

Es klingelte. Jetzt kam noch einmal so richtig Leben in die Massen, doch schon bald darauf war es still in diesem Bienenstock, und alle hatten sich in ihre Waben verkrochen.

Feemke stand noch immer wie angewurzelt da. Tränen liefen ihr übers Gesicht. Da hörte sie Schritte und sah einen Lehrer mit Tasche über den Flur eilen. Er blieb bei Feemke stehen. »Musst du nicht in den Unterricht?«

»Ich bin neu und soll mich anmelden, weiß aber nicht, wo.«

Der Lehrer sah auf die Uhr, nahm sich allerdings die Zeit, sie zum Sekretariat zu bringen.

»Das ist eine neue Schülerin, kümmern Sie sich bitte darum!«, sagte er in den Raum hinein und verschwand dann mit schnellen Schritten.

Feemkes Kopf schmerzte. Hier schienen es alle Menschen eilig zu haben. Jeder rannte oder schaute ständig auf die Uhr.

»Na, wer bist denn du?«, wurde sie von der Frau hinter dem Tresen angesprochen.

»Feemke Westerholt.«

»Ich bin Frau Müller. Dann wollen wir mal sehen.« Sie blätterte in einem Ordner und hatte nach kurzer Zeit gefunden, was sie suchte. »Du kommst in die 8c. Latein als zweite Sprache, stimmt's?«

Feemke nickte.

»Na, dann los, ich bringe dich in deine Klasse. Ist denn deine Mutter nicht dabei?«

»Ich wohne bei meinem Vater, und der musste zur Arbeit.«

»Verstehe«, sagte Frau Müller. Sie umrundete den Tresen und ging zur Tür. Feemke folgte ihr mit klopfendem Herzen. Sie hatte jetzt wirklich Angst und sich alles einfacher vorgestellt.

Sie durchquerten endlose Flure, erklommen Treppen, bogen erst nach rechts, dann nach links ab, bis es Feemke ganz schwindelig wurde. Endlich hatte sie das Klassenzimmer erreicht. Frau Müller begleitete sie hinein und übergab sie an die Klassenlehrerin Frau Drabant.

»Das ist Feemke Westerholt aus Ostfriesland, sie ist die neue Mitschülerin«, stellte sie Feemke vor.

Einer der Jungen warf laut lachend den Kopf in den Nacken. »Oje, ein Ossi! Das kann ja was werden.« Er sah sich Beifall heischend um. »Warum haben die Ossis, also die Ostfriesen, keine U-Boot-Flotte mehr? – Die ist am Tag der offenen Tür untergegangen.« Die ganze Klasse grölte.

»Ich kenn noch einen! Warum nehmen Ostfriesen abends einen Stein und ein Streichholz mit ins Bett? Mit dem Stein werfen sie das Licht aus und mit dem Streichholz gucken sie, ob sie getroffen haben.«

Das Lachen der Mitschüler klang wie ein Wiehern in Feemkes Ohren.

Frau Drabant lief vor Wut rot an. »Carsten, das ist nicht witzig. Lass es bitte.«

»Ein Ossi in der Klasse ist aber echt uncool!«, sagte er.

Die Lehrerin überhörte das und schob Feemke zu einem freien Platz neben einem Mädchen mit aschblondem Haar. »Rieke wird sich um dich kümmern und dir alles zeigen.«

Rieke nickte zwar, wirkte aber alles andere als begeistert.

Feemke setzte sich. Und weil es sie von den Faxen ablenkte, die Carsten nach wie vor machte, konzentrierte sie sich auf den Unterricht und den Stoff und merkte schnell, dass sie gut mitkam. Das würde keine Probleme bereiten. Viel mehr Angst hatte sie vor den Pausen und den Mitschülern.

KAPITEL 23

Adda fuhr am Wochenende darauf schon wieder nach Berlin, nachdem sie sich am Tag zuvor wie versprochen mit Feemke und Dirk getroffen hatte und danach zum Nordseehof zurückgefahren war. Sie hatte Samstag und Sonntag noch frei, bevor sie am Montag wieder zur Schicht musste.

Mit Piet hatte sie nach ihrer Abreise aus Berlin täglich telefoniert, und sie waren schnell übereingekommen, dass sie sich wiedersehen wollten. Außerdem tat es Adda gut, etwas zu unternehmen. Ohne Feemke fühlte sie sich allein und überflüssig auf dem Nordseehof. Die Stunden zogen sich wie Kaugummi, ihr fehlte der Gutenachtkuss ihrer Tochter, der nun nur noch durchs Telefon erfolgte.

Nach der anfänglichen Euphorie in Bremen war Feemke inzwischen etwas zurückhaltender. Erst war alles wunderbar gewesen. Während Dirk Urlaub hatte, konnten sie viel gemeinsam unternehmen. Doch jetzt hatte in Bremen auch im Hause Westerholt der Alltag Einzug gehalten.

Bei ihrem Treffen war Feemke blass und einsilbig gewesen.

»Wie ist die neue Schule?«

»Gut.«

»Kommst du mit?«

»Ja, kein Problem.«

»Hast du schon eine Freundin?«

»Ich sitz neben Rieke.«

So war es die ganze Zeit gegangen, und Adda erinnerte es an die Zeit, bevor sie mit ihrer Tochter aus der Stadt aufs Land geflohen war. Wieder hatte sie den Eindruck, Feemke sei dabei, zu verwelken.

Beim Abschied hatte sie ihre Tochter fest an sich gedrückt und ihr ins Ohr geflüstert: »Wenn was ist: Die Tür zu Hause steht immer offen.«

»Ich schaff das schon, Mama!«

Natürlich hatte Adda Dirk noch inständig gebeten, auf ihre Kleine achtzugeben.

Jetzt konzentrierte sie sich auf den Verkehr. Sie konnte im Augenblick so gar nichts für Feemke tun. Außer abzuwarten. Und die Zeit mit Piet zu genießen. Heute würde sie nicht im Hotel schlafen, sondern bei ihm. Auf dem Sofa, so hatten sie es abgesprochen. Aber Adda war sich fast sicher, dass es dabei nicht blieb.

*

Feemke lag auf ihrem Bett und lauschte dem monotonen Ticken der Standuhr im Flur. Es war warm draußen. Zu Hause würden jetzt die ersten Krokusse und Narzissen blühen. Die Lämmer kamen auf die Welt, und auf dem Hof lag viel Arbeit an.

Ihre Mutter war inzwischen an den Wochenenden ständig in Berlin und hatte ihr gestanden, dass sie sich verliebt hatte. Ob Feemke das gut fand, wusste sie noch nicht.

»Piet wird ab dem Sommer in Bremen arbeiten, er hat dort eine Stelle am Gymnasium«, hatte ihre Mutter erzählt.

Auch noch ein *Lehrer!*, schoss es Feemke durch den Kopf. Und wenn das die neue große Liebe ist, kann ich gar nicht mehr zurück zum Nordseehof. Der Gedanke machte ihr Angst, denn dieses Sehnen, das Heimweh, wurde immer unerträglicher.

Ich will nach Hause, fuhr es ihr plötzlich durch den Kopf, und sie gestand sich zum ersten Mal ein, einen Fehler gemacht zu haben.

Bremen war für sie kein Paradies. Sie brauchte die Weite und Einsamkeit, stattdessen lebte sie hier im vierten Stock wie ein Kaninchen im Stall. Wenn sie aus ihrem Fenster sah, musste sie auf die Sonne warten, denn sie schaute zwischen den Fensterfronten nur einmal am Tag kurz vorbei. Interessanter war der Blick vom Wohnzimmer aus, wo sie durch die riesige Fensterfront auf die Weser schauen konnte. Doch der Blick wurde langweilig, wenn man ihn täglich hatte. Vor allem, wenn man allein war. Überhaupt wirkte in der Wohnung ihres Vaters alles steril und kalt. Das, was sie früher als cool empfunden hatte, ließ sie nun beinahe erfrieren. Ihr Vater kam jeden Abend erst gegen neun von der Arbeit. Meist lag sie dann schon im Bett.

Mittags war Frau Dorndorf da, die Putzfrau. Sie kochte auch mehr recht als schlecht. Feemke konnte die blöden Fischstäbchen mit Kartoffelbrei schon nicht mehr sehen. Wenn sie allein in der modernen, weißen Holzküche saß und im Essen herumstocherte, vermisste sie die gemeinsamen Mahlzeiten mit der großen Familie. Sie vermisste das Lachen, das Streiten und die Gespräche, auch wenn sie sich meist um die Schafe gedreht hatten.

Es klingelte. Feemke erhob sich, ging zur Tür und betätigte den Lautsprecher.

»Hier ist Rieke! Ich wollte dich abholen. Wir gehen zum Weserufer.«

Feemkes Herz machte einen Satz. »Ich komme!«

Schnell schlüpfte sie in ihre Jacke und rannte die Treppen hinunter. Als die Haustür hinter ihr zuschlug, bemerkte sie, dass sie den Schlüssel vergessen hatte. Egal, darüber konnte sie sich später Gedanken machen. Sie war so glücklich, dass sie abgeholt wurde. Endlich mal! In den Pausen war sie nämlich oft allein und immer froh, wenn es wieder zum Unterricht klingelte. Sie hatte alles versucht, um Kontakte zu schließen, aber die Mitschüler hatten sie lange abgelehnt, ehe sie sie zumindest akzeptierten. Mehr allerdings nicht. Und nun holte Rieke sie ab!

Erstaunt sah Feemke, dass Rieke nicht allein gekommen war, sondern Mirko und Carsten mitgebracht hatte. Mirko hatte blondes, kinnlanges Haar und eine Nickelbrille auf der Nase. Er trug Cordhose und Sweatshirt und war Feemke bislang ziemlich schüchtern vorgekommen.

»Schön, dass du dabei bist! Vermutlich kennst du Bremen noch gar nicht richtig, oder?«

»Das stimmt«, gab Feemke zu. »Mein Vater ist Anwalt, er hat nur wenig Zeit.«

»Der große Anwalt Dr. Westerholt ist also dein Dad?«, fragte Carsten. Er strich sich eine dunkle Strähne aus dem Gesicht.

»Ja, mein Vater wohnt in Bremen, wo ich auch geboren

bin«, gab Feemke bereitwillig Auskunft. »Nun lebe ich aber schon eine Weile auf dem Nordseehof.« Sie schrak zusammen. Was hatte sie da eben gesagt? Sie lebte auf dem Nordseehof? Ihr Zuhause war doch jetzt in Bremen! »Also bisher«, fügte sie rasch hinzu. »Meine Eltern sind geschieden.«

»Meine auch«, sagte Rieke.

Sie liefen in Richtung Schlachte. Feemke genoss es sehr, dass sie nun nicht mehr allein war. Kurzerhand öffnete sie den Zopf und ließ ihr langes, blondes Haar offen wehen.

»Und du hast echt in einer Schäferei gelebt?«, fragte Mirko neugierig.

Feemke nickte. »Ja, wahrscheinlich werde ich sie später mal leiten.«

Beide Jungs verzogen das Gesicht. »Das ist doch nicht dein Ernst! Das weißt du jetzt schon?« Carsten runzelte die Stirn.

Feemke geriet wieder ins Schwimmen. »Mal sehen, aber es kann sein«, wand sie sich. Warum war es ihr so peinlich, dass sie Lust hatte, Bäuerin zu sein?

Carsten winkte ab. »Klingt echt nach Ossi-Landei.« Er sagte es lässig, und es sollte wohl witzig sein, aber Feemke traf es dennoch.

Sie hatten das Weserufer erreicht und setzten sich auf eine Bank. Eben fuhr ein Ausflugsschiff an ihnen vorüber, und die Passagiere winkten freudig.

Mirko war die ganze Zeit nachdenklich neben Feemke hergelaufen und hatte nichts gesagt. Nun aber fragte er: »Was muss man denn so machen in einer Schäferei?«

Feemke sah ihn überrascht an. »Landwirtschaft ist ein breites Betätigungsfeld!«

»Jo«, fiel Carsten ihr ins Wort. »Man rennt den ganzen Tag mit der Forke rum und wühlt im Dreck. Wolltest du nicht irgendwann dein Abi machen? Wozu brauchst du es da? Vielleicht zur Schafköttelanalyse?«

Nun reichte es Feemke. Der Frust der letzten Wochen brach mit Wucht aus ihr heraus. »Glaubst du im Ernst, wir misten nur Ställe aus?« Sie sah Carsten herausfordernd an. »Du hast echte Vorurteile, mein Lieber! Weißt du eigentlich, was man in dem Beruf können muss?« Sie hielt kurz inne, dann legte sie los. »Wissen über das Verhalten der Tiere. Über Haltung, Krankheiten und Therapien. Geburtshilfe. Vorratshaltung und Kalkulation von Futtermitteln. Der Umgang mit Schaferzeugnissen wie Milch und Käse. Ich muss Wissen über die Zucht haben und natürlich über Buchhaltung und Finanzen. Ganz abgesehen davon, dass meine Oma, die den Betrieb jetzt leitet, auch noch Niederländisch und Englisch sprechen muss, damit sie mit den Handelspartnern reden kann.« Feemke schnaubte. »Du hast echt keine Ahnung!«

Carstens Gesichtsausdruck wurde säuerlich. »Hey, reg dich doch nicht so auf. Ich denke trotzdem, dass ein Bauer in erster Linie im Mist watet.«

Feemke verbiss sich einen weiteren Kommentar, aber Carsten war von dem Moment an für sie gestorben.

»Für mich wäre das nichts«, sagte Rieke. »So auf dem Land. Da sind mir die Leute zu einfach.«

Carsten stimmte ihr zu. »Nix los. Selbst Bremen ist ziemlich provinziell. Und ich glaube, dass Bauern immer riechen. Nach Kuh, nach Schwein. Und deine Familie vermutlich nach Schaf.« Er schüttelte sich angewidert. »Das kann man sich gar nicht abwaschen, weil auch die Klamotten müffeln. Ich hab mal auf einem Bauernhof Urlaub gemacht. Nie wieder, sag ich euch.«

Mirko zuckte mit den Schultern und sagte: »Na ja, jetzt ist Feemke ja hier. Also lassen wir das Thema. Wir haben davon schließlich keine Ahnung.«

Feemke stand auf. »Soll das beruhigend klingen? Ich, die blöde, stinkende Feemke vom Land, habe bei euch coolen, nach Parfüm und sonst was stinkenden Typen Asyl bekommen, und ihr zeigt mir jetzt mal, wie das Leben funktioniert? Was wisst denn ihr schon davon?« Sie ließ die drei stehen und rannte zurück nach Hause.

Dort stand sie allerdings vor verschlossener Tür. Sie war froh, dass eine Nachbarin sie immerhin in den Hausflur ließ. Es blieb ihr nichts anderes übrig, als sich auf die Matte vor der Wohnung zu setzen. Am liebsten wäre sie schon jetzt und nicht erst am Wochenende zum Nordseehof gefahren. Da standen die Türen wenigstens immer offen.

*

Es war ein warmer und lauer Maiabend, den Dirk später auf dem Balkon der Wohnung mit einem Glas Wein ausklingen lassen wollte. Feemke lebte jetzt schon eine ganze Weile bei ihm, aber er hatte das Gefühl, dass sie immer öfter vom Heimweh geplagt wurde. Deshalb war sie inzwischen fast jedes Wochenende auf dem Nordseehof, selbst wenn Adda nicht da war.

Doch darüber wollte Dirk sich heute keine Gedanken machen. Er hatte gerade einen Mammutprozess gewonnen und danach mit der Staatsanwältin in ihrem Büro grandiosen Sex gehabt. Zu Hause konnte er seine Frauengeschichten wegen Feemke nicht ausleben, aber diese Heimlichkeiten im Büro törnten ihn ohnehin mehr an. Er wollte nach Adda und Miri keine feste Beziehung mehr und war mit diesen unverbindlichen Nummern vollkommen zufrieden.

Danach hatte er sich vollkommen entspannt auf den Weg zu seiner Wohnung gemacht. Ein bisschen gruselte es ihn allerdings davor, nach Hause zu kommen, denn er kam mit dem Chaos, das Feemke dort verbreitete, nur schwer zurecht. Ständig lagen ihre Socken auf dem Sofa, im Bad fand er ihre langen Haare, und in der Küche standen dauernd benutzte Becher herum.

Frau Dorndorf räumte zwar morgens auf und kochte für Feemke, aber am Nachmittag war sie sich selbst überlassen. Zu Beginn hatte sie sich noch Mühe gegeben, aber je länger sie bei ihm wohnte, desto nachlässiger wurde sie. Auch mit sich selbst. Oft roch ihr Haar ungewaschen, manchmal trug sie drei Tage lang dieselben Klamotten. Sogar Adda hatte ihn schon auf die Veränderung angesprochen, die er aber mit dem Zauberwort »Pubertät« weggewischt hatte. Etwas anderes war es ja wohl auch nicht. Feemke hatte schließlich alles, was ein Teenager brauchte. Sogar einen eigenen Farbfernseher, der für Dirks Geschmack aber ein bisschen zu oft lief.

Weil die Stimmung zwischen ihnen beiden im Moment ziemlich schlecht war, hatte er für den heutigen Abend einen Tisch im Ratskeller reserviert und wollte seine Tochter groß dorthin ausführen. Vielleicht trug das ja zur Verbesserung der Situation bei.

Er schloss die Tür auf und prallte zurück, weil er schon im Flur über Feemkes Schuhe stolperte.

»Feemke?«

»Ja, ich bin in meinem Zimmer!«

»Wir müssen los! Ich hab doch einen Tisch bestellt.«

Widerwillig schlurfte sie um die Ecke, folgte ihm kurz darauf durchs Treppenhaus zum Auto und ließ sich auf den Beifahrersitz fallen.

»Alles okay?«, fragte Dirk, in der Hoffnung, sie würde ein bisschen gesprächiger werden.

»Ja, alles gut.«

Die Fahrt verlief gewohnt schweigend, und auch im Restaurant kam keine Unterhaltung auf. Dirks gute Laune sank mit jeder Minute.

Feemke hatte sich für ein Schnitzel entschieden, stocherte aber nur lustlos auf dem Teller herum, während er mit Genuss seinen Dornfelder schlürfte.

»Schmeckt es dir nicht?«

»Doch, schon.«

»Sieht man. Ist irgendwas?«

Feemke schüttelte erst den Kopf. Dann aber brach es aus ihr heraus: »Micha hat heute angerufen. Auf dem Nordseehof sind Zwillinge geboren worden. So spät! Normalerweise kommen die Lämmer viel eher.« Und plötzlich begann sie zu schluchzen.

»Hey, was ist denn los?«, fragte Dirk.

Feemke zögerte, bevor sie fragte: »Papa, kann ich ab den Sommerferien wieder nach Hause?«

Dirk nahm einen kräftigen Schluck Rotwein. »Warum? Hab ich was falsch gemacht? Ich hab doch jetzt extra bei der Nachbarin einen Schlüssel deponiert, falls du dich noch mal ausschließt.« Mit Schaudern dachte er daran, wie er seine Tochter vor der Wohnungstür gefunden hatte.

»Du bist so viel weg«, sagte Feemke mit einem Zittern in der Stimme. »In der Schule mögen sie mich nicht, egal, was ich mache. Ich bin die blöde Ostfriesin. Sie reißen Witze über die Ossi-Frau.«

»Ich rede mit Frau Drabant! Das geht doch nicht!« Dirk zerknüllte vor Wut die Stoffserviette.

»Nein, Papa. Das macht es nur noch schlimmer. Ich dachte, ich will in der Stadt leben, weil das cool ist. Ja, es ist auch toll, dass ich überall einkaufen kann. Und du hast eine schöne Wohnung. Aber hier ist keine Oma. Kein Rolf. Keine Mama und kein einziges Schaf, das sich freut, mich zu sehen. Nicht mal Mary.« Sie holte tief Luft. »Manchmal komme ich mir vor wie diese Heidi vom Almöhi, die bei Klara in Frankfurt ausharren musste, obwohl sie die Natur brauchte.«

Dirk blies ergeben die Luft aus. »Experiment Bremen bei Papa grandios gescheitert?«

Feemke sah ihn mit tränenüberströmtem Gesicht an und ergriff seine Hand. »Bremen ja. Papa nein. Ich komme wieder. So wie früher.«

Dirk drückte ihre Finger. Er wusste nicht, ob er traurig über die Entwicklung war oder erleichtert. »Soll ich mit Mama sprechen, oder tust du das?«

»Ich rufe sie morgen früh an. Kann auch sein, dass sie wieder nach Bremen zieht. Mit ihrem neuen Freund.«

Dirk wusste von Piet. »Sie hat gesagt, dass das aber noch dauern wird. Sie möchte nichts überstürzen, deshalb bleibt sie bestimmt noch ein bisschen in Neusiel.«

»Egal. Ich will auf dem Nordseehof wohnen. Auf jeden Fall«, sagte Feemke mit Inbrunst.

Dirk drückte noch einmal ihre Hand. »Ich glaube, da

gehörst du auch hin. Es ist mutig, dass du zugibst, einen Fehler gemacht zu haben.«

Feemke lächelte schief. »Ich wollte gehen, aber bleiben ist manchmal mutiger!«

Dirk grinste. »Weise Worte einer jungen Dame! Ich werde dich vermissen, aber es ist richtig, dass du das tust, was gut für dich ist.«

»Danke, Papa. Jetzt genießen wir mal das Essen.«

Feemke spießte ein Stück Fleisch auf und schob es sich mit sichtlichem Genuss in den Mund.

KAPITEL 24

Es hatte den ganzen Herbst und das ganze Frühjahr gebraucht, ehe Adda und Piet eine bezahlbare Wohnung gefunden hatten, und sie mussten noch bis zum Sommer warten, bis sie einziehen konnten. Doch nun wohnte Adda seit dem August wieder in Bremen. Es war ein trüber Novembertag, als Adda und Piet nach Wilhelmshaven fuhren, weil dort eine große Kundgebung wegen der geplanten Schließung der Olympiawerke stattfand. Danach wollten sie zum Nordseehof fahren.

»Hauptsache, unser Protest bewirkt etwas«, sagte Piet und ließ sich von Adda die Zigarette reichen.

»Das hoffe ich auch. Wenn sie die Olympia-Werke dichtmachen, gehen Unmengen von Arbeitsplätzen verloren«, erwiderte Adda. Sie klaute Piet die Zigarette, nahm einen Zug, kurbelte aber das Fenster hinunter, um den Qualm nach draußen zu blasen. Seit Kurzem rauchte sie doch wieder ab und zu, vor allem, wenn sie nervös war.

Die Schließung der Olympia-Werke in Roffhausen bei Wilhelmshaven war in der Region ein großes Thema und hatte auch schon bundesweit Schlagzeilen gemacht. Wer besaß nicht eine dieser Schreibmaschinen, die hier gefertigt wurden! Die Olympia-Werke waren neben der Bundeswehr der größte Arbeitgeber hier in der Gegend. Viel anderes gab es nicht.

Adda war sehr froh, in Piet einen Partner gefunden zu haben, der sich ebenfalls liebend gern engagierte. Und der sie verstand, was ihre schwierige familiäre Situation anging.

»Dann wollen wir mal um die Arbeitsplätze von Theda, Hermann und Deike kämpfen«, sagte sie.

»Es ist wirklich wichtig, an der Seite der Mitarbeiter zu stehen«, bestätigte Piet. »Diese Misswirtschaft hielt schon viele Jahre an.«

Kurz darauf erreichten sie Roffhausen. Es waren viele Menschen hier, nicht nur Werksangehörige standen hier Seite an Seite mit den Beschäftigten. Wenn Olympia geschlossen wurde, betraf sie das alle. »Auch wir sind das Volk«, war auf vielen Bannern zu lesen. Oder »Olympia – Das Herz der Region muss weiterleben«.

Adda erinnerte sich nur zu gut an den letzten Mai, als sie sich in Bremen den Arbeitern der Bremer Vulkan angeschlossen und lautstark gegen die drohende Stilllegung der Werft protestiert hatten. Die Bundesregierung plante die Streichung der Schiffsbausubventionen. Es bestand die große Gefahr, dass die Werft das nicht überlebte. Noch konnten alle weiterarbeiten, aber wer wusste schon, wie lange das der Fall sein würde.

Adda liebte diese Aktionen. Es gab so viel zu tun, so viele Missstände zu beseitigen! Dieser Kampf belebte sie. Und sie konnte ihn in Bremen erheblich besser führen als auf dem Land. Bremen war ihre Stadt. Groß genug, um nicht zu versauern, aber klein genug, um im Strom nicht unterzugehen.

Piet hatte sein Referendariat im letzten Jahr abgeschlossen und war seitdem Lehrkraft an einem Bremer Gymnasium. Sie selbst arbeitete in einem Hospiz und würde bald die Weiterbildung zur Palliativschwester machen können. Nachdem sie Piet vor zwei Jahren in Berlin über den Weg gelaufen war und sie so viele wunderbare Gespräche – auch über die ernsten Themen des Lebens – hatten führen können, war Adda irgendwann klar geworden, was sie wollte: Zeit haben für die Sterbenden. Sie begleiten und Frieden schließen lassen, so wie sie es bei Dagmar ansatzweise hatte tun können.

Ihr Umzug nach Bremen hatte problemlos funktioniert. Feemke gönnte ihrer Mutter dieses Glück, und das machte Adda wiederum sehr froh.

Überhaupt tanzte sie im Augenblick auf Wolken.

Piet und sie, das passte. Sie teilten dieselben Interessen, sie konnten beide über dasselbe lachen, und sie liebten es, sich politisch einzubringen. Seit sie in Bremen war, glaubte Adda, wieder frei atmen zu können. Sie fühlte sich getragen, geliebt und endlich angekommen.

Einige Zeit später löste sich der Protest auf. Hermann, Theda und Deike wollten zusammen mit Adda und Piet nach Hause fahren. Als sie im Auto saßen, musterte Adda ihre Freundin, denn sie wirkte unruhig. »Ist was?«

»Das kann man wohl sagen«, legte Theda sofort los. »Stell dir vor, eigentlich sollte Manfred Oetjen heute hier zu den Beschäftigten sprechen! Aber er ist, wie wir eben erfahren haben, seit einer Woche freigestellt, oder wie immer man das nennen möchte. Jedenfalls haben sie ihn aus der Partei geworfen, und Berater ist er auch nicht mehr.«

Adda erstarrte. »Sie haben was? Aber warum denn?«

»Er hat Gelder veruntreut, habe ich gehört. Da war er wohl nicht mehr tragbar.«

Einmal Schuft, immer Schuft, dachte Adda. Sie schaltete das Radio an und schnappte gerade noch auf: »...Manfred Oetjen bleibt zwar auf freiem Fuß, weil keine Fluchtgefahr besteht. Er wird sich aber in den kommenden Monaten für seine Taten verantworten müssen. Es geht um Unterschlagungen in Millionenhöhe. Kommen wir zum Wetter...«

Adda drehte das Radio wieder aus und schaute zu den anderen. »Der kommt jetzt bestimmt zurück zu Irmi auf den Hof in Petersgroden«, sagte sie.

Theda war ebenfalls blass geworden. »Ich vermute, da ist er schon. Wo soll er denn sonst hin? Und der Scheißkerl hat nichts mehr zu verlieren. Der schlägt jetzt um sich! Garantiert.«

Adda hatte es plötzlich eilig, zum Nordseehof zu kommen. Zu Feemke, zu ihrer Mutter und zu Rolf. Sie gab Gas, durchquerte bald darauf schon Sande und bog dann Richtung Neusiel ab.

Die Fahrt durch die Marsch dauerte ihr viel zu lange. Als sie auf dem Nordseehof ankamen, stand das Auto ihrer Mutter nicht auf dem Parkplatz vor dem Kontor.

Feemke kam neugierig aus dem Stall gelaufen, denn Adda hatte eine wahre Staubwolke hinterlassen, und ihre Reifen hatten beim Bremsen ordentlich gequietscht.

Ihre Tochter war glücklich, wieder auf dem Nordseehof zu leben, aber genauso fröhlich fuhr sie an den

Wochenenden zu Dirk oder eben jetzt zu Adda und Piet. Sie war mit ihren knapp sechzehn Jahren inzwischen in der Oberstufe am Mariengymnasium, und wenn sie so weitermachte, würde sie in zwei Jahren ein großartiges Abi hinlegen.

»Was ist denn mit euch los? Werdet ihr von der Polizei verfolgt, weil ihr demonstriert habt?«, scherzte sie.

»Wo ist Oma?«, fragte Adda sofort.

Feemke schaute sie befremdlich an. »Sie wollte mit Rolf zur Bank nach Wittmund. Das weißt du doch.«

»Ach ja«, antwortete Adda. Sie beruhigte sich etwas.

»Super, dann können wir ja zum Eilershof gehen«, sagte Hermann. »Danke an euch, dass ihr unseren Kampf unterstützt.«

»Gerne!« Adda lächelte den dreien zu. Sie hoffte nur, dass nicht alles vergebens war.

»Nun erzähl doch bitte, was dich so aufregt, Mami«, forderte Feemke sie auf, als Theda, Hermann und Deike weg waren. Adda erzählte ihr, was Theda gesagt hatte.

»Und nun habt ihr Angst, dass der Oetjen seine Drohungen doch noch wahr macht? So nach dem Motto, ein verletzter Eber greift an?«

»Ja, das glauben wir. Ab heute werden wir im Stall Nachtwachen einrichten. Ich möchte nicht, dass noch ein Tier seinetwegen stirbt oder uns das Dach abgefackelt wird«, bestimmte Adda.

Feemke seufzte. »Bis wir wissen, was er vorhat, ist das bestimmt eine gute Idee. Dann lasst uns mal reingehen und Pläne erstellen.« Sie stutzte. »Haltet mich für blöd, hysterisch oder sonst was. Aber…«

»Was aber?«, fragte Adda.

»Ich bin letzte Nacht aufgewacht, weil ich Durst hatte. Und dann habe ich eine Weile in der Küche gestanden und rausgeguckt, es war recht windig, und es hat wie blöd geregnet.«

»Und?« Adda sah ihre Tochter auffordernd an.

»Na ja, ich dachte kurz, dass da wer auf dem Hof war. Ich habe mir dann aber eingeredet, dass ich mich getäuscht habe.«

»Wo?«, fragte Adda. Ihr schnürte sich der Hals zu.

»Vor dem Kontor. Wo die Autos parken.«

*

Irmi rieb sich die Stirn und wagte kaum, in den Spiegel zu sehen. Manfred war ihr nie ein guter Mann gewesen, hatte sie mit seinen zahlreichen Affären gedemütigt und verletzt. Aber geschlagen hatte er sie noch nie.

Bis eben.

Sein Rauswurf in Hannover hatte alle schlechten Eigenschaften, die er in den letzten Jahren erfolgreich verschleiert hatte, wieder emporkommen lassen. Er war unleidlich, aggressiv und unzufrieden. All das ließ er an Irmi aus. Doch als er in der letzten Nacht erst spät nach Hause gekommen war, waren bei ihr die Sicherungen durchgebrannt.

»Du warst schon wieder im Puff!«, hatte sie geschrien. »Ich bin deine Frau. Also raus mit der Sprache: Wo warst du?« Seine Hände waren dreckig, das Shirt beschmutzt.

Natürlich hatte Manfred ihr keine Antwort gegeben, sondern war nur noch ins Bad gegangen, hatte sich lange gewaschen und war danach ins Bett gefallen.

Sie hätte ihren Mann vorhin kein zweites Mal fragen sollen, wo er letzte Nacht gewesen war. So etwas durfte sie nicht tun. Er wurde dann endgültig böse.

Manfred hatte vor seinem Ausraster am Küchentisch gesessen und sie beobachtet wie ein Adler seine Beute. »Ich bin hier der Herr im Haus, damit das klar ist! Du tust, was ich dir sage, genau wie die Kinder. Und du stellst keine Fragen. Niemals.«

Irmi hatte genickt und sich gut seiner Worte erinnert, als er vor einigen Tagen plötzlich mit seinem Koffer vor der Tür gestanden hatte.

»Ich habe nichts gemacht, das hat man mir untergeschoben. Nächste Woche hauen sie das in der Presse raus. Bis dahin herrscht Stillschweigen. Glaub ihnen kein Wort«, hatte er hervorgestoßen. Danach hatte er zur Whiskeyflasche gegriffen, sie geleert, und weil Irmi nicht mit ihm schlafen wollte, weil er so betrunken war, hatte Manfred sie aus dem Bett geschubst und des Schlafzimmers verwiesen. Sie hatte die Nacht mit der dünnen Decke auf der Couch verbracht.

Seitdem wich sie ihm aus und versuchte, die Kinder aus der Schusslinie zu halten, doch es wurde immer schwieriger. Als sie vorhin die Waschmaschine anstellen wollte, war ihr das schwarz verschmierte Shirt wieder in die Hände gefallen. Danach hatte sie ihm die falsche Frage gestellt, und Manfred hatte ausgeholt. Ihr Auge war dicht zugeschwollen, und an der Schläfe blutete sie, weil sie mit dem Kopf gegen die Türzarge geknallt war.

Gleich nach dem Gewaltausbruch war er aufgestanden und verschwunden. Es war ihr gleichgültig, wo er nun steckte.

Irmi war schwindelig. Sie steckte etwas Eis in eine Tüte und legte es zum Kühlen aufs Auge. Dann setzte sie sich an den Küchentisch. Irmi war so schockiert, dass sie nicht einmal weinen konnte.

Nur der Kinder wegen war sie noch bei Manfred. Und weil die Leute reden würden. Das wollte sie den Jungs nicht antun. Hätte sie sich doch damals für Paul entschieden! Er hatte sie stets auf Händen getragen, ihr jeden Wunsch von den Augen abgelesen und vor allem ihre Grenzen nie missachtet, sondern sie wortlos akzeptiert.

Aber sie war diesem Blender aufgesessen und hatte ihn mit großer Hoffnung auf ein friedliches Leben geheiratet, ihm Kinder geschenkt – das einzig Gute, was aus dieser Beziehung erwachsen war.

*

Johanna war spät dran. Sie saß am Steuer ihres Wagens und Rolf auf dem Beifahrersitz. Sie hatte einen Termin bei der Bank, und Rolf wollte sich in der Zeit in Wittmund ein Paar Schuhe kaufen.

Inzwischen konnte sie mit den Bankangestellten wunderbar verhandeln. Die Zeiten, in denen man ihr als Frau nichts zutraute, waren lange vorbei. Es hatte sich einiges getan, was die Stellung der Frau anging, und trotzdem gab es noch viel zu tun, aber dafür mussten die nächsten Generationen kämpfen.

Im Radio dudelte *Pretty Woman* und Rolf sang leise mit. Als die Musik zu Ende war, drehte er sich zu Johanna um und sagte: »Lass uns heiraten.«

Sie lachte auf. Rolf hatte manchmal einen komischen

Humor. »Du bist mir ein Held! Da stromern wir jahrzehntelang umeinander herum, bis wir endlich zusammenleben konnten, und dann kommst du so mir nichts, dir nichts auf der Fahrt zur Bank und zum Schuhkauf mit einem Heiratsantrag?« Sie kicherte. »Ich mag deinen Humor, aber ich hätte mir das nach all dem, was wir durchgemacht haben, etwas romantischer vorgestellt.«

Rolf lächelte sie gewinnend an. »Ich will dich das schon so lange fragen, aber ich hab mich nie getraut.«

Johanna lachte wieder. »Aber jetzt, bei einer unromantischen Autofahrt, da wagst du es? Muss ich schlimm sein!«

»Ich hatte gerade einfach so ein komisches Gefühl.«

»Was denn für ein Gefühl?«, hakte Johanna nach. Sie waren mittlerweile auf der Landstraße kurz vor Reepsholt.

»Das Gefühl, es würde eilen. Ich liebe dich, Johanna Deeken, und ich möchte nicht sterben, bevor du Menzel heißt.«

»Wir sind doch nicht steinalt und haben Zeit.« Johanna kamen Rolfs Worte eigenartig vor. »Bist du etwa krank?«

»Nein, nein. Ich … ach, ich weiß auch nicht.«

Johanna griff mit der rechten Hand kurz nach seiner. Da tauchte vor ihnen plötzlich ein Trecker rechts aus dem Landwirtschaftsweg am Ems-Jade-Kanal auf. Johanna ließ Rolf los und versuchte zu bremsen, weil der Traktor unendlich langsam fuhr.

»Brems, Hanna! So brems doch!«, schrie Rolf.

Sie trat noch einmal kräftig aufs Pedal, doch es tat sich nichts. Die Bremsen versagten.

Johanna riss das Steuer links herum, weil sie sonst unter den Anhänger des Treckers geraten wären. Dabei geriet der Wagen ins Schleudern, und er schlingerte über die Fahrbahn. Sie hörte ein anderes Auto laut hupen.

»Verdammt, Johanna! Der Pfeiler!«, schrie Rolf. Wieder versuchte Johanna gegenzulenken. Doch sie raste mit unverminderter Geschwindigkeit auf den Stahlträger zu. Dahinter glänzte das braune Wasser des Kanals.

Nicht da rein!, schoss es Johanna durch den Kopf. Sie würden ertrinken, denn der Kanal war breit und tief. Sie bremste erneut. Nichts.

Dann war da nur noch dieser graue Eckpfeiler.

Sie prallten ab und schleuderten gegen das Geländer. Metall knirschte, die Scheibe zerbarst. Johanna presste sich mit Gewalt zurück in den Fahrersitz, um nicht aufgespießt zu werden. Dachte noch, ob Rolf das auch schaffte, denn sie hörte ihn nicht mehr. Das einzige Geräusch war dieses laute Quietschen und Knirschen. Sie riss die Augen auf, sah eine Metallstrebe vor ihrem Auge. Die Motorhaube schaukelte über dem braunmoorigen Wasser des Kanals. Langsam senkte sie sich nach unten. Das Auto ächzte, als wehrte es sich mit aller Macht dagegen, in dieses dunkle Nichts gezogen zu werden. Abzutauchen und zu verschwinden, als hätte es sie nie gegeben.

Johanna wollte schreien. Hoffen, dass sie jemand bemerkte, doch kein Ton kam über ihre Lippen. Da war plötzlich nur ein furchtbarer Schmerz. Sie schaute an sich hinunter. Alles voller Blut. Es lief aus ihrem Bauch. Da, wo das Metallgitter steckte. Es tropfte von ihrer Stirn auf die Hand. Sie konnte den Kopf nicht zu Rolf drehen, denn alles war steif.

Das Auto knirschte und senkte sich noch ein Stück in Richtung Wasser. Nur noch wenige Zentimeter, und sie würden abtauchen. Doch das machte Johanna nichts mehr aus. Sie fühlte sich plötzlich leicht und beschwingt. Sah sich mit Rolf, Adda und Feemke über die grünen Marschwiesen tanzen.

Das Letzte, was sie dachte, war, dass Rolf recht gehabt hatte. Und dass sie nun das Rosenbeet nicht mehr instand setzen konnten. Dann war alles still.

*

Adda ahnte nichts Gutes, als sie aus dem Fenster schaute und einen Streifenwagen auf den Hof fahren sah. Die Beamten stiegen aus und setzten ihre Mützen auf.

Feemke, die gerade auf dem Weg zum Wohnhaus gewesen war, begrüßte die Polizisten, und kurz darauf trat auch Micha neben sie. Sie wechselten ein paar Worte, dann nahm Micha Feemke wie selbstverständlich an die Hand und lief mit ihr zum Haus. Widerstandslos ließ sie sich mitziehen. Die beiden Polizisten folgten ihnen.

Adda war gerade dabei gewesen, das Abendessen anzurichten, doch jetzt zitterten ihre Hände so heftig, dass sie das kleine Messer beiseitelegen musste. Es roch wunderbar nach frischem Brot, Landleberwurst und Schafskäse – eine Idylle, die gleich zerstört werden würde. Die Küchentür klackte, und dann standen Feemke, Micha und die beiden Beamten vor ihr.

»Sie haben schlechte Nachrichten, oder?«, fragte sie leise.

Der eine Polizist nickte und nahm die Mütze ab, die er verlegen mit den Händen drehte. »Es gab einen Unfall vor Reepsholt.«

»Nein!«, stieß Adda hervor. »Nein!«

»Ihre Mutter ist schwer verletzt und liegt auf der Intensivstation.«

»Sie lebt?«, rief Feemke.

»Ja, aber sie befindet sich in einem lebensgefährlichen Zustand. Es sieht nicht gut aus.«

»Ich muss sofort zu ihr!«, sagte Adda, doch dann hielt sie inne. »Mutter war nicht allein im Wagen. Rolf war bei ihr.« Sie schluckte. Keiner der Anwesenden sagte etwas. Alle Blicke ruhten abwartend auf ihr.

»Was ist mit Rolf Menzel?«, fragte sie schließlich mit dunkler Stimme. »Meinem Vater?«

Der Polizist räusperte sich. »Herr Menzel ist ebenfalls schwer verletzt, aber um ihn steht es etwas besser. Er wird den Unfall auf jeden Fall überleben.«

Adda ließ sich auf einen der Küchenstühle fallen, und dann brachen all die Tränen aus ihr heraus, die sie so viele Jahre zurückgehalten hatte. Ja, verdammt, sie mochte Rolf, sie liebte ihn inzwischen sogar, weil er ein guter Mann und ein wunderbarer Opa für Feemke war. Sie war so erleichtert, dass er nicht sterben musste! Und sie weinte auch unsäglich viele Tränen um ihre Mutter, der sie vielleicht nie mehr sagen konnte, dass sie ihr längst alles, wirklich alles verziehen hatte.

Es dauerte, ehe Adda sich beruhigen konnte. Sie hob den tränenverschleierten Blick und fragte: »Wie genau ist es passiert?«

»Über den Unfallhergang können wir noch keine genauen Angaben machen, aber es sieht so aus, als hätten die Bremsen versagt.«

»Die Bremsen«, wiederholte Adda tonlos, schob aber

den aufkommenden Gedanken, in dem Manfred eine Rolle spielte, beiseite. »Ich will zu meinen Eltern. Alles andere interessiert mich jetzt nicht.«

*

Feemke war froh, dass Micha ihr zur Seite stand. Er sagte wie immer nicht viel, sondern war einfach nur für sie da. Still, umsorgend und mit seinem scheuen Blick wie immer.

»Johanna wird sicher wieder gesund«, sagte er schließlich. »Ich glaube daran.«

»Ich brauche meine Oma und meinen Opa doch! Ich liebe sie beide, und außerdem weiß ich noch nicht genug über die Schäferei.«

»Sie würde mir auch fehlen«, sagte Micha. »Deine Oma ist eine besondere Frau. Genau wie du ein besonderes Mädchen bist.«

Feemke schluckte. So sah Micha sie? Immer noch?

»Und Petra?«

»Die gibt es schon lange nicht mehr für mich.« Er ergriff Feemkes Hand und drückte sie. »Ich lasse dich niemals allein. Daran hat sich nie etwas geändert.«

Feemke nahm Micha spontan in den Arm. Sein Herz schlug heftig, er roch wie immer, und das war gut. Die Berührung war so vertraut, als hätte es nie andere Menschen in ihrem Leben gegeben. Feemke war noch jung, aber in dem Augenblick wusste sie, wohin sie gehörte. Das alte Band verflocht sich in diesen Minuten der gemeinsamen Angst wieder fest und unauflöslich um sie. Feemke hob den Kopf, und dann fanden sich ihre Lippen.

Es war kein spektakulärer Kuss, keiner, bei dem die Funken sprühten, und doch war es das Intimste, was Feemke je getan hatte, und es war so innig und richtig, wie nur etwas sein konnte. Sie liebte Micha. Micha und sonst keinen.

Sie lösten sich voneinander.

»Wir beten ganz doll, dass auch deine Oma wieder gesund wird«, sagte Micha. »Und danach bringen wir den Rosengarten in Ordnung. Rolf hat zwar einiges versucht, aber es gibt noch bannig viel zu tun. Ich habe mich schon schlaugemacht. Wir kriegen das hin. Wenn deine Oma aus dem Krankenhaus zurückkommt, sieht es dort wieder gut aus. Im nächsten Sommer sollen dort die Rosen blühen.«

»Ja, Micha, auch der Nordseehof darf nicht sterben und soll blühen wie die Rosenstöcke, die meine Urgroßmutter dort gesetzt hat. Dann erst wird alles gut.«

Micha gab Feemke noch einen Kuss. Sie würden es gemeinsam schaffen.

*

Irmi hatte sich ein Pflaster über die Wunde geklebt, musste sie aber weiterhin kühlen, weil die Beule schmerzhaft war. Jetzt öffnete sich die Tür, und ihr Mitarbeiter Tjade trat ein. »Haben Sie es schon gehört, Frau Oetjen?«

»Nein, was?«

Irmi war dankbar, dass Tjade nichts zu ihrem Zustand sagte. Wahrscheinlich war ihm klar, was passiert war.

»Frau Deeken und Herr Menzel hatten bei Reepsholt einen schrecklichen Unfall. Sie ist so schwer verletzt, dass man noch nicht weiß, ob sie es überlebt.«

Irmi ließ das Eispaket sinken und legte es langsam auf den Tisch. »Wie ist das passiert?«

»Ich hab gehört, es waren die Bremsen. Aber nichts Genaues weiß man nicht.«

Irmi wurde es abwechselnd heiß und kalt. Sie dachte an das schwarz verschmierte Shirt ihres Mannes. Sein selbstzufriedenes Grinsen und seine unglaubliche Wut, die sich in dem Schlag gegen ihr Gesicht entladen hatte.

Was hatte er getan? Sein Hass auf die Deekens war kein Geheimnis. Zeitlebens hatte er Rache geschworen.

»Kann man Bremsen manipulieren?«, fragte Irmi Tjade, der sich mit Autos und anderen Fahrzeugen gut auskannte und ständig alle Maschinen auf dem Hof reparierte.

»Jo, klar. Man kann die Leitungen kappen, dann ist gleich Schicht im Schacht. Oder man sägt sie nur an. Dann versagen die Bremsen erst nach einer Weile.«

»Schwer ist das nicht, oder?«

Tjade schürzte die Lippen. »Wenn man weiß, wie es geht, nicht.« Er sah sie stirnrunzelnd an. »Warum fragen Sie das, Frau Oetjen?«

Irmi senkte den Blick und nahm das Eispaket wieder in die Hand. »Ich möchte bitte allein sein.«

Tjade tippte sich zum Gruß an die Stirn und verließ die Küche.

Irmi saß eine Weile lang still da und dachte nach. Dann legte sie das Eis in die Spüle und holte ihre Jacke. Sie sammelte ihre Kinder ein und brachte sie zu Freunden. Denn sie musste zur Polizei.

EPILOG – 1993

In diesem Sommer blühten die Rosen wieder besonders schön. Alle Stöcke hatten sich erholt und schienen nun nachholen zu wollen, was ihnen in den letzten Jahren verwehrt geblieben war. Am schönsten aber duftete die Rose, die Rolf vor Jahren aus Haukes Garten geholt hatte. Der Stock war von Michas Mutter gepflanzt worden und nach ihrem Tod völlig verkümmert. Rolf war es gelungen, ihn zu reaktivieren, und der Stock war mit den wunderschönen gelben Blüten jetzt eine wahre Pracht. Feemke und Micha hatten den Rosengarten unter Rolfs Anleitung wieder zu einem wunderschönen Teil des Gartens gemacht.

Johanna verzog schmerzhaft das Gesicht, als sie mit der Schere in der Hand in den Rosengarten trat. Das Bücken fiel ihr immer schwerer. Seit dem Unfall vor zwei Jahren tat ihr oft alles weh.

Dem Treckerfahrer hatte man nur eine geringe Mitschuld gegeben, weil er ihr die Vorfahrt genommen hatte. Mit intakten Bremsen wäre schließlich nichts passiert. Doch hatte ihr der Unfall einen dreimonatigen Krankenhausaufenthalt beschert, und zwei Wochen lang war nicht klar gewesen, ob sie überleben würde. Ein Milzriss und andere schwere innere Verletzungen sowie zahlreiche Knochenbrüche hatten die Genesung schwierig gemacht.

Erst ein paar Wochen auf der Intensivstation, dann die Nachbehandlung und schließlich sogar eine Reha – sie war dem Tod nur knapp von der Schippe gesprungen, und der Schock darüber saß noch sehr tief. Ihre Seele hatte einen Riss bekommen, der noch lange nicht verheilt war.

Johanna wurde zudem von schlimmen Albträumen gequält. Ständig träumte sie, wie sie auf die Bremse trat, sah den Pfeiler auf sich zurasen, dann hörte sie das Knirschen von Metall. Sie spürte dann, wie ihr Brustkorb gequetscht wurde und das warme Blut über ihre Hände lief.

In anderen Träumen drang das Piepen der Geräte auf der Intensivstation an ihr Ohr, sie roch die Desinfektionsmittel und sah die Augen der Schwestern, Pfleger und Ärzte, wenn sie sich über sie beugten und mehr über ihren Zustand wussten als sie selbst.

Dann wieder spürte sie den Druck des Beatmungsgeräts, das ihr den Atemrhythmus vorgab. Sie wollte sich den Tubus herausreißen, endlich frei sein! Und schließlich kamen diese Gesichter und rissen alles fort. Ihr erster selbstständiger Atemzug war die Hölle gewesen.

All diese Erinnerungen quälten sie in den Träumen der Nacht, aber sie hatten eine blassblaue Farbe und waren nicht bunt wie ihre anderen Träume. Bislang hatte ihr kein Arzt helfen können.

»Es wird sich geben, Frau Deeken«, hatte jeder gesagt, den sie aufgesucht hatte. Sie war froh, auf dem Hof wenigstens die Buchhaltung machen zu können, nur füllte sie das nicht aus. Sie sehnte sich danach, wieder Trecker zu fahren und richtig mit anzupacken. Doch ihr fehlte einfach die Kondition dazu.

Also hatte sie etliche Aufgaben an Hauke abgeben müssen, und ohne Feemke, Micha und Rolf, der sich erstaunlich schnell erholt hatte, wäre der Nordseehof verloren gewesen. Oft kamen sogar Adda und Piet am Wochenende, um mitzuhelfen. Ihre Tochter tat das inzwischen gern, weil sie wusste, dass sie wieder gehen konnte und nicht bleiben musste.

Johanna stützte ihre Hand ins Kreuz und lächelte. Es hatte sich viel in ihrem Leben geändert.

Deike und Hermann hatten nach der Schließung der Olympia-Werke zunächst ihre Arbeit verloren. Der ganze Protest war umsonst gewesen. Aber dann hatte man begonnen, das neue Technologiezentrum aufzubauen, und so hatten sie in einem der vierzehn neuen Betriebe neue Arbeit gefunden.

Manfred Oetjen war Anfang des Jahres nicht nur von Irmi geschieden worden, sondern man hatte ihn wegen der Veruntreuung der Parteigelder und wegen versuchten Mordes mit schwerer Körperverletzung zu einer langen Haftstrafe verurteilt. Irmi hatte ihren eigenen Mann angezeigt.

Feemke und Micha waren ein Herz und eine Seele und ein Paar, das wusste, dass es zusammengehörte. Johanna hatte erst gedacht, dass sie dazu doch eigentlich viel zu jung waren, aber dann war ihr klar geworden, dass sie unrecht hatte. Schließlich waren sie und Rolf auch nicht älter gewesen und hatten genau gewusst, dass sie füreinander bestimmt waren. Wie viel Unglück hätte vermieden werden können, wenn sie damals hätten zusammenbleiben können!

Aber das Leben hatte es anders für sie gewollt, und immerhin konnten sie nun im Alter noch hoffnungsvoll in die Zukunft blicken.

Und Adda? Sie war fröhlicher geworden. Oft hatte Johanna den Eindruck, sie wollte ihr etwas sagen, aber sie wusste, wie schwer es ihrer Tochter fiel, mit ihr über Gefühle zu sprechen. Immer öfter sagte sie Vater zu Rolf. Nicht Papa wie zu Eike, aber Vater. Es war nicht so, dass sie Eike vergessen hatten, aber er verblasste unter dem vielfältigen Leben, das alle eingeholt hatte. Sogar für Adda.

Eines Tages wird sie mir endgültig verzeihen können, dachte Johanna und betete, dass es keine trügerische Hoffnung war.

»Hallo, Hanna!« Rolf trat zu ihr in den Garten und umarmte sie. Er war zwar schon in Rente, hatte aber immer noch den üblichen Schalk im Nacken. Jetzt hielt er eine Hand hinter dem Rücken.

»Was hast du da?«, fragte Johanna.

Er fiel vor ihr auf die Knie. »Hanna, als ich dich das letzte Mal gefragt habe, ob du mich heiraten willst, war das so unromantisch, dass es einen unschönen Knall gab.«

Johanna musste wider Erwarten lachen. So konnte man auch mit dem Unfall umgehen. Sie wuschelte Rolf liebevoll durchs Haar, das seit jenem Tag merklich ergraut war.

»Jetzt aber habe ich alles, was man für eine so wichtige Frage braucht.« Er nahm die Hand nach vorn und holte aus einer Schachtel einen wunderschönen Ring aus Weißgold, in den ein kleiner Diamant eingearbeitet war. »Wir leben so lange in wilder Liebe, in wilder Ehe, und Eltern sind wir auch. Lass uns endlich heiraten!«

Johanna fiel ihm um den Hals. »Ich liebe dich! Ja, wir werden heiraten!«

Sie küssten sich und wurden dabei von den lachsfarbenen Rosenblättern, die ein leichter Windstoß über sie regnen ließ, gestreichelt.

*

Adda stand gerade mit Feemke auf dem Hof, als ihre Mutter aus dem Garten kam. Sie sah ungewohnt glücklich, fast verjüngt aus. Ihr Gang wirkte leicht und beschwingt. Als kurz darauf auch Rolf auftauchte und einen ähnlich glücklichen Eindruck machte, ahnte Adda, was passiert war.

Sie ging auf ihre Mutter zu und nahm sie einfach in den Arm. »Du siehst aus, als hätte dich der Himmel geküsst!«

»Fast. Es war Rolf.«

Ihre Mutter wand sich aus Addas Armen. »Lasst uns drei Frauen ans Meer fahren. Wir müssen etwas besprechen.«

Rolf winkte ihnen. »Ich warte im Haus, bis ihr zurück seid!«, rief er.

»Ist gut, Vater!«, antwortete Adda und warf ihm eine Kusshand zu.

Nur wenig später bestiegen sie den Bulli und fuhren los. Adda saß am Steuer. »Was willst du uns denn sagen, Mama? Ich glaube, ich ahne es. So, wie du dich freust.«

»Warte es nur ab, mien Deern!« Ihre Mutter lächelte und sah wunderschön aus, als die Sonne ihre Wange streifte.

*

Addas Mutter saß zwischen Feemke und Adda am Deich, und sie schauten über den Jadebusen. Es war ein lauer Sommertag, die letzten Sonnenstrahlen kitzelten sie an der Nasenspitze. Johanna hatte ihnen eben von Rolfs Antrag erzählt.

»So, nun wisst ihr, dass ich bald Frau Menzel sein werde. Ich hoffe, es ist in Ordnung für euch.«

»Ja, Oma. Opa Rolf gehört zu uns, und wenn ihr euch liebt, ist das klasse«, sagte Feemke.

Adda brauchte für ihre Antwort etwas länger. Sie hatte ihrer Mutter damals den Segen für diese Liebe gegeben, und das war gut so. Sie hatte mit Piet selbst ihr Glück gefunden, und sie wollte, dass es überall auf dem Nordseehof Einzug hielt. Endlich!

Aber es gab noch etwas, was sie dringend aussprechen musste.

»Ich war lange ungerecht«, sagte sie zu Johanna. »Hab die Welt nur durch meine Augen gesehen. Ich freue mich wirklich für dich, Mama. Es wird Zeit, die Vergangenheit ruhen zu lassen. Das Leben war nicht immer fair zu dir, und nun musst du dein Glück ergreifen. Mit meinem Vater. Ich weiß, dass du mich nie verraten hast. Ich weiß das schon so lange!«

Ihre Mutter drückte ihre Hand. Es tat Adda so gut, es endlich ausgesprochen zu haben.

*

Johanna konnte ihre Tränen nur mühsam unterdrücken. Adda hatte es gesagt! Vor Feemke. Und es klang ehrlich.

Sie schloss die Augen, sog die Nordseeluft tief in sich

ein. Ja, sie war angekommen, war dort, wo sie seit so vielen Jahren hingewollt hatte.

Sie durfte tatsächlich mit Rolf bis zum Lebensende zusammen sein. Als seine Frau. So, wie sie es sich als junges Mädchen erträumt hatte. Und niemand, wirklich niemand war ihr böse. Aber es gab noch eine Kante, die sie schleifen musste.

»Ich habe noch was auf dem Herzen«, begann sie zögerlich. »Ich bin euch noch eine Antwort schuldig, was den Tod von Reent Deeken angeht.« Johanna schluckte, doch sie musste endlich darüber reden, damit auch dieses Thema begraben werden konnte.

»Es ist keine Lüge, dass er der Schäferei damals zusammen mit Feemkes Uroma großen Schaden zugefügt hat. Und er hat in der Nacht in der Scheune das Feuer gelegt.«

Adda nickte, diese Version kannte sie.

»Was hast du uns all die Jahre verschwiegen?« Sie rückte näher an Johanna heran, und diese genoss die Nähe zu ihrer Tochter. »Es fällt dir schwer, darüber zu sprechen, oder?«

Johanna senkte den Kopf. Sie konnte niemanden ansehen, wenn sie jetzt erzählte und die quälenden Erinnerungen hervorholte.

»Als ich ihn erwischt habe, wollte er mich töten. Er hat mich gepackt, und sein Ziel war, mich ins Feuer zu stoßen. Der Kinderwagen mit Uwe darin stand auch noch auf dem Hof. Ich habe mich gewehrt – ihn geschubst. Da ist er rückwärts in die Flammen getaumelt und verbrannt. So war es und nicht anders. Ich bin keine Mörderin. Es war…«

»…Notwehr«, sagte Feemke. »Sonst wärst du tot.«

»Ich habe es damals nur Eike erzählt und wollte nie wieder darüber sprechen. Schließlich hatte sich in jener Nacht auch seine Mutter das Leben genommen.«

»Ihr hättet es doch aussagen können«, meinte Feemke.

Johanna schüttelte den Kopf. »Wem hätte das genützt? Wir hätten auch Uroma Lientje mit in den Dreck ziehen müssen. Nein, wir haben einfach ein Grabtuch des Schweigens darübergelegt, und es hat nie einer nachgefragt.«

Adda legte ihren Arm um Johannas Schultern. »Ich verstehe dich«, sagte sie

»Es darf keine Geheimnisse mehr geben, denn sie vergiften alles. Nun sind wir Frauen vom Nordseehof mit uns im Reinen«, schloss Johanna.

»Danke, dass du es uns anvertraut hast«, sagte Adda. »Du hast recht, Geheimnisse und Lügen sollte es fortan auf dem Nordseehof nicht mehr geben.«

»Wir sind doch alle dort angekommen, wo wir hinwollten«, stellte Feemke fest. »Ich darf Micha lieben und Schäferin werden, Mama kann in Bremen das tun, was ihr wichtig ist, und du, Oma, darfst jetzt in aller Ruhe mit Opa Rolf alt werden, weil alles seinen Weg geht.«

Adda lächelte ihre Tochter an. »Dir standen alle Wege offen, aber du bist geblieben. Das war mutig.«

Feemke winkte ab und legte ihren Kopf an Johannas Schulter. Adda tat es ihr gleich. »Zu gehen war genauso mutig. Auch dass Oma all das ertragen hat, was ihr passiert ist. So sind wir eben, wir Frauen vom Nordseehof.«

NACHWORT

Nun ist sie zu Ende, die Saga *Der Nordseehof* mit den Frauen Johanna, Adda und Feemke, und es fällt mir schwer, die drei loszulassen, sind sie mir beim Schreiben doch sehr nahegekommen.

Aber es warten schon neue Projekte, die mich sicher genauso begeistern werden.

Ich danke Ihnen, dass sie mir bis hierhin gefolgt sind. In diesem letzten Band habe ich viele Erinnerungen aus meiner Jugend verarbeitet. Natürlich war die Friedensbewegung ein großes Thema. Ich war damals in Bonn im Hofgarten dabei, und wir dachten wirklich, wir könnten etwas bewegen. Wie groß war die Enttäuschung, dass die Atomwaffen trotzdem installiert wurden! Ich erinnere mich auch an Solidaritätsbekundungen mit der Hausbesetzerszene, denke mit Gänsehaut an die große Arbeitslosigkeit, als man froh war, wenn man überhaupt irgendwo unterkam. Die Schließungen der Vulkan Werft und der Olympia-Werke waren eine Katastrophe. Es gab natürlich auch schöne Zeiten, nur waren die 1980er-Jahre nicht nur Neue Deutsche Welle, Walkman oder lockere Partys in fetzigen Klamotten, wie es oft suggeriert wird. Politisch gab es durch den Ost-West-Konflikt große Probleme. Und natürlich habe ich lebhafte Erinnerungen an meine Zeit als Krankenschwester.

Unbedingt wollte ich auch den Begriff »Ossis«, wie man die Ostfriesen zu der Zeit nannte, erwähnen. Heutzutage ist der Begriff ja anders besetzt.

Danke an alle, die mich bei der Saga unterstützt haben!

Der Dank gilt in erster Linie Andrea Müller vom Piper Verlag, dem gesamten und hervorragenden Team dort, meiner Agentin Anna Mechler, Gisela Klemt für die immer wieder fabelhafte Redaktion und meiner unschätzbar wunderbaren Familie! Da noch einmal ein besonderer Dank an Inga, die mich grandios bei meinem Marketing unterstützt!

LITERATURVERZEICHNIS

Galileo Special History, Deutschland damals, 80er-Jahre, 01/20. Chefredaktion Oliver Buss, bpa media GmbH 2019.

Hofschen, Heinz-Gerd/Sommer, Karl Ludwig, Hrsg.: Bremen 1945–2010 – So viel Wandel war nie. Weser Kurier/Focke-Museum 2010.

Mangelsdorf, Frank, Hrsg.: Einst und Jetzt. Bremen-Schwachhausen, Culturcon medien 2014.

Niemann, René Paul: Geschichten aus dem Bremer Westen. Edition Temmen 2018.

http://www.gegenwind-whv.de/olympia-werke/